ROMAN VOOSEN
KERSTIN SIGNE DANIELSSON

TODE, DIE WIR STERBEN

ROMAN VOOSEN
KERSTIN SIGNE DANIELSSON

TODE,
DIE WIR STERBEN

**EIN FALL FÜR
SVEA KARHUU & JON NORDH**

Kiepenheuer & Witsch

3. Auflage 2026

© 2024, Verlag Kiepenheuer & Witsch GmbH & Co. KG,
Bahnhofsvorplatz 1, 50667 Köln
Alle Rechte vorbehalten
Die Nutzung dieses Werks für Text- und Data-Mining
im Sinne des § 44b UrhG bleibt explizit vorbehalten.
Covergestaltung buxdesign | Lisa Höfner
Covermotiv Mauritius Images / Daniel Kreher /
imageBROKER; Adobe Stock
Gesetzt aus der Dante
Satz Buch-Werkstatt GmbH, Bad Aibling
Druck und Bindung CPI books GmbH, Leck

ISBN 978-3-462-00459-5

Kontaktadresse nach EU-Produktsicherheitsverordnung:
produktsicherheit@kiwi-verlag.de

»Alle wollen in den Himmel, doch niemand will sterben.«

Timbuktu, »Alla vill till himmelen men ingen vill dö«

»So viele Türme und kaum eine Glocke,
so viele Kirchen und kaum ein Gebet.«

John le Carré, »Das Russlandhaus«

»Hey, remember me? It's Benny Blanco from the Bronx.«

Benny Blanco, »Carlito's Way«

1

Kommissar Jon Nordh stemmte die Ellenbogen auf die Knie, drückte die Fäuste in die hohlen Wangen und blinzelte. Das Licht, das durch die Fenster in den Flur des Malmöer Polizeipräsidiums fiel, blendete ihn und ergänzte den seit Tagen anhaltenden dumpfen Schmerz hinter seinen Augen um ein grelles Stechen. Die Barthaare knisterten unter den Fingern. Er hätte nicht sagen können, wann er sich das letzte Mal rasiert hatte. Am Tag der Beerdigung, klar, die lag nun mehr als zwei Wochen zurück. Aber danach? Nicht, dass es irgendeine Rolle gespielt hätte. Ebenso wenig wie die Schatten unter seinen Augen oder der Kaffeefleck auf der Jeans, den er eben erst entdeckt hatte. Er wusste nicht, woher der stammte, zum Frühstück hatte er jedenfalls keinen Kaffee getrunken, sein Magen war sowieso schon übersäuert, seine Gedärme krampften und im Rücken riss es bei jeder falschen Bewegung. Man musste kein Freudianer sein, um die Psychosomatik zu erkennen. Der Moment, in dem sein Leben wie ein Jenga-Turm in sich zusammengefallen war, lag zweiundzwanzig Tage, elfeinhalb Stunden und einige Minuten zurück. Was die Katastrophe anging, funktionierte sein innerer Chronograf mit einer perversen Präzision. Aber zur wahren Zeit, zum Rhythmus seines Leids und seiner Schmerzen, den bedeutungsleeren Tagen und traumlosen Nächten, zur Ich-Zeit, die mit keiner Uhr zu messen war, hatte er jeden Kontakt verloren. Er ließ die Fäuste bis zu den Schläfen hochrutschen und drückte zu, so als könne er sich die in Schleifen wiederkehrenden Bildabfolgen und Sinneseindrücke aus dem Schädel pressen: die Reflexionen von Blaulicht auf nassem Asphalt. Eine Pfütze, auf der in psychodelischen Mustern Öl schimmert. Der ätherische Geruch ausgelaufenen Benzins. Das auf dem Kopf liegende Autowrack und das Ächzen und Zischen eines Hydrauliksreizers. Der fluchende Feuerwehrmann. Scherben.

Die viel zu große Blutlache. Absperrband, das im Wind surrt. Bizarr verformtes Blech, dazwischen Lindas dunkles, welliges Haar und der Hauch des Parfums, das sie nur bei besonderen Anlässen auflegt. Schließlich ihre längst erkaltete Hand in seiner, starr wie eine Klaue. Bengtsson von der Verkehrswacht, der ihn mit aller Kraft vom Wagen wegzuzerren versucht. Nordhs besinnungslose Fausthiebe, sein lautloses Schreien. Als es den Einsatzkräften schließlich gelungen war, ihn mit vereinten Kräften zurück hinter die Absperrung zu ziehen, hatte er bereits zu viel gesehen. Er hatte erkannt, wer neben seiner Frau am Steuerrad gesessen hatte, auch wenn Carl-Johans Gesicht in einem üblen Zustand gewesen war. Nordh hatte es gesehen, aber nicht begriffen, weder in jenem Augenblick noch in diesem Moment, drei Wochen und anderthalb Tage später. Was hatte Linda an diesem scheinbar ganz normalen Dienstagabend, an dem sie an einem Pilateskurs in der Turnhalle in Bunkeflo hätte teilnehmen sollen, im Wagen seines engsten Kollegen und Freunds auf einer Landstraße nördlich von Malmö zu suchen gehabt?

Die Bürotür wurde geöffnet und riss ihn aus seinen Gedanken. Er erhob sich ächzend aus dem Schalensitz. Noch so neue Zipperlein: die Knie fühlten sich an wie rostige Scharniere, die Schultern waren verkrampft. Die Polizeichefin der Region Süd musterte ihn, nach seinem Empfinden einen Augenblick zu lang, dann setzte sie ein professionelles Lächeln auf und bat ihn hinein. Er kannte Nora Mellander seit der Polizeihochschule, sie war zwei Semester unter ihm gewesen und auf der Silvesterparty der Jahrtausendwende hatten sie in der Küche eines Studentenwohnheims miteinander rumgemacht, *Frohes neues Millennium,* ein einmaliges Techtelmechtel, über das sie später kein Wort mehr verloren hatten. Während er nach einer kurzen Episode bei der Wirtschaftskriminalität seit nunmehr fünfzehn Jahren für die Mordkommission arbeitete, hatte Mellander in der Verwaltung Karriere gemacht. Ihr zielorientiertes Vorgehen und ein nicht zu ignorierender Führungswille waren ihm schon damals, in der Küche des Studentenwohnheims, aufgefallen. Statt der Paradeuniform, die sie bei öffentlichen Auftritten trug, war sie nun relativ leger gekleidet, *casual friday* oder wie auch immer das hieß, was seine fleckige Jeans jedoch nicht unsichtbar werden, aber den Unterschied im Erscheinungsbild wenigstens ein bisschen kleiner wirken ließ. Vielleicht war es bei allem berechtigten Selbstmitleid unklug von ihm gewesen, sich am Morgen nicht am Riemen gerissen und in einen halbwegs präsentablen Zustand gebracht zu haben. Jetzt war es dazu zu spät. Wenigstens habe ich keine Alkoholfahne, dachte er, als er an ihr vorbei in das großzügig geschnittene, lichte Büro trat.

»Nimm doch Platz, Jon. Etwas zu trinken? Kaffee, Tee, ein Wasser?« Er schüttelte den Kopf. Beide setzten sich, sie hinter dem Schreibtisch, er davor. Pastoral faltete sie die Hände auf der Tischplatte. Wie gepflegt ihre Fingernägel waren, wie tadellos gebunden die perlmuttfarbene Schleifenbluse. Sie roch gut, das war ihm sofort aufgefallen, als er an ihr vorbeigegangen war, ein Dreiklang aus Shampoo, Hautcreme und Deodorant. Davon hatte er beruflich immer profitiert, den offenen Sinnen, dem Wahrnehmen von Details. Er funktionierte offenbar noch, sein innerer Detektiv. »Zunächst einmal mein aufrichtiges Beileid, Jon. Wie furchtbar. Unbegreiflich. Natürlich kann sich niemand, der es nicht selbst erlebt, vorstellen, was ein solcher Verlust bedeutet. Aber ich kann dir versichern, dass wir alle hinter dir stehen. Kollegial, menschlich.« Wirkungspause. »Wenn es etwas gibt, was wir tun können, um dich zu unterstützen, lass es uns bitte wissen. Niemand sollte mit einem solchen Schicksalsschlag allein fertigwerden müssen. Wir sind wie eine Familie, Jon, wir stehen an deiner Seite.«

Er fragte sich, ob sie sich die Worte im Vorhinein zurechtgelegt hatte, aufgeschrieben, durchgestrichen, umgeschrieben, auswendig gelernt. Vielleicht hatte sie es beim Frühstück ihrem Mann vorgetragen, einem hohen Tier bei der Staatsanwaltschaft, und auf sein Feedback hin kleine Korrekturen vorgenommen und den Sätzen den letzten Schliff gegeben. Oder sie gehörte zu den rhetorisch Begabten, die sich solche Formulierungen aus dem Ärmel schütteln konnten.

Ihr warmer Blick lag auf ihm. Wie eine kuschelige Decke. Aber ihm war nicht kalt, im Gegenteil, er brannte innerlich. Lichterloh.

»Ich will den Fall, Nora.«

Er spuckte ihr die Worte hin.

Wieder ließ sie ihren Blick einen Moment zu lange auf ihm ruhen.

»Den Fall? Ich fürchte, ich verstehe nicht, wovon du sprichst.«

Sie spielte die Ahnungslose, damit hatte er gerechnet.

Er seufzte müde.

»Ich will Lindas Tod selbst untersuchen. Carl-Johans natürlich auch.«

Seine Hand, die auf dem Oberschenkel lag, um den Kaffeefleck zu verdecken, zitterte.

»Das verstehe ich«, sagte sie mit Mitgefühl in der Stimme, das möglicherweise sogar aufrichtig war, »das verstehe ich gut.« Sie lächelte sanft. »Dein Teamleiter hat mich über deinen Wunsch in Kenntnis gesetzt.« Natürlich hatte sein Chef das. Über die wüsten Beschimpfungen wahrscheinlich auch. Sie entfaltete die Hände und nahm eine offene Körperhaltung ein. Lernte man so etwas auf Fortbildungen für Führungskräfte? Oder war sie ein Naturtalent? »Nur ist es leider so, dass wir das nicht möglich machen können, Jon, und wenn du ein wenig in dich gehst und die Sache mit etwas Abstand betrachtest, wird dir das sicherlich auch klar.«

In sich gehen.

Die Sache.

Mit Abstand betrachten.

»Aber ...«

Er presste die Lippen aufeinander und die zitternde Hand mit so viel Kraft aufs Bein, bis sie endlich Ruhe gab.

»Du bist so lange an Bord, Jon, du kennst doch die bewährten Routinen und Abläufe, die Regeln und Vorschriften. Voreingenommenheit tut keiner Untersuchung gut, wer wüsste das besser als ein begabter und erfahrener Ermittler wie du?«

Die Schmeichelnummer. Aber noch wichtiger: Sie sagte nicht *Fall*, sie sagte *Untersuchung*. Was im Grunde bedeutete, dass niemand die Sache ernst nahm. Dass die Ermittlung bereits so gut wie abgeschlossen war. Dass keiner außer ihm den Ungereimtheiten Bedeutung zumaß.

»Ist das so?« Er sog scharf Luft ein und sein Herz schlug viel zu schnell. Die Worte stolperten aus seinem Mund. »Dann sag mir doch bitte, warum die Airbags nicht ausgelöst wurden. Warum der nagelneue Wagen mit all seinen Sicherheitsassistenzsystemen auf gerader Strecke von der Straße abgekommen ist und sich überschlagen hat, bevor er gegen eine Eiche gekracht ist, obwohl Carl-Johan ein sicherer und routinierter Fahrer ist. Was er und meine Frau überhaupt zusammen ...«

Der Satz havarierte. Es war ihm noch immer unmöglich, ihn zu Ende zu bringen. Ihn zu Ende zu denken. Ohne es zu merken, hatte er die Faust zum Mund geführt und hineingebissen. Daher kam der Schmerzimpuls überraschend. Als ihm bewusst wurde, was er tat, zwang er die Hand zurück auf den Oberschenkel.

»Ich verstehe das«, sagte sie mit einer Stimme, die klang, als würde sie mit einem Kind sprechen. »Ich verstehe dich, Jon.«

Er räusperte sich, trotzdem wurde seine Stimme rau.

»Die Untersuchung des Autos muss doch irgendetwas ergeben haben.« Er suchte endlich Augenkontakt. »Nora, ich bitte dich!«

Sie seufzte.

»Ich muss es dir doch wirklich nicht erklären, Jon, du kennst die Spielregeln. Vertraue uns, vertraue deinen Kollegen. Wenn am Ende der sorgfältigen Begutachtung ein Ergebnis feststeht, bist du der Erste, der informiert wird. Aber bis dahin ...«

Jetzt war aus der *Untersuchung* eine *Begutachtung* geworden. Sie breitete die Arme aus und zeigte die Innenfläche ihrer kleinen Hände. Noch so ein Detail, das seine Erinnerung zwanghaft ausspie, obwohl es hier nicht hingehörte. Ihre kleinen, zielstrebigen Hände, mit denen sie ihm damals ... Die Geste sollte wohl etwas gleichermaßen Bedauerndes wie Salomonisches demonstrieren. Er schluckte trocken. Es war einen langen Moment still.

»Irgendetwas muss die Untersuchung doch ergeben haben.«

Er erschrak über die Bedürftigkeit, die er seiner eigenen Stimme anhörte.

Statt auf sein erbärmliches Betteln einzugehen, seufzte sie erneut. Seufzen, das konnte sie gut.

»Ich habe mich mit deinem Teamleiter, dem Dienstpsychologen und dem Gewerkschaftsvertreter besprochen. Trotzdem möchte ich dir das Folgende nicht als Vorgesetzte, sondern als alte Freundin sagen.« Erneutes Seufzen. »Wie formuliere ich es am besten?« Was immer jetzt kommen würde, hatte sie innerlich schon beim Frühstück formuliert, da ging er jede Wette ein. Er klammerte sich an die Armlehne. »Ich glaube, du musst dich erst einmal vom Blick in den Rückspiegel lösen. Deine Fixierung auf die Umstände des Unfalls ... Es tut dir nicht gut. Niemandem in deiner Situation würde das guttun. Konzentriere dich ganz aufs Hier und Jetzt. Deinetwegen. Und um deiner Familie willen. Solche einschneidenden Dinge bewältigt man nicht im Vorbeigehen. Niemand kann das.«

Hier und Jetzt.

Dinge.

Im Vorbeigehen.

Er kaute auf der Unterlippe. Vielleicht musste er die Karten offen auf den Tisch legen. Jede Deckung fallen lassen. Sich emotional nackt machen.

»Nora, ich muss wissen, wer Linda ... und Calle ... warum sie beide ...« Seine Stimme brach weg. Er rang sekundenlang nach Fassung. »Sogar die verdammte Bettwäsche riecht noch nach ihr.« Er massierte sich die Nasenwurzel. »Sorry, ich ...«

Wieder war es einige Momente lang still.

»Jon«, sagte sie eindringlich. »Ich verstehe das alles. Es ist nicht einfach, die Umstände zu akzeptieren. Aber du musst dir dafür Zeit geben und Raum lassen. Deine Kinder brauchen dich mehr denn je. Wie alt sind die beiden jetzt?«

Umstände.

Akzeptieren.

Die Kinder.

»Fünf und sieben«, murmelte er.

»Fünf und sieben«, sagte sie, als würde in der Wiederholung eine tiefere Wahrheit stecken. »Siehst du.«

Als hätte das irgendetwas mit Einsicht zu tun.

»Gib mir wenigstens irgendeinen Hinweis! Ich bitte dich! Und sei es um der alten Zeiten willen.«

Erst als er es ausgesprochen hatte, bemerkte er, wie jämmerlich und verzweifelt das klingen musste. Sie kniff die Augen zusammen und musterte ihn lange. Spätestens jetzt dachte auch sie an die mehr als zwei Jahrzehnte zurückliegende Silvesternacht im Wohnheim zurück, das glaubte er ihrem Gesichtsausdruck anzusehen. Frohes neues Jahrtausend. Mit Happy End, zumindest für ihn, dafür hatten ihre kleinen, energischen Hände gesorgt. Vielleicht hätte er sich damals mehr Mühe geben sollen. Er versuchte die verdammten Erinnerungen beiseitezuschieben.

Mellanders Gesichtsmuskulatur wirkte nun angespannt und ihre Mundwinkel bekamen etwas Hartes, Unerbittliches. Um der alten Zeiten willen? Er bereute, was er gesagt hatte.

»Muss ich denn wirklich so deutlich werden, Jon? Es gibt keine Hinweise. Es gibt keine Widersprüchlichkeiten. Es gibt keinen Fall. Deine Frau hatte offenbar eine Affäre. Mit deinem langjährigen Partner. Hinter deinem Rücken. Dann sind sie mit dem Auto gegen einen Baum gekracht. Aus und vorbei. Alles daran ist furchtbar und tragisch. Es tut mir für dich unheimlich leid. Aber es wird Zeit, dass du die Realitäten akzeptierst, so schwer das auch sein mag.«

Er schnellte aus dem Stuhl, baute sich vor dem Schreibtisch auf und stach mit dem Zeigefinger vor ihr in die Luft. Derselbe Zeigefinger, mit dem er sie damals ... Warum sprangen ihn zwanghaft diese Erinnerungen an? Warum konnte er sich nicht konzentrieren? Mit guten Argumenten für seine Sache kämpfen? Er öffnete den Mund ... und schloss ihn wieder. Ihm fehlten die Worte. Er ließ die Schultern hängen. Mit einem Mal fühlte er sich völlig erschöpft. Eine halbe Minute verstrich, ohne dass Mellander noch einmal das Wort ergriff. Warum auch? Sie hatte ihren Standpunkt deutlich gemacht. Er fuhr sich durchs Haar. Wie fettig es war. Wie matt er sich fühlte.

»Dann wäre das ja geklärt.«

Es klang kleinlaut, aber das war nun auch egal. Alles war nun egal. Er nickte ihr knapp zu und wandte sich zum Gehen.

»Nimm dir die Zeit«, wiederholte sie, als er die Klinke der Bürotür in der Hand hatte. Er drehte sich noch einmal zu ihr um. »Und dann kommst du zurück. Du bist einer unserer Besten, Jon, vergiss das nicht.«

Noch nie hatte er einen Raum so schweren Schrittes verlassen.

2

Svea Karhuu stand unter einer der Sammelduschen und reckte ihr Gesicht dem Wasserschwall entgegen. Eins musste man der alten Turnhalle am Stockholmer Stadtrand lassen: So heruntergekommen der Kastenbau aus den Fünfzigerjahren auch sein mochte, in der die Frauenpolizeisportgruppe West ihr wöchentliches Unihockeytraining absolvierte, das Duschwasser war so brühend heiß, wie Karhuu es mochte. Der Wasserdampf vernebelte den Duschraum und waberte bis in die Gruppenumkleide. Sie hatte sich wie immer Zeit gelassen und war die Letzte unter der Dusche. Niemanden sehen müssen. Unsichtbar werden. Auch das war ihr recht. Sosehr sie die körperliche Anstrengung des laufintensiven Sports liebte und brauchte, so wenig konnte sie mit ihren Mitspielerinnen anfangen. Einige gaben sich oberflächlich nett, aber was hieß das schon? Sie grüßten lächelnd und fragten, wie es ihr ging, doch bevor sie überhaupt antworten konnte, hatten sie sich längst wieder abgewandt und zu dem gut gelaunten Pulk gruppiert, in dem es für sie keinen Platz zu geben schien. Karhuu konnte nicht sagen, woran das lag. Wieder mal an ihren schwarzen Haaren, den dunklen Augen, der braunen Haut? Oder hatte der Einsatz, in dem sie fast anderthalb Jahre lang täglich ihr Leben riskiert und ununterbrochen eine Rolle hatte spielen müssen, sie verändert und übertrieben misstrauisch werden lassen? Ihr Chef hatte sie gewarnt: Sie wäre nicht die erste verdeckte Ermittlerin, der die Rückkehr in den Alltag massive Probleme bereiten würde. Oder, noch schlimmer, waren Einzelheiten der dramatischen Ereignisse durchgestochen worden, mit denen ihr Einsatz so fatal geendet hatte? Wusste das gesamte Polizeikorps der Stadt darüber Bescheid, was geschehen war? Das wäre eine Katastrophe. Aber was hätte sie auch anders machen können? Sie hatte ihrer Überzeugung nach das einzig Richtige getan, und die Untersuchungskommission würde in ihrem Abschlussbericht zu demselben Schluss kommen und sie vollständig entlasten. Das hoffte sie jedenfalls. Nur bis dahin würde es dauern. Konnte man Gerüchte einfangen, wenn sie erst einmal im Umlauf waren?

Doch in der Sportgruppe gab es nicht nur die Fraktion der höflich abweisenden Hockeymädchen mit ihren wippenden blonden Pferdeschwänzen, den bunten Tights und den stylishen Sportbustiers, es gab nicht nur die einsamen Wölfinnen in labberigen T-Shirts, die wie sie ihr eigenes Ding durchzogen, sondern auch die offen Feindseligen. Die Polizei ist ein merkwürdiger Berufsstand, hatte Ove, ihr Adoptivvater, selbst seit dreißig Jahren im Dienst, ihr immer wieder erklärt, er zieht die Besten an, aber auch die Schlechtesten. Wir sind die Ordnungsmacht, Svea, aber das Wort kommt nicht von ungefähr. Da wo Ordnung war, war auch Unterordnung, und wo es Macht gab, da gab es auch ihren Missbrauch, so viel hatte sie in ihren fünfundzwanzig Lebensjahren bereits begriffen.

Gerade als sie sich Shampoo in die Haare massierte, lösten sich aus den Dampfschwaden drei Umrisse. Sie zwinkerte sich Wasser aus den Augen. Jenny Karlsson und ihre Leibgarde. Dabei hatten die doch schon geduscht. So wie das Trio sie anstarrte, sah es nach Ärger aus. Nicht, dass es eine Überraschung gewesen wäre. Karlsson war ein Straßenbulle vom vierzehnten Revier und hatte ihren Ruf weg. Als ihre Spezialität galten körperbetonte Festnahmen vermeintlicher Straßendealer afrikanischstämmigen Aussehens. Es hatte bereits diverse Anzeigen gegen sie und ihren Teampartner gegeben, die Rede war von Prellungen, Knochenbrüchen und in einem Fall sogar von Verbrennungswunden, die dem Verdächtigen mit einer Zigarette zugefügt worden waren. Aber bisher waren sämtliche internen Ermittlungen gegen sie im Sande verlaufen. Seit Svea Karhuu vor einigen Wochen zur Hockeygruppe gestoßen war, hatte Karlsson sie auf dem Kieker gehabt, auch wenn sie es zunächst bei bösen Blicken und demonstrativem Naserümpfen belassen hatte. Doch vor einer Woche hatte jemand Karhuus Sporttasche und ihren Spint ausgeräumt und alles in einen Mülleimer geworfen, während sie unter der Dusche gestanden hatte. Heute wollte Karlsson augenscheinlich mehr. Schon im Spiel hatte sie Karhuu mehrmals grenzwertig getackelt und ihr einmal im vollen Lauf mit dem Hockeyschläger den Fuß weggezogen. Das aufgescheuerte Knie würde sie noch tagelang spüren. Aber das war okay. Wer das nicht wegsteckte, war beim Badminton besser aufgehoben. Auch sie hatte sich in puncto Robustheit nicht lumpen lassen. Was sie jedoch zur Weißglut getrieben hatte, waren die Affenlaute gewesen, die Karlsson und ihre Leibstandarte ihr während des gesamten Trainingsspiels zugegrunzt hatten, sobald sie in ihre Nähe gekommen war. Die meisten Mitspielerinnen mussten das mitbekommen haben, gesagt oder getan hatte jedoch niemand etwas. Nun also offene Konfrontation. Karhuu stellte das Duschwasser ab, griff nach ihrem Handtuch und band es sich notdürftig um die Brust.

Einen Meter vor ihr blieb Karlsson stehen, die Arme verschränkt. Sie rotzte auf den Boden.

»Hier stinkt's«, sagte sie mit schiefem Grinsen. »Nach Türkenfotze.«

Karlssons Adjutantinnen – einmal klein und wabbelig, einmal lang, dürr, dämlicher Gesichtsausdruck und aus irgendeinem Grund mit einem Deoroller in der Hand – glucksten im Duett.

Türkenfotze. Interessant. Hatte sie in dieser Kombination noch nicht gehört, dabei hatte man sie schon einiges genannt. Bemerkenswert oft Schimpfwörter gepaart mit irgendwelchen geografischen oder ethnischen Angaben. So als würde sich das eine aus dem anderen ergeben. Araberhure. Balkanschlampe. Judenhexe. Ein Mann in einem Bus hatte sie einmal als Fidschi-Nutte bezeichnet, ein origineller Ausrutscher Richtung Fernost.

Bei allem Verständnis für Hobbyethnologen, aber hinteres Asien gab ihr Antlitz beim besten Willen nicht her. Im Vorjahr, als sie sich am vierten Advent auf dem zugigen, eisigen Odenplan ihr Schaltuch um den Kopf gebunden hatte, war ihr von einer entgegenkommenden Frau ins Gesicht gespuckt worden. Mohammedaner-Brut, hatte die Alte gezischt. Na, frohe Weihnachten alle miteinander. Jetzt also wieder Speichel. War es zu viel verlangt, dass Mitmenschen ihre Körperflüssigkeiten so lange bei sich behielten, bis sie ausdrücklich zum Gegenteil aufgefordert wurden?

Karhuu musterte Karlsson. Ihr leiser Verdacht: Heute würde es nicht beim Spucken bleiben. Sie wartete ab. Das konnte sie gut, abwarten. Sich innerlich zusammenrollen. Äußeres an sich abperlen, Dinge geschehen lassen. Wer dazu imstande war, wer diese hohe Kunst beherrschte, der war nahezu unbesiegbar. Worte waren nur Worte, Schmerzen waren nur Schmerzen. All das tangierte sie nicht, denn sie befand sich in einer schützenden Schale. Sie war wie eine junge Kastanie. Diese Geisteshaltung, diese Mentalität, in der sie es bis zur Großmeisterin gebracht hatte, mochte vage buddhistisch klingen, doch Karhuu war in Tornedalen aufgewachsen, jener seit Jahrhunderten vernachlässigten Gegend im hohen Norden, in der sich Schweden und Finnland Gute Nacht sagten – und das in vier verschiedenen Sprachen. Sie überlegte, was »Türkenfotze« auf Meänkieli, auch Tornedalfinnisch genannt, heißen mochte, aber manche Sprachen wehrten sich schlichtweg dagegen, sich selbst zu besudeln, und das war auch gut so. Die Wörter, die es nicht gab, konnte man auch nicht denken, und so schützten diese Sprachen nicht nur sich selbst, sondern auch die Herzen und Köpfe der Menschen, die sie lebendig hielten.

Karlssons erster Move war eine Ohrfeige, Innenhand. Direkt gefolgt von einer zweiten, Außenhand. Ein Windhauch von links, ein Windhauch von rechts. Auf Meänkieli *Puthi* oder *tuu-*

lenhenki, sie nahm es kaum wahr. Gefolgt von einem Schwinger gegen die Schläfe. *Isku.* Ein harter Schlag auf den Mund. *Kova isku.* Sie schmeckte Blut, aber es war, als wäre es nicht ihr eigenes, als ginge sie das alles gar nichts an. In sich bleiben. Abwarten. Beobachten. Karlsson wurde zorniger. Die fehlende Gegenwehr schien sie zu provozieren. Sie rammte Karhuu das Knie in den Unterleib. *Kova polni.* Die Schmerzen waren lächerlich, trotzdem verlangte ihr Körper, dass sie sich krümmte. Für Karlsson offenbar das Zeichen für das Finale. Ein Kick gegen das Kinn, der Chuck Norris zur Ehre gereicht hätte. Kinetik Kapitel eins: Karhuus Kopf wurde zurückgeschleudert, knallte gegen die gefliese Wand. Donnergrollen, *pitkänen jyrisee.* Sie sank an der Wand zu Boden. Ihr wurde schwarz vor Augen, in ihrem Kopf stoben Funken. Sie schüttelte sich, dann sah sie wieder klar. Karlsson klatschte mit Dick und Doof ab. Doof reichte Karlsson den Deoroller.

»Gegen stinkende Türkenfotzen gibt es nur ein Mittel«, sagte Karlsson und schraubte den Deckel des Deos ab. Karhuu hatte gedacht, es wäre vorbei. Dort, wo sie herkam, endeten Kämpfe dann, wenn der Gegner am Boden lag. Sie wollte keinen weiteren Ärger. Nicht nach allem, was in ihrem verdammten verdeckten Einsatz schiefgelaufen war. Aber Karlsson spielte nach anderen Regeln, Karlsson wollte mehr. Grinsend beugte sie sich zu ihr herunter. »Mach die Beine breit, *copkiller.*«

Es war nicht das, was Karlsson offenbar vorhatte, was letztendlich den Schalter umlegte, es war das Wort, das sie benutzte, und das, was es implizierte. Manchmal waren Worte eben doch mehr als Worte. Sie waren Waffen, verletzender als Tritte und Schläge. Gegen Waffen wehrten sich auch waschechte Tornedaler, wobei das »waschecht« bei ihr so eine Sache war. Aber woher auch immer es stammen mochte: Sie schaltete wider besseres Wissen in den Kampfmodus. *Copkiller?* Das durfte, das konnte Karlsson nicht wissen. Ein Schuss ins Blaue? Oder hatte doch jemand geplaudert? Wenn die Information durchgesickert war, wenn sogar jemand wie Karlsson Bescheid wusste, dann wussten vermutlich alle Bescheid. Ihre neuen Kollegen. Das ganze Revier. Jeder einzelne Bulle Stockholms. Dann waren ihre Zukunft und ihre Karriere hier für immer erledigt. Sie wischte sich mit dem Handrücken Blut aus den Mundwinkeln.

»Sieh an, sieh an«, höhnte Karlsson, »die Nutte hat noch immer nicht genug.«

Und dann ging alles sehr schnell. Karhuu sprang auf, flink wie eine Katze. Eine blitzartige Folge von Jabs trieben Karlsson an die gegenüberliegende Wand. Zwei knallharte Gerade auf den Mund und dann der finale Haken unters Kinn. Für den Bruchteil einer Sekunde schienen Karlssons Füße buchstäblich vom Boden abzuheben. Mit ihren sechsundsiebzig Kilo, von denen der Großteil aus Muskelmasse bestand, wäre Karhuu im Verbandsboxen als Halbschwergewicht eingeordnet worden. Aber Sportboxen mit all seinen Kategorien und Reglements war nicht ihr Ding. Das, was Ove ihr beigebracht hatte, war etwas anderes. Ein Tornedaler konnte einstecken. Zweitausend Jahre Siedlungsgeschichte bedeuteten zweitausend harte Winter. Kurze Sommer, karge Ernten. Aber wenn ein Tornedaler zurückschlug, dann mit allen Mitteln. Bis der Gegner am Boden war. So wie Karlsson jetzt. Nun kam das dämliche Duo dran. Dick bekam auf beide Augen eine wohldosierte Gerade, Doof fing sich links und rechts eine knallharte Ohrfeige. Damit war der Kreis geschlossen. Stöhnen und Wimmern allenthalben. Dick und Doof sackten neben ihrer Anführerin zu Boden. Da saßen die drei wie aufgereiht. Karlsson hatte die Hände vor den Mund gelegt, zwischen ihren Fingern rann Blut. Dick hielt sich die Augen, Doof die Ohren.

»Wer sind jetzt die Affen?«, rief Karhuu, drehte sich um und sah ein Dutzend Pferdeschwanzmädchen, die sie mit offenen Mündern anstarrten.

Der dumpfe Lärm musste sie angelockt haben. Sie drängte sich an ihnen vorbei, trocknete sich ab, zog sich an und raffte ihre Sachen zusammen. Draußen hielt sie nach Kristoffers klapprigem Ford Ausschau. Dort drüben stand er. Sie ging hin, öffnete die Wagentür, setzte sich und gab Kristoffer einen flüchtigen Kuss.

»Alles in Ordnung?«, fragte er.

Wie schaffte er es immer, mit nur einem Blick zu erfassen, wie es ihr ging? Weil sie ihm gegenüber nie das Gefühl hatte, sich verstellen zu müssen? Oder weil er ein sehr einfühlsamer Mensch war? Sie legte den Kopf auf seine Schulter.

»Ich glaube, ich habe Mist gebaut«, sagte sie leise.

3

Als die Malmöer Polizeichefin ihn anrief, war Kommissar Jon Nordh mit den Kindern an Lindas Grab. Es war ihr wöchentliches Familienritual geworden, zumindest wenn man das, was von ihnen noch übrig geblieben war, eine Familie nennen konnte. Sie pflanzten gemeinsam neue Dahlien oder Heidekraut oder was auch immer der Blumenladen gerade anbot. Tim brachte selbst gemalte Bilder mit, die seine Mutter als Strichmännchenengel zeigten, der von einer Wolke aus auf sie herablächelte, und drapierte sie so konzentriert und akkurat auf Lindas Grab, dass es Nordh jedes Mal das Herz zerriss. Was ihn in diesen Situationen gleichermaßen rettete wie irritierte, waren die Zwangsvorstellungen, die ihn seit dem Tod seiner Frau quälten. Wenn er auf seine Kinder, die Blumen und das Grab blickte, drängte sich das fürchterliche Bild in seinen Kopf, dass Lindas Hand plötzlich die Erdkruste durchbrach und wie eine Zombieklaue nach den Gliedmaßen der Kinder griff. Es war absurd, es war völlig gaga und zutiefst beunruhigend.

Trotzdem erzählte er dem Polizeipsychologen nichts davon und sprach auch sonst mit niemandem darüber. Einmal war er kurz davor gewesen, Sanna anzurufen, Carl-Johans Frau. Musste es ihr nicht ähnlich gehen wie ihm? Musste sie nicht im gleichen Maße leiden wie er? Doch im letzten Moment hatte er sich dagegen entschieden. Die Vorstellung, sich gegenseitig etwas vorzuheulen, war ihm erbärmlich vorgekommen und würde wahrscheinlich alles nur noch schlimmer machen.

Doch er hatte Nora Mellander beim Wort genommen. Er hatte sich Zeit gelassen. Aus Wochen waren Monate geworden, aus dem Frühling Spätsommer. Eine Krankschreibung war auf die nächste gefolgt, er hatte dem Psychologen irgendetwas von Verarbeiten und Bewältigung erzählt. In Wahrheit rührte er das gut verschnürte Bündel in seinem Inneren nicht an. Als irgendwann von Wiedereingliederung in den Dienst die Rede gewesen war, hatte er seinen Jahresurlaub eingereicht. Außerdem hatte er noch ein prall gefülltes Überstundenkonto. Mit jedem Tag, der verging, vermisste er die Arbeit ein Stück weniger. Er mochte ein guter Ermittler sein, aber er hatte dafür auch einen Preis bezahlt, wie er allmählich begriff. Die endlosen Arbeitstage, der Dauerdruck, der unvermeidliche Tunnelblick. Hätte sich die Katastrophe womöglich vermeiden lassen, wenn er andere Prioritäten gesetzt hätte? Wäre Linda ihm treu geblieben, wäre sie jetzt am Leben, wenn …? Die Fragen waren müßig, es gab kein Leben im Konjunktiv, andererseits spürte er ihre drängende Relevanz.

Sicher war er sich jedoch, was seine Kinder betraf. Mellander hatte recht gehabt, Lilly und Tim brauchten ihn mehr denn je. Seit Lindas Tod schliefen die beiden oft bei ihm im Ehebett, zwei warme Klammeraffen, die nach Schweiß und Vanillezucker rochen. Er machte ihnen das Frühstück, zog sie an, brachte sie zur Schule und zum Kindergarten, holte sie ab, fuhr sie zum Training, spielte mit ihnen Uno und Verstecken, malte, bastelte, kochte, las ihnen vor und brachte sie ins Bett. Er kaufte ein, putzte die Doppelhaushälfte, wusch Wäsche – fast jede zweite Nacht nässte sich Tim neuerdings wieder ein –, hielt den Garten in Ordnung und räumte auf. Es war ihm ein Rätsel, wer vorher alle diese Dinge erledigt hatte, er jedenfalls meistens nicht. Er führte auf Anraten des Therapeuten Tagebuch, ging einigermaßen regelmäßig schwimmen und hatte sogar wieder mit dem Fußballspielen angefangen. An manchen Tagen löste ihn seine Schwiegermutter zu Hause ab oder sprang kurzfristig ein, wenn er sie darum bat. Sie bewohnte die andere Hälfte des Doppelhauses, was Fluch und Segen zugleich war. Ehrlich gesagt seit Lindas Tod deutlich mehr Segen als Fluch. An diesen Tagen betrieb er seine privaten Nachforschungen. Nicht, dass er auf etwas gestoßen wäre, was von dem mickrigen nichtssagenden Untersuchungsbericht abwich, den man ihm hatte zukommen lassen. Möglicherweise gab es auch nicht mehr, aber er war noch nicht an dem Punkt, an dem er sich das eingestehen konnte. Als ihn vor einigen Tagen ein ehemaliger Kollege kontaktierte, der vor Jahren abgesprungen war, und ihm einen leitenden Job in seinem boomenden Sicherheitsunternehmen anbot, geriet er ernsthaft ins Grübeln. Eine Fünfunddreißigstundenwoche mit deutlich besseren Bezügen, *nine to five* und freitagnachmittags frei. Ein klarer Schnitt und die Chance auf einen Neuanfang. Er hatte sich etwas Bedenkzeit erbeten.

Mit dem Handy am Ohr entfernte er sich einige Schritte vom Grab und hörte sich an, was Mellander von ihm wollte. Ja, er hatte in den Morgennachrichten bereits vom jüngsten Schusswaffenopfer im Brennpunktstadtteil Hermodsdal gehört. Ja, er konnte sich ausmalen, wie stark der öffentliche Druck auf die Polizeiführung werden würde. Ja, er kannte die niederschmetternden Aufklärungsquoten in diesen Fällen, sie lagen bei lächerlichen fünfzehn Prozent, bei Morden außerhalb des Gangmilieus waren es mehr als achtzig. Aber was hatte das alles mit ihm zu tun? Ach so, sie brauchte jetzt plötzlich ihren besten Mann. Er musste sich beherrschen, nicht bitter aufzulachen. Die Masche war so billig wie durchschaubar. Lilly und Tim sahen fragend zu ihm hinüber. Lass stecken, Nora, und suche dir einen anderen nützlichen Idioten. Fast hätte er das Gespräch bereits beendet, doch dann zögerte er. Betrachtete Lindas Grab und die Kinder. Saugte an seiner Unterlippe. Scharrte mit der Fußspitze im Kies. Räusperte sich.

»Der Untersuchungsbericht, den ihr mir geschickt habt, ist keine fünfzig Öre wert. Ich will die Akten. Ich will als Gegenleistung die vollständigen Akten.«

Mellander schwieg einen Augenblick.

»Du bekommst sie, wenn du den Fall löst«, sagte sie dann.

4

Svea Karhuu stand vor dem kleinen Flughafenterminal, wartete, rauchte und hielt das Gesicht dem milden Septemberwetter entgegen. Der Parka, den sie trug, war viel zu dick, ihr war schon im Stehen zu warm. Als sie sich am frühen Morgen ins Flugzeug gesetzt hatte, hatte es geschneit. Nach dem Vorfall in der Turnhalle und der darauffolgenden Suspendierung war sie mit Kristoffer in der alten Heimat gewesen, zu Besuch bei Ove und Marie. Zwischen der Region Tornedalen und Malmö lagen nicht nur eintausendfünfhundert Kilometer, sondern Welten, dachte sie, Hinterland und Großstadt, Provinz und Metropole, Nord- und Südschweden – sie fühlte sich in beidem zu Hause. Und nun also tiefster Süden: Malmö. Ein VW Passat tauchte auf und hielt mit Vollbremsung direkt vor ihr am Straßenrand. Das musste er sein, der Kollege, dem sie zugeteilt worden war. Dramatischer Auftritt im *Miami Vice Style*. Auch wenn das biedere Automodell nicht richtig dazu passte. Sie drückte die Kippe sorgfältig aus, warf sie in einen Mülleimer und hatte noch keine drei Schritte getan, als es hupte, laut und drängelnd. Da hat es aber jemand eilig, dachte sie. Ruhig, Brauner, ganz ruhig. Was das wohl für ein Typ war? Egal jetzt. Sie öffnete die Wagentür.

»Jon Nordh?« Knappes Nicken, fester Blick, fester Händedruck, unverständliches Brummen. »Angenehm, Svea Karhuu.« Sie schälte sich aus dem Parka, warf ihn samt Koffer auf den Rücksitz und nahm auf dem Beifahrersitz Platz. In dem Moment, in dem die Tür ins Schloss fiel, fuhr das Auto schon mit Vollgas an. »Haben wir es so eilig? Soweit ich richtig informiert wurde, sind seit den Schüssen gestern Abend schon mehr als fünfzehn Stunden vergangen.«

Er warf ihr einen Seitenblick zu.

»Willkommen in Malmö.«

Dem breiten schonischen Dialekt zufolge war Nordh hier groß geworden.

»Danke.«

Sie musterte ihn. Für einen Mann wirkte er nicht besonders groß. Um die vierzig, schlank, strubbeliges, weizenblondes Haar. Er trug einen dunkelblauen Anzug und ein weißes Hemd mit schmaler Krawatte. Er sah nach einem Bullen alter Schule aus, oder einer zerknautschten und zerknitterten Version von Sonny Crockett. Er wiederholte ihren Namen. In seinem derben Dialekt klang er merkwürdig fremd.

»Karhu wie die finnische Sportmarke? Ich hatte mal Joggingschuhe von denen, die waren gar nicht schlecht.«

»Nein«, sagte sie. »Karhuu wie *Bär*. Mit Doppel-U. Nicht Finnisch, sondern Meänkieli.«

Er nickte vor sich hin.

»Das waren echt gute Schuhe.«

»Freut mich für dich.«

Erneut sah er zu ihr herüber.

»Man hört dir den Norden an, Svea Karhuu.«

Immer wenn sie diesen Satz hörte, meinte ihr Gegenüber eigentlich etwas anderes. Und zwar, dass man ihr den Norden nicht *ansah*. Was so viel bedeutete wie: Wo kommst du *eigentlich* her? Oder: Warum heißt die mit Vornamen *Schweden* und mit Nachnamen *Bär*, sieht dabei aber aus wie eine Kanakin?

»Und dir den Süden, Nordh.«

Sein Mundwinkel zuckte ob des Wortspiels amüsiert.

»Das nehme ich als Kompliment.«

»Nimm es, wie du willst, aber schau bitte auf die Straße, wenn du unbedingt so schnell fahren musst.«

Er deutete ein schiefes Lächeln an und blickte nach vorn. Auch auf den zweiten Blick wirkte er trotz des Anzugs nicht so, als würde er Wert auf sein Äußeres legen. Die Krawatte war fahrig gebunden, bei der Rasur hatte er eine Stelle unter dem Kinn übersehen und seine Frisur hatte das Mindesthaltbarkeitsdatum definitiv ein, zwei Wochen überschritten.

»Schwedische Bärin, gefällt mir. Klingt irgendwie indianisch.«

Oh, Mann. Sie verdrehte innerlich die Augen. Sprach man heutzutage nicht längst von Ursprungsbevölkerung? Das sollte sich sogar bis Malmö herumgesprochen haben. Jedenfalls unter zivilisierten Leuten.

»Ich bin in der Nachbarschaft von Samen aufgewachsen. Zählt das?«

»Ich denke schon.«

Wieder das flüchtige Lächeln. Obwohl er mindestens fünfzehn Jahre älter war als sie, strahlte er etwas Unbedarftes, Jungenhaftes aus. Gleichzeitig schien ein Schatten auf seinem kantigen Gesicht zu liegen, der nichts mit der schlampigen Rasur zu tun hatte. Das sollte einer von Malmös besten Ermittlern sein, wie ihr Chef nicht müde gewesen war, zu betonen? Nun gut, *don't judge a book by its cover.*

»Erzähl mir von dem Einsatz«, sagte sie. »Ich weiß kaum mehr als das, was die Nachrichten gebracht haben.«

»Die kurze oder die lange Version?«
»Die lange.«
Nordh seufzte.
»Hochhaussiedlung in Hermodsdal, Problemstadtteil, beziehungsweise ein Viertel mit Handlungsbedarf, falls das in deinen Ohren besser klingt. Eine Schießerei vor einer Pizzeria. Der Junge, der erschossen wurde, heißt Rashid und ist dreizehn Jahre alt. Dazu kommt ein neunzehnjähriger Verletzter. Die Sache riecht von vorn bis hinten nach Gangkonflikt. In Hermodsdal und Umgebung liegen seit Monaten die ortsansässigen *Originals* mit den *2155ern* und dem sogenannten Rosengård-Netzwerk im Clinch. Es ist immer derselbe Mist. Grabenkämpfe um Gebiete für den Drogenhandel. Geltungsdrang, Kränkung, Rache, Macht, schnelle Kohle, dazu viel zu viele Schusswaffen im Umlauf. Die meisten Täter und Opfer der sinnlosen Ballerei sind noch keine fünfundzwanzig. Wir beobachten schon länger, dass die rekrutierten Kids immer jünger werden, aber ein toter Dreizehnjähriger ist ein neuer Tiefpunkt. Doch wem sage ich das alles? Du hast in Stockholm gearbeitet? Da sieht es ja nicht anders aus.«

»Ich dachte, in Malmö gehen die Todeszahlen langsam zurück.«

Nordh zuckte mit den Schultern.

»Es sah eine Zeit lang etwas besser aus, aber in diesem Jahr hat sich der Trend schon wieder gedreht, auch wenn die verantwortlichen Politiker gern von einer positiven Entwicklung sprechen. Einige Konflikte, die hier ihren Ursprung haben, haben sich nur verlagert, in umliegende kleinere Städte wie Helsingborg oder Landskrona oder auch auf die dänische Seite der Brücke. Tja, und gestern Abend um 21.35 Uhr hat sich die Statistik offenbar weiter verschlechtert. Die betroffenen Anwohner sind eingeschüchtert, und weil kaum jemand mit uns redet, ist die Aufklärungsquote katastrophal.«

»Fünfzehn Prozent.«

Jeder Polizist des Landes kannte diese Zahl. Sie war zum Schämen.

Er nickte mit düsterem Gesichtsausdruck.

»Wobei die Gewalt längst auch in die Stadtteile der braven Mittelschicht schwappt und sich die Auseinandersetzungen mehr und mehr in der Öffentlichkeit abspielen. Vor Kurzem gab es eine Schießerei in einem Einkaufszentrum. Als würden die Banden für ihre Kämpfe eine Bühne suchen. Aber auch das wird dir bekannt vorkommen. Ob Malmö, Stockholm, Borås oder Eskilstuna: überall das gleiche Drama.«

»Mit Gangkonflikten hatte ich bisher selbst nichts zu tun, aber klar, mit der Grundproblematik bin ich vertraut.«

Wieder warf er ihr einen Seitenblick zu. Skeptisch diesmal.

»Womit hattest du denn zu tun?«

Das klang ziemlich unverhohlen nach: *Was hast du hier eigentlich verloren?* Im Grunde eine berechtigte Frage. Auf die es keine unkomplizierte Antwort gab. Der plötzliche Einsatzbefehl, der ihre vierwöchige Suspendierung frühzeitig beendete, hatte sie ja selbst überrascht. Sicher, die Dinge waren in letzter Zeit gelinde gesagt nicht optimal gelaufen. Aber war das ihre Schuld gewesen? *Copkiller,* flüsterte eine Stimme in ihrem Hinterkopf. Und es stimmte ja auch. Nur dass außer ihr fast niemand wusste, unter welchen Umständen ... Wenn nur die Gerüchte nicht aufgekommen wären. Wie hatte die verdammte Nazi-Bitch nur von den Geschehnissen des Undercover-Einsatzes wissen können? Zugegeben, die hässliche Situation in der Sporthalle hätte sie souveräner lösen können. Aber auch wenn es kindisch klang: Sie hatte den Streit nicht gesucht, sondern sich bloß gewehrt. Dumm gelaufen, dass nur die zweite Hälfte der Auseinandersetzung von einem der Hockeymädchen mit dem Handy gefilmt und verbreitet worden war. Sie sah ja ein, dass ihr weiterer Einsatz in Stockholm nach dieser unglücklichen Verkettung von Ereignissen nicht leicht gewesen wäre, aber warum ihr Chef sie in einer Nacht-und-Nebel-Aktion nach Malmö beordert hatte, um den Mord an einem Kind im Gangmilieu zu untersuchen, war ihr schleierhaft. Sicher, der Chef hatte viel von ihrer Kompetenz, Anpassungsfähigkeit und ihrem Instinkt gesprochen, aber sie wurde das Gefühl nicht los, dass es in Wahrheit auch darum ging, sie bis auf Weiteres in eine andere Ecke des Landes abzuschieben. Die weitergehende Frage war, ob er sie in ihrem eigenen Interesse aus der Schusslinie nehmen oder einfach nur ein Problem loswerden wollte.

»Verdeckte Ermittlung«, sagte sie.

Er stieß einen Pfiff aus. Wieder ein Seitenblick, diesmal wirkte er überrascht.

»Die Crème de la Crème der Nationalen Operativen Einheiten.«

»Na ja.«

»Ist das nicht ein ziemlich großer Sprung zu einer Mordkommission?«

Es klang eher wie eine Feststellung als eine Frage. Was sollte sie darauf entgegnen? Dass ihr Chef sich schon irgendetwas dabei gedacht hatte? Dass sie während ihrer Ausbildung drei Monate Praxis in einer Mordkommission hatte sammeln dürfen? Nordh hatte ja durchaus recht. Es war lange her, dass sie in einem Team gearbeitet und Verhöre geführt hatte. Nun gleich ein Mord, noch dazu ein exponierter Fall. Meine Güte, ein dreizehnjähriger Junge. Gleichzeitig das landesweit fünfundsiebzigste Schusswaffenopfer in diesem Jahr. Zwei Zahlen, die in den Augen der Presse, der Politik und der Öffentlichkeit vor allem für eins sprachen: totales polizeiliches Versagen. Sie selbst sah es differenzierter. Es war doch eigentlich eine Binsenweisheit: Die Arbeit der Polizei war immer auch ein Spiegel der gesellschaftlichen Realitäten. Aber was sollte sie Nordh antworten? Dass sie im höchsten Maße anpassungsfähig war? Dass sie schnell lernte und antizipierte? Dass sie vor vier Jahren die Polizeischule als Jahrgangsbeste abgeschlossen hatte? Oder gar, dass es für eine Ermittlung im sozioökonomisch schwachen Milieu nicht schaden konnte, auf eine Polizistin zu setzen, die aussah, als habe sie einen, nun ja, Migrationshintergrund? Bei dem Gedanken spürte sie plötzlich, wie sich etwas in ihr verkrampfte, denn mit ihm tauchte ein böser Zwilling in ihrem Bewusstsein auf. Ein unangenehmer Verdacht. War sie in erster Linie als Vorzeigekanakin hier?

»Ein frischer Blick kann vielleicht nützlich sein«, antwortete sie ihm.

»Bestimmt.«

Sie horchte genau hin. Nein, Nordh klang nicht sarkastisch, er schien das offenbar aufrichtig zu meinen.

»Und du bist Teil der hiesigen Soko für die Gangkonflikte?«

»No, Ma'am.«

»Oh.«

Das war überraschend. Noch ein Rookie in Sachen Vorortkriminalität? Die Geschichte wurde immer rätselhafter.

»Seit fünfzehn Jahren Mordermittler. Aber bisher nie im Gangmilieu.«

Sie schwieg eine Weile und kaute auf ihrer Unterlippe. Vor dem Autofenster zogen die immer gleichen Super- und Baumärkte, die Möbelriesen, Logistikzentren, Tankstellen und Fast-Food-Restaurants vorbei, die die Stadtgrenzen im 21. Jahrhundert markierten.

»Sorry, wenn es jetzt etwas merkwürdig klingt, aber warum ausgerechnet du und ich, warum kein eingespieltes Team der Sonderkommission Bandenkriminalität?«, fragte sie.

Wieder folgte das schiefe Lächeln, bei dem sie sich nicht sicher war, ob es zynisch oder einnehmend war.

»Denk an die erbärmliche Aufklärungsquote. Die Sokos, ob hier oder in Stockholm, Göteborg oder Södertälje, binden viele

Ressourcen, aber liefern kaum. Sie kartografieren die Gangs und Konflikte, kennen im Grunde sämtliche Bandenmitglieder und Verdächtige, aber sind dennoch machtlos, vor allem weil es an Zeugenaussagen und harten Beweisen fehlt. Gestern ist der *worst case* eingetreten, ein Kind wurde erschossen. Die Medien und Politiker machen Druck und sie haben ja irgendwie auch recht. Die Polizeichefs stehen mit dem Rücken zur Wand. An dieser Stelle kommen du und ich ins Spiel. Stichwort: frischer Blick.« Wieder sah er sie von der Seite an. »Und was dich angeht, möglicherweise auch – wie drücke ich es am besten aus? – ein gewisser, nun ja, Chamäleoneffekt.«

Ihr erster Impuls war, sich zu empören. Dann bemerkte sie, dass er nur das aussprach, was sie selbst gerade gedacht hatte.

»Die Gettofrau und der Superbulle?«

Er verzog die Mundwinkel.

»Gott bewahre. Es gibt gewisse Meriten in der Vergangenheit, aber ehrlich gesagt hatte ich in letzter Zeit nicht gerade einen Lauf.«

Sie schwieg und blickte aus dem Fenster. Gelber Backstein, gelbe Blätter. Handyläden und Discounter. Malmö lag am Meer, aber davon sah und ahnte man nichts.

5

Nicht gerade einen Lauf. Die Untertreibung des Jahres. Meine Frau ist vor neunzehneinhalb Wochen gestorben. Neunzehneinhalb Wochen? Ja, beinahe wie der Titel dieses alten Erotikfilms mit Mickey Rourke und Kim Basinger. Der passt irgendwie ziemlich gut, denn wie es aussieht, hatte meine Frau eine heimliche Affäre mit meinem engsten Kollegen und Kumpel. Der ist übrigens beim selben Autounfall ums Leben gekommen. Tja, *karma is a bitch*. Wenn es denn überhaupt ein Unfall war, woran ich bis heute nicht glaube. Um das beweisen zu können, habe ich mich auf einen fragwürdigen Deal eingelassen und deshalb sitze ich hier neben dir.

Er warf seiner neuen Partnerin zum x-ten Mal einen Blick zu. Sie war definitiv größer als er, recht breite Schultern, durchtrainiert. Hübsches Gesicht mit großer, wohlgeformter Nase, sehr dunkle Augen. Insgesamt der dunkle Typ, orientalische Wurzeln tippte er, wenn man das so sagen beziehungsweise denken durfte. Sportlich gekleidet, Sweatshirt, Jeans, Nike Air Max. Überraschend und interessant war der Background als verdeckte Ermittlerin. Das bedeutete, sie musste etwas auf dem Kasten haben: Intelligenz, Intuition, Anpassungsfähigkeit, Reaktionsvermögen. Hart im Nehmen, psychisch extrem stabil. Gleichzeitig hatten solche Kollegen einen gewissen Ruf. Schauspieler, undurchschaubar. Wer auch immer auf die Idee gekommen war, sie beide für die Aufklärung des Mords an einem dreizehnjährigen Jungen abzustellen, der landesweit Schlagzeilen machte, hatte einen unkonventionellen, kreativen Ansatz gewählt. Oder Sinn für Humor.

Fünf Minuten später waren sie am Tatort. Er parkte den Wagen und sie stiegen aus. Hermodsdal bestand aus vier- bis achtgeschossigen Wohnblöcken, wie sie in den Sechzigerjahren überall dort aus dem Boden gestampft worden waren, wo schnell billiger Wohnraum hatte entstehen sollen. Im sozioökonomischen Ranking der Stadt befand sich Hermodsdal auf einem der letzten Plätze. Die Schießerei der vergangenen Nacht war nicht die erste hier und würde auch nicht die letzte sein. Vor der Pizzabude, die sich in einer eingeschossigen Ladenzeile befand, die zwei Wohntürme miteinander verband, war die Straße auf einer Länge von gut zwanzig Metern bis zu den gegenüberliegenden Häusern mit blau-weiß gestreiftem Plastikband abgesperrt worden. Davor standen etwa zwei Dutzend Schaulustige, obwohl es außer den Mitarbeitern der

Spurensicherung, die in ihren Overalls ihre Ausrüstung zusammenräumten, und zwei Polizisten in Uniform nicht mehr viel zu sehen gab. An einer Stelle standen Grablichter, es waren Blumen und Stofftiere abgelegt worden und am Absperrband waren Fotos des Jungen, Trauerbekundungen und Flugblätter mit politischen Forderungen befestigt worden. Nordh sprang ein Plakat ins Auge.

Why?

Kurz flammte eine nahezu perverse Hoffnung auf. Vielleicht war dieser Fall, so tragisch und sinnlos der Tod dieses Kindes auch war, für ihn nicht nur Mittel zum Zweck, sondern auch eine Chance, in sein altes Leben als Kriminalkommissar zurückzufinden. Oder in das, was von diesem Leben noch übrig geblieben war. Er ließ den Blick über die Schaulustigen streifen. Ein Stück hinter der Menschentraube und neben den Übertragungswagen vom Fernsehen saß ein etwa fünfzehnjähriger Junge auf einem Motorroller und betrachtete die Szenerie mit zusammengekniffenen Augen. Zwei Teenagermädchen, eins mit Kopftuch, eins ohne, hielten sich an der Hand und weinten. Ein Pressefotograf nestelte an seiner Kamera herum. Über dem Eingang der Pizzabude prangte der Schriftzug *Venezia*. Wahrscheinlich irakische oder syrische Betreiber, vielleicht auch Afghanen. Ganz sicher keine Italiener. Nichts spiegelte die jeweiligen Einwanderungswellen so gut wider wie das Imbisspersonal. Das war jedenfalls seine Erfahrung. Er hielt für Karhuu das Absperrband hoch, aber ihr Blick verriet ihm, dass sie nicht auf solche Gesten stand. Geschenkt, dachte er, wer nicht will, der hat schon. Er wandte seine Aufmerksamkeit der Fensterfront des Lokals zu und entdeckte die Einschusslöcher. Das Glas war um die Löcher herum spinnennetzartig gesprungen, es schien wie ein Wunder, dass das Fenster noch nicht vollständig zu Bruch gegangen war. Hinter der Scheibe erkannte er Nora Mellander und die Muppets von der Soko, Waldorf und Statler, die in Wirklichkeit Anna Wallgren und Henning Stöcker hießen. Karhuu und er gingen ebenfalls hinein. Er stellte alle einander vor. Hände wurden geschüttelt und alle nahmen an einem Tisch Platz. Wallgren, die irgendein mentales Problem hatte, weil sie nach jedem zweiten Satz kicherte, egal, wovon sie gerade sprach, fasste das Geschehen und die ersten Erkenntnisse für sie zusammen.

Am Vorabend um 21.35 Uhr waren beim Notruf mehrere Anrufe eingegangen, die Schüsse vor dem *Venezia* meldeten. Viereinhalb Minuten später war der erste Streifenwagen vor Ort. Zu diesem Zeitpunkt war der Schütze bereits mit seinem Auto geflohen. Einem Zeugen zufolge war er gar nicht erst aus dem Wagen gestiegen, sondern hatte die Scheibe heruntergelassen und vom Fahrersitz aus mehrmals mit einem Sturmgewehr geschossen. Das Ganze habe keine Minute gedauert. Als die Polizisten eintrafen, lag der dreizehnjährige Rashid Sultani mit einem Kopfschuss in einer Blutlache vor der Pizzeria, neben ihm einer dieser elektrischen Tretroller, die man seit ein paar Jahren überall sah. Offenbar hatte der Junge mit seinem Gefährt die Schussbahn gekreuzt. Die Polizisten fühlten keinen Puls mehr und sämtliche Wiederbelebungsversuche der eintreffenden Rettungskräfte blieben erfolglos. Im Laden selbst hatten sich der Pizzabäcker und die drei Kunden, die sich mit ihm im *Venezia* befanden, auf den Boden geworfen und hinter dem Tresen beziehungsweise einem umgekippten Tisch Deckung gesucht. Es gab zwei Verletzte. Ein achtundsechzigjähriger Rentner, der auf seine Bestellung zum Mitnehmen gewartet hatte, und ein junger Mann, der gemeinsam mit einem Freund an einem der beiden Tische gesessen und gegessen hatte. Aller Wahrscheinlichkeit nach hatte der Anschlag ihnen gegolten, dem neunzehnjährigen Rasmus El Hamadaoui und dem gleichaltrigen Youssef Nasri, beide polizeilich bekannt, beide dem Umfeld der *Originals* zuzuordnen. El Hamadaoui war mit einem Steckschuss in der Schulter ins Krankenhaus gebracht worden. Den älteren Mann, Andrey Akimov, hatte ein Streifschuss am Arm getroffen und nur oberflächlich verletzt. Die kleine Wunde war noch vor Ort versorgt worden und Akimov hatte sich entgegen dem ärztlichen Rat nicht ins Krankenhaus bringen lassen, sondern war nach einer kurzen Vernehmung nach Hause gegangen. Der Aussage des Pizzabäckers zufolge war es Akimov zu verdanken, dass El Hamadaoui und vermutlich auch Nasri mit dem Leben davongekommen waren. Als der rote Lichtpunkt einer Laserzielvorrichtung durch das Lokal und über El Hamadaouis Gesicht gehuscht war, hatte sich Akimov gedankenschnell auf ihn geworfen und mit sich zu Boden gerissen, im selben Moment waren mehrere aufeinanderfolgende Schüsse abgegeben worden.

Damit endete Wallgrens Bericht. Sie hatte zwischendurch drei Mal gekichert, Nordh hatte mitgezählt.

»Ein Ziellaser?«

Karhuu hob eine ihrer geschwungenen Augenbrauen.

»Ungewöhnlich für Gangschießereien«, stimmte Nordh zu.

»Teils ja, teils nein«, sagte Stöcker, ein asthmatischer Miesepeter mit verkniffenem Mund. Die Muppets und er – daraus würde keine Liebesgeschichte mehr werden. Auch wenn sie einige Jahre im selben Morddezernat gearbeitet hatten.

Mellander übernahm das Wort.

»Richtig ist, dass der Datenbank zufolge eine derartige Zielvorrichtung bisher noch nicht im Zusammenhang mit den Bandenkonflikten in Erscheinung getreten ist, weder in Malmö noch anderswo. Andererseits wissen wir mittlerweile eins: Die Gangs schießen mit allem, was sie auf dem Schwarzmarkt in die Finger bekommen. Von modernen Sturmgewehren über tschechische Revolver aus der Stalinära bis hin zu abgesägten Schrottflinten. Hauptsache, es knallt. Es klingt zynisch und natürlich ist jedes Schusswaffenopfer eines zu viel, aber eigentlich müssten wir dafür dankbar sein, dass es sich so oft um unausgebildete, schlechte

Schützen handelt. Im vergangenen Jahr gab es landesweit dreihundertfünf Schießereien, die zu vierundsechzig Toten geführt haben, das ergibt eine Trefferquote von eins zu fünf. Dieses Jahr stehen wir schon bei mehr als siebzig Schusswaffenopfern, dabei haben wir gerade mal September. Uns steht ein trauriger Rekord bevor, nicht nur, was die Anzahl der Toten betrifft. Ihr habt es mitbekommen, der Junge war dreizehn Jahre alt. Ein Kind. Ich muss es nicht extra betonen: Die Situation ist untragbar, der Rechtsstaat darf so etwas nicht zulassen, wir dürfen so etwas nicht zulassen. Unsere bisherigen Bemühungen, Kräfte in einer Sonderkommission zu bündeln, um die Aufklärungsquote zu erhöhen, Täter zu überführen und die Gewaltspirale zu unterbrechen, ist bisher nur von bescheidenem Erfolg gekrönt.« Mit aufeinandergepressten Lippen blickte sie Wallgren und Stöcker an, denen das Unbehagen anzusehen war, dann wandte sie sich Karhuu und ihm zu. »An dieser Stelle kommt ihr beide ins Spiel. Der Polizeipräsident hat unmittelbar nach dem Bekanntwerden der Tragödie gestern Abend einen neuen Ansatz gefordert und mein Stockholmer Kollege und ich haben dem vollumfänglich zugestimmt.« Sie bedachte Karhuu mit einem professionellen Lächeln. »Dein Chef hält offenbar große Stücke auf dich. Mit Nordh an deiner Seite verspreche ich mir einen anderen Blickwinkel und neue kriminalistische Schlagkraft, ich hoffe, ihr enttäuscht mich nicht. Ihr bildet ein unabhängiges Zweierteam, könnt dabei aber auf die vollen Ressourcen der Soko zurückgreifen: Forensik, IT und so weiter. Wallgren und Stöcker sind eure Kontaktpersonen. Sie liefern euch Hintergrundinfos zu den Gangkriegen und stehen euch auch sonst zur Verfügung, wenn ihr mehr Manpower benötigt. Revierkämpfe, Zuständigkeitsstreitereien, persönliches Gezanke und andere Befindlichkeiten verbitte ich mir.« Wieder bedachte sie die Muppets mit einem Blick. »Ich erwarte tägliche Rapporte. Verstanden?« Vierfaches Nicken. »Das war es fürs Erste. Auf mich wartet die Pressekonferenz.« Sie seufzte. »Die werden mich an die Wand nageln. Je eher ich belastbare Ermittlungsergebnisse erhalte, desto besser für uns alle.«

Sie nickte ihnen zu, dann stand sie auf und ging. Zielstrebig, dachte er, wie damals im Studentenheim. Wallgren und Stöcker sahen definitiv verstimmt aus. Kein Wunder, Mellander hatte sie und die Soko vorgeführt und ihnen zwei externe Ermittler vor die Nase gesetzt.

»Und ihr seid jetzt das neue Dreamteam, oder was?«, sagte Stöcker. Er klang eingeschnappt.

Wallgren schaffte es sogar, beleidigt zu kichern. Respekt, das musste man auch erst mal hinbekommen.

»Ganz genau«, entgegnete Nordh. »Was wisst ihr über den Jungen?«, fragte er. »Hatte er trotz seines Alters schon Kontakte zu den *Originals?* War er zufällig vor Ort oder in Begleitung der beiden jungen Männer? Wollte der Schütze ihn treffen oder ist er Opfer eines Querschlägers geworden?«

Stöcker schob widerwillig einen Pappordner über den Tisch.

»Alles Wichtige, was wir über das Kind, die *Originals,* die *2155er* und das Rosengård-Netzwerk haben, findet ihr hier.«

Nordh glaubte nicht eine Sekunde, dass das Material etwas taugte. Die Banden, die Stöcker erwähnte, umfassten insgesamt mehr als hundert Mitglieder, das unterstützende Umfeld aus Handlangern, Tippgebern oder Wegguckern nicht einmal mitgerechnet. Irgendwelche Informationen und Gerüchte über die Gangs zusammenzutragen, half niemandem, solange das Material nicht strukturiert und bewertet worden war. Und warum sollten die Muppets freiwillig die Kronjuwelen der Soko rausrücken? Sie hatten überhaupt kein Interesse daran, dass Karhuu und er den Fall lösten, während sie wie begossene Pudel danebenstanden, ganz egal, was die Polizeichefin angeordnet hatte. Stöcker hustete.

»Polizeilich oder beim Jugendamt auffällig geworden ist der

Kleine nicht«, sagte Wallgren. »Es gibt keine verwandtschaftlichen Beziehungen zu El Hamadaoui oder Nasri. Das muss aber natürlich nichts heißen. Es gibt Zehnjährige, die schon rekrutiert wurden. Die Spurensicherung hat für heute Nachmittag einen Bericht zugesagt, der die Ergebnisse der ballistischen Untersuchungen enthalten wird.«

Erneutes Kichern. Die Frau hatte definitiv eine Schraube locker.

»Alles Weitere findet ihr in der Akte«, sagte Stöcker.

Dass ich nicht lache, dachte Nordh.

»Was sagen Rashids Eltern?«, fragte Karhuu.

»Es gibt nur einen alleinerziehenden Vater«, sagte Wallgren. Alleinerziehend. Nordh spürte bei den Worten einen Stich in der Brust. Einen Augenblick lang hatte er das Gefühl, nicht richtig atmen zu können. Dann verflüchtigte es sich wieder. »Wir haben ihn noch nicht erreicht«, sagte Wallgren. »Er geht nicht ans Telefon und zu Hause war er gestern Nacht auch nicht.«

»Ich wette, ihr habt euch die Beine ausgerissen, um ihn zu informieren«, sagte Nordh kopfschüttelnd. »Das Kind ist seit mehr als sechzehn Stunden tot und der Vater weiß immer noch nicht Bescheid?«

»Wir kümmern uns darum.«

Wenigstens verkniff sie sich diesmal das Kichern.

»Vergesst es«, sagte Nordh. »Die Chance habt ihr vertan. Ihr habt Mellander ja gehört. Wir haben jetzt den Hut auf. Ergo: Wir kümmern uns um den Vater und das nähere Umfeld.«

»Und was ist mit uns?«, fragte Wallgren.

Nordh zuckte mit den Schultern.

»Wir könnten Hintergrundinformationen und eine Übersicht gebrauchen«, sagte Nordh. »Nicht diesen Spam-Ordner hier«, er tippte auf die Akte, »sondern alles Wichtige, was ihr über die *Originals,* die *2155er* und alle anderen Gangs der Stadt zusammengetragen habt.«

Die Muppets standen auf.
»Eine Sache noch, Jon«, sagte Stöcker, während er seine Jacke von der Stuhllehne nahm. »Das mit deiner Frau tut mir leid.« Ein Lächeln umspielte seine blutleeren Lippen. »Carl-Johan natürlich auch.«

6

»Was war das denn gerade für ein seltsames Duo?«, fragte Karhuu, als Wallgren und Stöcker gegangen waren.
»Die Muppets. Waldorf und Statler, wie ich sie nenne, der Stolz der Soko Ganggewalt. Die beiden sind übrigens miteinander verheiratet. Wie du vielleicht bemerkt hast, hatte ich schon vorher mit ihnen zu tun. Sie waren bis vor einigen Jahren bei der Mordkommission. Wasserträger, haben es nie zum Kommissar beziehungsweise zur Kommissarin geschafft. Stöcker hat kein Händchen für Menschen, vielleicht ist das so ein Autismus-Ding. Oder er ist einfach nur ein misanthropes Arschgesicht. Und sie? Na ja, du hast sie ja erlebt.« Er drehte seinen Zeigefinger an der Schläfe. »Was nicht heißt, dass sie Dilettanten sind. Stöcker ist ein echter Aktenfresser. Wallgren kann Menschen zum Reden bringen, auch wenn man ihr das nicht zutraut. Vielleicht gerade, weil sie eine Schraube locker hat.« Er zuckte mit den Schultern. »Die Abneigung beruht auf Gegenseitigkeit. Es würde mich nicht wundern, wenn sie versuchen, uns Stöcke zwischen die Beine zu werfen. Das gilt wahrscheinlich für die ganze Soko, einschließlich des Chefs. Aus deren Sicht wildern wir in ihrem Revier.«
»Ein nettes Betriebsklima habt ihr hier.«
»Tja«, sagte er, »die berüchtigten fünfzehn Prozent. Der Druck auf dem Kessel ist hoch.«
Er schlug den Aktendeckel auf.

»Eine Frage hätte ich noch.«

Er drehte ihr den Kopf zu.

»Und zwar?«

Er hatte eine schorfige Strieme an der linken Wange, die sie erst jetzt entdeckte, offenbar hatte er sich beim Rasieren geschnitten. Es passte ins Gesamtbild eines Manns, den das Leben ein wenig aus der Bahn geworfen hatte. Sie rang mit sich. Einerseits ging sie diese private Sache nichts an, sie kannten sich ja kaum. Andererseits waren sie beide gezwungen, in kürzester Zeit Vertrauen aufzubauen, das brachte die Jobbeschreibung mit sich. In dem Umfeld, in dem sie sich bewegen würden, konnten Situationen auftreten, in denen dieses Vertrauen eine Frage von Leben und Tod war.

»Worauf hat dieser Stöcker angespielt, als er deine Frau und einen anderen Mann erwähnt hatte?«

Nordh drehte den Kopf und starrte vor sich. Er kratzte an dem dünnen Wundschorf an seiner Wange.

»Carl-Johan war mein langjähriger Teampartner«, sagte er schließlich. »Wir waren befreundet. Meine Frau und er hatten eine Affäre.«

»Oh. Das tut mir leid.«

Er zuckte mit den Schultern.

»*That's life.*«

Einen Moment lang wirkte es so, als wollte er noch etwas sagen, aber es kam dann doch nichts mehr. Himmel, der arme Kerl. Das erklärte vielleicht sein leicht ramponiertes Äußeres. Wen nähme so eine Geschichte nicht mit?

»Okay, fangen wir mit Rashids Vater an?«, fragte sie. »Er wird sich ja kaum in Luft aufgelöst haben.«

Nordh blätterte in der Akte.

»Er wohnt gleich um die Ecke.«

Sie machten sich auf den Weg. Zu Fuß waren es keine fünf Minuten. Das Haus hatte sechs Stockwerke, die Eingangstür stand offen. Das Treppenhaus war offenbar kürzlich renoviert worden. Keine Tags oder Graffiti. Es roch nach frischer Farbe. Der Aufzug brachte sie in den vierten Stock. Nordh klingelte mehrfach, aber niemand öffnete. Sie versuchten es unter der Handynummer, die sie ebenfalls in der Akte fanden. Niemand nahm ab. Karhuu klopfte lautstark an die Tür. Keine Reaktion. Schließlich öffnete sich die Tür der Nachbarwohnung. Eine ältere Frau in einem Faltenrock trat heraus. Karhuu stellte ihren neuen Partner und sich vor.

»Polizei? Hat es mit dem Jungen zu tun, der gestern erschossen wurde? Ist es etwa der kleine Rashid?«

Karhuu nickte.

»Wir suchen seinen Vater.«

Die Lippen der Frau bebten. Sie hielt sich am Treppengeländer fest und kämpfte mit den Tränen.

»Ich habe es mir beinahe gedacht, denn ich höre ihn sonst jeden Morgen, wenn er die Wohnung verlässt. Das arme Kind.« Ihre Stimme brach. »Der arme Rashid.«

»Du kanntest den Jungen?«, fragte Nordh.

Sie nickte.

»Seit sie vor einigen Jahren hergezogen sind. Die Mutter ist gegangen, als der Junge noch ganz klein war, der Vater arbeitet Tag und Nacht. Rashid war immer auf sich allein gestellt. Ein fröhliches, hilfsbereites Kind. Hat mir die Einkäufe nach oben getragen, wenn der Fahrstuhl mal wieder außer Betrieb war. Oder kaputte Glühbirnen ausgewechselt. Vor ein paar Wochen noch hat er mir dabei geholfen, eine Wand im Wohnzimmer zu streichen.«

Tränen liefen ihr über das Gesicht, das noch faltiger war als der Rock.

»Hatte er etwas mit den Banden zu tun?«, wollte Nordh wissen.

Die Frau schüttelte vehement den Kopf.

»Er ist ein guter Junge, ein wirklich guter Junge. Er wollte Fußballprofi werden, hat er mir immer erzählt. Zlatan Ibrahimović war sein großes Vorbild. Der ist übrigens nicht weit von hier aufgewachsen. Ich habe ihn manchmal beim Kicken im Park gesehen, aber das ist lange her. Rashid wollte werden wie er. Seine Augen strahlten, wenn er davon erzählte. Ein Profi, der in Mailand spielt oder Barcelona. Aber das war vor seinem Kniescheibenbruch. Der arme Junge. Der gute Junge. Ein wirklich guter Junge. Ja, das war er, ein wirklich guter Junge.«

»Wo könnten wir seinen Vater finden?«, fragte Karhuu behutsam und reichte der Frau ein Papiertaschentuch.

Die Nachbarin tupfte sich die Tränen ab und schnäuzte sich. Nach einer halben Minute hatte sie sich wieder gefangen. Mit dem verwischten Make-up wirkte sie wie eine der Hexen aus Macbeth.

»Seit einigen Jahren liefert er mit dem Fahrrad Essen aus. Diese armen Kerle in ihren grellfarbigen Jacken mit den schweren Kisten auf dem Rücken: Ihr wisst bestimmt, was ich meine. Aber Rashid hat mir erzählt, dass sein Vater für einige Zeit nach Nordschweden zur Blau- und Preiselbeerernte gefahren ist. Eine Knochenarbeit, aber er hat sich davon offenbar höhere Einkünfte als beim Lieferservice versprochen.«

Karhuu hatte sie zu Hause in Tornedalen oft gesehen, die aus Thailand oder China eingeflogenen Arbeitstrupps, die mit Eimern und Pflückschaufeln durch die Wälder streiften. Dass auch Einheimische die Akkordarbeit unter prekären Bedingungen auf sich nahmen, war ihr neu, aber in diesen Zeiten wenig verwunderlich.

»Das heißt, der Junge war seit Tagen unbeaufsichtigt?«, fragte Nordh.

Die Frau hob ihre schmalen Schultern und ließ sie wieder fallen.

»Wie gesagt, er musste früh lernen, auf eigenen Beinen zu stehen.«

Ihre Stimme klang resigniert.

»Und du hast es nicht für nötig gehalten, das Jugendamt zu benachrichtigen?«, fragte Nordh scharf.

Die Nachbarin schaute erst ihm, dann Karhuu lange in die Augen.

»Das Jugendamt? Der Witz ist gut. Die kommen immer erst, wenn es längst zu spät ist. Aber ihr wisst halt nicht, wie das Leben hier aussieht«, sagte sie kopfschüttelnd. »Ihr habt ja keine Ahnung.«

Karhuu wollte etwas Beschwichtigendes entgegnen, aber die Frau ging wieder zurück in ihre Wohnung und schloss hinter sich die Tür. Nordh und sie sahen einander betreten an.

Zwei Blöcke weiter lebte Youssef Nasri, einer der beiden jungen *Originals*, denen die Schüsse aller Wahrscheinlichkeit nach gegolten hatten. Seiner Akte zufolge war er bereits mit vierzehn Jahren polizeilich aufgefallen. Ladendiebstahl, Körperverletzung, sogenanntes *Abziehen* von Gleichaltrigen. Jugend- und Sozialamt wurden hinzugezogen, Hilfe- und Besserungspläne erstellt. Karhuu musste an die Worte der alten Frau denken. Mit fünfzehn das erste Drogendelikt, anschließend eine anderthalbjährige Odyssee durch verschiedene Betreuungseinrichtungen und eine Jugendhaftstrafe. Gebracht hatte das alles offenbar nichts. Die Geschichten ähnelten sich auf deprimierende Weise, das hatte Karhuu schon auf der Polizeischule gelernt. Oft ein alleinerziehendes, überfordertes Elternteil in einem Niedriglohn-Job, meistens die Mutter, häufig ein Migrationshintergrund, ein abwesender Vater, eine Bildungskarriere, die schon in der Grundschule gescheitert war. Lebensperspektiven: Loser oder Gangster. Da fiel die Wahl doch leicht. Auch in diesem Haus stand die Haustür offen. Ohne eine Reparatur würde das Schloss wohl nicht mehr schließen, der Türrahmen aus Aluminium war mit einem Vorschlaghammer oder Ähnlichem zerstört worden. Das Treppenhaus war in einem deutlich schlechteren Zustand als in dem Gebäude, in dem Rashid gelebt hatte. Sie nahmen den ruckelnden Fahrstuhl in den fünften Stock. Die Kabine des Aufzugs war über und über mit Tags bedeckt. *Originals*, entzifferte sie irgendwo in dem Wirrwarr, daneben etwas, das aussah, als hätte ein Dreijähriger eine Pistole gezeichnet. Als sie vor der Wohnungstür standen, donnerte Nordh mit der Faust dagegen. Es war nicht zu übersehen, dass er bei dem Nachwuchsgangster eine andere Gangart einlegte. In der Wohnung rührte sich nichts. Nordh hämmerte erneut. Ihr war diese unnötig brachial erscheinende Art ein Stück weit unangenehm. Als würde in jedem Faustschlag Anklage oder Verachtung mitschwingen. Wieder rührte sich nichts. Entweder war auch hier niemand zu Hause oder jemand wollte sie das Glauben machen. Gerade als Nordh zum dritten Mal seine Faust ballte und ausholte, drang ein Klirren durch die Wohnungstür, so als wäre ein Glas heruntergefallen und zersprungen, gefolgt von einem gedämpften Fluchen. Sie beugte sich vor und öffnete den Briefschlitz in der Tür, der für die Mehrfamilienhäuser der Sechzigerjahre typisch war. Die armen Postboten zu jener Zeit. Sie hatte nie verstanden, warum man nicht schon damals Briefkästen hinter der Eingangstür montiert hatte.

»Hier ist Svea von der Polizei«, rief sie durch den Schlitz. »Wir haben ein paar Fragen an Youssef. Es geht um die Schüsse gestern Abend.«

Eine halbe Minute lang tat sich nichts, dann näherten sich Schritte. Wer auch immer sich in der Wohnung befand, war nun endlich zu dem Schluss gekommen, dass sich taub oder tot zu stellen keine Lösung war. Die Tür wurde so weit geöffnet, wie der Sicherheitsriegel es zuließ. Durch den schmalen Spalt lugte ein Auge, ein so ängstlich-kindlicher Blick, dass Karhuu erst mit Verzögerung und nur aufgrund der Körpergröße von gut und gerne eins neunzig begriff, dass es Youssef Nasri sein musste und keines seiner jüngeren Geschwister, die er laut Akte hatte. Sie hielten ihm beide Polizeiausweise vor die Nase und er entriegelte die Tür, sodass sie eintreten konnten.

»Du bist Youssef?«, fragte Nordh, dem wahrscheinlich ähnliche Gedanken durch den Kopf gegangen waren.

Knappes Nicken, blasses Gesicht, große Augen. Der schmale Körper verstärkte eher noch ihr Gefühl, einem furchtsamen Kind gegenüberzustehen.

»Setzen wir uns doch ins Wohnzimmer«, schlug sie vor und schlüpfte aus ihren Nike-Sneakern. Nordh machte keine Anstalten, seine schicken, aber ungepflegten Lederschuhe auszuziehen. Youssef nickte erneut und sie folgten ihm durch den engen Flur. Die Wohnung roch würzig, nach Kurkuma, Zimt und eingelegten Gurken. Youssef führte sie in einen knapp zwanzig Quadratmeter großen Raum, der mehrere Funktionen gleichzeitig zu erfüllen schien, Wohn-, Spiel-, Ess- und Bastelzimmer in einem. Am Fernsehen war eine Spielkonsole angeschlossen und auf dem Esstisch stand ein zur Hälfte fertig gebautes Flugzeugmodell aus Balsaholz. Die einzige Wanddekoration bestand aus einem gerahmten Mannschaftsbild des Fußballklubs *Malmö FF* und einem gewebten Flickenteppich, wie man ihn auf den Dielen einer småländischen Bauernstube erwartet hätte.

»Setzen wir uns doch.« Sie hatte intuitiv begriffen, welche Tonlage hier vonnöten war, um Youssef dazu zu bringen, ihnen etwas Gehaltvolles zu erzählen. »Bist du allein zu Hause?«

Der Junge nahm ihr gegenüber am Esstisch Platz, Nordh blieb stehen, legte einen Arm quer über die Brust, stützte mit dem anderen sein schlecht rasiertes Kinn und setzte dabei einen Gesichtsausdruck auf, der an einen kritischen Theaterregisseur denken ließ, der konzentriert dem wichtigsten Dialog des Stücks folgt.

»Ja.«

Der erste Ton, den Youssef von sich gab.
»Deine Geschwister?«
»In der Schule.«
»Deine Mutter?«
»Arbeit.«
»Hast du ihr erzählt, dass du gestern dabei gewesen bist?«
Kopfschütteln. »Warum nicht?«, fragte sie behutsam.
Das war der Schlüssel. Ersatzmami spielen. Klein Youssef in die Arme schließen, zumindest mit Worten.
»Doppelschicht. Sie war noch gar nicht wieder hier.«
Sie nickte. Verständnis zeigen.
»Wie geht es dir denn?«
»Gut«, sagte er.
Seine Mimik, die fahle Haut und die fahrige, ungelenke Körpersprache sagten etwas anderes. Er erinnerte sie an ein Giraffenbaby, das gerade erst auf die Welt gekommen war. Ein angespanntes Giraffenbaby.
»Und Rasmus?«
»Ich weiß es nicht. Er ist ja direkt ins Krankenhaus gebracht worden. Der Notarzt hat gesagt, sie müssen die Kugel herausoperieren.«
»Und was sagt euer *Top Boy*, was sagt der General?«
Das war ins Blaue hineingefragt. Über die Strukturen der *Originals* wusste sie nicht mehr als das wenige, das Nordh ihr auf dem Weg hierher erzählt hatte. Eine klassische Machtpyramide, deren Ränge wie beim Militär aufeinander fußten. In diesem Ranking gehörten Youssef und Rasmus wahrscheinlich zu den Unteroffizieren, dem zweitniedrigsten Rang.
Youssef antwortete nicht, sondern starrte auf die Tischplatte. Hier war eine Mauer, das spürte sie. Die Frage war, ob Youssef darübersteigen würde. Sprich niemals mit der Polizei – das war eine eiserne Regel, die in Stadtvierteln wie Hermodsdal schon Kindern eingebläut wurde, dafür sorgten die Älteren, die auf

der Straße und im Block das Sagen hatten. Und hier saß der Kleingangster nun – und redete mit den Bullen. Aber Fragen zu den *Originals* beantworten? Sie hätte es an seiner Stelle vermutlich auch nicht getan. Vielleicht war sie auch zu plump vorgegangen. Sie suchte nach einem anderen Ansatzpunkt.

»Erzähl mir von den Schüssen in der Pizzeria.«

Er blickte sie an. Große dunkle Giraffenaugen.

»Was denn genau?«

»Alles von Anfang an. Wie du es erlebt hast.«

Er zog die Nase hoch.

»Wir sind nach dem Training ins *Venezia*. Machen wir immer so, montags und freitags.«

»Was für ein Training?«

»Gewichte und so. Im Gym schräg gegenüber vom Pizzaladen.«

»Okay.«

»Wir saßen da also und haben gegessen, als ich plötzlich diesen roten Laserpunkt gesehen habe. Mitten in Rasmus' Gesicht. Ich weiß noch, dass ich nach draußen geschaut habe, weil ich dachte, das wären die Kids mit einem Laserpointer. Die Dinger waren vor ein paar Jahren mal in. Ganz schön mutig, habe ich gedacht, dass jemand riskiert, sich von Rasmus oder mir eine einzufangen. Aber ich konnte draußen kaum etwas erkennen, weil es ja schon ziemlich dunkel war und die Scheibe das Licht reflektiert hat. Im selben Moment hat es auch schon geknallt und dann noch einmal und noch einmal und Rasmus lag zusammen mit dem Opa auf dem Boden.«

»Der ältere Mann hat Rasmus zu Boden gerissen?«

»Ja. Irgendwie schon. Der Tisch ist auch umgekippt.«

»Das hört sich an wie in einem Actionfilm. Was war mit dem Jungen? Rashid?«

»Den habe ich vorher noch aus den Augenwinkeln gesehen, draußen, direkt vor dem Fenster. Er kam auf einem dieser

E-Scooter angefahren und hatte ein ziemliches Tempo drauf. Dann fiel wie gesagt auch schon der erste Schuss.

»Kanntest du Rashid?«

»Nur vom Sehen.«

»Hat er etwas mit euch zu tun?«

»Nein.«

»Arbeitet er für euch?«

»Nein.«

»Als Späher? Botendienste?«

»Nein, verdammt!«

»Und du hast dort draußen gar nichts erkannt?«

»Doch, ich habe ein Auto wegfahren sehen. Nach den Schüssen. Der rote Laserstrahl kam aus dem Auto.«

»Was war das für ein Wagen?«

»Ich weiß es nicht. Irgendwie normal.«

»Was ist normal?«

»Also kein Sportwagen. Ein mittelgroßes Auto.«

»Kombi, Limousine, Geländewagen?«

»Kombi, glaube ich.«

»Farbe?«

»Eher hell.«

»Marke?«

»Ich weiß es nicht.«

Karhuu seufzte.

»Wie bist du auf den Boden gekommen?«

»Was?«

»Als der Streifenwagen kam, befandet ihr euch alle auf dem Boden. Der Pizzabäcker, der ältere Mann, Rasmus und du.«

»Ach so, ja. Ich weiß es nicht mehr genau. Das war ja total chaotisch alles. Da war überall Blut und Pizza und Rasmus hat vor Schmerzen geschrien und der Opa hat gestöhnt und irgendwie bin ich auf den Bauch gefallen und hinter den umgekippten Tisch gekrochen.«

»Wer hat auf euch geschossen, Youssef?«

»Ich habe niemanden erkannt.«

»Youssef!«

Sie klang, als würde sie ein Kleinkind ermahnen.

»Ich schwöre!«

»Da war nur dieser helle, normale Kombi?«

»Ja.«

»Was ist mit den *2155ern*?« Youssefs Blick richtete sich wieder auf die Tischplatte. Er fuhr mit einem Finger die Kante entlang und schwieg. Da war sie wieder, die Mauer. Sie wartete eine ganze Minute. »Wir können dir und Rasmus nicht helfen, wenn ihr nicht mit uns redet, Youssef.«

Ein lakonisches Lächeln streifte sein Gesicht.

»Helfen«, sagte er leise.

»Ja, helfen«, sagte sie und suchte Augenkontakt, bekam ihn aber nicht.

»Das bringt nichts, Svea.« Nordhs Stimme klang resigniert oder gelangweilt. Sie kannte ihn noch nicht gut genug, um das beurteilen zu können. »Lass uns gehen, vielleicht ist sein Kumpel ja einsichtiger, immerhin hat der sich einen Schuss gefangen, im Gegensatz zu unserem kleinen Scheißer hier.«

Good cop, bad cop – ihr hatte der Zweck dieses Spielchens noch nie eingeleuchtet. Oder handelte es sich hier um etwas anderes? Hatte Nordhs grobes Auftreten mit Youssefs Herkunft zu tun? Hätte er sich einem Bio-Schweden gegenüber genauso verhalten? Sie hob eine Hand und Nordh verstummte. Mit Provokation würden sie den Jungen nicht über die Mauer locken können.

»Wir können dir helfen, wir können euch beiden helfen«, sagte sie sanft.

Doch Youssef sah gedankenverloren aus dem Fenster und schwieg.

7

Svea Karhuu hatte Jon Nordh vorgeschlagen, sich zu trennen, um effizienter zu arbeiten. Er hatte ihr zugestimmt. Je eher sie sich ein umfassendes Bild von den Umständen und Beteiligten machten, desto eher konnten sie entscheiden, welche Schritte als nächste zu tun waren. Zeit war tatsächlich ein wichtiger Faktor. Nicht wegen des zunehmenden Drucks der Öffentlichkeit, von dem die Polizeichefin gesprochen hatte – der war ihm egal, selbst wenn er in den kommenden Tagen vor Mikrofone und Kameras gezerrt werden würde, um persönlich Rede und Antwort über mangelnde Fortschritte der Ermittlung zu stehen. Es gab andere Gründe. Der erste war simpel und rein kriminaltechnischer Natur. Je eher ein mutmaßlicher Täter gefasst wurde, desto größer war die Wahrscheinlichkeit, ihn mithilfe von harten Beweisen wie zum Beispiel dem Besitz der Tatwaffe oder möglichen Schmauchspuren gerichtsfest der Tat überführen zu können. Je mehr Zeit verstrich, desto leichter war es für den Täter, seine Spuren zu verwischen. Der zweite Grund war ein Erfahrungswert. Ganz gleich ob der erschossene Junge direkte Verbindungen zu den *Originals* hatte oder nicht: Die Schüsse hatten aller Wahrscheinlichkeit nach nicht ihm gegolten, sondern den beiden jungen Männern. Die Vergangenheit hatte bereits oft genug gezeigt, dass solche Attentate der Ausgangspunkt eskalierender Konflikte waren. Die *Originals* dachten wahrscheinlich jetzt schon über Rache nach. Je eher der Schütze aus dem Verkehr gezogen würde, desto größer war die Chance, eine Gewaltspirale zu verhindern. So weit die Theorie. Nordh machte sich jedoch keine großen Illusionen. Verdammte fünfzehn Prozent! Er wusste sehr genau, warum es ihn nie zu der Soko Ganggewalt gezogen hatte. Um den Mörder von Rashid Sultani zu überführen, würden die junge Kollegin und er nicht nur den beschworenen frischen Blick brauchen, sondern harte Arbeit, Durchsetzungsvermögen und eine große Portion Glück.

Im Eingangsbereich des Krankenhauses kam ihm ein Mann entgegen, dessen kantiges Gesicht so ziemlich jedem Polizisten der Stadt bekannt war. Es handelte sich um Darko Tadić, den zweithöchsten Mann der *Originals*. Verdammt, da war einer schneller gewesen als wir, dachte er, nahm den Dienstausweis aus der Innentasche seines Jacketts und trat Tadić mit ausgestrecktem Arm entgegen.

»Jon Nordh, Kripo Malmö. Ich habe ein paar Fragen.«

Tadić, der vor ihm stehen geblieben war, verdrehte genervt die Augen.

»Hier? Jetzt? Ich habe es eilig.«

»Darf ich fragen, was du hier machst?«

Tadić nahm eine Schachtel Zigaretten aus einer Jackentasche, klopfte eine Kippe aus dem Softpack und steckte sie sich in den Mundwinkel. Es war nicht zu übersehen, dass er unter seiner Armanijacke eine schusssichere Weste trug.

»Schwanzverkleinerung«, brummte er. »Meiner war einfach zu groß. Hing beim Gehen immer auf dem Boden.«

»Klar«, sagte Nordh. »Kenn ich. Was ist mit Rasmus El Hamadaoui?«

»Nie gehört. Was für ein beknackter Name. Klingt nach Halb-Kanake.«

Er reckte Nordh das Kinn entgegen.

»Wie armselig muss das sein«, sagte Nordh leise, aber bestimmt. »Junge Männer und Minderjährige zu Straftaten anzustacheln. Und was erst für ein Scheißgefühl, für ein totes Kind verantwortlich zu sein. Viele gehen früher oder später an der Schuld kaputt. Der Rest fährt in den Knast ein oder verreckt in seiner eigenen Blutlache. Gegen einen Kopfschuss hilft eine Schutzweste nämlich einen Scheiß.«

»Fick dich, Bulle.«

Das klang lahm, und Tadić wusste, wie lahm es klang.

»Wenn ich du wäre«, sagte Nordh, »würde ich den Vater des Kleinen auf Knien um Verzeihung bitten und so viele Scheine von deinem verdammten Drogengeld rüberschieben, dass er seinen Sohn wenigstens angemessen bestatten kann. Nicht, dass du irgendetwas jemals wiedergutmachen könntest, aber eine Tasche voll mit Schmerzensgeld wäre zumindest ein Anfang.«

»Fick dich«, wiederholte sich Tadić.

Erbärmlich.

Nordh setzte ein verächtliches Lächeln auf.

Tadić stolzierte wie ein Gockel davon. Die Rangordnung innerhalb der *Originals* ergab sich definitiv nicht nach rhetorischem Talent. Er ließ sich an der Rezeption die Raumnummer von Rasmus El Hamadaoui geben und fuhr mit dem Fahrstuhl in den vierten Stock. Vor dem Zimmer saß ein junger Streifenpolizist auf einem Stuhl und daddelte auf dem Handy herum.

Nordh zog seinen Dienstausweis.

»Hast du den Kerl mit dem Hahnenkamm eben ins Zimmer gelassen?«, blaffte er den Polizisten an.

»Ja, ich …«

»Ganz toll. Das war Darko Tadić, einer der miesesten Gangster der Stadt.«

»Aber woher sollte ich denn wissen, dass …?«

»Herrgott noch mal!«

Nordh riss die Tür auf, ging ins Zimmer und knallte sie hinter sich wieder zu. Rasmus lag allein in einem Doppelzimmer. Nordh setzte sich auf den Besucherstuhl, auf dem vermutlich eben noch Tadić gesessen und seinen Fußsoldaten bearbeitet hatte, und zeigte den Polizeiausweis.

»Wie geht es dir?«, fragte er.

Statt zu antworten, knabberte Rasmus an seiner Unterlippe. Es war nicht verwunderlich, dass er auf der Stelle dichtmachte. Dumm gelaufen, dass Tadić unmittelbar vor ihm da gewesen war. Selbst wenn der Junge nach dem Attentat die eiserne Regel angezweifelt haben sollte, nie mit der Polizei zu sprechen, dürfte ihm sein Boss diese Flausen nachhaltig ausgetrieben haben. Der Empathie-Voodoo, den Svea Karhuu bei Youssef ausprobiert hatte, war nicht wirklich von Erfolg gekrönt gewesen, außerdem schien ihm Rasmus aus anderem Holz geschnitzt zu sein als sein gleichaltriger Kumpel. Der Junge biss sich auf die Zunge – und hielt den Mund. Höchste Zeit für gute, altmodische Polizeiarbeit.

Er rückte lächelnd näher an das Kopfende des Betts heran.

»So, mein lieber Rasmus, jetzt unterhalten wir beiden Hübschen uns mal ganz in Ruhe. Ich will Wort für Wort wissen, was du eben deinem Boss erzählt hast. Wer hat auf euch geschossen?«

Rasmus sah ihn mit flackerndem, aber entschlossenem Blick an. Die Operationswunde schmerzte wahrscheinlich gewaltig, aber er war offensichtlich nicht gewillt, dem Bullen auch nur ein kleines bisschen entgegenzukommen.

»Du kannst mich mal«, presste er schließlich hervor.

Nordh setzte ein noch gutmütigeres Gesicht auf. Bis vor einigen Monaten, als seine Welt noch in Ordnung gewesen war, hätte er es mit sprachlichen Kniffen versucht. Mit Überredungsversuchen, Fangfragen, dem ganzen Werkzeugkasten manipulativer Rhetorik, den man als Kripobeamter der Mordkommission beherrschen musste. Wenn er damit nicht weitergekommen war, was selten der Fall gewesen war, hatte er das Feld meistens seinem Partner überlassen. Er war aus dem Zimmer oder Verhörraum gegangen, hatte weggeschaut und die dumpfen Geräusche geflissentlich überhört. Er hatte Calles Verhörmethoden, seine blutigen Knöchel, sein triumphierendes, wölfisches Lächeln nicht gutgeheißen, aber er hatte es stillschweigend akzeptiert, weil es zu Ergebnissen geführt hatte. Er musterte Rasmus' Gesicht. Das Kindliche, Jungenhafte war auch auf den zweiten Blick nicht zu übersehen. Andererseits hatte er schon eine Menge auf dem Kerbholz. In seiner Akte waren fünf Fälle von Körperverletzung aufgeführt. War es nicht so: Wer austeilte, musste auch einstecken können? Und vor allem: Nordh brauchte schnelle Fortschritte. Er musste diesen Fall lösen. Er brauchte die Belohnung, die Mellander ihm versprochen hatte. Das war der Deal. Nun gab es keinen Calle mehr, der ihm die Drecksarbeit abnahm. Er stand also auf, beugte sich über Rasmus, presste die eine Hand auf dessen Mund und die andere mit wohldosierter Kraft auf den Schulterverband. Rasmus riss die Augen auf, sein Körper krümmte sich vor Schmerzen unter der Bettdecke. Nach etwa fünf Sekunden nahm Nordh die Hände weg. Rasmus stöhnte und keuchte. In seinem feuchten Blick hielten sich Angst und Überraschung die Waage.

»Leck mich, du Arschloch!«, stieß er schließlich hervor.

Nordh machte sich aufs Neue ans Werk, diesmal mit mehr Kraft. Gleichzeitig schämte er sich bodenlos. Was er hier tat, war ekelhaft. Er musste an Lilly und Tim denken. Wenn sie sich ihren Vater bei seiner Arbeit als Polizist vorstellten, dann hatten sie mit Sicherheit nicht solche Szenen im Kopf. Gott, vergib mir. Rasmus grunzte, versuchte ihm in die Hand zu beißen und wand sich wie ein Fisch, aber geschwächt, wie er war, hatte er dem, was ihm widerfuhr, nichts entgegenzusetzen. Diesmal ließ Nordh erst los, als er Panik in den Augen des Jungen aufflammen sah. Rasmus hatte nun Schweiß auf der Stirn stehen. Schwer atmend fluchte er und blitzte Nordh hasserfüllt an. Wer wollte es ihm verdenken?

»Noch eine Runde gefällig?«

Rasmus deutete ein Kopfschütteln an. Schmerzen waren die mächtigste Erfahrung, die der menschliche Körper kannte. Er gab klein bei. Irgendwann gab jeder klein bei.

»Ich habe kaum etwas gesehen, alles geschah auf einmal.« Er redete schnell. »Der rote Punkt, das Mündungsfeuer mehrerer

Schüsse, dieser Junge auf dem E-Roller vor der Fensterscheibe, der Schmerz in meiner Schulter. Dann lag ich schon auf dem Boden, weil der Alte mich mit sich heruntergerissen hat.«

Nordh musterte ihn mit zusammengekniffenen Augen. Dieselbe Geschichte hatte Youssef erzählt. Sie klang plausibel. Es gab keinen Grund, sie anzuzweifeln. Dennoch meinte er zu spüren, dass da noch mehr war. Vielleicht hatte es mit Darko Tadićs lächerlichem Auftritt zu tun. Mit dem selbstgerechten, gockelhaften Gang, mit dem er ihn im Eingangsbereich hatte stehen lassen.

»Da war noch mehr, Rasmus«, sagte er kopfschüttelnd. »Etwas, das du gesehen hast.«

Ein Schuss ins Blaue.

»Nein.«

»Doch.«

»Ich schwöre!«

Nordh beugte sich erneut über ihn.

»Dann drehen wir noch eine Runde, wenn du es nicht anders willst. Die große Hafenrundfahrt.«

»Nein! Stopp! Nein!«

Rasmus hob beschwichtigend den unverletzten Arm.

»Also?«

»Die Schüsse wurden aus einem Auto heraus abgegeben. Der rote Laser führte geradewegs in das heruntergelassene Fenster der Fahrertür hinein. Den Schützen selbst konnte ich nicht erkennen, es war ja dunkel im Wagen. Auf das Auto habe ich nicht geachtet, dafür ging alles viel zu schnell. Ich habe gerade noch gesehen, wie der Junge getroffen wurde, aus seinem Kopf spritzte Blut. Aber da war noch jemand. Auf der gegenüberliegenden Straßenseite, ein paar Meter hinter dem Wagen. Ein Junge auf einem Moped. Wenn der keinen dermaßen auffälligen Helm getragen hätte, wäre er mir wahrscheinlich überhaupt nicht aufgefallen.«

»Was war auffällig?«

»Der Helm war schwarz und hatte ein neongelbes Muster.«

»Da war ein Junge auf einem Moped, der einen schwarz-neongelben Helm trug?«

»Ja. Auf einem dieser Motorroller, die man ab fünfzehn fahren darf.«

Nordh fiel ein, dass er unter den Schaulustigen am Tatort einen Jungen auf einem Motorroller gesehen hatte. Auf den Helm hatte er jedoch nicht geachtet.

»Davon gibt es in Hermodsdal doch Dutzende. Wie viele Straßendealer, Späher oder Laufburschen fahren so ein Ding? Der Junge gehört sicherlich zu euch.«

»Nein, der Helm wäre mir aufgefallen.«

»Vielleicht war der neu.«

»Kann sein. Kann aber auch nicht sein.«

»Ein schwarzer Helm mit neongelbem Muster. Hast du Darko Tadić davon erzählt?«

Rasmus zögerte. Einen Moment zu lang, als dass es glaubhaft gewirkt hätte.

»Wer ist Darko Tadić?«

Nordh seufzte müde.

»Der ältere Mann in der Pizzeria hat dich also zu Boden gerissen und dir so das Leben gerettet?«

»Ja, vermutlich schon.«

»Kennst du ihn?«

»Nur vom Sehen. Der holt sich jeden Freitag eine Pizza.«

»Okay, Rasmus. Ich denke, wir sind hier fürs Erste fertig. Vielen Dank für deine uneingeschränkte Kooperation.«

»Fick dich«, sagte der Junge leise.

Nordh erhob sich und klopfte ihm sachte auf die unverletzte Schulter.

»Gute Genesung.«

8

Der ältere Mann, der Rasmus und Youssef mit großer Wahrscheinlichkeit das Leben gerettet hatte, wohnte im Stadtteil Gullvik. Svea Karhuu ging zu Fuß und aß unterwegs eine Kleinigkeit. In Malmö aß man Falafel. Das war ein geflügeltes Wort und ging auf die vielen Einwanderer und den nicht zu übersehenden Multikulti-Charakter der Stadt zurück. Ihr hatte das rührige Flair bereits bei früheren Besuchen auf Anhieb gefallen. Böiger Wind trieb weiße Wolkenfetzen über den grauen Himmel. Die Navi-App ihres Handys führte sie aus Hermodsdal in ein beschauliches Wohngebiet, das von Einfamilienhäusern mit gepflegten Vorgärten geprägt war. Eine völlig andere Welt, auch wenn sie nur wenige Hundert Meter von den Hochhausblöcken entfernt lag.

Andrey Akimov lebte in einem Bungalow aus gelbem Klinker, eine Buchenhecke schirmte das Grundstück ein wenig von der Straße ab. Karhuu klingelte und Akimov öffnete ihr die Tür. Sie hatten miteinander telefoniert und er erwartete sie bereits. Mittelgroß, kurzes graues Haar, verbindlicher Händedruck. Neben ihm ein kleiner, schwarz-weiß melierter Hund, der sie hechelnd beschnupperte.

»Darf ich vorstellen, das ist Dunja.«

»Diese Fellfarbe sieht man nicht oft. Ein Pfeffer-und-Salz-Schnauzer?«

»Genau. Ich mag dieses Grau des Fells sehr«, sagte er, »es erinnert mich daran, wie das Meer an einem wolkenverhangenen Tag aussieht, wenn dann plötzlich die Sonne durchbricht. Es gibt dafür in eurer Sprache ein tolles Wort: opalisierend. Oder klingt das zu sehr nach einem romantischen, alten Trottel?«

Er lächelte einnehmend, nahm ihr die Jacke ab, hängte sie an einem Bügel auf und führte Karhuu durch den Flur ins Wohnzimmer, wo auf einem Esstisch zwei Kaffeegedecke und ein

Teller mit Gebäckstücken bereitstanden. Er bat sie Platz zu nehmen und schenkte ihr Kaffee ein, handgemahlen und frisch aufgebrüht, wie er betonte.

»Wie geht es deinem Arm?«, fragte sie.

»Ach was, nur ein kleiner Kratzer, nicht der Rede wert.« Er seufzte. »Tragisch ist dagegen, was dem armen Jungen widerfahren ist.«

Karhuu nickte.

»Hattest du den Eindruck, er hatte irgendetwas mit den beiden Jugendlichen in der Pizzeria zu tun? Hat er hineingeschaut? Ans Fenster geklopft?«

»Nein, soweit ich das gesehen habe, überhaupt nicht. Er fuhr einfach vor dem Fenster vorbei und ist in die Schussbahn geraten. Wahrscheinlich hat ihn der Schütze gar nicht kommen sehen. Soweit ich mich erinnere, war der Junge dunkel gekleidet. Diese elektrischen Roller, die man nun überall sieht, sind ziemlich schnell. Ich fürchte, das arme Kind war einfach zur falschen Zeit am falschen Ort. Was für eine Tragödie.«

Natürlich hatte der Mann recht. Dreizehn Jahre alt, verdammt. Sie musste an den Vater des Jungen denken, der irgendwo in Nordschweden für einen Dumpinglohn Blaubeeren pflückte. Möglicherweise wusste er noch immer nicht, dass sein Sohn tot war. *Collateral damage* der Bandenkriege, dachte sie bitter. Die tödliche Ganggewalt, die sich im vergangenen Jahrzehnt wie ein Geschwür ins Land gefressen hatte, musste ein Ende finden. Seit ihr Chef sie in der vergangenen Nacht über ihren Einsatz informiert hatte, hatte sie zum ersten Mal das Gefühl, dass sie mit ihrer Arbeit hier womöglich tatsächlich etwas dazu beitragen konnte.

»Eine Tragödie, die vermutlich noch schlimmer geendet wäre, wenn du nicht so geistesgegenwärtig reagiert hättest«, sagte sie.

Akimov winkte ab.

»Ach was. Wie geht es denn dem jungen Mann mit dem Schulterschuss?«

»Die Operation ist offenbar gut verlaufen und er wird keine Folgeschäden davontragen. Wenn er einen Funken Anstand hat, dann kommen er und sein Kumpel mit einem riesigen Präsentkorb bei dir vorbei. Darauf wetten würde ich allerdings nicht.«

Sie lächelte schmal.

»Hauptsache, er wird wieder richtig gesund. Ich hoffe für die beiden, dass sie sich aus diesen Schwierigkeiten herausziehen können und vielleicht einen anderen Lebensweg einschlagen.« Wenn das so einfach wäre, dachte sie. »Bitte sehr.« Akimov wies auf das Gebäck. »Selbst gebackener Honigkuchen, leider nicht so gut wie der meiner verstorbenen Frau. Seit ich allein leben muss, leistet mir Dunja Gesellschaft.«

Akimov tätschelte den Kopf der Hündin, die zu seinen Füßen saß. Seine Rs rollten, seine As klangen wie Os. Osteuropäischer Hintergrund, der Name deutete es ja schon an. Ukraine? Russland? Belarus? Es spielte natürlich keine Rolle. Sie musste daran denken, wie oft sie selbst dumme Fragen zu ihrer Herkunft gestellt bekam.

»Ich stamme aus Russland«, sagte er, als hätte er ihre Gedanken gelesen. »Auch wenn ich das in letzter Zeit nicht gerne zugebe. Ist aber auch schon lange her, dass ich dort meine Zelte abgebrochen habe. Jetzt bin ich Neuschwede. Seit fünfundzwanzig Jahren.« Er lachte ansteckend. »Einmal Neuschwede, immer Neuschwede, nicht wahr? Aber das ist schon okay. In dem Dorf, in dem ich meine Kindheit verbrachte, galten Zugezogene noch nach drei Generationen als Fremde.« Schallendes Lachen. »Jetzt im Ernst: Ich bin ein dankbarer Einwanderer. Frieden, geistige Freiheit und gute Angelmöglichkeiten, viel mehr brauche ich nicht. Viel Küste, tausend Seen. Wenn du in Russland an ein Wasserloch kommst, sitzen dort schon zehn

Leute mit der Angel in der Hand. Ha! Hier dagegen? Ich fahre mit einem kleinen Boot raus und habe meine Ruhe.«

Wieder lachte er. Schien ein sonniges Gemüt zu haben, der angelnde Witwer.

»Was angelst du denn?«

»Jetzt im Herbst am liebsten Meerforelle!« Er strahlte übers ganze Gesicht. »Für mich der Königsfisch. Köstlich! Lachs dagegen ist überbewertet. Meine Meinung. Aber wer fragt schon einen russischen Rentner, nicht wahr?«

»Man sieht es mir vielleicht nicht an, aber ich bin in Nordschweden groß geworden, Tornedalen. Mein Vater behauptet, ich hätte das Angeln noch vor dem Laufen gelernt. Dort vor allem Barsche und Hechte.«

Akimov nickte anerkennend. Ein Fachgespräch übers Fischen plätscherte für einige Minuten hin und her. Gleichzeitig sah sie sich in dem Wohnzimmer um. Schwere, dunkle Möbel, untypisch für Skandinavien, alt und auf unbestimmte Art geheimnisvoll. Sie fragte sich, ob sie ebenfalls aus Russland stammten. An den Wänden Schwarz-Weiß-Fotos, die Sportler beim Handball zeigten und von Licht gerahmt wurden. Sie saß mit dem Rücken zum Fenster, offenbar hatte draußen die Sonne die Wolkendecke durchbrochen. Die schonische Küste und der Sund waren für abrupte Wetterwechsel bekannt.

»Hornhechte und Meerforellen schön und gut«, sagte sie irgendwann, »aber wie ich fürchte, müssen wir uns noch ein bisschen mehr über die Vorfälle gestern Abend unterhalten.«

»Sicher doch.«

Er nickte ihr zu. Die tiefen Falten gaben seinem sorgfältig rasierten Gesicht Charakter. Er war achtundsechzig, auch wenn sein kräftiger, trainierter Körper jünger wirkte.

»Jeden Freitag nehme ich an einem Lesezirkel in der Stadtbücherei teil. Gerade lesen wir Jonathan Franzen, großer Autor, Amerikaner, kann ich empfehlen. Die Veranstaltung endet gegen neun. Wie immer fahre ich aus der Innenstadt mit dem Rad nach Hause. Das *Venezia* liegt auf der Strecke. Von außen macht der Laden nicht allzu viel her, aber die Pizza *Vongole* ist ausgezeichnet. Die Muscheln kommen täglich frisch vom Großmarkt. Der Besitzer stammt aus dem Iran und ist am Persischen Golf in einer Fischerfamilie groß geworden, hat er mir einmal erzählt. Frische Meerestiere sind ihm wichtig. Der gute Ruf spricht sich rum. Ich habe dort in letzter Zeit schon mehrmals junge, schicke Leute angetroffen, die sich sonst sicher nicht nach Hermodsdal verirrt hätten.«

»Hipster«, warf sie ein.

»So sagt man wohl. Aber gestern war wenig los. Als ich auf meine Muschelpizza gewartet habe, waren außer mir und dem Pizzabäcker nur die beiden Jungs im Laden. Sie saßen an dem Tisch am Fenster. Ich kenne sie vom Sehen, die sitzen fast immer da, wenn ich mir meine *Vongole* hole. Ich hatte bereits bestellt, bezahlt und habe nur noch darauf gewartet, dass meine Pizza fertig wird. Da habe ich plötzlich einen roten Punkt an der Wand vorbeihuschen gesehen. Zuerst habe ich an einen Laserpointer gedacht, aber dann habe ich nach draußen geguckt und da stand dieses Auto. Und am Ende des Lichtstrahls konnte man einen Gewehrlauf sehen. Im selben Augenblick ist der Junge auf seinem Roller direkt vor der Fensterscheibe vorbeigefahren.« Akimov schaute einen Moment auf seine Hände und holte tief Luft, bevor er weitersprach. »Der Rest war reiner Reflex. Ich kann selbst jetzt noch nicht erklären, was genau ich in dem Moment gedacht habe und wie ich den jungen Mann mit zu Boden gerissen habe. Auf jeden Fall ist gleichzeitig eine ganze Salve an Schüssen explodiert und es hat Glas- und Holzsplitter auf uns hinabgeregnet.«

»Eine bemerkenswerte Reaktion. Warst du früher mal Fußballtorwart oder so etwas in der Art?«

Ein Lächeln huschte über sein Gesicht.

»Handball! Mein Verein war *Sarja Kaspija Astrachan*, ist aber Ewigkeiten her, da war ich Anfang zwanzig.« Das erklärte die nostalgischen Fotos an der Wand. »Judo habe ich als junger Mann auch mal gemacht. Ich versuche, mich im Alter fit zu halten. Tischtennis, Schwimmen, lange Spaziergänge mit Dunja.« Plus Fischen. Und einen Lesekreis. Ein Mann mit vielen Hobbys.

»Darf ich fragen, was du beruflich gemacht hast?«, fragte Karhuu.

»Agraringenieur. In Astrachan habe ich eine Kolchose geleitet, Zuckerrüben und Kernobst. Einen Teil des Ertrags haben wir damals immer heimlich fürs Schwarzbrennen abgezweigt.« Er lachte. »Nach dem Fall des Eisernen Vorhangs sind meine Frau und ich nach Schweden gekommen. Hier haben wir dann gemeinsam in der Zuckerfabrik in Arlöv gearbeitet und ich bin nachts Taxi gefahren. Nicht ganz dasselbe, aber für ein bescheidenes Heim hat es gereicht.« Er machte eine ausladende Geste. »Das war zum Glück, bevor die Immobilienpreise so stark angezogen sind.«

»Um noch einmal auf die Schüsse zurückzukommen«, sagte sie. »Kannst du dich an irgendwelche Details des Autos erinnern, aus dem geschossen worden ist? Farbe, Fabrikat, Modell?«

»Eure Kollegen haben mich das gestern Abend natürlich auch schon gefragt, aber ich konnte ihnen leider nicht weiterhelfen. Nun, nachdem ich eine Nacht darüber geschlafen habe, sehe ich den Wagen vor meinem inneren Auge wieder klarer vor mir. Es war zwar dunkel, aber die nächste Straßenlampe stand nicht weit entfernt. Ich bin mir ziemlich sicher, dass es sich um einen hellen Kombi handelt, weiß oder silber, vermutlich ein Subaru Outback, der hat eine ziemlich markante Silhouette.«

Sie zog anerkennend die Augenbrauen hoch. Dann dachte sie an die Nachricht, die Nordh ihr geschickt hatte, kurz bevor sie bei Akimov geklingelt hatte.

»Ein anderer Zeuge gibt an, er hätte ein Stück hinter dem Wagen einen Jungen auf einem Moped gesehen, der einen auffälligen schwarz und neongelb gemusterten Helm getragen hat.«
Akimov nahm einen Schluck aus seiner Kaffeetasse und kniff nachdenklich die Augen zusammen.
»Tut mir leid. Ich fürchte, damit kann ich nicht weiterhelfen. Alles ging so furchtbar schnell.«
»Mit dem Automodell hilfst du uns schon ein ganzes Stück weiter«, stellte Karhuu nicht unzufrieden fest. »Ganz zu schweigen davon, dass du den beiden jungen Männern wahrscheinlich das Leben gerettet hast.«
»*Sarja Kaspija Astrachan* sei Dank.«
Artig hörte sie sich noch die ein oder andere Handballanekdote an, trank den wirklich ausgezeichneten Kaffee, aß vom Kuchen und verabschiedete sich schließlich.

9

Die Polizeichefin hatte ihnen ein Büro im Präsidium in der Drottninggatan besorgt. In dem brutalistischen Betonbunker hatte auch die sechzehnköpfige Soko Ganggewalt ihre Räumlichkeiten. Kurze Wege, verzahnte Kommunikation – im Grunde eine einleuchtende Entscheidung, auch wenn Nordh davon überzeugt war, dass es der Sonderkommission nicht schmecken konnte, ein Zweierteam mit weitreichenden Befugnissen vor die Nase gesetzt zu bekommen. Nun ja, man würde sehen, wie sich die weitere Zusammenarbeit entwickelte. Zunächst einmal gefiel ihm, dass er nicht an seine alte Wirkungsstätte im Stadtteil Slussen zurückmusste, die er seit dem Unfall nicht mehr betreten hatte. Mitleid und hilflose Betroffenheitsbekundungen seiner ehemaligen Kollegen waren das Letzte, was er gebrauchen konnte. Die Vorstellung, dass sich Calles persönliche Sachen vermutlich noch immer in ihrem gemeinsamen Büro befanden, bedrückte ihn. Karhuu und er hatten sich vor dem Eingang getroffen, kurz ausgetauscht und betraten die Wache gemeinsam. Händeschütteln, höfliche Worte, willkommen in Malmö. Lindelöv, der Kopf der Soko, den Nordh von früheren Einsätzen kannte und durchaus als umsichtigen Strategen achtete, wies ihnen einen gut ausgestatteten, hellen Raum zu. Doch Nordh wusste ebenso, dass Lindelöv ein Mann mit ausgeprägtem Geltungsdrang war, der mit Sicherheit Vorbehalte gegen Karhuus und Nordhs Sonderrolle hatte, auch wenn er sich nichts anmerken ließ. Nordh war sich so gut wie sicher: Früher oder später würde Lindelöv sie auf die ein oder andere Art auflaufen lassen.

Die IT-Spezialistin Mette Petersen, eine rundliche Mittfünfzigerin mit tätowierten Unterarmen und unüberhörbar dänischen Wurzeln, bot ihnen an, sich bei Fragen jederzeit an sie wenden zu können. Von den Muppets keine Spur. Vielleicht saßen sie in ihrem Büro und spielten *Super Mario Kart*. Nordh öffnete ein Fenster.

»Man kann von hier aus das Meer riechen«, sagte er, »und wenn man sich auf die Zehenspitzen stellt, sieht man den *Turning Torso*.« Der zweihundert Meter hohe, architektonisch raffiniert in sich verdrehte Wolkenkratzer war in den vergangenen zwei Jahrzehnten zu einem Wahrzeichen der Stadt geworden. »Nicht, dass ich ihn besonders leiden könnte.«

»Warum nicht?«

»Der alte Kran der Kockumwerft hat mir dort besser gefallen.«

»Warum?« Er zuckte mit den Schultern. Karhuu kam, stellte sich zu ihm und schnupperte aus dem Fenster. »Stimmt«, sagte sie. »Salz und Algen. Anders als in Stockholm.«

»Die Falafeln sind hier auch besser.«

»Oh«, sagte sie und hielt sich eine Hand vor den Mund, »riecht man die Knoblauchsauce?«

»Macht nichts. Manche nennen sie Malmöer Mundwasser. Wir sind hier etwas bodenständiger als in der Hauptstadt.«

Sie reckte beide Daumen in die Höhe.

»Fangen wir an?«

Er nickte. Ganz schlau wurde er aus der Frau noch nicht. Sie schien übertrieben viel Wert auf politische Korrektheit zu legen, aber auf den Kopf gefallen war sie nicht. Trotzdem wunderte er sich, warum sie ihm keinen erfahrenen Mordermittler zugeteilt hatten, sondern eine verdeckte Ermittlerin.

Karhuu setzte sich an eine Seite des Doppelschreibtischs und fuhr den Rechner hoch. Mette Petersen hatte sie mit den nötigen Passwörtern ausgestattet. Karhuus Finger klapperten auf der Tastatur.

»Über achthundert Subaru Outbacks sind in Schonen gemeldet, die meisten davon weiß, dicht gefolgt von grau und silber.«

»Da kommen eine Menge Wagen infrage.«

»Überhaupt: Der Outback ist eine geländetaugliche Familienkutsche mit Vierradantrieb. Auf dem Land fährt man so etwas. Aber in der Stadt? Das Ding hat null Glamourfaktor. Klingt nicht gerade nach Gangstern«, sagte sie.

»Du meinst, die haben das Auto für die Aktion geklaut?«

»Kommt bei Drive-by-shootings vor. Ergibt ja auch Sinn.«

Wieder flogen ihre Finger über die Tasten, bis sie zufrieden brummte.

»Ein weißer Outback ist vorgestern von einem Park-and-ride im Stadtteil Oxie verschwunden. Ich wette zehn zu eins, dass es sich um unser Fahrzeug handelt und dass es innerhalb der nächsten Tage wieder auftaucht.«

»Viel mehr als das Auto haben wir nicht.«

»Nur den Jungen mit dem auffälligen Helm.«

»Mal abwarten, was die ballistische Analyse der Spurensicherung sagt.«

»Was ist mit Videomaterial?«, fragte Karhuu. »Irgendwo in

der Nähe muss es doch Geldautomaten geben oder Läden, die mit Kameras gesichert sind.«

»Ich kümmere mich drum.«

»Danke.«

Sein Handy klingelte. Er blickte aufs Display.

»Verdammt!«

»Was denn?«

»Ich muss los und meinen Sohn vom Sport abholen. Meine Schwiegermutter ...«

Er winkte ab und streifte sich seinen Trenchcoat über.

»Dann aber schnell«, sagte Karhuu.

Im Laufschritt machte er sich auf den Weg. Er holte Tim bei der Turnhalle ab und Lilly bei einer Freundin. Er brachte beide nach Hause, wo seine Schwiegermutter Rosa auf sie wartete.

»Wir müssen uns mal dringend unterhalten, Jon«, sagte sie.

»Ja, ja, später, okay?«, wimmelte er sie ab.

Gedanklich war er schon wieder halb zur Tür hinaus. Zwei Optionen: entweder zurück ins Revier oder zum Fußballspielen. Es brannte ihm unter den Fingern, bis zum Abend weiterzuarbeiten. Andererseits hatte er dem Polizeipsychologen versprechen müssen, sich mehr um sich selbst zu kümmern. Achtsamkeit und so weiter und so fort. Wenn er sich jetzt beeilte, konnte er es vielleicht zur zweiten Halbzeit schaffen. Vor vier Wochen hatte er wieder mit dem Training in der Ü40 angefangen. Heute hatte seine Mannschaft ein Punktspiel. Er hatte lose zugesagt, vorbeizukommen. Als er beim Fußballplatz eintraf, waren noch dreißig Minuten zu spielen. Kaum war er zweimal an der Seitenlinie entlanggetrabt und hatte sich ein wenig gedehnt, nahm sein Schwager, der die Mannschaft trainierte, einen erschöpften Spieler raus und schickte ihn auf den Platz. Offensives Mittelfeld. Er spürte etwas, das er Ewigkeiten nicht gefühlt hatte: Er war elektrisiert. Verdammt, es war lange her gewesen, dass er in einem richtigen Match gespielt hatte. Noch während er sich auf dem Feld zu orientieren versuchte, bekam er auch schon den Ball zugespielt. Er sah, dass sein Mitspieler auf der Außenbahn Tempo aufnahm. Aber bevor er ihm das Leder in den Lauf passen konnte, musste er an seinem Gegenspieler vorbei. Er versuchte es mit einer Körpertäuschung, blieb aber hängen und der Ball war weg. Die Geschmeidigkeit, die sein Spiel einmal ausgemacht hatte, war Hüftsteifheit und schmerzenden Gelenken gewichen. Doch er war nicht hier, um zu jammern. Die Aufregung brachte Adrenalin und die Bewegung Endorphine mit sich. Er setzte nach einem langen Abschlag zu einem Sprint an und kam vor seinem Gegenspieler an den Ball. Ein guter erster Kontakt, eine gelungene Ballmitnahme, doch an dem robusten Innenverteidiger kam er nicht vorbei. Er fiel und schrammte sich das Knie auf. Egal, weiter jetzt. Er ließ sich zurückfallen, lief dann nach links, wo er eine große Lücke in der Defensive des Gegners ausgemacht hatte. Er bekam einen scharfen Pass seines Sechsers zugespielt, gab ihn direkt an den Achter weiter, bekam den Ball erneut, sprintete auf den Strafraum zu und wurde in dem Moment von dem riesenhaften Innenverteidiger abgeräumt, in dem er zum Torschuss ansetzen wollte. Er flog sicherlich einen Meter weit, aber der Schiedsrichter pfiff nicht, sondern bedeutete ihm mit einer Geste, aufzustehen. Was für ein blinder Trottel! Das war ein klares Foul an der Strafraumgrenze gewesen, mindestens Freistoß, wenn nicht Elfmeter! Er trabte zurück auf Höhe der Mittellinie, lief sich frei, bot sich an, suchte die Zweikämpfe. Mit jedem Schritt merkte er, dass er nicht in Form war, trotzdem genoss er jede Sekunde. Das Spielgeschehen, die Physis, den Trashtalk, den Geruch von feuchtem Gras. Kurz vor Abpfiff bekam er auf der rechten Seite einen Pass genau in den Lauf gespielt. Sein Gegenspieler grätschte ins Leere und er zog mit dem Ball am Fuß mit allerletzter Kraft einen Sprint bis zur Eckfahne an. Der Innenverteidiger machte den Raum eng und ging mit langem Bein zu Boden, als Nordh einen Schuss antäuschte. Mit einer Körperdrehung war der Hüne ausgespielt und Nordh konnte die Flanke genau dorthin zirkeln, wo der Mittelstürmer hinwies. Kopfball, Tor, zwei zu eins, Abpfiff. Seine Lunge brannte, seine Gelenke schmerzten. Ewig hatte er sich nicht mehr so gut gefühlt. Die Mitspieler klopften ihm auf die Schulter, sein Schwager gab ihm *high five*, sogar der gegnerische Innenverteidiger nickte ihm anerkennend zu. Unter der Sammeldusche drückte ihm jemand ein eiskaltes Bier in die Hand.

»Unser Flankengott«, sagte sein Schwager und zwinkerte ihm zu.

Eine Stunde später hatte ihn der Alltag wieder eingeholt. Er saß mit seiner Familie am Esstisch. Nur: Es stimmte ja gar nicht. Sie waren nicht mehr als ein verzweifelter Mann, der mit seinen beiden Kindern und seiner Schwiegermutter schweigend am Tisch saß. Niemand aß, jedenfalls nicht im eigentlichen Sinne, was nicht nur daran lag, dass Rosas Spaghetti bolognese nicht gerade eine Offenbarung waren.

»Lilly«, sagte er. »Wenigstens den halben Teller. Wir haben das doch schon tausendmal besprochen. Wenn du nichts isst, wachst du wieder mitten in der Nacht auf, hast Hunger und kannst nicht mehr einschlafen. Verstehst du das?«

Sie nickte. Natürlich verstand eine Siebenjährige das. Sie nahm die Gabel und drehte konzentriert eine einzelne der viel zu weich gekochten Nudeln auf. *Al dente*, hatte Linda immer gesagt, die Pasta muss *al dente* sein. Aber Rosa war nicht Linda. Sondern eine Masseurin mit kaputtem Rücken, die ihr einziges Kind verloren hatte. Tim, der bis dahin mit dem Löffel Wellenmuster in den Soßenklecks auf seinem Teller gezeichnet hatte, unterbrach die Produktion seines Kunstwerks und beobachtete fasziniert das Spaghettiwickeln seiner Schwester.

»Für dich gilt das Gleiche, Großer«, sagte Nordh und buffte seinem Sohn gegen die Schulter.

»Aua, Papa!«

Er bereute sein Stupsen sofort. Es war viel zu fest ausgefallen, manchmal vergaß er, wie zart und klein Tim noch war.

»Du bist so ein Baby«, sagte Lilly zu ihrem Bruder. »Ein richtiges Weichei.«

»Bin ich gar nicht!«

Tim sah seinen Vater empört an und Rosa warf ihrem Schwiegersohn einen vorwurfsvollen Blick zu. Jedenfalls deutete er das so. Ihre Pupillen waren wieder einmal winzig. Sie war high von den starken Schmerzmitteln, aber wer wollte ihr das verdenken? Vielleicht war das der Grund für die zu weichen Nudeln und die überwürzte Hackfleischsoße. Selbst wenn er sich Mühe gab, bekam er kaum einen Bissen hinunter. Vielleicht lag es auch an dem Bild des toten Jungen, das er nicht aus dem Kopf bekam. Auf dem Rückweg vom Fußballmatch war er noch in der Pathologie gewesen. Die Todesursache war von vornherein klar gewesen. Kopfschuss. Aber er hatte das Kind mit eigenen Augen sehen wollen. Müssen. Ein Ritual. Das war er Rashid schuldig.

»Lilly!«, mahnte er pflichtschuldig. »Tut mir leid, Großer, ich wollte dir nicht wehtun.«

Er strubbelte Tim durchs Haar. Wie lang es war. Wann war der Kleine eigentlich das letzte Mal beim Friseur gewesen? War er überhaupt schon einmal beim Friseur gewesen oder hatte ihm Linda sonst immer die Haare geschnitten? Warum wusste er solche Dinge nicht? Bis zu Lindas Tod war er davon überzeugt gewesen, etwa die Hälfte der Haushaltsaufgaben zu erledigen. Doch nun tat er mindestens fünfmal so viel und es reichte immer noch nicht aus.

»Weichei«, flüsterte Lilly laut genug, dass es alle hörten.

»Papa!«, beschwerte sich Tim.

»Lilly!«

Er schlug mit der flachen Hand auf den Tisch. Viel fester, als er beabsichtigt hatte. Die Kinder und Rosa sahen ihn einen Moment lang erschrocken an.

»Immer gibst du mir die Schuld!«, rief seine Tochter schließlich, schob mit Wucht den Stuhl nach hinten, stand auf und lief die Treppe hinauf in ihr Zimmer.

»Toll, Jon«, sagte Rosa. »Ganz toll.«

Er starrte seine Schwiegermutter an. In ihm brodelte es. Es war doch nicht seine Schuld, dass Lilly … Und Tim …

»Ich habe keinen Hunger«, sagte Tim und schob den Teller von sich. »Bei Mama hat es immer ganz anders geschmeckt.«

Er konnte sehen, dass Rosa schluckte.

»Ich weiß, mein Schatz«, sagte sie. »Deine Mama konnte viel besser kochen als ich, sie war eine ganz wunderbare Frau.«

Nordh schloss die Augen und presste seine Fäuste gegen die Schläfen.

Meine wunderbare Frau. Er vermisste sie so sehr, dass sich das Gefühl in Momenten wie diesem in körperlichem Schmerz manifestierte. Eine Erinnerung sprang ihn an. Wie ein großer, schwanzwedelnder Hund, der ihn übermannte. Es war eines ihrer ersten Dates gewesen. Ein milder Spätsommertag, ähnlich wie heute. Linda hatte ihn am frühen Abend mit geheimnistuerischer Miene von seiner damaligen Wohnung abgeholt. Mit den Fahrrädern waren sie zum Hafen hinuntergefahren. Dort hatte sie ihn an die Hand genommen und mit sich zu einem der alten Fischkutter gezogen. Der Skipper hatte sie begrüßt und an Bord gebeten. Dann waren sie hinaus Richtung Sonnenuntergang getuckert und Linda hatte aus ihrem Rucksack ein Baguette, Comté, ein Glas Oliven und eine Flasche Wein geholt. Es war das beste Abendessen seines Lebens gewesen. Sie hatte ihm ihre Liebe geschenkt. An welcher Stelle hatte er sie wieder verspielt? Er liebte sie doch immer noch. Mit seinem waidwunden Herzen. Aber er konnte nicht begreifen, warum sie hinter seinem Rücken ... Ausgerechnet mit Calle ...

»Iss bitte«, sagte er zu Tim, so sanft er konnte. »Deine Spaghetti schmecken gut, Rosa.« Er nahm sich demonstrativ nach, obwohl er bereits eine große Portion auf dem Teller hatte.

»Ich hole nur schnell den Parmesan.«

Er stand auf, doch statt in die Küche ging er die Treppe hinauf in Lillys Zimmer. Sie lag bäuchlings auf dem Bett, den Kopf in ein Kissen gedrückt, ihr schmaler Körper bebte vor Schluchzen. Er legte sich neben sie, streichelte behutsam ihren Rücken und kämpfte vergeblich gegen seine eigenen Tränen an.

Anderthalb Stunden später, nachdem er die Kinder nachtfertig gemacht und ins Bett gebracht hatte, setzte er sich mit einem Bier ins Wohnzimmer, wo Rosa auf ihn wartete.

»Du bist ja immer noch nicht drüben. Läuft jetzt nicht deine Fernsehsendung?«, fragte er sie mit einem Blick auf die Uhr.

»Wir müssen uns unterhalten, Jon«, wiederholte sie.

Dann musste es wohl wirklich etwas Dringendes sein. Er stöhnte innerlich auf. Der Tag war lang gewesen. Was kam jetzt denn noch? Eine Standpauke, dass er sich zum Fußball verdrückt hatte, anstatt das Abendessen zuzubereiten, wie es eigentlich abgesprochen gewesen war? Er nippte an seinem Bier.

»Also?«

»Du weißt ja, wie es um meinen Rücken bestellt ist.«

»Sicher.«

»Nun, ich habe heute endlich den Bescheid auf meinen Antrag auf Frühverrentung bekommen.«

»Und?«

»Das Warten hat ein Ende. Nach dem ewigen Hin und Her habe ich nun die endgültige Bewilligung bekommen.«

Sie lächelte.

Er freute sich für sie. In den vergangenen Jahren hatte sie bei der kräftezehrenden Arbeit gelitten wie ein Hund. Es entbehrte nicht einer gewissen traurigen Ironie. Während sie anderen Menschen jahrzehntelang bei ihren Beschwerden geholfen hatte, hatte sie sich den eigenen Rücken ruiniert.

»Herzlichen Glückwunsch, Rosa!«

»Danke.« Sie setzte einen Gesichtsausdruck auf, den er nicht richtig deuten konnte. Aber sein Magen begann zu grummeln, was nie ein gutes Zeichen war. »Einerseits bin ich wirklich erleichtert. Ich hätte es kein weiteres Jahr mehr durchgehalten. Trotz der starken Schmerzmittel nicht.« Einerseits? Wo ein Einerseits war, da gab es auch ein Andererseits. Aber warum gab es ein Andererseits? Nun würde doch alles gut werden. Endlich würde sie Zeit haben, sich um ihre lädierte Wirbelsäule zu kümmern. Gymnastik, Yoga, weiß der Teufel was. Ihren Hobbys nachgehen. Töpfern, Lesen, lange Strandspaziergänge. Und sie könnte natürlich immer für ihn einspringen und für Lilly und Tim da sein, wenn er wegen seiner unregelmäßigen Arbeitszeiten im Dienst ... »Andererseits hat die Bewilligung auch Konsequenzen.«

Sie zog die Mundwinkel nach unten.

»Die da wären?«

»Nun ja, ich war lange zu Hause, nachdem Linda geboren wurde. Du weißt ja, dass sich ihr Vater schnell aus dem Staub gemacht hat. Deshalb habe ich, solange sie klein war, jahrelang nur halbtags arbeiten können. Mein Einkommen war nie besonders hoch. Dazu jetzt der frühe Renteneintritt.« Sie rieb an ihrer Nasenspitze, eine Geste, die er von Linda kannte. »Was ich sagen will: Meine Pension ist winzig. Ich werde mir die Doppelhaushälfte nicht länger leisten können, Jon, sondern sie wohl oder übel verkaufen und mir etwas weit Günstigeres suchen müssen.«

Ihm blieb die Luft weg. Er wusste nicht, was er entgegnen sollte. Rosa wollte wegziehen? Die Kinder und ihn allein lassen? Ausgerechnet jetzt? Wo Lilly und Tim sie so sehr brauchten? Wie sollte er je wieder als Mordermittler arbeiten, wenn sie nicht mehr nebenan wohnte und im Zweifelsfall zu jeder Tages- und Nachtzeit …? Er leerte den Rest seines Biers in einem Zug, stand auf, ging in die Küche und öffnete ein neues. Über seiner weiteren Karriere als Hauptkommissar hing ein Damoklesschwert, das begriff er nun, und es war nur eine Frage der Zeit, bis das Rosshaar, an dem es hing, unweigerlich reißen und auf ihn niederfallen würde.

10

Svea Karhuu nahm im Hotel eine lange, heiße Dusche und telefonierte anschließend mit Kristoffer. Es war schön, seine Stimme zu hören. Die gemeinsamen Tage in Tornedalen waren sehr harmonisch gewesen. Es war das erste Mal, dass sie ihn dorthin mitgenommen und ihren Eltern vorgestellt hatte. Ein großer Schritt. Ove und Marie hatten ihn ganz offensichtlich gemocht. Das freute sie und bedeutete ihr mehr, als sie im Vorhinein geglaubt hatte. Kristoffer und sie waren dort oben viel gewandert. Von den weiten Tälern und den mächtigen Bergrücken war er ganz angetan gewesen. Kaum zu glauben, hatte er gesagt, dass diese Landschaft ein Teil desselben Landes ist. Er war so ein Stadtkind, Stockholmer durch und durch. Ihnen hatte die gemeinsame Woche in ihrer alten Heimat gutgetan, hatten sie sich doch erst kurz vor ihrem vergangenen Einsatz kennengelernt und sich anderthalb Jahre lang nur sporadisch und spontan treffen können. Komm bald zu mir zurück, hatte er zum Abschied am Flughafen gesagt. So bald wie möglich, hatte sie entgegnet.

Nach dem Telefonat blätterte sie in der Akte, die Wallgren und Stöcker ihnen am Morgen überreicht hatten. Nordh hatte recht gehabt, das unübersichtliche Materialkonvolut schien wahllos zusammengewürfelt und nicht besonders hilfreich zu sein. Vielleicht war sie auch einfach nur zu müde zum Lesen. Der Tag war lang gewesen. Trotzdem war da diese Rastlosigkeit, die sie seit dem schiefgelaufenen Einsatz verfolgte. Sie zog sich wieder an, verließ das Hotel und streifte durch die unbekannten Straßen. Die Bewegung tat gut. Sie dachte über ihr Leben nach: Als anderthalbjähriges Kind war sie zu Marie und Ove nach Tornedalen gekommen und bis zum Abitur geblieben. Anschließend hatte sie sieben Jahre in der Hauptstadt gelebt, die Undercover-Einsätze miteingerechnet. Seit heute war sie bis auf Weiteres in Malmö. Sie probierte drei Sätze in schonischem Singsang. Es klang wie eine Parodie, es klang, als habe sie eine heiße Kartoffel im Mund. Mit Sprachen war das so eine Sache. Meänkieli würde sie immer begleiten, es saß noch tiefer als ihr nordschwedischer Akzent. Sie war ein Kind des Nordens, das in den Süden gezogen war. Doch so ganz stimmte das natürlich nicht. Genetisch stammte sie aus dem sogenannten globalen Süden, das begriff jeder, der sie ansah. Nur sie selbst fühlte es nicht. Irgendwo tief in ihrem Inneren musste es doch einen Kern geben, der tiefer saß als Marie und Ove und das Meänkieli in ihrem Herzen. Ein Herz im Herz. Aber da war nichts. Es gab kein *eigentlich,* auch wenn ihr Aussehen etwas anderes behauptete. Sie musste an Rashid Sultani denken, dessen Vater aus Afghanistan nach Europa gekommen war. An Youssef Nasri und Rasmus El Hamadaoui, die neben schwedischen auch nordafrikanische Wurzeln hatten. An Andrey Akimov, der aus Russland stammte. Ein ehemaliger Handballtorwart mit sonnigem Gemüt, dessen alte Reflexe den beiden Jungen das Leben gerettet hatten. Wo lag eigentlich Astrachan? Sie blieb stehen, nahm ihr Handy aus der Tasche und sah nach. Ganz im Süden Russlands, dort, wo die Wolga ins Kaspische Meer mündete. Vielleicht mochte er deshalb so gerne Muscheln. Ob es Akimovs ehemaligen Handballverein heute noch gab? Sie fand einen Wikipedia-Eintrag. Richtig, *Sarja Kaspija Astrachan*, das war der Verein, den der ältere Mann erwähnt hatte. Laut Wikipedia bedeutete der Klubname *Morgendämmerung des Kaspisches Meeres*. Ein schöner Name für einen Verein. Das klang deutlich poetischer als *Handbollsklubben Malmö*. Sie überflog den kurzen Lexikoneintrag. Eine Sache war merkwürdig. In der Sowjetzeit, in der Akimov in Astrachan als Torwart gespielt hatte, hatte der Verein noch *Dinamo* geheißen, die Umbenennung in *Sarja Kaspija* war erst vor einigen Jahren erfolgt, als Akimov längst in Schweden lebte. Na ja, wahrscheinlich lag ihm sein alter Klub noch immer am Herzen. Vielleicht verfolgte er dessen Geschick aus der Ferne und hatte die Umbenennung innerlich mitvollzogen. Die alten Fotos in seinem Wohnzimmer waren ja ein klarer Hinweis darauf, wie viel ihm der Handball immer noch bedeutete. Sie erinnerte sich deutlich daran, wie hübsch die Schwarz-Weiß-Bilder in ihren Rahmen aus Sonnenlicht gewesen waren. Das konnte sie schon immer gut: sich erinnern. Mehrere ihrer Lehrer und später auch eine Ausbilderin auf der Polizeischule hatten die Vermutung geäußert, dass sie ein fotografisches Gedächtnis haben könnte. Wissenschaftlich betrachtet gab es diesen Begriff gar nicht. Doch Tests hatten gezeigt, dass ihr Erinnerungsvermögen sehr weit über dem Durchschnitt lag. Im Alter von sieben Jahren, auf dem Höhepunkt ihrer Hundephase, konnte sie die dreihundertvierundsiebzig verschiedenen Rassen, die ihr Hundelexikon beschrieb, mitsamt ihren Eigenschaften aufzählen. Wenn sie Marie und Ove heute besuchte, fiel nahezu täglich der Satz, den sie ihre Kindheit hindurch immer wieder gehört hatte: Sie habe ein Gedächtnis wie ein Elefant.

Ihr Atem bildete in der kühlen Luft kleine Wolken. Sie legte den Kopf in den Nacken und blickte in den Himmel. Kein einziger Stern zu sehen. Die niedrige Wolkendecke war illuminiert vom diffusen Licht der nächtlichen Großstadt. Seit sie in Malmö war, hatte sich die Sonne noch kein einziges Mal gezeigt, obwohl es tagsüber mild gewesen war. Aber was war mit Akimovs Handballfotos in ihren Rahmen aus Sonnenlicht? Vor ihrem inneren Auge sah sie die Bilder deutlich vor sich. Aber ihrer Erinnerung nach war es doch den ganzen Tag über bedeckt gewesen. Natürlich konnte sie sich auch irren, ihr Hirn war schließlich keine Festplatte. Sie fummelte sich in die Tiefen ihrer Wetterapp. Ja, eine durchgängig dichte Wolkendecke von morgens bis abends. Aber wie kam dann das eindringliche Bild der lichtumrahmten Handballfotos in ihren Kopf? Eine raffinierte Beleuchtung? LED- oder Halogen-Spots, die ihr nicht aufgefallen waren? Oder spielte ihre Erinnerung verrückt? Hatten die Geschehnisse ihres letzten Einsatzes tiefere Spuren hinterlassen, als sie sich eingestand? Sie hatte einen Mann getötet. In Notwehr, das war unbestritten. Aber änderte das etwas an der Ungeheuerlichkeit an sich? Einem anderen Menschen das Leben zu nehmen? Litt sie womöglich an einer posttraumatischen Belastungsstörung? Tigerte sie deshalb nachts durch die Straßen? Das konnte sie nicht glauben. So etwas passierte ihr nicht, vollkommen egal, wie schlimm das, was sie getan hatte, und das, was ihr widerfahren war, auch sein mochte. Einer Kastanie, einer Einigelkünstlerin wie Svea Karhuu passierte so etwas schlicht und ergreifend nicht. Punkt.

Punkt.

Sie musste sich das nicht beweisen. Und doch sprach sie es laut vor sich hin:

»Ich muss mir nichts beweisen.«

Sie wiederholte es dreimal. Auf Schonisch. Bis sie lachen musste. Aber das Gefühl blieb trotzdem. Verflixt und zugenäht. Mit den Lichtrahmen in Akimovs Wohnung stimmte etwas nicht. Sie rief den Mann an. Er nahm nicht ab. Schlief er schon? Es war erst kurz nach neun. Wohl kaum. Vielleicht war er außer Haus und führte seinen Hund aus oder ging einem seiner zahlreichen Hobbys nach. Sie kaute auf ihrer Unterlippe.

Sie.
War.
Nicht.
Verrückt.

Kurz spielte sie mit dem Gedanken, noch einmal Kristoffer anzurufen und ihm ihr Herz auszuschütten. Er würde sie verstehen. Er würde sie erden. Das war immer so. Aber dann fiel ihr ein, dass er gerade Bandprobe hatte. Außerdem wollte sie nicht, dass er sich ihretwegen unnötig sorgte. Schließlich fasste sie einen Entschluss. Sie sah auf die Kartenapp ihres Handys. Zu Fuß würde sie fast eine Stunde brauchen. Aber sie wollte die Antwort jetzt. Sie rief sich ein Taxi. Aus dem Autoradio dudelte arabischer Pop. Der Fahrer klopfte den Rhythmus auf dem Lenkrad mit. Am Rückspiegel hing ein Wimpel. War das die Flagge Ägyptens? Iraks? Syriens? Sie fragte sich, warum sie überhaupt darüber nachdachte.

Das Unheil kündigte sich bereits aus einiger Entfernung an. Vor ihnen stieg eine orangefarben pulsierende Säule in den Nachthimmel auf. Irgendwo in der Nähe brannte es. Zwei Querstraßen weiter wurde ihre düstere Vorahnung zur Gewissheit. Blaulicht huschte über den Asphalt. Feuerwehr, Polizei, Krankenwagen. Das Haus von Andrey Akimov stand lichterloh in Flammen.

»Yeeesss!« Shishi sprang aus dem zerschlissenen Sessel und ahmte geschickt den Torjubel nach, den der digitale Cristiano Ronaldo auf dem Bildschirm aufführte. »Vier! Zu! Eins!«
Taqi warf den Controller frustriert neben sich aufs Sofa.
»Ist doch Kacke! Aus dem Winkel kann man in Wirklichkeit gar nicht treffen!«
Anstatt etwas zu entgegnen, sprang Shishi – immer noch in Ronaldo-Pose – breitbeinig auf ihn zu, rollte mit den Augen, ließ die Zunge aus dem Mundwinkel hängen und stöhnte rhythmisch dazu. Er wirkte jetzt nicht mehr wie der portugiesische Fußballstar, sondern eher wie ein brünftiger Gorilla. Ein Gorilla mit Streichholzärmchen. Taqi musste über die Mätzchen seines Freundes lachen und der Frust über das verlorene Spiel war wie weggeblasen. So war es jedes Mal, Shishi hatte diese Gabe.
»Klar kann man«, sagte er und ließ den Affenjubel in eine Art Moonwalk übergehen. »Ich kann.«
»Träum weiter.«
»Wetten?«
»Ja, klar.«
»Wetten?«
»Ich wette nicht mit dir.«
»Wetten, wetten, wetten?«
Shishi tänzelte immer näher vor ihm herum und ließ dabei seine mageren Hüften kreisen.
Grinsend stieß Taqi ihn von sich.
»Verpiss dich, du Homo.«
»Verpiss dich, du Homo«, echote sein Freund zwei Oktaven höher und wackelte mit seinem Hintern vor Taqis Gesicht herum. »Twerking!«
»Deine Mutter macht twerking.« Im selben Moment biss Taqi sich innerlich auf die Zunge. Shishis Mutter war schon vor Langem ge-

gangen. Ihren Sohn hatte sie nicht in ihr neues Leben mitgenommen.

»Sorry, ich ...«

Shishis Bewegungen froren ein, dann ließ er sich neben Taqi auf das durchgesessene Sofa plumpsen.

»Schon gut«, sagte er.

»Ich wollte wirklich nicht ...«

»Vergiss es einfach, okay?«

»Okay.«

Es breitete sich eine unangenehme Stille aus, in der nur das Summen und Brummen der uralten Playstation zu hören war. Sie stammte aus einer Zeit, in der man die Controller noch mit Kabeln an der Konsole befestigen musste. Taqi suchte nach Worten, fand aber keine. Shishi griff nach der Fernbedienung und schaltete den Bildschirm ab. Lächelnd hielt er Taqi die flache, ausgestreckte Hand hin.

»Ich wette einen Hunderter, dass ich ihn dir aus dem Winkel reinballere. In echt.«

Taqi war seinem besten Freund dankbar, dass er das Thema gewechselt hatte.

»No way, Alter!«

»Drei Versuche aus fünf Meter Abstand.«

»Auf die kleinen Tore im Affenkäfig?«

Shishi nickte. Taqi schlug ein. Er war sich sicher, dass Shishi keine hundert Kronen hatte, aber das spielte keine Rolle. Es ging ihm nicht ums Geld. Shishi hatte nie Geld, kein kleinstes bisschen. Sein Vater gab ihm kein Taschengeld. Er überließ seinem Sohn nicht mal das Pfand der Dosen, die sich im nach schalem Bier stinkenden Flur in einer Armee aus Einkaufstüten sammelten. Shishi behauptete, dass sein Vater die genaue Anzahl der leeren Dosen im Kopf hatte, und Taqi glaubte ihm. Er war Shishis Vater nur wenige Male begegnet, ein geknickt aussehender Mann mit müdem Blick. Das war wahrscheinlich auch der wahre Grund, warum sein Freund nun vorschlug, die Wohnung zu verlassen – sein Vater würde bald nach Hause kommen. Taqi sollte es recht sein. Er bekam langsam Hunger. Sie könnten nach dem Kicken auf dem Bolzplatz einkaufen gehen und anschließend bei ihm zu Hause kochen. Seine Mutter hatte ihm dafür am Morgen zweihundert Kronen dagelassen. Er schnappte sich Shishis abgewetzten Fußball und sie machten sich auf den Weg. Draußen fiel ein feiner Regen und es war böig. Im Gegensatz zu ihm hatte Shishi keine Jacke an. Taqi wusste, woran das lag. Er war dabei gewesen, als drei Arschgesichter aus der siebten Klasse vor zwei Tagen seinem Freund die Jacke abgezogen hatten. Mit Messern in der Hand hatten die einen auf Obergangster gemacht, dabei hatten sie offenbar nicht geschnallt, dass Shishis Canada Goose natürlich eine Fälschung war, so wie die meisten vermeintlichen Markendaunenjacken im Block. Wer hatte schon genug Geld, um zehntausend Kronen für ein Kleidungsstück auszugeben? Und wie bescheuert musste man sein, um so viel Kohle für eine blöde Jacke zu vergeuden? Ziemlich bescheuert, das war jedenfalls seine Meinung. Die Einzigen, die hier mit echten Markenklamotten rumliefen, waren die Originals. Sagte ja schon der Name, haha. Jedenfalls war es draußen arschkalt, auch wenn Shishi versuchte, sich nichts anmerken zu lassen. Falls sein Alter davon Wind bekam, dass die Jacke weg war, würde es Dresche geben, so viel war sicher. Seit dem Überfall der Möchtegern-Gangster überlegte Taqi schon, wie er Shishi helfen könnte. Am einfachsten wäre es, seinen großen Bruder um Hilfe zu bitten. Innerhalb einer Stunde wäre die Jacke wieder da und die drei Arschgesichter aus der Siebten hätten Nasenbluten und sich vor lauter Schiss in die Hose gemacht. Oder sein Bruder würde Shishi gleich eine neue Canada Goose besorgen, dieses Mal garantiert echt. Das Problem war nur, dass Taqi überhaupt keine Lust auf diese Getto- und Gangsterscheiße hatte. Von wegen thug life. In Wirklichkeit war das alles idiotisch. Warum schien das außer ihm kaum jemand zu bemerken? Jeder, der sich auf dieses gefährliche Spiel einließ, landete früher oder später in Jugendarrest oder gleich im richtigen Knast. Oder er wurde erschossen. So wie Jamal oder Ken, beides Typen aus dem Block, mit denen sein Bruder abgehangen hatte, als sie noch lebten. Thug life *am Arsch. Über-*

haupt, sein Bruder: Seit er so richtig bei den Originals mit drinhing, war er kaum noch zu Hause. Er kam und ging, wie er wollte, er nahm sich keine Zeit mehr für Taqi oder seine kleine Schwester, er war fahrig, nervös und lag im Dauerstreit mit seiner Mutter. Einmal hatte er Taqi und Shishi auf eine Spritztour mit seinem Audi A5 mitgenommen. Sie hatten die Scheiben heruntergelassen, die Bässe aufgedreht und waren durch die halbe Stadt gecruist, bis die Polizei sie im Hafenviertel rausgewinkt hatte. Irgendetwas hatte mit den Fahrzeugpapieren nicht gestimmt. Sein Bruder hatte den Bullen auf die Wache folgen müssen und Shishi und er waren mit dem Bus nach Hause gefahren. Dann kam raus, dass die Karre geklaut gewesen war. Seitdem sah er seinen Bruder nur noch ein- oder zweimal in der Woche. Er hatte dann glasige Augen und beantwortete Mutters Fragen nicht, sondern versuchte, ihr kommentarlos Geldscheine in die Hand zu drücken, die sie nicht annahm. Nächsten Monat würde er seine Haft antreten müssen.

Der Affenkäfig, wie sie den vergitterten Bolzplatz nannten, war frei, kein Wunder bei dem Mistwetter. Taqi drosch den Fußball auf eins der Tore. Daneben. Der billige Ball brauchte dringend mehr Luft. Aber das war nach drei Schüssen vergessen. Wie immer, wenn sie zusammen Fußball spielten, rückten alle anderen Gedanken, rückte alles Drumherum in den Hintergrund. Von Tor zu Tor waren es im Affenkäfig weniger als zwanzig Meter, die perfekte Distanz, um sich gegenseitig die Bälle um die Ohren zu donnern. Jeder war Torwart und Stürmer zugleich. Jedes Mal, wenn Shishi traf, wiederholte er seine Parodie von Ronaldos breitbeinigem Torjubel und Gorillatanz. Sie ignorierten ihr nasses Haar, die feuchte Kleidung und die Pfützen, die sich auf dem Boden bildeten. Sie verloren sich im Spiel.

»Die Wette«, sagte Taqi irgendwann, sein Kopf glühte, er war wie berauscht.

»Ach ja, die Wette«, grinste Shishi.

Seine Augen blitzten, Taqi kannte seinen Freund gut genug, um zu ahnen, dass er etwas im Schilde führte.

»Spitzer Winkel, fünf Meter Abstand, drei Versuche«, zitierte Taqi die Vereinbarung. *»Das schaffst du nie.«*
Weil es nicht zu schaffen war. Ronaldo vielleicht mal ausgenommen. Oder Zlatan. Wenn beide es hundert Mal versuchten. Aber im echten Leben? Never. Es war simple Geometrie, ein Naturgesetz. Der Schusswinkel zum Tor war so spitz, dass Taqi sich nur mit leicht gespreizten Beinen und erhobenen Armen neben den Pfosten zu stellen brauchte. Keine Chance, dass der Ball an ihm vorbei ins Tor gelangte. Shishi postierte sich und legte sich den Ball auf der vereinbarten Stelle zurecht.
»Hundert Kronen, Alter«, rief er und nahm drei Schritte Anlauf.
»Hundert Kronen«, wiederholte Taqi.
Was freute sich sein Freund so diebisch? Was hatte er vor? Mit dem Außenrist einen bogenförmigen Kunstschuss versuchen? Taqi den Ball in den Unterleib dreschen, um dann den Nachschuss ins Netz zu donnern, wenn Taqi nach Luft ringend auf dem Boden lag? Nein, Shishi mochte clever sein, aber nicht gemein.
»Bereit?«
»Bereit.«
Shishi imitierte einen Anlauf in Superzeitlupe. Wie in einer Hollywoodkomödie. Als er endlich den Ball erreichte, öffnete er seine Faust, aus der er einen golfballgroßen Flummi zu Boden fallen ließ. Der Hartgummiball tippte einmal auf, dann kickte Shishi ihn mit Vollspann aufs Tor. Er traf ihn perfekt. Das kleine Geschoss jagte mit Affenzahn zwischen Taqis Beinen hindurch ins Tor. Die Bewegung war so fließend und schnell gewesen, dass Taqi nur verdutzt dem Flummi hinterhersehen konnte, der vom Gitter hinter ihm abgeprallt war und nun zurück aufs Spielfeld hüpfte.
»Yeees!«
Shishi führte erneut seinen Ronaldo-Tanz auf, noch debiler grinsend als zuvor. Beide mussten lachen, wild und immer wilder. Sie fielen sich gackernd um den Hals, ließen sich auf den nassen Boden fallen und rangen japsend nach Luft. Da bemerkte Taqi es zum ersten Mal: wie warm ihm wurde, wenn er Shishi so nah war.

11

Jon Nordh saß unweit des nördlichen Kanals im *Nybergs* und klammerte sich an seine Kaffeetasse. Er fühlte sich, als hätte man ihn mit einem Bulldozer überfahren. Als Karhuus Anruf ihn am Vorabend erreicht hatte, hatte er schon geschlafen. Er war aufgestanden, hatte Rosa wach geklingelt, sie gebeten herüberzukommen, um auf die Kinder aufzupassen, war zu dem brennenden Haus des Zeugen hinausgefahren, hatte neben seiner neuen Kollegin zweieinhalb Stunden ausgeharrt und war erst wieder nach Hause gefahren, nachdem die Feuerwehr einen bis zur Unkenntlichkeit verkohlten Leichnam aus den rauchenden Trümmern geborgen hatte. Vier Stunden Schlaf und drei Tassen Kaffee später war der Tote noch immer nicht identifiziert, die Pathologie wartete auf Akimovs zahnärztliche Befunde. Svea Karhuu betrat das Café und sah sich suchend um, bis sie ihn entdeckte. Jede ihrer Bewegungen strahlte in seinen Augen eine geradezu absurde Vitalität aus. Sicher, er hatte etwa fünfzehn Jahre mehr auf den Knochen als sie, aber daran allein konnte es nicht liegen. Sie schälte sich aus ihrem Arktisparka und setzte sich zu ihm.

»Guten Morgen.«

»Morgen.« Er kratzte seine Bartstoppeln. Zum Rasieren hatte die Zeit gefehlt, weil Tim aus unerfindlichen Gründen keine sauberen Unterhosen mehr im Schrank gehabt und es einen zehnminütigen Überredungsversuch gebraucht hatte, um ihm einen alten Schlüpfer seiner Schwester anzuziehen. »Ich kann das Krabbenbrot empfehlen.«

»Danke, ich bin morgens eher der Müslityp, außerdem habe ich schon im Hotel gefrühstückt.« Sie lächelte knapp. »Und mit dem Einsatzleiter der Feuerwehr telefoniert. Er schließt Brandstiftung zwar noch nicht kategorisch aus, aber es deutet einiges darauf hin, dass ein Elektrogerät in der Küche zu großer Hitzeentwicklung geführt hat. Ein nicht fachmännisch angeschlossener Herd, eine holzvertäfelte Wand ...«

»Der Klassiker. Habe ich mir gleich gedacht.«

Er trank von seinem Kaffee.

»Du meinst, ich hätte dich nicht dazuzuholen brauchen?«

»Doch. Nein. Ich meine nur ...«

Er fand nicht die richtigen Worte. Hätte er mal besser gar nichts gesagt.

»Du glaubst, es ist Zufall.«

Er sah ihr fest in die Augen.

»Ja.«

»Wahrscheinlich hast du recht.«

»Aber?«

»Kein Aber.« Sie zögerte. »Nur ein seltsames Gefühl. Deshalb bin ich ja überhaupt nur ein zweites Mal hingefahren.«

»Die Sache mit dem Handballverein, der zu Akimovs aktiven Zeiten einen anderen Namen hatte.«

»Ja.« Erneutes Zögern. »Auch.«

»Schütte mir dein Herz aus, schwedische Bärin.«

Sie rollte mit den Augen.

»Bärin? Ernsthaft?«

»Schon gut, schon gut.«

Er hob beschwichtigend seine Hände. Sie rieb sich die Nase. Karhuu war attraktiv, wie er erneut bemerkte, auf eine wuchtige, durchschlagskräftige Weise schön, eine Art orientalische Walküre, wenn es so etwas gab. Wie gut, dass sie seine Gedanken nicht lesen konnte.

»Ich weiß es nicht. Irgendwie die ganze Geschichte: Ein Drive-by-shooting neben einer Pizzeria, bei der ein Kind eine Kugel in den Kopf bekommt, aber die eigentlichen Opfer verfehlt werden, weil ein rüstiger Rentner mit Handballvergangenheit sie aus einem Reflex heraus gerade noch rechtzeitig zu Boden reißt? Und vierundzwanzig Stunden später verbrennt dieses ehemalige Torwarttalent in seinem eigenen Haus, weil es in der Küche einen Kurzschluss gibt?«

Nordh zuckte mit den Achseln. Selbst das tat weh. Der Muskelkater nach dem dreißigminütigen Einsatz beim Fußballspiel am Vortag war gnadenlos.

»*Shit happens*«, sagte er und trank seinen Kaffee aus. »*All the time.*«

»Ja, schon.«

»Sonst wäre unser Job überflüssig, nicht wahr?« Er zwinkerte ihr zu und stand auf. »Wir behalten die Sache im Auge, einverstanden?«

12

Indianer. Bärin. Grobheit gegenüber Zeugen und kumpelhaftes Zwinkern, während er ihr Gott und die Welt erklärte. Das alles nervte sie, schon jetzt, an Tag zwei. Aber was sollte Svea Karhuu tun? Meckern? Es sachte ansprechen? Immerhin musste sie mit dem Mann auf unbestimmte Zeit eng zusammenarbeiten. Am besten, sie ignorierte seine Art und konzentrierte sich auf das Wesentliche.

Die Spurensicherung hatte ihr Quartier im obersten Geschoss der Betonfestung in der Drottninggatan. Die Mitarbeiterin, die für ihren Fall zuständig war, hieß Emma Davidsson, war Anfang dreißig und hatte rot gefärbte Haare. Davidsson führte Nordh und sie an ihren Schreibtisch in einem Großraumbüro, wo sie einige Fotos und Papiere ausgebreitet hatte.

»Ich hoffe, eure Erwartung ist nicht allzu hoch. Ihr seid ja mit dem Ablauf des Vorfalls vertraut. Das Einzige, was wir am Tatort Interessantes sicherstellen konnten, sind die Projektile, die wir in der Pizzeria aus der Wand gepult, und zwei Patronenhülsen, die wir am Straßenrand gefunden haben, wo das Auto des

Schützen gehalten hat. Dazu kommt natürlich noch das Projektil aus dem Schädel ...« Der Kollegin schoss das Blut ins Gesicht. Sie war sichtlich um Sachlichkeit bemüht, die gleichzeitig angemessen pietätvoll klingen sollte. Nur dass es so etwas in Fällen wie diesem nicht gab. Nicht geben konnte. Nicht geben durfte. Davidsson räusperte sich. »... des Kinds. Die restlichen Patronenhülsen sind aller Wahrscheinlichkeit nach vom Auswurf der Waffe ins Wageninnere geschleudert worden. Die beiden, die auf der Straße gelandet sind, müssen von der Brust oder Schulter des Schützen abgeprallt und durch das heruntergelassene Fenster nach draußen gesprungen sein.« Sie sah sie abwechselnd an. »Ich sage bewusst, *dem* Schützen, weil die ballistische Analyse zweifelsfrei ergeben hat, dass sämtliche Schüsse aus derselben Waffe abgegeben worden sind. Wir haben es mit Patronen von 5,56 mal 45 Millimetern zu tun, sogenannte NATO-Standard-Munition, die im Sport- und Jagdbereich bisweilen auch als .223 Remington bekannt ist. Die Patronen sind weitverbreitet und kommen in nahezu allen westlichen Sturmgewehren zum Einsatz.«

»Ist das nicht ungewöhnlich für das Gangmilieu?«, fragte Nordh. Heute sah er noch hohlwangiger und irgendwie düsterer aus als am Vortag, was am Schlafmangel liegen mochte oder nur am Einfallswinkel der Deckenbeleuchtung. »Auf dem Schwarzmarkt finden sich viele Waffen aus den Jugoslawien-Nachfolgekriegen oder, noch antiker, aus der ehemaligen Sowjetunion.«

»Es gibt diesen Munitionstyp seit mehr als sechzig Jahren«, sagte Davidsson. »Sie kann aus einem alten Schießprügel abgefeuert worden sein, aber genauso gut aus einer modernen Waffe. Der Einsatz eines Ziellasers spricht allerdings eher für Letzteres.«

»Wurden auf den Patronenhülsen Fingerabdrücke sichergestellt?«, fragte Karhuu, die an die Worte der Polizeichefin zurückdenken musste. Demnach hatten viele Schützen der Gangauseinandersetzungen, vor allem die jungen, wenig Übung im Umgang mit Feuerwaffen und auch kaum Ahnung von Funktionsweise und Wartung. Daher war nicht auszuschließen, dass der Täter sich beim Laden des Sturmgewehrs überhaupt keine Gedanken über mögliche forensische Spuren auf den Patronenhülsen gemacht hatte, die die Waffe im Einsatz auswarf. Doch Davidsson schüttelte den Kopf.

»Leider nein.«

»Ist das alles?«, fragte Nordh.

Er wirkte ungeduldig. Da war sie schon wieder, seine ruppige Art. War es so schwer, seine Mitmenschen respektvoll zu behandeln?

»Leider ja.«

»Vielen Dank, Emma.«

Karhuu lächelte betont freundlich.

Die Forensikerin lächelte ebenfalls, nahm die Fotos und Papiere von ihrem Schreibtisch, legte sie in einen Ordner und übergab ihn an Karhuu. Den verstohlenen Blick, den die junge Frau zuerst Nordh, dann ihr zuwarf, erkannte Karhuu wieder. Die Polizeichefin und der Soko-Chef hatten sie ähnlich angesehen, Wallgren und Stöcker ebenfalls. Ein Blick, der nichts mit ihr zu tun hatte, wie sie nun begriff, sondern mit Jon Nordh.

»Kennst du diese Emma?«, fragte sie beiläufig, während sie in ihr neu zugeteiltes Büro gingen.

»Falls es dir noch nicht aufgefallen ist: Malmö ist ein Dorf. Hier kennt jeder jeden.«

»Schon klar.« Sie legte sich die Worte mit Bedacht zurecht. Einerseits ging sie die Sache nichts an. Anderseits schon. Jon Nordh war bei dieser Geschichte ihr Partner. Sicher, Vertrauen war eine Pflanze, die langsam gedieh, und so weiter und so fort. Aber sie musste wissen, ob sie sich auf ihn verlassen konnte, wenn es hart auf hart kam. Ihr Leben konnte davon abhängen. Ihr war schon klar, dass eine Mordermittlung etwas vollkommen anderes war als ein Undercover-Einsatz. Aber sie untersuchten hier schließlich kein Eifersuchtsdrama oder einen vermeintlichen Suizid, sondern sie ermittelten in einem denkbar gefährlichen Umfeld. Falls Nordh aufgrund seiner privaten Probleme psychisch labil war, war es ihr gutes Recht, darüber Bescheid zu wissen. »Ich frage das nicht aus Neugier, aber ich denke, wenn wir beide gemeinsam da draußen sind und uns gegenseitig den Rücken freihalten ... Ich habe die letzten Jahre so gut wie immer allein gearbeitet.« Sie verzog einen Mundwinkel. »Klingt vielleicht blöd, aber darin war ich ziemlich gut. Dieses Zweierding hier ... ich muss mich erst daran gewöhnen. Deshalb will ich einfach wissen, mit wem ich es zu tun habe. Verstehst du?«

»Ja.«

»Danke. Also, kennen hier alle diese Geschichte von deiner Frau und deinem ehemaligen Partner? Denn anders kann ich mir all die seltsamen Blicke nämlich nicht erklären.«

»Worauf du wetten kannst«, sagte er.

Sie brauchte einige Sekunden, um die Folgefrage zu formulieren.

»Dein Ex-Partner hat sich versetzen lassen?«

»*Nope.*«

»Sondern?«

»Er ist tot.«

»Oh.« Sie gingen eine Weile schweigend nebeneinanderher. »Du und deine Frau, seid ihr beiden denn wieder ...?«

»Linda ist auch tot. Ein Unfall. Beide saßen im selben Auto.«

Sie hielt sich unwillkürlich die Hand vor den Mund.

»Oh Gott.«

»Tja«, sagte er, »mit Gott ist das so eine Sache.«

»Das tut mir so leid«, sagte sie, nachdem sie eine Weile stumm weitergegangen waren. »Wie lange ist das jetzt her?«

Endlich blieb er stehen. »Ein paar Monate.« Er lächelte schief.

»Wie schon gesagt: Ich hatte in letzter Zeit nicht gerade einen Lauf.«

13

Am späten Vormittag bekam Jon Nordh endlich Hassan Sultani ans Telefon. Der Vater des erschossenen Jungen war in den vergangenen Tagen mit einem Trupp Beerenpflücker in einem unzugänglichen Teil der nordschwedischen Taiga unterwegs gewesen, wo es keinen Handyempfang gegeben hatte. Dass das ganze Land seit sechsunddreißig Stunden von Rashids tragischem Tod wusste, aber sein eigener Vater nicht, war eine Farce, dachte Nordh bitter. Aber wer trug dafür die Verantwortung? Ein Mann, der aus wirtschaftlicher Not heraus die Aufsichtspflicht gegenüber seinem Kind verletzt hatte? Die unmenschlichen Arbeitsverhältnisse am untersten Rand der Gesellschaft? Oder einfach nur verdammtes Pech? Das Telefonat dauerte keine zwei Minuten. Sultani, der ein kehliges, kantiges Schwedisch sprach, brach die Stimme weg. Er würde sich sofort auf den Rückweg nach Malmö machen. Als Nordh den Hörer auflegte, musste er hart schlucken. Er hatte ein ziemlich genaues Bild davon, was Hassan Sultani nun empfinden mochte. Die Schmerzen, den Verlust, die Schuldgefühle ... Sein Rechner meldete sich. Er hatte eine neue E-Mail empfangen. Tatsächlich hatte die Datenforensikerin Zugang zum Videomaterial zweier Überwachungskameras in der Nähe des Tatorts bekommen. Eine Kamera gehörte zu einem Bankautomaten, der zweihundert Meter weiter in derselben Straße stand, an der auch die Pizzeria lag, die zweite war im Eingangsbereich eines Pfandleihgeschäfts montiert, das sich in der nördlich gelegenen Querstraße befand. Mette Petersen hatte in den Aufzeichnungen beider Kameras Bildmaterial gefunden, das für die Ermittlung relevant sein könnte.

»Komm mal bitte rüber«, sagte er zu Karhuu. »Vielleicht habe ich hier unseren Schützen auf Video.«

Sie rollte mit dem Schreibtischstuhl neben ihn.

Er spielte die erste Aufnahme ab. Sie stammte von 21.34 Uhr, eine Minute vor den Schüssen. Ein Lkw fuhr von rechts nach links durchs Bild, gefolgt von einer dunkelblauen Limousine. Dann, auf der entgegengesetzten Fahrbahn, ein weißer Subaru Outback. Es vergingen zwanzig weitere Sekunden, ohne dass ein weiteres Fahrzeug zu sehen war, dann endete der Clip.

»Das muss er sein.«

Karhuu hatte recht, das musste er sein.

Sie spielten den fünfundvierzig Sekunden dauernden Schnipsel siebenmal hintereinander ab. Anschließend sieben weitere Mal, in Zeitlupe und mit Standbildern. Mehr als eine vage dunkle Silhouette war in dem Auto nicht zu erkennen, ebenso wenig das Nummernschild. Nordh druckte ein Standbild des Subarus aus. Dann sahen sie sich den zweiten Clip an. Der eingeblendeten Uhrzeit zufolge begann die Aufnahme knapp zwei Minuten nach Ende der ersten, also unmittelbar nachdem die Schüsse abgegeben worden waren. Der weiße Subaru raste durchs Bild. Zwölf Sekunden später folgte ein Motorroller. Die dünne Gestalt, die sich dicht über den Lenker beugte, wie um den Windwiderstand zu verringern, trug einen schwarzen Helm. Trotz der niedrigen Auflösung des Filmmaterials war das neongelbe Muster darauf deutlich zu erkennen.

14

Sie hatten sich auf Nordhs Vorschlag hin ins Café *Rost* in der Nähe des Präsidiums gesetzt und aßen eine Kleinigkeit zu Mittag. Svea Karhuu nippte an einem Americano.

»Guter Kaffee.«

Sie nickte anerkennend.

»Sicher, dass du keinen Käse reinrühren willst?« Nordh hielt ihr sein aufgeklapptes Brötchen entgegen. »So macht ihr das doch in Tornedalen, oder nicht?«

Klischeehafter ging es kaum.

»Haha. Du meinst *kahvijuusto*, Kaffeekäse. Der schmeckt kaum anders als Kondensmilch. Deinen Cheddar kannst du behalten. Außerdem mag ich meinen Kaffee schwarz. Kannst du dir merken, falls du mir irgendwann einmal eine kleine Freude machen willst.«

Sie fragte sich, ob er überhaupt merkte, dass er anderen permanent auf die Füße trat. Oder hatte er sich in der Trauer und Wut, die er nach dem Tod seiner Frau und angesichts der tragischen Umstände zweifellos empfinden musste, derart eingeigelt, dass ihm alles egal war?

»Ist notiert.« Er tippte sich an die Schläfe, biss in sein Brötchen und fragte kauend: »Was hältst du von dem Jungen auf dem Motorroller?«

»So wie ich das sehe, ist er der beste Ansatzpunkt, den wir haben.«

»Ein Mittäter?«

»Auf dem ersten Video war er nicht drauf.«

»Aber das bedeutet nicht zwangsläufig, dass er mit der Tat nichts zu tun hat. Vielleicht war er ein Späher, der Youssef und Rasmus ausgekundschaftet und dem Schützen ihren Aufenthaltsort mitgeteilt hat.«

»Möglich.«

»Ob Täter oder Zeuge, der Junge hat wahrscheinlich mehr gesehen als alle anderen. Wir müssen ihn finden.«

Sie nahm einen weiteren Schluck von ihrem Kaffee.

»Und wie stellen wir das an?«

Nordh setzte wieder sein schiefes Lächeln auf. Er war wirklich verdammt schlecht rasiert.

»Dunkler Teint, schwarze Haare und Erfahrung als verdeckte Ermittlerin. Ich würde sagen, es gibt hier jemanden am Tisch, der dafür prädestiniert ist, sich in Hermodsdal und Umgebung unauffällig umzuhören.«

Meinte er das ernst?

»Die Kanakin ins Getto.«

»Deine Worte, nicht meine.« Sein Lächeln hielt sich. Sie war sich noch immer unschlüssig, ob es zynisch oder selbstironisch war. »Ein bisschen Gras kaufen, die Ohren spitzen, du weißt schon. Sogar klamottenmäßig passt du gut rein. *Streetstyle, yo?*«

Wieder ploppten in ihrem Kopf unangenehme Fragen auf. Hatte man sie deswegen hergeschickt? Weil sie mit ihrem Aussehen in Hermodsdal nicht auffallen würde? Oder weil man auf verdrehte Weise zeigen wollte, dass es im überwiegend migrantisch geprägten Milieu eine Ermittlerin mit vermeintlichem Migrationshintergrund brauchte? Oder lag es, wie ihr Chef betont hatte, tatsächlich an ihren Fähigkeiten? Und was sah Nordh in ihr? Eine gleichberechtigte Partnerin oder ein nützliches Werkzeug, das für die Beschaffung von Informationen in einem sozialen Brennpunkt in seinen Augen bestens geeignet war?

»Im Ernst jetzt?«

»Mir sieht man den Bullen auf hundert Meter an.« Den ungepflegten Bullen in psychischer Schieflage, dachte sie. Aber ja, er hatte recht. »Das würde doch zu nichts führen.«

Wahrscheinlich nicht. Dass in Fällen wie diesem kaum jemand mit der Polizei sprach, war ein Problem. Die Politik tat sich schwer damit, den Ermittlungsbehörden das nötige juristische Werkzeug zur Verfügung zu stellen. Bis vor Kurzem hatte es nicht einmal eine Kronzeugenregelung gegeben.

»Und was machst du?«

»Zweierlei: Ich überprüfe, ob Waffen, die zu unserem Kaliber passen, bereits bei anderen Schießereien im näheren Umkreis der *Originals*, der *2155* oder der anderen Malmöer Banden zum Einsatz gekommen sind. Und ich lasse nach dem Subaru fahnden. Ich glaube zwar nicht, dass der Schütze so dumm war, Spuren im Wagen zu hinterlassen, aber bei diesen Nachwuchsgangstern weiß man nie.«

Sie versuchte, ihren Stolz hinunterzuschlucken, und dachte über den Vorschlag nach. Einerseits hatte es einen schalen Beigeschmack, sie aufgrund ihres Aussehens nach Hermodsdal zu schicken. Andererseits hatte er recht, sie würde in der Tat weniger auffallen als er, und die Erfahrung als verdeckte Ermittlerin käme ihr sicherlich zugute.

»Einverstanden.«

»*Yo!*«

Er hielt ihr über den Tisch hinweg seine Faust entgegen. Sie sah ihn entnervt an und schüttelte den Kopf.

Eine halbe Stunde später stieg sie in Hermodsdal aus dem Bus. Sie musste Nordh zumindest in einer Sache recht geben, in ihren Nike-Sneakern, Jeans und dem Arktisparka fiel sie hier modisch nicht auf. Warum ausgerechnet unförmige Daunenjacken zum Straßen-Chic avanciert waren, wusste nur der liebe Gott. Sie schlenderte durch die Wohnsiedlung. Die Absperrbänder vor der Pizzeria hatte man schon wieder entfernt, aber die improvisierte Gedenkstätte aus Grablichtern, abgelegten Stofftieren und Blumen war geblieben. Die Spurensicherung hatte den Tatort freigegeben. Durch die Fensterfront erkannte sie schemenhaft den Pizzabäcker, der sich teigknetend auf die Mittagskundschaft vorbereitete. Die Einschusslöcher waren notdürftig mit Pappe und Klebeband geflickt worden. Langfristig würde der Inhaber nicht darum herumkommen, die Scheibe zu ersetzen. Sie fragte sich, ob Versicherungen für derartige Schäden bezahlten: Zerstörung aufgrund von Bandenkriegen. Es war eine Tragödie, wie sehr die Gewalt vor allem in den Vororten innerhalb eines Jahrzehnts eskaliert war. Die Politik überbot sich mittlerweile mit Rufen nach immer härter werdenden Strafen für die jungen

Täter. Als würde das irgendetwas ändern. Was es ihrer Meinung nach brauchte, waren nicht nur immer mehr Polizisten, sondern vor allem gut ausgebildete Sozialarbeiter und Lehrer. Ressourcenstarke Schulen und Ausbildungsplätze. Chancengerechtigkeit und eine glaubhafte Alternative zum Straßengangstertum.

Auf einer niedrigen Mauer saßen fünf Mädchen im Teenageralter und wischten kaugummikauend auf ihren Handys herum.

»Hej!« Alle fünf hoben synchron ihre Köpfe und ließen sie nach einer Sekunde desinteressiert wieder fallen. »*Yo!*« Sie gab ihrer Stimme mehr Druck, knipste ihren nordschwedischen Zungenschlag aus und den Stockholmer Straßenslang an. »Wo kriegt man hier denn was?«

Eine Pickelprinzessin mit langen, glatten, blondierten Haaren sah gelangweilt zu ihr auf.

»Was *was?*«

»Gras.«

Blondie wies mit dem Daumen über die schmale Schulter und ließ eine Kaugummiblase platzen.

»Auf'm Spielplatz. Frag nach Kimmi. Der mit dem Adidas-Cap.«

»Darunter ein Arschgesicht«, fügte eine ihrer Freundinnen an.

Alle fünf lachten.

»Danke.«

»Kostet dich 'ne Kippe.«

Zigaretten an Kids verteilen? Sie könnte behaupten, sie hätte keine. Aber wie glaubhaft war das, wenn man sich nach einem Grasdealer erkundigt? Die Grundregel jeder verdeckten Ermittlung: immer in der Rolle bleiben. Sie kramte die Zigarettenschachtel aus der Parkatasche und hielt sie Blondie hin. Alle fünf griffen zu. Karhuu steckte die geplünderte Schachtel wieder ein.

»Na dann.«

»Richte Kimmi aus, dass er mir noch einen Hunderter schuldet«, sagte Blondie, bevor sich ihre Aufmerksamkeit wieder dem Smartphone zuwandte.

»Wie heißt du denn?«

Blondie blickte nicht einmal mehr hoch.

»Sag ihm einfach: die geilste Tussi der Stadt.«

Wieder lachten alle. Ihr kam ein Gedanke.

»Hat dieser Kimmi zufällig ein Moped oder einen Motorroller?«

Dieses Mal antwortete ein Mädchen in einer *Dolce-&-Gabbana*-Jacke, die mit Sicherheit nicht echt war.

»Alle, die hier verkaufen, fahren so was.«

Wenn sie nun schon beim Thema war, konnte sie noch einen weiteren Schritt gehen.

»Kennt ihr zufällig jemanden, der einen schwarz-neongelb gemusterten Helm trägt?«

»Wie scheiße *out* ist das denn?«

Blondie war ganz offenbar die Wortführerin. Wieder lachte ihr Hofstaat. Mehr war hier nicht zu holen, sagte Karhuus Intuition. Sie ging in die Richtung, in die Blondie gezeigt hatte. Der Spielplatz musste irgendwo bei den beiden fünfgeschossigen Häusern liegen. Sie lief zwischen den Gebäuden hindurch und entdeckte ihn schließlich. Er befand sich hinter parkenden Autos und einigen Büschen gut hundert Meter zu ihrer Linken. In einem großen Sandkasten spielten fünf Kleinkinder, auf den Bänken daneben saßen die dazugehörigen Mütter und unterhielten sich, zwei von ihnen trugen Hidschab. Ein Vierjähriger schaukelte wild im Stehen, am Anfang und Ende jeden neuen Schwungs stand sein Körper nahezu waagerecht in der Luft. Ansonsten war der Spielplatz leer. Sie schaute sich weiter um. Die Frauen sahen kurz zu ihr herüber, ohne ihr Gespräch zu unterbrechen. Die Sprachfetzen, die der böige Wind zu ihr herübertrug, deutete sie als Arabisch. Sie musste an den Wimpel im Taxi denken. Aber das alles hatte nicht das Geringste mit ihr zu tun.

Das Wetter war deutlich besser als am Vortag. Mit einer Hand schirmte sie die Augen gegen die Sonne ab. Sie erinnerte sich an die hellen Rechtecke, die sie in der Wohnung von Andrey Akimov gesehen hatte, bevor das Haus des Mannes vollkommen niedergebrannt war. Nur hatte die Sonne gestern gar nicht geschienen. Dass sie am Abend ziellos durch die Straßen gewandert und schließlich mit dem Taxi zu Akimov gefahren war, nur um sich zu beweisen, dass sie ihre Sinne beieinanderhatte, dass sie nicht verrückt war, dass sie nicht unter einer posttraumatischen Belastungsstörung litt, hatte sie Nordh gegenüber verschwiegen. Ihre Selbstzweifel gingen ihn nichts an. Trotzdem fragte sie sich, ob es richtig gewesen war, ihre Unsicherheit ihm gegenüber zu verschweigen. Schließlich hatte sie von ihm eingefordert, alle Karten auf den Tisch zu legen. Hatte er dann nicht im Gegenzug ein Recht darauf, zu erfahren, was für Gepäck sie mit sich herumtrug? Dass sie einen Menschen getötet hatte, wenn auch in Notwehr? Dass sie seitdem kaum noch innere Ruhe fand, nachts durch die Straßen streifte und in dem wenigen Schlaf, den sie fand, von Albträumen heimgesucht wurde? Dass sie wegen körperlicher Auseinandersetzungen vom Dienst suspendiert worden war? Dass sie Angst hatte, nie wieder als verdeckte Ermittlerin eingesetzt zu werden?

Sie bearbeitete ihre Unterlippe mit der Zungenspitze. Plötzlich tauchte ein Gedanke auf. Nein, es war eher eine Erkenntnis, ein Begreifen: Die geometrischen Lichtinseln, die Akimovs Fotos eingerahmt hatten, hatten nichts mit der Sonne zu tun. Es handelte sich um die hellen Rechtecke, die entstanden, wenn man Bilder abnahm, die lange an derselben Stelle einer Wand gehangen hatten. Ihre Augen hatten sie nicht getäuscht, Akimov hatte sie getäuscht. Indem er vor ihrer Ankunft Bilder in seinem Wohnzimmer abgehängt und Sportfotos an ihrer Stelle aufgehängt hatte, ungerahmte Fotos, provisorisch mit Stecknadeln an der Tapete befestigt. Warum hatte er das getan? Hatte er die Handballbilder seiner Jugend an die Wand gepinnt, um zu unterstreichen, wie er mithilfe seiner alten Reflexe das Leben der beiden Jungen gerettet hatte? Aber warum musste er das überhaupt betonen? Oder ging es nicht um die Handballfotos, sondern um das, was vorher an der Wand gehangen hatte? Aber was konnte das sein? Gewaltdarstellungen? Pornografie? Etwas, das man Fremden, noch dazu einer Polizistin, nicht zeigen wollte? War Scham der Grund? Aber Akimov war tot und sie würde es vermutlich nie erfahren.

In diesem Moment erspähte sie einen etwa fünfzehnjährigen Jungen mit Baseballcap, der in gut fünfzig Metern Entfernung auf einem von Graffititags übersäten Stromkasten saß und sie misstrauisch beäugte. Das musste Kimmi sein. Sie ging auf den Jungen zu, grüßte, indem sie eine Hand hob. Kimmi blieb auf seinem Thron sitzen. Als sie sich ihm bis auf zwei Meter genähert hatte, gab er ihr mit einer Kinnbewegung zu verstehen, dass sie jetzt stehen bleiben sollte. Irre, dachte sie, ich lasse mich von einem Teenager herumkommandieren. Er sah sie mit zusammengekniffenen Augen an.

»Wie viel?«, fragte er schließlich.

»Bist du Kimmi?«

»Wie viel?«, wiederholte er, anstatt zu antworten.

»Zwei Gramm.«

»Vierhundert Kronen.«

Sie nahm die vorbereitete Rolle mit Hundertkronenscheinen aus der Hosentasche, zählte vier ab, machte zwei Schritte auf ihn zu und drückte sie ihm in die ausgestreckte Hand.

Kimmi verstaute das Geld in einer Bauchtasche, die er lässig über der Schulter trug, und stieß mit gespitzten Lippen zwei Pfiffe aus. Aus einem Häuserdurchgang einige Meter neben ihr kam ein etwa zwölfjähriger Junge auf einem BMX-Rad auf sie zugerollt, bremste denkbar knapp vor ihr ab und reichte ihr zwei kleine Päckchen, die aussahen wie Einfrierbeutel mit Druckverschluss im Miniaturformat. Sie öffnete eins und roch daran: harzig, klebrig, fermentiert. Zweifellos Marihuana.

»Gutes Zeug«, sagte Kimmi, »und jetzt verpiss dich.«

Jetzt war sie es, die das Kinn nach vorn reckte.

»Ich suche jemanden. Könnte in deinem Alter sein. Fährt Motorroller.«

Kimmi kniff seine Augen noch weiter zusammen. Er rümpfte die Nase, was beinahe so aussah, als wollte er an ihr schnuppern, dann rotzte er neben ihr auf den Boden. Schon klar, dachte sie, bloß keine Schwäche zeigen, erst recht nicht vor dem Dreikäsehoch, der mit seinem Rad noch immer neben ihr stand.

»Du sollst dich verpissen, Oma.«

Aua, das saß.

»Trägt einen schwarz-neongelben Helm.«

»Bist du taub, oder was?«

Sie lange erneut in die Hosentasche, nahm die Geldrolle hervor, fächerte die restlichen Scheine auf und wedelte sich damit gestisch Luft zu.

»Sechshundert Mäuse«, sagte sie. »Für einen kleinen Tipp.«

Sie sah seinem Blick an, dass er nicht richtig schlau aus ihr wurde. Er rotzte erneut auf den Boden, glitt dann von dem Stromkasten herunter und baute sich vor ihr auf. Für sein Alter hatte er imponierend breite Schultern, wahrscheinlich trainierte er regelmäßig. Sie standen sich gegenüber, die Nasenspitzen zwei Handbreit voneinander entfernt.

»Ihr sag's dir ein letztes Mal, dann knallt's: Du sollst dich auf der Stelle verpissen.«

Seinen Blick hatte er sich aus einem Vin-Diesel-Film abgeschaut, oder was man in dem Alter heutzutage so guckte. Wenn er versuchte, ihr eine runterzuhauen, würde sie keine drei Sekunden brauchen, um ihn krankenhausreif zu prügeln. Aber wem war damit gedient?

»Okay«, sagte sie. »Ich hab's ja kapiert, ich hau ab. War nur eine Frage, okay?«

Sie deutete ein Lächeln an und wandte sich zum Gehen. Nach einigen Schritten drehte sie sich noch einmal um.

»Eine Sache noch, Kimmi. Ich soll dir von Blondie ausrichten, dass du ihr noch einen Hunderter schuldest.«

»Von wem?«

»Von der geilsten Tussi der Stadt.«

Jetzt war nichts mehr mit Vin Diesel, sein Gesicht war ein einziges Fragezeichen. Sie ging weiter und lächelte in sich hinein. Wenigstens das war als kleiner Sieg zu verbuchen. Sie streunte weiter durch die Hochhaussiedlung. Bauklötze aus gelbem oder rotem Backstein, dazwischen viel mehr gepflegtes Grün, als sie in einem sogenannten Brennpunktstadtteil vermutet hatte. Auf einer Bank saßen zwei Rentner und unterhielten sich. Ein Mann mit Vollbart führte einen Pudel spazieren. Ein Dutzend Kita-Kinder in orangefarbenen Leuchtwesten wurden von Erziehern in zwei XXL-Bollerwagen durchs Viertel gezogen, wahrscheinliche Destination: Spielplatz. Jugendliche oder junge Erwachsene sah sie nicht mehr. Nach einer Stunde hatte sie das Gefühl, jeden Weg und jede Straße mindestens zweimal abgeschritten zu haben. Sie entschloss sich spontan dazu, Youssef einen zweiten Besuch abzustatten. Vielleicht fasste er dieses Mal genügend Vertrauen zu ihr, um sich hinter seiner Mauer hervorlocken zu lassen. Die Art und Weise, wie er sich während ihres ersten Gesprächs verschlossen hatte, ließ sie ahnen, dass er etwas verschwieg. Sie war davon überzeugt, dass er während des Überfalls etwas gesehen hatte, das er ihnen vorenthielt. Womöglich hatte er sogar den Schützen erkannt. Oder den Jungen auf dem Motorroller. Sie klingelte mehrmals bei ihm, aber in der Wohnung reagierte niemand. Entweder war keiner zu Hause oder Youssef spielte wieder toter Mann, was sie durchaus nachvollziehen konnte. Das Attentat auf ihn, der interne Druck, der in Bandenstrukturen wie den *Originals* üblicherweise herrschte, und nun auch noch die Polizei: Wie sollte ein so junger Mensch das alles ertragen, ohne dabei früher oder später kaputtzugehen? Sie versuchte es auf seinem Handy, ebenfalls erfolglos. Es war fast halb eins, sie spürte, dass sie langsam Hunger bekam. Eine Pizza im *Venezia* konnte nicht schaden. Vielleicht war die *Vongole* ja wirklich so gut, wie Akimov behauptete. Aus der Geschichte mit den abgehängten Bildern und den angepinnten Fotos wurde sie noch immer nicht schlau. Was war eigentlich aus Akimovs Schnauzer geworden? Sie machte sich eine innere Notiz, die Feuerwehr nach einem verbrannten Hundekadaver zu fragen. Dann versuchte sie wieder, sich den Moment bildlich vorzustellen, in dem die Schüsse auf die Pizzeria gefallen waren. Wie der agile Akimov geistesgegenwärtig und in der Manier eines ehemaligen Handballtorwarts die Jungen mit sich zu Boden gerissen hatte. Die Bilder, die in ihrem Kopf entstanden, waren wilden Actionfilmen entliehen. Aber im echten Leben? Sie würde den Pizzabäcker bitten, ihr die Situation ein weiteres Mal zu schildern, Sekunde für Sekunde. Als sie auf den Eingang des Restaurants zuging, tauchte wie aus dem Nichts Kimmis Handlanger neben ihr auf, der Junge auf dem BMX-Rad, und hielt mit quietschender Bremse an.

»Ich weiß, wer einen Motorroller fährt und einen schwarzneongelben Helm hat«, stieß er keuchend hervor. Offenbar hatte er auf der Suche nach ihr mächtig in die Pedale getreten.

»Ach ja?«

»Zuerst die Kohle.«

Sie musterte ihn. Er war zwölf, höchstens dreizehn, und steckte schon knietief im Elend der Bandenwelt. Eigentlich wäre es ihre Aufgabe, den Kleinen mitzunehmen, das Jugend-

und Sozialamt einzuschalten, die Eltern und die Schule zu kontaktieren, ein Erziehungsprogramm für minderjährige Straftäter zu suchen, dort einen freien Platz zu organisieren, sprich, sich der ganzen Not anzunehmen. Aber du kannst nicht die ganze Welt retten, Svea. Die Stimme in ihrem Kopf gehörte Marie. Den Satz ausgesprochen hatte sie vor langer Zeit, als Svea mit einer jungen Elster im Arm nach Hause gekommen war, die sich den Flügel gebrochen hatte. Trotzig hatte sie das verletzte Tier in ihrem Zimmer gehegt und gepflegt. In der Schulbibliothek hatte sie ein Buch gefunden, in dem beschrieben war, wie man einen Flügelbruch heilte. Mit Oves Hilfe und etwas Pflasterband fixierte sie den gebrochenen Flügel. Zunächst war das arme Tier hilflos umhergetaumelt, aber bald hatte es sich an die Einschränkung gewöhnt und Svea versorgte es mit Futter und Streicheleinheiten und gab ihm den Namen *Myrsky*, Sturm. Nach drei Wochen löste sie das Pflasterband wieder und der Flügel war tatsächlich geheilt. Anschließend hatte die Elster sie tagtäglich besucht. Nein, man konnte nicht die ganze Welt retten. Aber man stand ihr auch nicht ohnmächtig gegenüber. Dennoch nahm sie jetzt den einfachen Pfad.

»Einverstanden.«

Sie gab ihm das Geld. Er zählte die Scheine mit fachmännischer Miene und routinierten Handbewegungen und verstaute sie sorgfältig in der Tasche seiner Jogginghose, bevor er wieder zu ihr aufsah.

»Ti.«

»Ti?«

»Ja, Ti.«

»Ist das sein richtiger Name?«

»Keine Ahnung. Alle nennen ihn Ti.«

»Hat der auch einen Nachnamen?«

»Ti. Mehr weiß ich nicht. Aber er wohnt irgendwo dort drüben.«

Der kleine Denunziant deutete vage auf die Wohnblöcke hinter sich, dann trat er wieder mit aller Kraft in die Pedale.

15

Jon Nordh fand recht schnell heraus, dass im vergangenen Jahr bei keiner einzigen Schießerei in Malmö die gleiche Munition wie bei dem Attentat auf die Pizzeria verwendet worden war. In einem zweiten Schritt erweiterte er die Suchparameter und stieß auf drei verschiedene Vorfälle. Vor vierzehn Monaten waren bei einem Raubüberfall auf einen Geldtransporter in Helsingborg zwei Sturmgewehre mit entsprechender NATO-Munition benutzt worden. Die Täter waren jedoch bei der Flucht gefasst worden und verbüßten lange Haftstrafen. Die Waffen waren beschlagnahmt worden und verstaubten seitdem in einer Asservatenkammer. Vor einem halben Jahr war ein Förster in Blekinge in einem abgelegenen Waldstück auf Dutzende Patronenhülsen des gesuchten Kalibers und mehr oder weniger zu Kleinholz geschossene Baumstümpfe gestoßen. Offenbar hatte dort jemand den Forst als Schießstand missbraucht. Und zu guter Letzt war vor einigen Wochen dem Zoll hinter der Öresundbrücke bei einer Routinekontrolle ein Waffenschmuggler ins Netz gegangen, der im Kofferraum unter mehreren Großpackungen Toilettenpapier einundzwanzig verschiedene Schusswaffen versteckt gehabt hatte. Drei davon waren Jagdgewehre, zu denen die NATO-Munition passte. Der Schmuggler, dessen Vorstrafenregister eine gewisse Nähe zu Mitgliedern der *Wild Boyz* nahelegte, einer Vorgängerbande der *2155er*, befand sich noch immer in Untersuchungshaft. Von allen drei Vorfällen war dieser der einzige, bei dem man mit ein wenig Wohlwollen eine mögliche Verbindung zu den Schüssen auf die Pizzeria sehen konnte. Nordh machte sich entsprechende Notizen. Ein scharf geführtes Verhör des Schmugglers könnte unter Umständen zutage bringen, ob es bereits andere illegale Waffenlieferungen mit infrage kommenden Gewehren gegeben hatte und wo diese unter Umständen gelandet waren. Die Suche nach einer Laserzielvorrichtung blieb ergebnislos. Ganz offenbar war ein solches Gerät hierzulande ziemlich exotisch. Er erinnerte sich an John Ausonius, den sogenannten *Lasermann,* einen rechtsradikalen Terroristen, der mit Schusswaffe und Laserzielvorrichtung Jagd auf Menschen gemacht hatte. Aber das war drei Jahrzehnte her.

Bei dem gestohlenen Subaru landete er dagegen sofort einen Volltreffer. Am frühen Vormittag hatte die Verkehrspolizei ein Autowrack gemeldet, das unter einer Betonrampe des südlichen Stadtautobahnrings stand. Die Nummernschilder stimmten mit denen des gestohlenen Fahrzeugs überein. Das war gleichzeitig eine gute und schlechte Nachricht. Er informierte die Spurensicherung, doch sämtliche Außenteams waren im Einsatz. Er forderte Ersatz aus Landskrona an, was ihn einige Telefonate kostete, aber schlussendlich hatte er Erfolg. Karhuu und ihm war schließlich von ganz oben jede nur denkbare Unterstützung zugesichert worden. Bis die Kollegen aus dem nördlichen Nachbardistrikt eintrafen, konnte es allerdings dauern, also würde er bis dahin das Beweisstück persönlich sichern. Autowrack, das klang alles andere als gut, womöglich war die Spurenlage ein Albtraum. Er machte sich, ohne zu zögern, auf den Weg. Am Eingang des Präsidiums traf er auf einen alten Kollegen aus der Mordkommission. Fünf Minuten Small Talk, die sich nicht verhindern ließen, zumindest nicht, wenn er weiteren Tratsch über sich an seiner alten Wirkungsstätte unterbinden wollte. Er betonte, wie gut es ihm ging, wie sehr ihm die Auszeit geholfen hatte, wie spannend, aber auch fordernd der Spezialauftrag war, mit dem ihn die Polizeichefin betraut hatte. Er trug so dick auf, dass er sich dafür schämte. Egal. Falls er seinen alten Job zurückwollte, konnte er es sich nicht leisten, dort für einen Loser gehalten zu werden, den das Leben aus der Bahn geworfen hatte. Den Gedanken an Rosa und ihren drohenden Auszug schob er beiseite. Der Kollege plauderte über einen kuriosen Raubmord, einen Selbstmord wie aus einem Dostojewski-Roman und ein Ehedrama mit Todesfolge. Ehedrama mit Todesfolge. Na, vielen Dank auch. Nordhs gesamter Körper kribbelte vor Unbehagen und Ungeduld, und er war froh, als er sich endlich loseisen konnte.

Zwanzig Minuten später verließ er mit seinem Wagen die Zubringerstraße und parkte am Rand eines unwirtlichen Niemandslands, über dem sich statt des Himmels die geschwungenen Stahlbetonrampen eines Autobahnkreuzes wölbten. Er stieg aus. Der Verkehr über ihm dröhnte, jeder Lastwagen verursachte ein Donnergrollen. Um ihn herum aufgeplatzter Asphalt, wilde Brombeerranken, graffitibeschmierte Pfeiler, große Pappkartons, aus denen fleckige Matratzen und Schlafsäcke quollen, Plastikmüll, der sich in einem Zaun verfangen hatte, ein Einkaufswagen voller Pfandflaschen. Es war windig und stank nach Abgasen, Scheiße und Verwesung. Einige Schritte vor ihm lag der verrottende Kadaver einer riesigen Möwe. Er hielt sich den Ärmel seines Jacketts vor Mund und Nase. Menschen sah er keine, aber dafür entdeckte er in einiger Entfernung den Umriss eines Autos. Zweifellos der Subaru. Um dorthin zu gelangen, musste er einen offenen Abwasserkanal und einen drei Meter hohen Maschendrahtzaun überwinden. Das war machbar, aber er würde dabei seinen Anzug ruinieren. Praktischer wäre es, mit dem Wagen auf die andere Seite der Betonkathedrale zu fahren. Er entschied sich für Letzteres. Das Navi lotste ihn durch das unübersichtliche Hochstraßenknäuel. Am Ende war er fast zwei Kilometer gefahren, um gut hundert Meter Luftlinie zu überbrücken. Er stieg aus dem Passat. Hier sah es genauso trist und trostlos aus wie auf der anderen Seite des Zauns. Dass sämtliche Scheiben des Subarus fehlten, erkannte er sofort. Aber da war noch mehr. Irgendetwas stimmte mit der Farbe des Autos nicht. Zehn Schritte weiter hatte er Gewissheit. Der Wagen war ausgebrannt.

16

Zurück im Präsidium setzte sich Svea Karhuu sofort an den Rechner. Sie brauchte nicht lange, um herauszufinden, bei wem es sich um den Kleindealer Kimmi handelte. Kim Andersson, fünfzehn Jahre alt, lebte zusammen mit einer jüngeren Schwester bei seiner Mutter in einer Wohnung in der Professorsgatan und war bisher einmal polizeilich auffällig geworden, es ging um Sachbeschädigung. Beim Jugendamt waren mehrere Kontakte mit der Familie dokumentiert, in denen es um Schulschwänzen, körperliche Auseinandersetzungen und Mobbing ging. Wenn Kimmi mit dem Dealen weitermachte wie bisher, war es nur eine Frage der Zeit, bis er dauerhaft auf dem Radar der Polizei auftauchen würde. Der zweite Name war problematischer. In der Hochhaussiedlung war niemand gemeldet, der Ti hieß. Karhuu probierte es mit allen erdenklichen Schreibweisen. Schließlich kam sie auf den Gedanken, dass es sich womöglich schlichtweg um das Kürzel T. handeln könnte, englisch ausgesprochen. Wie in T-Shirt. Im Melderegister fand sie unter den infrage kommenden Adressen einhundertvierundsiebzig männliche Anwohner, deren Vor- oder Nachname mit T begann. Wenn sie in der Suchmaske die Altersspanne fünfzehn bis dreißig eingab, waren es immer noch zweiundfünfzig. Sie glich diese Namen mit dem Register der Verkehrsbehörde ab. Das Ergebnis überraschte sie. In Hermodsdal hatte offenbar keiner dieser fünfzig jungen Männer ein Moped oder einen Motorroller angemeldet, dabei waren die leicht motorisierten Fahrzeuge in Vierteln wie Hermodsdal offenkundig sehr beliebt. Etwas ratlos besuchte sie die IT-Spezialistin der Soko in ihrem Büro. Mette Petersen, die ihre Country-Western-Bluse so weit aufgekrempelt trug, dass Karhuu die tätowierten chinesischen Drachen auf ihren Unterarmen ausgiebig bewundern konnte, erklärte ihr, dass es sich um ein durchaus bekanntes Phänomen handelte. Gerade bei jugendlichen Kleindealern und Drogenkurieren wurden die Mopeds und Motorroller wegen ihrer Wendigkeit und Geschwindigkeit geschätzt. In den engen Gassen und Durchgängen der Hochhäuser hatte ein Polizeiwagen gegen so ein Gefährt keine Chance. Um die Identifizierung der Fahrer anhand der Nummernschilder zu erschweren, waren die Flitzer aber oft nicht auf die Fahrer zugelassen, sondern auf Onkel, Großmütter oder irgendwelche unter Druck gesetzte Nachbarn, die eigentlich nichts mit den Gangs zu tun hatten und bisweilen nicht mal etwas davon wussten, dass sie auf dem Papier der Halter eines Mopeds waren. Ähnliches galt für die vielen Scheinselbstständigen, die auf Motorrollern unterwegs waren, um für digitale Lieferplattformen Essen oder Lebensmittelbestellungen auszufahren. Auch hier hatten die Banden ihre Finger im Spiel. Sie boten den mittellosen Berufseinsteigern, wie zum Beispiel Geflüchteten ohne Papiere, die verzweifelt versuchten, irgendwie auf dem schwedischen Arbeitsmarkt Fuß zu fassen, auf Pump motorisierte Zweiräder an, die oft gestohlen und nicht oder nur unzureichend versichert waren. Die Fahrer landeten so in einer Art doppelter Sklaverei: Sie mussten sich ihren sowieso schon niedrigen Lohn, den sie sich im Akkord unter den harten Bedingungen der Lieferservices erarbeiteten, über Jahre hinweg mit den Kriminellen teilen. Ein weiterer Grund dafür, dass Karhuu keine angemeldeten Motorroller gefunden hatte, war viel banaler und hatte nichts mit Organisierter Kriminalität zu tun: Die Versicherungspolicen waren für junge Fahrer um ein Vielfaches höher als für langjährige Führerscheininhaber, was ebenfalls zur Trickserei mit Scheinbesitzern beitrug. Karhuu bedankte sich für die Informationen. Ti, der vermeintliche Mittäter oder zumindest wichtigste Zeuge, blieb also ein Phantom. Es wäre zu schön gewesen, wenn sie der Tipp eines Dreikäsehochs nach einem halben Nachmittag in Hermodsdal auf die richtige Spur geführt hätte.

Auf dem Weg zurück in ihr Büro traf sie auf Lindelöv, den Chef der Soko Ganggewalt. Er steuerte so flink auf sie zu, als habe er sie abpassen wollen.

»Na«, fragte er, »wie läuft's denn so?«

Freundliches Lächeln. Nordh hatte sie gewarnt. Für Lindelöv musste es ein Affront sein, dass man seiner Abteilung den Fall entrissen und ihn stattdessen an zwei externe Ermittler übergeben hatte.

»Gut«, sagte sie und reckte einen Daumen, »prima.«

»Gibt es bereits Verdächtige?«

Sie dachte an den Jungen auf dem Motorroller.

»Bestimmt bald.«

Er lächelte wieder, breitete dann die Arme aus.

»Und hier auf dem Revier? Bekommt ihr die Unterstützung, die ihr benötigt?«

»Absolut.«

»Schön.«

»Wirklich schön.« Er rieb sich die Hände. »Na dann«, sagte er. »Weiterhin frohes Schaffen.«

»Danke.«

Sie wandte sich schon zum Gehen, als er sie leicht am Arm berührte.

»Eine Sache noch.« Sein Lächeln kippte ins Wölfische. »Jon Nordh ist zweifellos ein guter Polizist, clever und erfahren. Aber alles andere als stabil. Falls es jemals zu Problemen mit ihm führen sollte ...« Rhetorische Pause. »Bei mir findest du jedenfalls immer ein offenes Ohr. Tag und Nacht.«

»Wie nett«, sagte sie, zog ihre Mundwinkel mechanisch nach oben, drehte sich um und ging. Tag und Nacht.

Wo war sie hier nur gelandet?

17

Jon Nordh trat gegen die Tür des ausgebrannten Subarus, wieder und wieder. Er trat zu, bis der Saum seines Schuhs aufplatzte und sein Fuß so wehtat, dass er aufhören musste. Dann flossen sie, die Tränen. Er heulte Rotz und Wasser. Er schrie in den betonierten Himmel, als würde er Gott anklagen. Er tat sich selbst so unglaublich leid, dass es schon wieder lächerlich war, doch er konnte nichts dagegen tun. Wie viel Trauer, wie viel Schmerz, wie viel rasende Wut und Eifersucht konnte ein Mensch schultern? Und nun musste er bald auch noch seinen Job an den Nagel hängen, das Einzige in seinem Leben, in dem er wirklich gut war. Plötzlich war er da, der Gedanke, er blitzte auf in seinem gewitterwolkenverhangenen Gemüt und beleuchtete für einen kurzen, grellen Augenblick das ganze Elend seines Seins. Was, wenn er die *Sig Sauer* aus dem Holster ziehen, sich den Lauf in den Mund stecken und abdrücken würde? Nur zwei, drei Sekunden, dann wäre alles vorbei, nur einen Augenblick, dann wäre er erlöst. Er legte die Hand auf den Knauf der Waffe, aber in dem Moment, in dem seine Hand das geriffelte, kalte Metall berührte, musste er an Tim und Lilly denken. Natürlich musste er das. Schmerz und Zärtlichkeit rissen an seinem Herzen. Es ging nicht. Er durfte es nicht. Es verbot sich. Er musste weitermachen. Er musste ihnen zuliebe weitermachen. Mit dem Ärmel seines Jacketts wischte er sich Rotz und Tränen aus dem Gesicht. Sein Gesicht glühte. Er schloss die Augen und reckte den Kopf der kühlenden Luft entgegen. Irgendwann hörte er etwas. Ein neues Geräusch, das sich ins Dröhnen und Vorbeirauschen der Autos über ihm mischte. Ein Summen und Rattern. Er öffnete die Augen. Von der Zufahrtsstraße her rollten zwei Jungen auf ihren Skateboards auf ihn zu, zwölf, höchstens dreizehn Jahre alt. Nordh traute seinen brennenden Augen kaum: Der eine Junge hielt in seiner Hand einen schwarzen Motorradhelm. Mit neongelbem Muster. Ohne ihn groß zu beachten, fuhren die beiden Teenager in ein paar Metern Abstand an ihm vorbei. Er war perplex. Mit einiger Verzögerung reagierte er schließlich.

»Hey!«, rief er ihnen hinterher. »Wartet mal!« Die beiden stoppten ihre Boards, drehten sich zu ihm um und sahen ihn fragend und auch ein wenig misstrauisch an.

»Unsere Eltern wissen, dass wir hier sind«, rief der Kleinere mit unsicherer Stimme.

»Hier sind nirgendwo Verbotsschilder oder so«, fügte der Größere an, der den Helm unterm Arm trug.

»Schon gut.« Nordh ging mit beschwichtigender Geste auf die Jungen zu und nestelte seinen Dienstausweis aus der Innentasche. »Ich bin zwar von der Polizei, aber ich will euch hier nicht wegjagen. Aber der Helm da interessiert mich. Ist das deiner?«

Nordh blieb einige Meter vor ihnen stehen. Vertrauen gewinnen. Nicht gerade seine Stärke. Aber er musste sich Mühe geben, denn das Letzte, was er jetzt gebrauchen konnte, war, den Kids quer durch die Betonbrache hinterherzujagen.

»Nee«, sagte der Junge, »den haben wir gerade eben gefunden. Der lag dort drüben in den Büschen der Böschung.« Sein Kumpel nickte eifrig zustimmend. »Wieso? Ist der geklaut?«

»So ähnlich.« Nordh überlegte. Das gestohlene Auto und der auffällige Helm, beides mehr oder weniger am selben Ort. Das war kein Zufall. Offenbar gehörten der Schütze und der Motorrollerfahrer zusammen. Hier hatten sie sich ihrer Fahrzeuge entledigt und waren höchstwahrscheinlich in einen bereitstehenden anderen Wagen umgestiegen. »Habt ihr dort auch einen Motorroller gesehen? Abgestellt oder in die Büsche gekippt?« Die Skater schüttelten unisono den Kopf. Er sah keinen Grund, ihre Geschichte anzuzweifeln, schon die Art und Weise, wie respektvoll sie auf ihn reagierten, zeigte, dass die beiden wohlerzogene Bürgersöhnchen waren und nichts mit der Sache zu tun hatten. »Den Helm brauche ich zurück. Hattet ihr ihn beide in der Hand?« Nicken. »Wart ihr schon einmal auf einer Polizeiwache und habt eure Fingerabdrücke abgegeben? Nein? Nun, dann habt ihr morgen in der Schule etwas, womit ihr angeben könnt.«

18

Auf Svea Karhuus Bitte hin ließ sie der Mitarbeiter der Pathologie mit dem Leichnam des Jungen allein. Sie stand neben der Bahre aus Edelstahl und schloss für einen Moment die Augen. Dass sie hier war, dass sie Rashid aufsuchte, war für ihre Arbeit nicht notwendig. Jedenfalls technisch betrachtet. Die Obduktion war längst durchgeführt, Karhuu hatte den Bericht sorgfältig gelesen. Dennoch erschien es ihr wichtig. Sie öffnete die Augen wieder, betrachtete die Konturen des schmalen, kleinen Körpers unter dem weißen Tuch. Sie fröstelte, was nicht nur an der niedrigen Raumtemperatur lag. Irgendwann gab sie sich einen Ruck und faltete das Tuch beiseite. Das Verblüffendste war, wie klein und hager er trotz seiner dreizehn Jahre wirkte. Ein Kind noch, ein raffaelischer Engel. Das Haar schwarz wie ihres, die offenen Augen ein dunkler Spiegel der ihren. Wie eine Puppe lag er da, wie aus Porzellan. Wäre da nur nicht die klaffende Eintrittswunde auf der Schläfe. Das Projektil, das sie verursacht hatte, hatte ein Leben zerstört, das noch nicht einmal richtig begonnen hatte. Sie legte dem Leichnam die Hand auf die Stirn und schloss die Augen erneut. Sie sprach einige Verse. *Meänkieli.* Es war eher eine Beschwörung als ein Gebet. So blieb sie stehen. Fünf Minuten, vielleicht auch zehn.

Dann war es gut.

Nein, nichts war gut. Für Rashid war überhaupt nichts gut, ebenso wenig wie für seinen Vater. Die Welt war aus den Fugen geraten. Zum fünfundsiebzigsten Mal in diesem Jahr. Ein Zyniker könnte auf dieses schwarze Jubiläum, auf diesen unheiligen Rekord anstoßen. Sie war keine Zynikerin. Aber ihr Auftrag hatte nun eine Weihe. Sie hatte Rashid ihr Versprechen gegeben, sie hatte einen Eid geleistet.

Bevor sie die Pathologie verließ, suchte sie den diensthabenden Rechtsmediziner auf. Was die Identifizierung der Brandleiche anging, gab es noch keine Neuigkeiten. Man wartete immer noch auf die zahnärztlichen Unterlagen von Andrey Akimov. Das war bemerkenswert. Nahezu jeder hatte eine digitale Patientenakte. Bei polizeilichen Ermittlungen zur Todesursache hob die Staatsanwaltschaft den Datenschutz so gut wie immer auf und gab die Akte frei. Bei Akimov musste irgendetwas schiefgelaufen sein. Sie sah auf die Uhr. Es war bereits nach fünf. Wahrscheinlich würde sie bei der Staatsanwaltschaft keinen Verantwortlichen mehr erreichen. Sie nahm sich vor, sich am folgenden Tag gleich als Erstes darum zu kümmern, noch bevor sie in Hermodsdal einen zweiten Anlauf unternahm, einen Motorrollerfahrer namens Ti zu finden. Dann fuhr sie mit dem Bus zurück zum Hotel, wo sie mit Kristoffer telefonierte. Eigentlich hatte sie sich darauf gefreut, seine Stimme zu hören, aber irgendwie kamen sie sich in dem Gespräch nicht richtig nahe, ohne dass sie hätte sagen können, woran es lag. Vielleicht nur an ihrer Müdigkeit. Oder daran, dass sie gerade den Leichnam eines Dreizehnjährigen besucht hatte. Zum Schluss sagte Kristoffer, dass sie so schnell wie möglich zurück nach Stockholm kommen sollte. Wahrscheinlich war es nett gemeint, aber trotzdem irritierte sie etwas daran. Ganz so als wäre sie hier, weil sie sich das ausgesucht hatte. Dabei wusste er doch genau, dass sie sich einem Einsatzbefehl nicht widersetzen konnte. Außerdem war das hier ihre Chance, sich nach dem katastrophal geendeten Einsatz und der Schlägerei in der Turnhalle wieder zu rehabilitieren. Sie verabschiedete sich kurz angebunden, überlegte, ob sie sich ins Bett legen sollte, packte dann aber ein Handtuch und frische Unterwäsche ein und machte sich auf den Weg in ein Fitnesscenter.

19

Jon Nordh fühlte sich gehetzt, gleichzeitig hatte er Schuldgefühle. Es war spät geworden. Die Geschichte mit den beiden Skateboardkids hatte sich ewig hingezogen, weil beide Elternpaare panisch auf die Anwesenheit eines jeweils eigenen Rechtsanwalts bestanden hatten. Dabei wurde den Jungen ja überhaupt nichts vorgeworfen, sondern es ging allein darum, ihre Fingerabdrücke auf dem beschlagnahmten Helm von möglichen anderen unterscheiden zu können. Helikoptereltern. Was man von ihm nicht gerade behaupten konnte. Im Gegenteil. Rosa war netterweise wieder eingesprungen, hatte die Kinder abgeholt und sich um das Abendessen gekümmert. Er schluckte, als er wieder daran denken musste, dass mit ihrer Hilfe bald Schluss sein würde. Am besten, er verdrängte den Gedanken. Seine Schwiegermutter hatte Erbsensuppe gekocht. Hatte er schon immer geliebt. Dankbar löffelte er den Teller leer. Die Kinder hassten Erbsen, trotzdem ließen sie sich Rosa gegenüber nichts anmerken, obwohl er ihnen beim Frühstück Hamburger versprochen hatte. Das machte ihn ein bisschen stolz. Überhaupt – seit Lindas Tod hatten sie sich kaum über das Essen beschwert, dabei war das früher ein Dauerthema gewesen. Sie passen sich an, dachte er, sie passen sich so gut sie können an die beschissene Situation an. Der Gedanke war so unbarmherzig traurig, dass er schlucken musste. Er spürte den Impuls, ein Wasserglas voll Brandy zu kippen. Aber das war gerade keine Option. Stattdessen nahm er eine zweite Portion Suppe und befragte die Kinder nach ihrem Tag. Tim erzählte, dass ihn ein Kind in der Vorschule Waise genannt und behauptet hatte, dass seine tote Mutter jetzt ein Geist sei, der im Keller spukte. Nordh versuchte die Situation mit Humor aufzulösen und erzählte etwas von der Zeichentrickfigur *Laban*, dem Schlossgespenst. Tatsächlich brachte er Tim damit zum Lachen. Gleichzeitig spürte er, wie er wütend wurde. Was fiel irgendeinem kleinen Scheißer ein, seinem Sohn Angst zu machen? Dann begann Lilly mit ihrer allabendlichen Litanei von einer Klassenkameradin, die zweimal wöchentlich Reitstunden bekam. Ihr Vortrag mündete immer in der gleichen Diskussion.

»Ihr hattet es mir aber versprochen!«

Das stimmte. Aber das Versprechen war gegeben worden, als Linda noch lebte. Nun gab es kein *Ihr* mehr, nun gab es nur noch ihn. Als Steuerberaterin hatte Linda etwa so viel verdient wie er. Dieses Einkommen fiel nun weg. Eine viel zu kleine Lebensversicherung federte den Verlust etwas ab, zumindest für eine Weile, und auch der Staat unterstützte Familien mit Todesfall finanziell, aber Fakt war, dass aus einem soliden Doppeleinkommen ein einfaches Gehalt geworden war, ganz abgesehen davon, dass man als Polizist nicht gerade üppig verdiente. Sie hatten nun deutlich weniger Geld zur Verfügung als zuvor, es reichte zwar aus, um die laufenden Kosten zu decken und die Raten für die Doppelhaushälfte zu bedienen, aber kostspielige Extras wie Reitunterricht waren ein Ding der Unmöglichkeit, so leid es ihm tat. Jede Krone, die übrig blieb, legte er zur Seite, um im nächsten März, in der nassgrauen Zeit zwischen Winter und Frühling, mit den Kindern eine Woche auf die Kanaren zu fliegen. Nur sie drei. Er fand, dass sie so etwas brauchten: familiäres Teambuilding. Der fruchtlose Streit um die Reitstunden endete wie immer. Wutentbrannt rannte Lilly auf ihr Zimmer, hilflos trottete er hinterher. Als er schließlich auf ihrer Bettkante saß und mit einem Kloß im Hals ihren Kopf streichelte, wurde ihm bewusst, wie lahm seine Argumente in ihren Ohren klingen mussten. Was sollte eine Siebenjährige mit Begriffen wie Tilgung oder Nebenkostenabrechnungen anfangen?

»Und wenn ich Lilly mein Taschengeld schenke?«, fragte ihn Tim später.

Er hob seinen Sohn auf den Schoß und gab ihm einen Kuss. Seit Lindas Tod hatte sich Tim immer weiter in sich zurückgezogen. Dorthin, wo es warm und weich war. Zumindest stellte Nordh es sich so vor. Lilly dagegen war gröber und aufbrausender geworden. Er sah sich in ihr gespiegelt, während Tim schon immer mehr wie seine Mutter gewesen war.

»Du bist ein Schatz, aber ich fürchte, dass wird nicht reichen, mein Großer.« Er drückte Tims schmalen Körper an sich. »Und wenn der Junge, der behauptet, Mama wäre ein Geist, dich noch einmal ärgert, dann wehrst du dich, einverstanden?«

»Ja, gut.«

»Du wehrst dich wirklich, okay?«

»Okay, Papa«, murmelte der Kleine.

Als die Kinder eingeschlafen waren, ging er wieder nach unten. Rosa hatte den Abwasch erledigt, die Spülmaschine eingeräumt und war dabei, Wäsche abzuhängen. Er murmelte flüchtig ein Dankeschön und ließ sich mit letzter Kraft aufs Sofa fallen, wo er nach der Fernbedienung griff. Geistesabwesend zappte er durch die Sender und blieb bei einer schwachsinnigen Datingshow hängen. Irgendwann trat Rosa vor den Fernseher, die Hände in die Hüften gestemmt. Sie war ernsthaft verstimmt, das sah er sofort.

»Weißt du, ich mache das wirklich gerne, solange ich noch hier bin. Mit den Kindern Zeit zu verbringen und dir unter die Arme zu greifen. Weil ich es möchte. Es ist mir wichtig. Aber du machst es einem nicht leicht. Dich jetzt vor die Glotze zu hauen, während die Buntwäsche noch nicht aufgehängt ist, deine Hemden gebügelt werden müssen und im ganzen Haus dringend gestaubsaugt werden muss, empfinde ich ehrlich gesagt als Provokation. Und ein echtes Dankeschön klingt meiner Meinung nach auch anders.«

»Sorry, Rosa, aber ich bin fix und fertig. Ich habe kaum geschlafen und der Tag war anstrengend.«

»Und meiner nicht, oder was?«

»Ich glaube jedenfalls nicht, dass du dich mit einem toten Kind rumplagen musstest.«

Totes Kind.

Fuck.

Das hätte ich nicht sagen sollen.

Sie starrte ihn an. Ihr Gesicht war schmerzverzerrt. Als würde sie sich einen Pfeil aus dem Herzen ziehen. Sie riss sich die Küchenschürze herunter und stampfte aus dem Zimmer. Sekunden später hörte er, wie sie hinter sich die Haustür zuknallte.

Was für ein Idiot er doch war. Ein Vollidiot. Ihm kam tatsächlich erst jetzt zum ersten Mal der Gedanke, dass sie womöglich ebenso sehr um Linda trauerte wie er. Was für ein egozentrischer Holzkopf er doch war, was für ein selbstmitleidiges Würstchen. Wie es wohl sein musste, das eigene Kind zu verlieren? Ging Rosas Schmerz womöglich noch tiefer als seiner? War das überhaupt möglich? Und falls ja: Wie sinnvoll war es, Gefühle miteinander zu vergleichen? Jeder Mensch empfand doch anders. Er schaltete den Fernseher aus. Wahrscheinlich hatte er die Glotze überhaupt nur angemacht, damit er sich nicht mit Rosas Plänen auseinandersetzen musste, und den dramatischen

Folgen, den ihr Umzug für ihn haben würde, falls er tatsächlich wieder in der Mordkommission arbeiten wollte.

Sein Blick fiel auf das gerahmte Familienfoto auf dem Regal über dem Fernseher. Gut zwei Jahre musste es her sein. Der verregnete Gotlandurlaub. Der erste Tag war noch toll gewesen, sie verbrachten ihn am Strand, wo sie badeten und eine riesige Sandburg bauten. Abends aßen sie in einer Strandbar Pizza und blickten aufs Meer hinaus. Am nächsten Tag begann es zu regnen. Es schüttete, als hegte der Himmel einen Groll auf die Welt. Selbst an einen Stadtausflug nach Visby war bei diesem Wetter nicht zu denken. Es hörte nicht auf. Sie verbrachten zweieinhalb Tage mit Puzzles, Vorlesen und Spielen, doch nach dem Mittagessen des dritten Tages kippte die Stimmung. Die hochgeschraubte Erwartungshaltung, der angestaute Vorurlaubsstress, der sich Bahn brach, die Enge der Ferienwohnung und der nervtötende Dauerregen auf dem Blechdach: Alles schien zusammenzubrechen. Lilly und Tim hatten sich in einem Streitmarathon ineinander verbissen, er selbst brüllte nur noch rum und Linda zog sich in sich zurück, wie sie es manchmal tat, wenn sie überfordert war. Nur dass sie kurz darauf jedes Mal wieder auftaute und sich im Gegensatz zu ihm den Problemen stellte. Während er noch wegen allem und nichts mit den Kindern rumzeterte und zankte, entwarf sie in weniger als einer halben Stunde unter Zuhilfenahme von Büchern, Spielzeug und ein paar kleinen Süßigkeiten eine Art Indoor-Schnitzeljagd, die sie alle einen ganzen Nachmittag hindurch fesselte. Versteckte Zettelchen mussten gefunden, Rätsel gelöst, Botschaften dechiffriert, Aufgaben erfüllt, Lieder gesungen, Reime erfunden werden. Selbst ihn zog das Miniaturabenteuer in seinen Bann. Linda hatte etwas Schlechtes in etwas Gutes verwandelt. Alltagsmagie. Es war ihre Superkraft. Abends saßen alle ausgeglichen um den Tisch und aßen zufrieden Tiefkühlpizza mit Tomatensalat und am nächsten Tag schien wieder die Sonne. Was für eine Frau er doch hatte, hatte er damals gedacht, was für ein Glück!

Und jetzt? Er streunte rastlos durchs Haus. Seit dem Abendessen hatte ihn der Gedanke an den Brandy nicht losgelassen. Aber es gab keinen mehr. Nachdem es ihn das letzte Mal überkommen hatte, hatte er keinen Nachschub gekauft. Halb Selbstdisziplinierung, halb Sparmaßnahme. Frustriert ließ er sich in einen Sessel fallen. Unter der Haut kribbelte es. Obwohl er still saß, raste sein Puls und seine Muskulatur schmerzte wie bei einer Grippe. Er stand wieder auf und tigerte herum, noch aufgekratzter als zuvor. Im Keller stöberte er schließlich eine verstaubte Flasche Cidre auf. Linda hatte das süße Zeug zu seltenen Anlässen getrunken. Das Haltbarkeitsdatum war seit über einem Jahr abgelaufen. Er öffnete die Flasche an Ort und Stelle und trank, bis ihm der prickelnde Apfelschaumwein in die Nase stieg, er sich verschluckte und minutenlang husten musste. Alles daran war ekelhaft. Schamerfüllt und wehleidig stieg er die Kellertreppe hinauf, die halb volle Flasche in der Hand. Wenn ihn Linda jetzt sehen könnte.

Seine geliebte, seine verfluchte, seine tote Frau.

Es war der heißeste Sommer, an den Taqi sich erinnern konnte. Große Ferien. Seine kleine Schwester und er durften eine Stunde länger als sonst im Bett liegen bleiben, machten sich Frühstück, wenn ihre Mutter zur Arbeit aufbrach, paukten dann den Vormittag über Mathematik, Naturkunde und Englisch – Stoff, der eigentlich erst im nächsten Schuljahr durchgenommen wurde. Aber wie ihre Mutter ihnen immer wieder einschärfte: Bildung ist die einzige Chance, die Leute wie wir haben.

Der Nachmittag gehörte jedoch ganz ihnen. Seine Schwester ging zu einer Freundin. Taqi schmierte Butterbrote, packte seine Badesachen, holte Shishi ab und dann fuhren sie mit dem Achter-Bus zum Ribersborger Strand. Auf dem »Ribban« war der Teufel los. Die halbe Stadt kam zum Baden her. Die älteren Kids aus dem Block bildeten eine eigene Strandkolonie, aber Taqi legte Wert darauf, dass sie sich einen Platz in einigem Abstand dazu suchten.

»Ich checke es nicht«, sagte Shishi, der Taqis Wunsch eine Woche lang klaglos nachgekommen war. »Warum müssen wir uns immer kilometerweit durch den Sand schleppen, anstatt uns bei den anderen hinzuhauen? Kimmi ist echt in Ordnung.«

Taqi verdrehte die Augen. Musste er es seinem besten Freund wirklich zum hundertsten Mal erklären? Ja, Kimmi tat nett. Bot den jüngeren Kids Snus oder E-Zigaretten an, manchmal sogar Gras. Bis sie irgendwann in seiner Schuld standen und tun mussten, was er von ihnen verlangte. Dabei wusste eigentlich jeder, worauf er sich einließ. Kimmi dealte für die Originals, *dabei war er selbst noch ein halbes Kind.*

»Kimmi ist echt in Ordnung«, äffte er Shishi nach. »Bis du für ihn Stoff verkaufen musst. Bis du geschnappt wirst. Bis du dann in Jugendhaft landest.«

Shishi grinste.

»Nichts da! Ich kann so viel Scheiße bauen, wie ich will. Mit zwölf stecken die mich höchstens in ein Erziehungsheim.«

»Und da ist es dann cool, oder was? Da landen nur Loser, Irre und ganz arme Schweine. Da ist nicht viel mit Playstation, Internet oder baden gehen. Das ist wie Knast. Die Akademie kannst du dir dann in die Haare schmieren. Denkst du, die nehmen Problemkinder auf?« Natürlich wusste Taqi, dass die Fußballakademie, wie die Nachwuchsabteilung von Malmö FF hieß, Shishis großer Traum war.

»War ja nur ein Scherz.«

Nun war es Taqi, der grinste.

»Außerdem ficken dich im Heim die Größeren in den Arsch.« Er streckte Shishi seine Hand entgegen, schob den Daumen zwischen Zeige- und Mittelfinger und machte Auf-und-ab-Bewegungen.

»Niemand fickt Ronaldo!«, rief Shishi mit dunkel verstellter Stimme und führte seinen albernen Gorillatanz auf, bis Taqi und er selbst vor Lachen in den warmen Sand fielen. Sie zogen ihre Badehosen an, warfen sich mit Anlauf in die graublauen Wellen, schwammen um die Wette. Anschließend verdrückten sie die Brote, Chips und von der Hitze aufgeweichte Schokoriegel, dazu lauwarmen Himbeersaft. Satt und zufrieden brutzelten sie in der Sonne.

»Soll ich dir den Rücken eincremen?«, fragte Taqi irgendwann. Die Worte kamen einfach so aus ihm heraus, ohne dass er darüber nachgedacht hatte. Er war selbst überrascht über das, was er da sagte. »Damit man keinen Hautkrebs bekommt«, schob er schnell hinterher.

»Klar.«

Shishi war einverstanden. So wie er fast immer mit allem einverstanden war, was Taqi vorschlug.

Taqi massierte die weiße Creme in Shishis hellbraune Haut ein und beobachtete fasziniert das Spiel der Muskeln und Knochen unter der Haut seines Freunds.

»Und jetzt du bei mir«, sagte er, nachdem er so sorgfältig und lange massiert hatte, dass jede weitere Sekunde ein Eingeständnis gewesen wäre. Er wischte sich die Hände an den eigenen Oberschenkeln ab und rollte sich auf den Bauch.

Shishi gehorchte und machte sich an die Arbeit. Er war noch nicht über Taqis Schultern hinausgekommen, als ein Schatten auf sie fiel. Beide sahen auf. Es war Kimmi.

»Na ihr Schwulis, alles klar?«, fragte er grinsend. »Eine Vape gefällig?«

Er hielt ihnen eine E-Zigarette hin.

»Klar«, sagte Shishi, nahm sie und zog daran. Taqi schüttelte den Kopf, gleichzeitig warf er seinem Freund einen Blick zu. Lass dich nicht auf diesen Arsch und seine blöde Masche ein, sollte das heißen.

»Was geht bei euch?«

»Chillen und so«, sagte Shishi.

»Cool.« Kimmi steckte sich eine richtige Zigarette an. »Kommt doch zu uns rüber. Wir haben kalte Cola, Bier und eine Boom-Box.«

»Cool«, sagte Shishi.

»Wir müssen leider gleich los«, sagte Taqi.

Er war sauer. Shishi checkte es einfach nicht. Kimmi hatte keine Minute gebraucht, um ihn anzufixen.

»Nach Hause, um mit Puppen zu spielen, oder gleich zum Balletttraining?«, fragte Kimmi mit belustigter Miene.

»Zum Balletttraining.«

Das war eine lahme Entgegnung, aber Taqi war nichts Besseres eingefallen. Er rappelte sich hoch und fing an, demonstrativ Sachen in seine Tasche zu stopfen.

»Na dann.« Kimmi zwinkerte Shishi zu. »Viel Spaß noch mit deinem Homofreund.«

Auf dem Rückweg sprachen sie kaum miteinander. Taqis Hochgefühl war verflogen.

»Bock auf eine Runde im Affenkäfig?«, schlug er halbherzig vor, als sie im Block aus dem Bus gestiegen waren.

»Nee, lass mal.« Dass Shishi keine Lust auf Fußball hatte, kam so gut wie nie vor. »Wir sehen uns morgen.«

»Okay.«

Taqi hielt ihm eine Hand zum Abklatschen hin, wie immer, wenn sie sich trafen oder verabschiedeten. Shishi schlug kraftlos ein, drehte sich um und ging. Taqi war geknickt, aber auch merkwürdig aufgewühlt. Er taperte Richtung Wohnblock. Kimmi, der Idiot, hatte alles kaputt gemacht, und Shishi kapierte es einfach nicht. Vor Wut kickte er eine leere Plastikflasche vor sich her, bis er zu Hause angekommen war. Er schloss die Eingangstür des Mehrfamilienhauses auf. Im Treppenhaus war es angenehm kühl. Der Fahrstuhl war mal wieder kaputt. Vor Frust laut aufstöhnend wandte er sich zur Treppe. Dann hörte er die Geräusche. Jemand kam ihm von oben entgegen. Schnelle Schritte. Mehrere Leute. Rufe: »Stehen bleiben, Polizei!« Das Getrampel kam immer näher. Taqi presste sich vor Schreck an die Wand. »Stehen bleiben, verdammt!« Dann sah er den Typen, der vor den Bullen davonrannte. Einer der Somalis, er kannte ihn vom Sehen. Quietschende Sneakersohlen, hektischer Atem, Panik in den Augen. In dem Moment, in dem der Fliehende an ihm vorbeirannte, drückte er Taqi etwas in die Hand. Kaltes Metall, schwer. Taqi sah sie entsetzt an, die Pistole. Der Somali war schon durch die Tür. Getrappel direkt über ihm. Ratternde Schritte. Die Bullen. Er reagierte, ohne nachzudenken, und ließ die Waffe in die Badetasche plumpsen. Drei Zivilpolizisten sprinteten an ihm vorbei aus der Tür hinaus, ohne ihn eines Blickes zu würdigen. Als die Tür wieder ins Schloss fiel, nahm er die ersten Stufen der Treppe und ging hinauf.

20

Als Svea Karhuus Handy klingelte, wurde sie aus einem furchtbaren Traum gerissen. Da strömte eine zähflüssige, schwarze Flüssigkeit aus, überallhin, dick und klebrig wie Rohöl, alles und alle wurde von ihr besudelt, Kristoffer, Ove, Marie, das Zeug drang in ihre offenen Münder ein und aus irgendeinem Grund war das ihre Schuld. Sie brauchte einige Sekunden, um sich zu orientieren: Hotelzimmer, Malmö und Rashid, der erschossene Junge. Schaudernd schüttelte sie sich die furchtbaren Bilder aus dem Kopf, während sie zum Smartphone griff. Hell erleuchtete Buchstaben kündigten Jon Nordhs Anruf an. Es war halb zwei. Das Telefonat war kurz. Offenbar gab es ein weiteres Todesopfer. Keine fünf Minuten später stand sie vor dem Gebäude und zündete sich eine Zigarette an. Die Straßenlaternen warfen gelbe Kegel in die Nacht, der Wind war böig und es roch schwach nach vermoderndem Seetang. Keine Minute nachdem sie ihre heruntergerauchte Kippe ausgedrückt hatte, hielt Jon Nordhs Passat mit Vollbremsung am Straßenrand. Schien sein Markenzeichen zu sein. Sie stieg ein. Ihr Kollege dünstete einen leichten Alkoholgeruch aus. Mit einem Ruck fuhr das Auto an.

»Sicher, dass du hinterm Steuer sitzen solltest?« Statt einer Antwort ein vages Grunzen.

»Ernsthaft, Jon.«

»Es waren nur ein, zwei Gläser Cidre.«

»Das sind ein, zwei Gläser zu viel.«

»Komm schon.«

»Ich fahre.«

»Aber ...«

»Ich fahre.«

Er gab nach und hielt an. Sie tauschten die Plätze. Der Wagen raste über leere Straßen. Sie las flüchtig die Namen auf den vorbeiziehenden Leuchtreklamen.

Oriental Delight.
Alseedawis Nüsse und Kräuter.
Falafel House.
Samirs Autowerkstatt.
Golden Hair Palast.
Al Alimis Reifenservice.
Harirs Bazar.
Shawarma King.
Youssufs Halal.
Alis 24/7.

»Klein Bagdad«, brummte Nordh irgendwann. Was sie provozierte, war nicht der Spruch an sich, sondern die Art, wie ihr neuer Partner ihn ihr zuwarf, so als ob die Ansammlung migrantischer Kleinunternehmer an der Norra Grängesbergsgatan, wie ihr der Blick aufs Navi verriet, auf irgendeine Weise mehr mit ihr als mit ihm zu tun hätte. Deine Stadt, dachte sie, nicht meine. Außerdem: Was gab es an dem Unternehmergeist Zugezogener auszusetzen? Nichts natürlich. Aber vielleicht hatte es Nordh auch gar nicht so gemeint, vielleicht war sie auch einfach nur übermüdet und gereizt und interpretierte zu viel in die Sache hinein. Gut, dass sie zwei Minuten später am Ziel waren. Sie hielten auf dem Parkplatz am Rand einer Grünanlage.

»Rosengårdsfält«, sagte Nordh. »*Welcome to the jungle.*«

Was auch immer das nun wieder bedeuten sollte. Sicherlich war es nicht die Liebe zum Achtzigerjahre-Hardrock, die ihn *Guns n' Roses* zitieren ließ. Das Stadtviertel Rosengård war noch vor Rinkeby in Stockholm oder Biskopsgården in Göteborg landesweit *das* Synonym für abgehängte Stadtteile mit hoher Langzeitarbeitslosigkeit, hoher Kriminalitätsrate, hohem Migrationsanteil und niedrigen Einkommen. Wieder war da dieses Gefühl, Nordh wolle irgendeinen Bogen schlagen zwischen diesem Ort und ihr. Deine Stadt, nicht meine, ich stamme aus Tornedalen, verdammt, und lebe seit Jahren in Stockholm! Sie stieg aus und knallte die Autotür zu. Ohne weiter auf Nordh zu achten, stapfte sie über den Rasen. Der Tatort lag etwa hundert Meter entfernt und war trotz der Dunkelheit nicht zu übersehen. Die Spurensicherung hatte ihre mobile Beleuchtung aufgebaut und das bläuliche Licht der Halogenscheinwerfer verwandelte eine Fläche von gut zehn Metern Durchmesser in einen Ufo-Landeplatz. Blau-weißes Absperrband surrte im Wind, so wie vor zwei Tagen in Hermodsdal. Bitte nicht, dachte sie, als sie sich bückte und unter dem Band hindurchging, bitte nicht noch ein Kind. An wen auch immer sich ihre Bitte richtete, sie wurde erhört. Der Tote war kein Kind, kein Jugendlicher, kein junger Mensch, sondern ein Mann, fünfzig Jahre, schätzte sie, schwarzes Haar, starre braune Augen, gepflegter Vollbart, dunkler Teint. Naher Osten, dachte sie, Syrien, Israel, Libyen, Irak.

»Sag ich doch, Klein Bagdad«, murmelte Nordh kopfschüttelnd, der neben sie getreten war.

Wallgren kam ihnen entgegen, Stöcker im Schlepptau.

»Nizar Hakeem, Syrer, zweiundfünfzig Jahre alt.«

»Todesursache?«, fragte Nordh.

»Dreimal darfst du raten.«

»Kopfschuss«, fügte Stöcker an und hustete. »Es wurde bereits eine Patronenhülse gefunden. NATO-Munition.«

»Zeugen zufolge wurde der Kerl um kurz nach Mitternacht direkt hier vom Fahrrad geschossen«, sagte Wallgren.

Dieses Mal hatte sie ihr merkwürdiges Kichern offenbar zu Hause gelassen. Gut so.

Karhuu sah sich um. Keine drei Meter neben der Leiche lag das Rad. Auf den Gepäckträger war eine Leinentasche geklemmt, aus der Bücher gefallen waren.

»Roter Ziellaser«, sagte Stöcker. »Genau wie bei dem Jungen in Hermodsdal.«

»Ich habe übrigens gestern mit Leuten aus seinem Umfeld gesprochen«, sagte Wallgren, »der Klassenlehrerin, den Nachbarn, dem Fußballtrainer. Alle waren sich sicher, dass er mit der Bandenkriminalität nichts zu tun hatte. Henning ist die kompletten Unterlagen zu den *Originals* durchgegangen, aber auch da taucht kein Junge auf, auf den Rashids Beschreibung passen könnte.«

»Danke«, sagte Karhuu. »Gute Arbeit.«

Stöcker und Wallgren nickten ihr zu, Nordh verdrehte die Augen. Was war sein scheiß Problem?

Wallgren hielt ihnen einen durchsichtigen Beweissicherungsbeutel entgegen, darin befand sich ein Portemonnaie.

»Das hatte der Tote in der Tasche.«

Nordh nahm es an sich.

»Danke, aber jetzt übernehmen wir«, sagte er ziemlich barsch.

Wallgren und Stöcker gingen.

»Die haben uns geholfen«, sagte sie und sah Nordh prüfend an.

Nordh seufzte.

»Wahrscheinlich nur, weil Mellander Druck gemacht hat.« Er gähnte. »Verdammt, bin ich müde.«

Karhuu fischte einen Fünfzig-Kronen-Schein aus der Tasche ihrer Jeans und hielt ihn Nordh entgegen. Sie wies mit dem Kinn in die Richtung, aus der sie gekommen waren.

»Dann besorg uns mal zwei starke Mokka. Bei *Alis 24/7* brennt noch Licht.«

»*As salamu aleikum*«, brummte er und schlurfte davon.

Und du mich auch, dachte sie und kniete sich hin, um den Leichnam aus der Nähe betrachten zu können.

21

Jon Nordh fror und beneidete Svea Karhuu um ihren Parka. Noch bevor er den Mokka ausgetrunken hatte, war der Tote abtransportiert worden. Nur die Kollegen der Spurensicherung würden noch eine Weile lang am Tatort beschäftigt sein. Die beiden Augenzeugen, ein älteres Ehepaar, die am späten Abend im Park ihren Hund ausgeführt hatten, waren nach einer ersten Befragung von den Muppets nach Hause geschickt worden und würden am Vormittag ausführlich aussagen. Karhuu und er fuhren durch die frühmorgendliche und immer noch entvölkert wirkende Stadt zum Präsidium. Lindelöv hatte ihnen freien Zugang zu allen Datenbanken und Ermittlungsordnern gewährt, vermutlich widerwillig und auf Mellanders Anweisung hin. Der Chef der Soko Ganggewalt würde ihnen früher oder später ein Bein stellen, davon war er noch immer überzeugt.

Sie fanden schnell heraus, dass Nizar Hakeem polizeilich nie auffällig geworden war, weder im Zusammenhang mit den Bandenkriegen noch anderweitig. Dem Datensatz des Einwanderungsamts zufolge war der Zweiundfünfzigjährige vor vier Jahren nach Schweden gekommen und hatte als politisch Verfolgter Asyl beantragt. Dem Antrag war stattgegeben worden und Hakeem besaß seitdem einen unbefristeten Aufenthaltstitel. Den Dokumenten zufolge war er in Damaskus als liberaler Publizist tätig gewesen und galt als scharfer Kritiker des Assad-Regimes. Seine Eltern und Geschwister lebten noch in Syrien. Als Karhuu und Nordh die Recherche auf öffentliche Quellen ausweiteten, zeigte sich, dass das Mordopfer eine viel beachtete Stimme im internationalen Diskurs um Freiheitsbewegungen im Nahen Osten war. Er arbeitete als Journalist, Demokratieaktivist, Netzwerker und veröffentlichte regelmäßig in verschiedenen Medien. Auf X hatte er mehrere Tausend Follower und seinem Facebook-Beziehungsstatus zufolge lebte er mit einer schwedischen Grundschullehrerin zusammen.

Nordh und Karhuu sahen sich einigermaßen ratlos an. Nichts von dem, was sie gefunden hatten, deutete darauf hin, dass es in Hakeems Leben Berührungspunkte zur Malmöer Gangkriminalität gab. Das musste natürlich nichts heißen. Nach zwanzig Jahren bei der Kriminalpolizei war Nordh zu dem unweigerlichen Schluss gekommen, dass Menschen nicht immer die waren, die sie auf den ersten oder auch zweiten Blick zu sein schienen. Das galt, so weh es tat, sich das einzugestehen, sogar für seine eigene Frau. Trotzdem hatte er den Eindruck, dass Hakeem nicht richtig ins Bild passte. Aber wenn die Zeugen mit ihrer Beobachtung eines roten Ziellasers recht hatten und die ballistische Analyse es bestätigen sollte, war er mit derselben Waffe erschossen worden, die auch beim Attentat auf die beiden jungen *Originals* benutzt worden war und die Rashid Sultani das Leben gekostet hatte.

»Was denkst du?«, fragte er Karhuu schließlich.

Sie zuckte mit den Schultern.

»Vielleicht hat er den falschen Leuten Geld geschuldet. Oder er ist mit seinen Veröffentlichungen jemandem auf die Füße getreten. In Mexiko unterschreiben die Journalisten mit ihren Texten über die Kartelle und ihre Gewaltexzesse in vielen Fällen ihr eigenes Todesurteil.«

»Ich sehe die Schlagzeilen schon vor mir: *Mexikanische Verhältnisse in Rosengård.*«

Er verzog den Mundwinkel.

Die Bärin schien nicht amüsiert.

»Vielleicht sind es irgendwann auch selbsterfüllende Prophezeiungen, Jon. Wenn man Stadtteile wie Rosengård, Rinkeby oder Hermodsdal immer nur als Gettos wahrnimmt und die Einwohner in ihrer Gesamtheit verunglimpft, dann nehmen sie diese Zuschreibungen vielleicht irgendwann auch an.«

»Tja«, sagte er und gähnte herzhaft, »die alte Frage: Was war zuerst da – das Huhn oder das Ei?« Er zwinkerte ihr zu, aber sie schien ernsthaft verstimmt. Vielleicht lag es an der Uhrzeit. Er selbst fühlte sich wie ein verkaterter Zombie. Der süße Cidre war eine beschissene Idee gewesen. »Ich hau mich noch mal aufs Ohr, dann muss ich meinen Kindern Frühstück machen.«

»*Okey dokey*«, sagte Karhuu. Es klang überhaupt nicht *okey dokey*. »Dann werde ich wohl Hakeems Lebensgefährtin allein aufsuchen.«

»Wir könnten damit noch ein paar Stunden warten.«

»Damit sie es aus den Nachrichten erfährt?« Karhuu hatte eine steile Falte auf der Stirn. »Stell dir nur mal vor, deine Frau würde …« Der Satz verhungerte und innerhalb eines Augenblicks verschwand ihr ärgerlicher Gesichtsausdruck. Sie sah ihn an, mitleidig, was vielleicht noch schlimmer war. »Sorry, ich …«

»Schon gut«, sagte er. Das schiefe Lächeln wurde allmählich zu seinem *signature move*. »Vergiss es einfach.«

22

Eine Stunde später saß Svea Karhuu in der Küche einer Altbauwohnung im Stadtteil Möllevång und ihre Hände umklammerten eine dampfende Tasse Tee. Ihr gegenüber stand an den Kühlschrank gelehnt Nizar Hakeems Lebensgefährtin Ebba Ericsson. Der Blick der Frau war rastlos, ihre Hände flatterten umher. Sie wusste nicht, wohin mit sich. Ericsson hatte aufgehört zu weinen, nun drang das Entsetzen tiefer in sie ein. Ihr Schmerz schien so physisch wie emotional, ihre Gesichtsmuskulatur krampfte. Karhuu musste den Impuls unterdrücken, aufzustehen und sie in den Arm zu nehmen. Ihre Rolle ließ das nicht zu. Sie war nicht hier, um zu trösten.

»Gibt es jemanden, den du anrufen kannst?« Ericsson presste sich die Faust auf die Stirn. Irgendwann nickte sie. Nach einem kurzen Telefonat im Nebenzimmer kehrte sie zurück in die Küche. Karhuu versuchte behutsam vorzugehen, einen Schritt nach dem anderen. Sie wartete. Eine Minute, zwei. »Seit wann wart ihr beiden ein Paar?«

»Fast drei Jahre.« Die Stimme war brüchig. »Wir hatten doch noch so viel vor. Wir hatten doch Pläne. Wir wollten im Winter in die Berge, Nizar liebt Schnee, dabei hat er noch nie richtig ...«

Erneut liefen Tränen über ihr Gesicht. Karhuu wartete. Es ging um Takt, es ging um Würde.

»Ich muss das leider fragen: Fällt dir irgendetwas ein, das Nizars gewaltsamen Tod erklären könnte?«

»Wie meinst du das?«

In dem tränenverhangenen Blick blitzte Misstrauen auf.

Karhuu verstand nur zu gut. Wenn in diesem Land Menschen anderer Herkunft getötet wurden, suchte man die Schuld immer zuerst bei ihnen.

»Nach dem, was ich bisher weiß, war er ein politisch engagierter Mensch mit klaren Überzeugungen. Hat er sich durch seine journalistische Arbeit möglicherweise Feinde gemacht?«

Ericsson blinzelte die Skepsis weg, ihr Blick wurde wieder weicher.

»Natürlich«, sagte sie. »Er wurde ständig bedroht, vor allem online und durch das syrische Regime. Aber das hat ihm nie Angst gemacht. Er war ein mutiger Mann. Assad und seine Folterknechte sind weit weg, hat er oft gesagt. Und dass Schweden ein sicheres Land sei, dass ihm hier nichts geschehen würde. Das Einzige, worüber er sich wirklich Sorgen gemacht hat, war die Sicherheit seiner Familie. Er hat Eltern und Geschwister. Er hat sie gebeten, sich aus Selbstschutz von ihm loszusagen. Assads System zu unterstützen. In die Partei einzutreten.« Sie wischte sich über die Augen. »Ich habe seine Courage immer bewundert, ich habe ihn und seine Arbeit immer bestärkt. Wie dumm und wie naiv von mir, denn jetzt ist er ...«

Ihre Worte gingen in einem Schluchzen unter. Karhuu stand nun doch auf, ging auf Ericsson zu, nahm sie in die Arme und drückte sie an sich. Scheiß auf die professionelle Distanz, sie konnte nicht anders. Der Körper der schmalen Frau bebte. So standen sie da, minutenlang. Irgendwann hatte Ericsson sich wieder gefangen und Karhuu löste die Umarmung.

»Danke«, flüsterte die Frau, ihre Stimme war rau geworden. »Er ... Nizar hatte Ordner auf seinem Laptop, in der er all die Drohungen und Beschimpfungen archiviert hat. Seinen Giftschrank hat er die Unterlagen genannt. Die wirklich beängstigenden Sachen hat er gleich an die Polizei weitergeleitet. Aber die haben nie richtig ermittelt. Keine konkrete Bedrohungslage, hat es immer geheißen.« Karhuu musste an Hakeems leere Polizeiakte denken. Offenbar hatte man die Drohungen nicht im Mindesten ernst genommen. »Ich kann dir die Dateien zuschicken.«

»Das wäre eine große Hilfe.« Karhuu trank von ihrem Tee. Sie war Ericsson dankbar, dass sie die innere Größe hatte oder genügend differenzieren konnte, um ihr wegen der Ignoranz der Polizei keinen Vorwurf zu machen. »Weißt du, ob er auch über Schweden geschrieben hat? Über die Bandenkriminalität in den Vororten?«

Ericsson überlegte nicht lange.

»Er hat als Co-Autor an einer Reportage über jugendliche Flüchtlinge gearbeitet, die von den Gangs systematisch rekrutiert werden. Der Artikel ist in *Dagens Nyheter* erschienen. Aber das ist über ein Jahr her. Denkst du, jemand könnte sich für die Berichterstattung an ihm gerächt haben?«

Karhuu dachte an den Ziellaser und die möglicherweise identische Tatwaffe, die beide Morde miteinander verband. Doch solange das nicht bewiesen war, behielt sie es für sich. Niemandem war damit gedient, wenn sie Angehörige der Todesopfer mit Mutmaßungen behelligte.

»Zum jetzigen Zeitpunkt möchte ich schlichtweg nichts ausschließen. Womit hat er sich zuletzt beschäftigt?«

»Er war seit einigen Wochen dabei, einen Gedichtband einer libanesischen Schriftstellerin zu übersetzen. Sprachen liegen ihm, sie fliegen ihm praktisch zu. Arabisch, Englisch, Kurdisch, Armenisch, Französisch – obwohl er erst seit vier Jahren hier lebt, ist sein Schwedisch bemerkenswert. Dieser Schuss im Rosengårdfält ... er war auf dem Heimweg von einer Lesung der Gedichte in einem Kulturhaus, ganz in der Nähe des Parks. Ich war auch bei der Veranstaltung, aber bin früher gegangen. Für mich ist morgen, also heute, ein ganz normaler Arbeitstag, an dem ich ...«

Dem Satz ging die Luft aus. Ganz normal würde im Leben der Frau wahrscheinlich auf absehbare Zeit überhaupt nichts mehr sein.

»War die Veranstaltung öffentlich angekündigt?«

Ericsson zog die Nase hoch, wischte sich erneut über die Augen.

»Sicher. Nizar hat einen Mail-Verteiler, das Kulturhaus ebenso. *Sydsvenskan* hat darüber geschrieben. Außerdem haben sie die Lesung bei Facebook und anderen sozialen Medien gepostet.«

»Ist er auf dem Hinweg auch schon durch den Park gefahren?«

»Ja, wir sind auf demselben Weg zusammen hingeradelt. Jede andere Strecke wäre ein Umweg gewesen.«

Das bedeutete, wenn es jemand auf Hakeem abgesehen hatte und dem Paar auf dem Hinweg gefolgt war, konnte der Täter sich im Park in aller Ruhe auf die Lauer gelegt haben und brauchte nur aufs Ende der Veranstaltung zu warten. Karhuu dachte nach, aber ihr fielen vorerst keine weiteren Fragen mehr ein. Sie war zu müde, um noch geradeaus zu denken. Sie bedankte sich bei Ericsson, ließ ihr eine Visitenkarte und die Nummer des psychologischen Sozialdienstes da und verabschiedete sich.

23

Die Hoffnung auf einige Stunden Schlaf hatte sich nicht erfüllt. Als Nordh in den frühen Morgenstunden nach Hause gekommen war, hatte Tim auf Rosas Schoß in der Küche gesessen und bitterlich geweint. Mama, hatte er immer wieder gestammelt, ich will zu Mama. Rosa hatte Nordh mit Blicken bedacht, die er lieber nicht deuten wollte. Er wusste, wie tief er in ihrer Schuld stand, schließlich hatte er sie mitten in der Nacht wach geklingelt und gebeten, herüberzukommen, wo sie sich trotz ihres schmerzenden Rückens, ohne zu klagen, auf die Couch gelegt hatte. Plötzlich hatte ihn Panik erfasst: Ohne ihre dauernde Hilfe würde ihm nichts anderes übrig bleiben, als bei der Kripo einen Schreibtischjob anzunehmen. Oder die Stelle, die ihm sein ehemaliger Kollege angeboten hatte. Nun, wo er endlich wieder Blut geleckt hatte, graute es ihm vor beidem. Er hatte Tim auf den Arm genommen und ins Bett getragen, wo er ihm vorgesungen und ihn in den Schlaf gestreichelt hatte. Irgendwann nickte er selbst ein, aber kurz darauf hatte bereits wieder der Wecker geklingelt. Er kochte den Kindern Haferbrei, gönnte ihnen einen Extraschuss Ahornsirup, den Linda immer streng wie eine Kompaniekóchin rationiert hatte, und machte sich selbst einen Kaffee, mit dem er Magen- und Schmerztabletten herunterspülte. Sein steifer Nacken und die verspannten Schultern brachten ihn um, dazu der Muskelkater vom Fußballspielen. Er konnte dringend eine Massage gebrauchen, aber Rosa zu fragen, kam ihm falsch vor, schließlich wusste er von ihren Schmerzen, die bei Belastung schlimmer wurden. Außerdem war sie stinksauer auf ihn. Er brachte die Kinder zur Schule. Als sie ankamen, fiel Lilly ein, dass sie ihre Turnsachen vergessen hatten. Das war natürlich seine Schuld. Was war er nur für ein Idiot. Linda wäre so etwas nie passiert. Er versuchte seine aufgebrachte Tochter zu beruhigen, versprach, die Sportsachen in der Schule vorbeizubringen, ging zurück nach Hause, räumte die Küche auf, zog die urinfeuchten Laken von Tims Bett, warf sie in die Waschmaschine, duschte und rasierte sich, nahm eine Koffeintablette, suchte Lillys Turnbeutel, brachte ihn in der Schule vorbei und machte sich dann auf den Weg ins Präsidium. Im Gegensatz zu ihm sah Svea Karhuu kein bisschen zerknautscht aus. Vielleicht lag es am Altersunterschied, vielleicht war sie aus anderem Holz geschnitzt als er, tornedalsche Fichte oder nahöstlicher Olivenbaum oder weiß der Teufel was.

»Wie hat die Freundin es aufgenommen?«

»Tja«, sagte Karhuu.

Sie hatte ja recht. Die Frage war blödsinnig. Wie hatte er es denn aufgenommen? Sie hielt ihm eine Mappe entgegen.

»Was ist das?«

»Spannende Lektüre. Eine Liste seiner Feinde, wenn man so will. Menschen, die ihn aufgrund seiner Arbeit bedroht haben.«

Er stieß einen anerkennenden Pfiff aus.

»Der feuchte Traum jeder Mordermittlung. Gute Arbeit, Bärin.«

»Nenn mich bitte nicht so.«

Er hob beschwichtigend die Hände.

»Okay, okay.«

Da war wohl doch jemand mit dem falschen Fuß aufgestanden. Oder gar nicht erst ins Bett gegangen.

»Die Liste ist jedenfalls nicht mein Verdienst. Offenbar ist Nizar Hakeem einer Menge Leute auf den Schlips getreten, nicht nur in Syrien, sondern auch hier. Er hat unter anderem über die Malmöer Gangs und ihre Rekrutierungspraktiken unter jugendlichen Flüchtlingen geschrieben. Seine Bedrohungslage hat er gut dokumentiert, ernst genommen hat sie niemand.«

Nordh schaute sich die Unterlagen an und schüttelte ungläubig den Kopf, gleichzeitig klingelte das Telefon. Karhuu nahm ab. Das Gespräch dauerte weniger als eine Minute. Er sah zu ihr auf.

»Und?«

»Die Spurensicherung. Sie sind im Park auf etwas gestoßen, das wir uns unbedingt mit eigenen Augen ansehen sollen.«

Keine zwanzig Minuten später stiegen sie aus dem Passat. Es war windig und kühl. Tagsüber wirkte der Park nüchterner und kleiner. Der beinahe dreißig Meter hohe Wasserturm in der Mitte dominierte die umliegenden Rasenflächen. Nordh registrierte, dass nirgendwo Schaulustige zusammengekommen waren. Bitter, aber wahr: In Rosengård war ein abgesperrter Tatort längst ein Stück weit Normalität. Früher oder später würden sie die Öffentlichkeit über einen möglichen Zusammenhang zwischen den beiden Toten informieren müssen, aber je mehr Schritte sie der Presse und dem Internetmob bis dahin voraus waren, desto besser. Die Einsatzleiterin der Spurensicherung winkte sie zu sich. Kathie Kaukonen war eine drahtige Frau Mitte fünfzig, die ein extravagantes, neongelbes Brillengestell trug. Bei der Farbe musste Nordh kurz an den Motorradhelm denken. Sie hatten in der Vergangenheit häufig zusammengearbeitet und er schätzte ihre Kompetenz und Sachlichkeit. Er stellte Karhuu und sie einander vor. Kaukonen kam schnell zur Sache. Sie ging in die Knie und deutete auf eine Stelle, die einen Meter vor ihr zwischen zwei Büschen lag.

»Hier haben wir die Patronenhülse gefunden, die das Gewehr ausgeworfen hat. NATO-Munition, wenn auch nicht zwangsläufig aus demselben Gewehr wie in Hermodsdal. Die Ergebnisse der Ballistik stehen noch aus. Seht ihr das platt gedrückte Gras? Dort muss der Schütze gelegen und gewartet haben, bis das Opfer vorbeifuhr. Die Straßenlampe neben dem Weg hat sein Ziel perfekt ausgeleuchtet. Von hier bis dahin sind es weniger als fünfzehn Meter. Für einen halbwegs geübten Gewehrschützen ist das eine lösbare Aufgabe. Wenn die Laserzielvorrichtung präzise eingestellt war, dürfte selbst ein ungeübter Schütze trotz des sich bewegenden Ziels erfolgreich sein.«

»Was ist das dort für ein dunkler Fleck?«, fragte Karhuu und wies auf die platt gedrückten Grashalme. Nun sah er es auch.

Kaukonen lächelte grimmig.

»Du hast ein scharfes Auge. Jetzt wird es nämlich interessant. Es handelt sich um Blut. Der Schütze hat sich offenbar verletzt und dabei eine nicht unerhebliche Menge verloren.«

»Wie das?«, fragte Nordh.

Wieder das grimmige Lächeln.

»Kommt mit.« Kaukonen stand auf und steuerte auf eine rund zwanzig Meter entfernte Linde zu. Als sie den Baum erreicht hatten, blieb die Forensikerin stehen. »Genau hier haben wir eine zweite Patronenhülse gefunden. 9 mal 19 Millimeter *Parabellum*. Eine weitverbreitete Munition für halbautomatische Pistolen, ihr kennt sie aus euren Dienstwaffen.«

»Ein zweiter Schütze?«, fragte Karhuu ungläubig. »Der nicht auf Nizar Hakeem schießt, sondern auf dessen Mörder?«

»Die Erklärung drängt sich auf«, antwortete Kaukonen. »Wobei ich nur für das Sichern der Fakten zuständig bin. Das Deuten überlasse ich euch. Meinen ersten Zwischenbericht bekommt ihr im Laufe des Tages. Wir haben auch Fasern- und DNA-Proben sichergestellt, aber die Auswertung im Labor wird sich vermutlich hinziehen, auch wenn die Chefin hinter den Kulissen Druck macht. Tote Kinder und ermordete Journalisten sieht niemand gern.« Sie warf ihnen einen vielsagenden

Blick zu. »Und ihr beide seid also die neuen Shootingstars, die den Karren aus dem Dreck ziehen sollen?«

Es klang weder wie eine Frage noch wie eine Feststellung, sondern wie irgendwas dazwischen.

»Ziemlich viel Shooting«, sagte Nordh leise, »und gar keine Stars.«

Kaukonen zog einen Mundwinkel nach oben, nickte ihnen zu und machte sich wieder an die Arbeit.

Leichter Regen setzte ein. Sie hatten noch eine knappe Stunde Zeit, bis sie mit dem älteren Paar verabredet waren, das in der Nacht Zeuge des Attentats auf Nizar Hakeem geworden war. Die Lennartssons wohnten in der Nähe des Parks, deshalb lohnte es sich nicht, ins Präsidium zurückzufahren. Sie steuerten *Alis 24/7* an, das Imbisscafé, in dem er schon in der Nacht Kaffee geholt hatte. Der Mokka war ein echter Wachmacher und das mit Honig durchtränkte Blätterteiggebäck pushte den Blutzuckerspiegel steil nach oben. Koffein und Zucker, wunderbar. Sie aßen und tranken die ersten Minuten schweigend.

»Als routinierter Mordermittler«, fragte Karhuu schließlich, »was hältst du von der ganzen Geschichte?«

Er blies die Backen auf und pustete aus.

»Okay.« Er rieb sich die Augen. »Auch wenn die Indizien etwas anderes nahezulegen scheinen – mir fällt es schwer, einen Zusammenhang zwischen den beiden Vorfällen zu sehen. Zuerst das Drive-by-shooting in Hermodsdal. Nahezu alles daran riecht nach einer typischen Auseinandersetzung zwischen Gangs. Die vermeintlichen Ziele, die Vorgehensweise, der Ort. Nicht zu vergessen die stümperhafte Rücksichtslosigkeit, der ein Außenstehender zum Opfer fällt. Alles das haben wir in den vergangenen Jahren vielfach gesehen. Die einzigen Details, die möglicherweise nicht ganz ins Muster passen, sind die Verwendung eines Ziellasers und«, er warf ihr einen Blick zu, »der Umstand, dass der Zeuge, der den beiden *Originals* das Leben gerettet hat, einen Tag später bei einem Brand ums Leben kommt. Wir wissen, dass die Gangs mit allem schießen, was sie in die Finger bekommen. Warum also nicht auch mit einem Sturmgewehr samt Ziellaseroptik? Eigentlich ergibt so ein Gerät ja sogar Sinn, gerade bei unausgebildeten oder wenig trainierten Schützen. Und unser ehemaliger russischer Handballtorwart? Reiner Zufall. Jedes Jahr sterben dutzendfach Menschen bei Haus- oder Wohnungsbränden.« Er nippte an seinem Mokka. »Diese Schüsse heute Nacht im Park dagegen? Ein offenbar geplanter Hinterhalt. Ein Schütze, der mit dem ersten Schuss trifft. Ein Opfer, das nicht aus dem Bandenmilieu stammt, sondern ein relativ bekannter syrischer Regimekritiker und politischer Journalist ist, der wiederholt Todesdrohungen bekommen hat.« Er gähnte herzhaft. »Die einzige Gemeinsamkeit besteht in der Kategorie der Tatwaffen, ein Automatikgewehr mit Ziellaseroptik. Wäre es nicht möglich, dass mehrere dieser Waffen auf dem Schwarzmarkt aufgetaucht sind? Oder dass das Gewehr in verschiedenen kriminellen Kreisen zirkuliert?«

»Wie Carsharing?«

»Ja. Bloß mit Waffe statt Auto. Nachhaltiges, ressourcenschonendes Töten.«

Er brachte sie zum Lächeln. Endlich einmal. Vielleicht hatte sie ja doch Humor.

»Ich bin gespannt, was die ballistische Analyse ergibt«, sagte Karhuu. »Das kriminaltechnische Labor wollte sich im Laufe des Vormittags melden.«

»Zugegeben«, sagte er, »der zweite Schuss im Park verwirrt mich. Ein Attentat auf einen Attentäter? So etwas ist mir bisher noch nicht untergekommen.« Er nahm sich noch ein Stück Baklava, kaute und leckte sich anschließend die klebrigen Finger ab. »Großartiges Zeug.«

»Ein Hoch auf Klein Bagdad«, sagte sie und hob ihre Mokkatasse.

24

Der schonische Dialekt der Lennartssons, beide Mitte siebzig, war dermaßen breit, dass Svea Karhuu Mühe hatte, alles zu verstehen. Das Ehepaar saß ihnen in einem tiefen Ledersofa gegenüber, zwischen sich einen Pudel namens Jaxx, der Anlass für den späten Spaziergang am vergangenen Abend gewesen war. Vor ihnen auf dem Couchtisch standen Kaffee und Zimtschnecken. Karhuu bereute, dass sie bei *Ali* kräftig zugeschlagen hatte, aber ein Totalboykott der aufgefahrenen Köstlichkeiten kam nicht infrage, wer wollte schon wichtige Zeugen verprellen? Also hieß es gute Miene zu bösem Spiel machen, auch wenn ihr Magen angesichts weiteren Süßgebäcks und Koffeins protestierte. Wegen des schweren schonischen Idioms überließ sie den Großteil der Vernehmung ihrem Kollegen und beschränkte sich auf ein bestärkendes Nicken hier und da. So erfuhren Nordh und sie, dass Herrn Lennartsson am Vortag bereits beim Mittagessen die Narbe an seinem rechten Schienbein gejuckt hatte, was immer der Vorbote furchtbarer Geschehnisse sei. Dass Frau Lennartsson am Nachmittag eine Vorahnung beschlichen hatte. Dass Jaxx vor dem spätabendlichen Gassigehen ein ganz untypisches Trotzverhalten gezeigt und sich nur mit Nachdruck hatte dazu bringen lassen, das Haus überhaupt zu verlassen. Es fehlt nur noch das Auftauchen einer schwarzen Katze, dachte Karhuu und verdrehte innerlich die Augen. Sie erfuhren vom Rezept der Bohnensuppe, die es zu Mittag gegeben hatte – die Frau hatte es von ihrer Großmutter väterlicherseits bekommen und die geheime Zutat bestand aus fein gehacktem Thymian –, von dem Dreitausendteilepuzzle mit den Niagarafällen als Motiv, an dem der Mann seit Wochen allabendlich saß, sowie der von beiden geliebten TV-Sendung, in der alleinstehende Pastorinnen und Pastoren mit neuen Partnern verkuppelt wurden. Sie hielt aus dem Stegreif ein Referat über die Mondphasen und ihren Einfluss auf die Kriminalitätsrate, er dozierte über den Zusammenhang zwischen Monokulturen auf schonischen Äckern und Nacktschnecken im Garten. Irgendwann – Karhuu hatte zu diesem Zeitpunkt bereits ihre Zimtschnecke verdrückt und den Kaffee kalt werden lassen – verknüpften die beiden Zeugen ihre mäandernden Handlungsfäden endlich zu einem Erzählstrang und landeten bei den Ereignissen im Park: Sie waren am Vorabend später dran als sonst, was an einer Doppelfolge der Verkupplungsshow, dem Endspurt des Dreitausendteilepuzzles sowie Jaxx' ungewohnten Sperenzien lag. Als sie das Haus verließen, war es bereits nach dreiundzwanzig Uhr. Sie gingen ihre übliche Runde, die sie nach etwa zwanzig Minuten von Süden kommend durch den Park führte. Draußen waren zu der späten Stunde kaum Menschen unterwegs. Sie erschraken ein wenig, als hinter ihnen eine Fahrradklingel zu hören war. Pflichtschuldig traten sie einen Schritt zur Seite. Jaxx bellte an seiner Leine. Der Radfahrer fuhr in gemächlichem Tempo links an ihnen vorbei, im selben Augenblick bemerkten sie den roten Laserstrahl, der aus dem Schatten der Büsche zu kommen schien und als roter Lichtpunkt auf dem Kopf des Radfahrers endete. Dann geschah alles auf einmal. Ein Schuss ertönte. Gleich darauf ein weiterer. Der Mann vor ihnen kippte mit seinem Rad zur Seite und blieb einige Meter vor ihnen regungslos auf dem Boden liegen. Jaxx bellte wie verrückt. Unter dem Kopf des gestürzten Manns breitete sich eine Blutlache aus. Die Lennartssons lösten sich aus ihrer Schockstarre – und nahmen die Beine in die Hand.

»Das war's?«, fragte Nordh schließlich.

»Das war's«, bekräftigte das Paar wie aus einem Mund.

»Ich hatte noch nie so viel Angst«, fügte die Frau an. »Was hätten wir auch tun sollen?«

»War es falsch, dass wir sofort das Weite gesucht haben?«, fragte der Mann und tätschelte dem Hund den Kopf.

»Keineswegs«, sagte Nordh. »Sich selbst zu schützen, hat in gefährlichen Situationen immer Vorrang.«

»Ich bin so froh, dass uns nichts passiert ist«, sagte die Frau kopfschüttelnd und drückte den Arm ihres Manns. »Zuerst die Schüsse und dann hätte uns auf dem Weg im Park beinahe noch dieser Motorroller über den Haufen gefahren.«

25

Nora Mellander rief sie in ihr Büro. Als Nordh sich an ihr vorbei durch die Tür schob, nahm er wieder den Duft wahr, der von ihr ausging, und als er sich ihrem Schreibtisch gegenüber auf einen der Besucherstühle setzte, kam er nicht umhin, zu bemerken, wie gut sie in dem Hosenanzug und der Seidenbluse aussah. So unpassend es in dieser Situation auch sein mochte, er dachte wieder an die Silvesterparty im Studentenwohnheim zurück. Falls die Polizeichefin von ähnlichen Erinnerungen heimgesucht wurde, was er stark bezweifelte, ließ sie es sich nicht anmerken. Er war hundemüde und versuchte, sich auf das Gespräch zu konzentrieren, aber seine Gedanken schlafwandelten auf anderen Wegen dahin, und von Nora und der sein halbes Leben zurückliegenden Silvesternacht kam er auf die quälende Frage, wann er das letzte Mal mit Linda geschlafen hatte. Er konnte sich nicht daran erinnern. Konnte es tatsächlich ein Jahr her sein? Oder noch länger? Im Rückblick kein Wunder, denn sie und Calle hatten damals wahrscheinlich längst miteinander ... Missmut und Selbstmitleid stiegen in ihm auf, bitter wie Galle. Wie hatte ihn Linda, wie hatte ihn sein Partner und Kumpel, wie hatten ihn die beiden Menschen, die ihm so nahestanden, nur derart hintergehen und verraten können?

»... auch ein Glas Wasser, Jon?«

Er nickte und versuchte sich zu fokussieren. Mellander

schenkte ihm ein und dankbar trank er in großen Zügen, so als müsse er die negativen Gefühle herunterschlucken, so als müsse er seinen Mund und Rachen spülen, nachdem er in etwas Faules, Ekelerregendes gebissen hätte. Er war dankbar, dass Karhuu das Reden übernahm und der Chefin Bericht erstattete. Nur den Umstand, dass die Zeugen im Park einen Motorrollerfahrer gesehen hatten, hielt sie zurück. Das war seine Idee gewesen. Es war immer gut, den Vorgesetzten nicht alles zu erzählen und noch eine Patrone im Lauf zu haben. Das hatte er von Calle gelernt. Wieder musste er schlucken.

»Ebenfalls ein roter Ziellaser«, resümierte Mellander. »Und die Ballistiker sind sich sicher, dass die Projektile aus derselben Waffe stammen?«

»Wir haben gerade den Bericht bekommen, es besteht kein Spielraum für Zweifel.«

»Wer weiß von dem Laser?«

»Bisher nur die Augenzeugen. Irgendwann tratschen sie es sicherlich weiter. Aber bis die Sache ihren Weg ins Netz und die Medien findet, haben wir hoffentlich noch ein wenig Zeit.«

Mellander nickte grimmig.

»Gut. Hysterie oder Aktionismus haben noch keiner Ermittlung gutgetan. Wir halten die Bälle vorerst flach. Ich kümmere mich um eine knapp gehaltene Pressemitteilung. Von dem Ziellaser und einem möglichen Zusammenhang mit dem Mord an dem Jungen kein Wort. Je mehr Meter wir gutmachen, bevor die Bombe hochgeht, desto besser. Wenn sich die Presse später über unsere Informationspolitik beschwert, könnt ihr euch immer noch mit ermittlungstaktischen Gründen herausreden.«

Nordh lächelte in sich herein. Es amüsierte ihn immer wieder, an welchem Punkt Machtmenschen vom *wir* ins *ihr* wechselten.

»Mein Vorschlag fürs weitere Vorgehen: Ihr splittet den Fall. Du, Svea, machst mit dem toten Jungen weiter, Jon, du übernimmst den erschossenen Journalisten; ihr bleibt dabei selbstverständlich in ständigem Austausch. Wenn ihr Hilfe braucht, greift euch die Soko unter die Arme, das hat mir Lindelöv versichert.« Dass ich nicht lache, dachte Jon. Mellander sah sie abwechselnd an. »In Ordnung?« Ihnen beiden war klar, dass das weder eine Frage noch ein Vorschlag war, sondern eine Handlungsanweisung. Doppeltes Nicken. »Haltet mich auf dem Laufenden.«

Er konnte sich das *Aye, Ma'am!* nur mit Mühe verkneifen. Direkt nach dem Gespräch meldete sich die forensische Abteilung bei ihm. Auf dem auffällig gemusterten Helm, der unter dem Autobahnkreuz in den Büschen gelegen hatte, waren Fingerabdrücke sichergestellt worden, die nicht den beiden jungen Skatern zuzuordnen waren. Ein Check mit den Datenbanken hatte jedoch keinen Treffer ergeben. Der Rollerfahrer war bisher nicht polizeilich erfasst worden.

Nordh fuhr in die Haftanstalt in Fosie und traf den verurteilten Waffenschmuggler. Ein überflüssiger Besuch, der Mann war Profi, und da ihm Nordh nichts Konkretes im Austausch für Informationen anbieten konnte, verlor er über alles, was über das Wetter und die Fußballergebnisse der Premier League hinausging, kein Wort. Gereizt fuhr Nordh zurück in die Innenstadt und wartete im Vorraum der rechtsmedizinischen Abteilung des Universitätskrankenhauses auf Rashids Vater. Das entsprach nicht Mellanders Anweisung, aber er war davon überzeugt, Hassan Sultani dieses Treffen schuldig zu sein. Nordh war derjenige gewesen, der den Vater über den Tod seines Sohns informiert hatte. Daraus erwuchs die Verpflichtung, in diesem Moment bei ihm zu sein. So sah er die Dinge jedenfalls. Der Mann, der den Raum betrat, war klein und schmächtig. Dunkle, müde Augen, Wangenknochen, die sich deutlich abzeichneten, strähniges Haar. Sie gaben sich die Hand. Nordh murmelte Worte des Bedauerns. Schale Formulierungen; Sätze, die er schon dutzendfach benutzt hatte. Sie würden kaum zu

Sultani durchdringen, wer wüsste das besser als er? Sultani nickte stumm. Nordh führte ihn durch Flure, die pastellgelb gestrichen waren. Ihre Schritte quietschten synchron auf dem Linoleumboden, es roch nach Reinigungsmitteln und Tod. Jedenfalls bildete Nordh sich das ein. Irgendwann standen sie in einem gefliesten Raum vor einem Tisch aus Edelstahl. Nordh nahm nach kurzem Zögern das Tuch beiseite. Rashids Körper wirkte feingliedrig und zart, nur die Beine waren muskulös. An einem Knie hatte der Junge Operationsnarben, die noch nicht alt sein konnten. Nordh musste an ein Vogeljunges denken, das aus dem Nest gefallen war. Sultani legte seinem toten Sohn die Hand auf das Gesicht. Im Schein der Deckenlampen leuchtete sie rotviolett. Die Hand eines Blaubeerpflückers. Der Schmerz verzerrte seine Züge, die Schultern bebten. Ein Weinen ohne Laute und Tränen. Nordh ahnte, was der Mann fühlte. Ein innerer Feuersturm, eine Welt, die verbrannte.

26

Svea Karhuu drehte ihre Runden durch Hermodsdal, ließ sich treiben, rauchte eine Zigarette und dachte nach. Natürlich konnte es Zufall sein, dass die Augenzeugen im Park einen schmächtigen, jungenhaften Fahrer auf einem Motorroller gesehen hatten, der sich eilig vom Tatort entfernte. Doch ihr Gefühl sagte etwas anderes. Sie war davon überzeugt, dass es sich in beiden Fällen um denselben Jungen handelte, ihr ominöser Ti, wenn der Tipp des kleinen Informanten stimmte. Nach allem, was sie bisher wussten, hatte Ti selbst keine Schüsse auf die Mitglieder der *Originals* in der Pizzeria abgegeben, sondern war dem Wagen des Schützen nur gefolgt. Bei der Ermordung von Nizar Hakeem waren jedoch Schüsse von zwei verschiedenen Parteien abgegeben worden. Ein Attentäter hatte sich auf die Lauer gelegt, um aus der Dunkelheit heraus den syrischen Journalisten zu töten, gleichzeitig war der Mörder selbst angeschossen worden und hatte am Tatort viel Blut verloren. Möglicherweise war einer der beiden Schützen im Park der Junge auf dem Motorroller, möglicherweise war einer der beiden Ti, jemand, der wahrscheinlich wie so viele andere früh vom Bandenleben vereinnahmt worden war. Ein Mitglied der *Originals*? Wenn er tatsächlich in den Wohnblocks hier lebte, war das am wahrscheinlichsten. Schweden war mittlerweile ein Land, in dem die Postleitzahl oft darüber bestimmte, ob man Banker, Lehrerin oder Gangster wurde. Ein *2155er*? Aufgrund der geografischen Nähe ebenfalls denkbar. Die Reviergrenzen waren blutig umkämpft und verschoben sich ständig. Ein Mitglied einer der anderen Gangs? Ein Überläufer? Es wäre keine Seltenheit, im Gegenteil. Im Hintergrundmaterial der Soko waren viele solche Fälle dokumentiert. Hungrige Halbstarke, die gegen die strikte Hierarchie aufbegehrten und die Seiten wechselten. Streitereien um Geld, Waffen, Autos, Freundinnen, befeuert von Kränkung, Geltungsdrang, Gier und Drogen, die schließlich eskalierten und oft tödlich endeten. Karhuu ließ sich ziellos zwischen den Wohntürmen treiben. Sie landete vor dem *Venezia*. Das, was noch an Rashid erinnerte, wirkte wie ein Müllhaufen. Verwelkte Blumen, vom nächtlichen Regen aufgeweichte Pappschilder und Briefe, nasse Plüschtiere, erloschene Grablichter. Der Pizzabäcker hinter der Scheibe knetete seinen Teig. Was sollte er auch anderes tun? Es herrschte längst wieder Alltag. Ihr Handy klingelte. Es war die Rechtsmedizin. Die zahnärztlichen Dokumente Andrey Akimovs waren immer noch nicht gefunden worden, was ungewöhnlich, ja, ein wenig rätselhaft war. Dennoch gab es Neuigkeiten. Ein Zahnexperte aus dem kriminaltechnischen Labor in Linköping hatte das Gebiss der Brandleiche untersucht und war zu dem Ergebnis gekommen, dass der Tote mit Gewissheit aus dem sogenannten ehemaligen Ostblock stammte. Darauf wies ein älterer Teil des Zahnersatzes hin, der aus typisch gestanzten Metallkronen bestand, ein Amalgam, wie es im Westen nie benutzt worden war. Karhuu bedankte sich. Armer Akimov, dachte sie, denn ihr war der ältere Mann sympathisch gewesen. Dass er, einen Tag nachdem er zwei jungen Leuten das Leben gerettet hatte, unter tragischen Umständen selbst ums Leben gekommen war, war schwer zu begreifen. Kurz musste sie an die hellen Rechtecke in seinem Wohnzimmer denken. Akimov hatte vor ihrem Besuch Bilder abgehängt und sie durch alte Sportfotos ersetzt. Sie fragte sich noch immer, was er vor der Polizei zu verbergen versucht hatte. Das Haus war bei dem Brand vollständig zerstört worden. Sie würde es nie erfahren. Wahrscheinlich spielte es für den Fall auch überhaupt keine Rolle. Sie richtete die Aufmerksamkeit wieder auf die Straße vor sich, als sie Kimmi auf seinem Stromkasten unweit des Spielplatzes sitzen sah. Falls Ti tatsächlich zu den *Originals* gehörte, musste Kimmi ihn kennen. Sie ging auf ihn zu, ohne einen konkreten Plan zu haben. Hier war Improvisation gefragt. Natürlich erkannte er sie wieder, die viel zu neugierige Kundin vom Vortag. Er rutschte vom Stromkasten und baute sich in einer gorillaartigen Pose vor ihr auf. Alphawürstchen, dachte sie.

»Was willst du schon wieder?«

»Unsere Unterhaltung fortsetzen.«

»Unterhaltung am Arsch.«

Erfrischende Rhetorik.

»Ich will über Ti reden.«

Wenn er davon überrascht war, dass sie den Namen kannte, ließ er es sich nicht anmerken.

»Keine Ahnung, wer das ist. Und jetzt verpiss dich, Alte!«

»Zehntausend Kronen, *cash*.« Sie griff in die Tasche ihres Parkas und nahm die Rolle aus Geldscheinen heraus und hielt sie ihm entgegen. »Schnelles Geld. Niemand braucht davon zu erfahren.«

Er zögerte, rotzte auf den Boden.

Menschen und ihre Körperflüssigkeiten.

»Warum?«, fragte er schließlich und musterte sie aus zusammengekniffenen Augen.

Bingo, er kannte Ti.

»Das braucht dich nicht zu interessieren.«

»Tut es aber.«

Sie durfte sich jetzt nicht unter Wert verkaufen. Auf diesem Pflaster galt nur eine Währung: Härte. Sie ließ die Rolle aus Geldscheinen wieder in ihrer Tasche verschwinden.

»Vergiss es«, sagte sie.

Ihre Blicke maßen sich.

»Okay«, sagte er schließlich. »Okay. Ich kann dir zeigen, wo er sich versteckt. Fünftausend jetzt und die andere Hälfte, wenn wir dort sind.«

»Vergiss es, Kleiner. Verarschen kann ich mich selbst. Du bekommst die Kohle, wenn du mich zu ihm führst und ich ihn mit eigenen Augen sehe.«

Wieder rotzte er auf den Boden.

»Einverstanden.«

Sie lächelte in sich hinein. Das war leichter gewesen als erwartet. Aber am Ende war ein Teenager eben ein Teenager, auch wenn er auf dicke Hose machte. Im wiegenden Macker-Gang ging er auf einen der Wohntürme zu und sie folgte ihm mit einem Meter Abstand. Karhuu warf immer wieder prüfende Blicke nach rechts und links, aber der Spielplatz war ebenso leer wie die Rasenflächen. Auch die Mädchenclique war nicht zu sehen. Niemand war hier, niemand bemerkte das ungleiche Duo. Kimmi nahm einen Schlüsselbund aus der Tasche seiner Jogginghose und öffnete eine mit Tags übersäte Metalltür.

»Ti verkriecht sich seit Tagen im Keller«, sagte er, »hat sich ein richtiges kleines Lager da unten aufgebaut, mit Matratze und allem.«

»Warum?«

Er zuckte mit den Schultern.

»Keine Ahnung.« Er nahm die Treppe, sein Körper verschwand unter ihr im Dunkel.

»Gibt es hier kein Licht?«

Statt einer Antwort lachte er nur. In ihr regte sich etwas. Ihr Sinn für Gefahr. Sie zögerte einen Moment. War es ein Fehler gewesen, ihre Waffe nicht bei sich zu führen? Aber *undercover* ließ man die Sig Sauer zu Hause, sonst konnte man sich gleich *Bulle* auf die Stirn schreiben. Also folgte sie Kimmi die Treppe hinab. Ihre Augen gewöhnten sich an das Zwielicht. Kimmi stand vor einer weiteren Tür und schloss sie auf.

»Es ist nicht mehr weit.« Sein Gesichtsausdruck hatte sich verändert. Oder lag das nur an den schlechten Lichtverhältnissen? Er hielt ihr die Tür auf, *gentlemanlike*. Das passte ganz und gar nicht zu ihm. Ihr Gefahrendetektor sprang auf Dunkelgelb. Sie blieb vor der geöffneten Tür stehen. Irgendetwas stimmte hier nicht. Kimmi lächelte sie an. »Das zweite Kabuff auf der rechten Seite«, sagte er. »Da haust er seit zwei Tagen. Ernährt sich von Yum-Yum-Suppen und pinkelt in leere Red-Bull-Dosen.«

Ihr Blick flog von ihm in die Dunkelheit vor ihr. Sie musste eine Entscheidung treffen. Yum-Yum-Suppen. Red-Bull-Dosen. Letztendlich waren es die Details, die sie überzeugten. So etwas dachte sich niemand aus.

»Du gehst vor«, befahl sie.

Er nickte. Beinahe ergeben. Alles Gorillahafte an ihm war wie weggewischt. Es war einem anderen Ausdruck gewichen, etwas Verschlagenem, Wieselhaftem. Oder sah sie Gespenster? Er ging wie verlangt an ihr vorbei in den Gang hinein. Sie folgte ihm bis zu dem Kabuff. Kimmi klopfte, dann öffnete er ihr die Tür. Wider besseres Wissen trat sie durch den Türrahmen. Den Baseballschläger, der auf ihren Kopf zuschwang, nahm sie im Bruchteil einer Sekunde wahr, dann explodierte ihr Schädel und alles wurde schwarz.

27

Kommissar Nordh brauchte dringend einen starken Kaffee. Hassan Sultani hatte auf ihn wie ein gebrochener Mann gewirkt und das hatte ihn aufgewühlt, wahrscheinlich weil er sich im Vater des toten Jungen bis zu einem gewissen Grad widergespiegelt sah. Zumindest sein Psychologe hätte es so gedeutet. Nordh hatte sich mit einem Kollegen und Freund des erschossenen Journalisten im Obergeschoss des Cafés *Katarina* verabredet, einer traditionsreichen Bäckerei am Rande der Altstadt. Er dachte an Linda. Hier hatten sie und er und sie beide später auch gemeinsam mit den Kindern oft nach einem Stadtbummel gesessen und sich quer durch die Gebäckauswahl gegessen. Als Lilly zwei oder drei Jahre alt gewesen war, hatte sie statt vom *Katarina* immer von *Tante Tina* gesprochen, eine Familienanekdote, die sich lange gehalten hatte.

Der große, schmale Mann mit schütterem Haar, der ihm die Hand gab und sich zu ihm an den winzigen Tisch setzte, stellte sich als Nils Möller vor. Brille mit Schildpattmuster, Cordjackett, lederne Umhängetasche: Man sah ihm den Journalisten förmlich an. Vom Tod des befreundeten Kollegen zeigte er sich bestürzt und erschüttert.

»Natürlich sterben jedes Jahr weltweit viel zu viele Reporter in Ausübung ihrer Arbeit. Aber bei uns in Schweden? Ich weiß nicht, ob so etwas überhaupt schon einmal passiert ist. Unfassbar! Nizars Tod, seine Ermordung, für mich ist es unfassbar.«

Er schüttelte den Kopf.

»Du bist also davon überzeugt, dass sein Tod mit seiner Arbeit zu tun hat?«

Möller sah ihn mit stechendem Blick an.

»Womit denn sonst?«

Nordh hielt dem Blick stand.

»Private Probleme?«, schlug er vor. »Schulden, Gefälligkeiten, Abhängigkeiten von den falschen Leuten?«

»Blödsinn!«, sagte Möller mit Bestimmtheit. »Mir fällt kaum jemand ein, der moralisch so integer ist wie Nizar. Denk nur mal daran, womit er zu tun hatte.«

Nordh war vor dem Gespräch Hakeems sogenannten Giftschrank durchgegangen. Vieles war im Original auf Arabisch, Hakeem hatte es jedoch für die Polizei ins Schwedische übersetzt. Nun wollte Nordh aus Möllers Mund hören, welchen Drohungen sein Kollege am meisten Bedeutung zugemessen hatte.

»Womit hatte er denn zu tun?«

Möller seufzte und versuchte seine langen Gliedmaßen auf dem für ihn zu kleinen Stuhl zu sortieren, was nicht recht zu gelingen schien.

»Auch wenn es wie aus einem Politthriller klingt: Das syrische Regime hat Tausende oppositionelle Stimmen zum Verstummen gebracht. Sie werden getötet oder gefoltert und weggesperrt. Kritische Journalisten im Exil, wie Hakeem einer war, schweben latent in Lebensgefahr. Es gibt einen ganzen Haufen Fälle, in denen Reporter und Aktivisten im Ausland für immer verschwunden sind oder schlichtweg erschossen wurden. Die meisten in der Türkei, wo es die größte Community von Exil-Oppositionellen gibt. Hinter den Morden und Entführungen stecken natürlich Assads Schergen.« Möller stürzte seinen Espresso herunter, als handelte es sich um Schnaps. Vielleicht hätte er etwas Stärkeres gut gebrauchen können. »Aber Nizar hat ja nicht nur über Syrien geschrieben, sondern zum Beispiel auch über den Irak, Israel und die Palästinenser, Libyen, Iran, Katar und die Vereinigten Arabischen Emirate.«

»Viel dünnes Eis.«

»Sehr viel sehr dünnes Eis. Ich habe selten Menschen getroffen, die so angstfrei waren wie er.«

»Ein Idealist?«

»Sagen wir, Nizar war jemand, der seinen Beruf sehr ernst genommen hat.« Möller zögerte einen Augenblick. »Manchmal vielleicht sogar zu ernst.«

Nordh rückte seinen Stuhl näher an den Tisch.

»Wie meinst du das?«

Wieder ließ Möller einige Sekunden verstreichen. Er rührte mit einem Löffelchen in seiner Espressotasse, obwohl die bereits leer war.

»Nizar wollte mit seiner Arbeit etwas erreichen: Aufklärung und gesellschaftliche Veränderung. Wir alle wollen mit unserer Arbeit natürlich einen Unterschied machen.«

»Ich höre da ein *Aber* heraus.«

»Aber bei Nizar waren die Grenzen zwischen Journalismus und Aktivismus fließend.«

»Und das ist schlecht?«

»So hehr seine Ziele waren – ich glaube, dass es für Journalisten wichtig ist, diese Grenze aufrechtzuerhalten und nicht zu übertreten. Es schadet unserer Arbeit. Wenn wir vorher schon wissen, was am Ende des Tages online oder in der Zeitung stehen soll, dann haben wir womöglich nicht sauber gearbeitet. Dann übersehen wir womöglich entscheidende Details. Dann ignorieren wir Dinge, die nicht in unser vorgefasstes Bild passen.«

»Hast du dafür ein Beispiel?«

Möller überlegte nicht lange.

»Irgendein rechtes Arschloch macht von seinem verfassungsmäßigen Recht Gebrauch, in einem der sogenannten Problemviertel unter Polizeischutz den Koran zu verbrennen. Es gibt eine Gegendemonstration aufgebrachter muslimischer Mitbürger und die Situation eskaliert. Steine und Feuerwerkskörper werden geworfen, ein Krankenwagen wird in Brand gesetzt, die Polizei geht rabiat mit Tränengas und Wasserwerfern vor. Wo begebe ich mich als Pressevertreter hin? Begleite ich den provokanten Nazi? Die wütenden Menschen auf der Gegendemo? Die Polizisten und das Krankenwagenpersonal im Einsatz?«

»Ich verstehe.«

»Nizar hätte sich in den wütenden Mob gemischt. Ich hätte das Geschehen in sicherer Entfernung vom Rand aus verfolgt. Das ist der Unterschied. Nizar hätte anschließend mit Sicherheit den besseren Text geschrieben als ich. Detailreich, lebendig, emotional. Aber in unserem Beruf kommt es darauf eben nicht immer an.« Wieder zögerte er. »Wobei man sich diese Differenzierungen als gut situierter schwedischer Akademiker natürlich leisten kann. Als politischer Flüchtling, dessen Heimat unter der eisernen Knute eines Massenmörders und Despoten ausblutet, sieht die Sache anders aus.«

»Ich habe gelesen, dass ihr beide gemeinsam an einer Reportage über die Bandenkriminalität gearbeitet habt.«

»Ja, das stimmt. Im vergangenen Jahr. Es gab eine Artikelserie in *Dagens Nyheter*. Ich habe über Malmöer Netzwerke geschrieben, die systematischen Betrug bei staatlichen Hilfe- und Beitragszahlungen begehen. Phantompflegedienste, die Leistungen von Patienten abrechnen, die es gar nicht gibt. Wohngeldzuschüsse für fiktive Mieter in fiktiven Wohnungen. Kindergeld für Kinder, die nicht in Schweden leben. Solche Dinge. Nizar hat mich bei der Recherche unterstützt. Er selbst hat einen Artikel über minderjährige Flüchtlinge aus Syrien und Afghanistan geschrieben, die von den Banden systematisch rekrutiert werden.«

»Kamen in den Veröffentlichungen die *Originals* vor?«

»Was den Betrug bei Sozialleistungen betrifft, haben wir nach mehreren Monaten Arbeit zwei Strippenzieher benennen können, beide kommen aus dem Norden der Stadt. Ohne uns selbst auf die Schulter klopfen zu wollen: Wir haben damals gute Arbeit geleistet. Die Polizei hat Ermittlungen aufgenommen, die beiden Hauptverantwortlichen wurden verhaftet und vor einigen Monaten auch verurteilt. Sie sitzen nun mehrjährige Haftstrafen ab.«

»Irgendeine Verbindung zu den *Originals* oder *2155ern* gab es nicht?«

Nordh konnte sehen, wie es hinter Möllers Stirn arbeitete.

»Nein. Ebenso wenig in Nizars Text über die Flüchtlinge. Keines der kriminellen Netzwerke wird darin beim Namen genannt.« Er zögerte einen Augenblick. »Es gab vielleicht etwas anderes, aber wahrscheinlich hat es gar keine Bedeutung.«

Nordh wurde hellhörig.

»Worum geht es?«

Gedankenverloren drehte Möller seine leere Espressotasse im Kreis.

»Vor etwa anderthalb Jahren gab es nachts eine schwere Explosion im Treppenhaus vor Nizars Wohnung. Im ganzen Gebäude sind die Fenster zu Bruch gegangen, ernsthaft verletzt wurde glücklicherweise niemand. Das war noch, bevor wir mit der Recherche zum Pflegebetrug und den Gangs begonnen hatten. Nizar hat erzählt, dass die Polizei davon ausging, dass der Sprengstoffanschlag das Werk der *2155er* war und eine Warnung an das Mitglied einer Rockerbande sein sollte, mit der die Gang damals im Clinch lag, und der ein Stockwerk über ihm wohnte.« Möller ließ die Tasse los. »Keine Ahnung, ob das irgendwie relevant ist, aber die Geschichte ist mir durch den Kopf gegangen, als du die *2155er* erwähnt hast.«

Nordh kratzte seine Bartstoppel.

»In der Tat nicht uninteressant«, brummte er.

Sie tauschten noch ein paar Allgemeinplätze aus, dann verabschiedete sich Möller.

»Der ewige Zeitdruck. *Svenska Dagbladet* möchte, dass ich ein Porträt über Nizar schreibe.« Er verzog die Mundwinkel. »Ich hoffe, es wird nicht zu sentimental. Er war mehr als ein Kollege für mich. Er war ein Freund.« Nordh musste an Carl-Johan denken. Wie Calle gelacht hatte, wenn Nordh seine Sprüche gemacht oder Witze gerissen hatte. »Da ist sie also wieder, die Grenze, die journalistische Grauzone zwischen Nähe und Distanz, zwischen emotionaler Voreingenommenheit und harten Fakten.« Möller verzog die Mundwinkel zu einem sehr knappen, selbstironischen Lächeln.

Als er gegangen war, stand sein Kuchenstück noch unangerührt auf dem Tisch. Das hatte das sahnig-süße Gebäck nicht verdient. Nordh holte sich frischen Kaffee und machte sich über die Kalorienbombe her. Koffein und Zucker trugen ihn durch den Tag. Magentabletten kauend verließ er schließlich das Café. *Tante Tina,* dachte er wehmütig.

Er versuchte Karhuu anzurufen, aber sie nahm nicht ab. Die Geschichte mit dem Sprengstoffanschlag der *2155er* konnte möglicherweise wichtig sein. Vielleicht hatten sie sich bis jetzt zu sehr auf die *Originals* konzentriert. Aber zu einem Bandenkrieg gehörten schließlich mindestens zwei Fraktionen. Er dachte über Möllers Worte nach. Demnach war Nizar Hakeem eine Art moralischer Kreuzritter gewesen, ein strahlender Held auf einem Feldzug für Demokratie und Gerechtigkeit. Das mochte ja alles stimmen. Aber es bedeutete nicht, dass Hakeem keine andere, keine verborgene, keine dunklere Seite gehabt hatte. Scheiße, selbst Gandhi war ein verkappter Rassist und Frauenfeind gewesen.

Im Präsidium setzte er sich vor den Rechner und vertiefte sich ins Organigramm der *2155er,* die im Gegensatz zu den

Originals großfamiliäre Strukturen hatten, die bis in den Libanon reichten. Die Boulevardpresse sprach von Clankriminalität, wobei er mit dem Begriff fremdelte. Als Kopf des familienbasierten Netzwerks galt ein dreiundfünfzigjähriger Mann, der das Drogengeschäft seiner Leute angeblich von Beirut aus lenkte. In Anbetracht der gut dokumentierten Machtpyramide fühlte Nordh sich zunehmend hilflos. Was sollte er machen? Er konnte schlecht fünfzig mögliche Verdächtige vorladen und hoffen, dass sich irgendjemand in Widersprüche verstrickte. Während er es am Telefon noch einmal bei Karhuu versuchte, reichte ihm ein Soko-Mann eine Notiz. In keinem der Malmöer Krankenhäuser und der weiteren Umgebung war in der vergangenen Nacht ein Mann mit Schusswunde in der Notaufnahme aufgetaucht. Es wäre auch zu schön gewesen. Karhuu nahm noch immer nicht ab. Während er über einen Ansatzpunkt bei den *2155ern* grübelte, trudelten nach und nach weitere Berichte der Spurensicherung und Pathologie ein. Im Park in Rosengård, dort, wo der zweite Schütze mit seiner halbautomatischen Pistole gelegen hatte, war von Kaukonens Team ein benutztes Kaugummi im Gras gefunden worden, das möglicherweise verwertbare DNA-Spuren aufwies. Erdbeer-Minze-Geschmack, na dann. Die Obduktion Nizar Hakeems brachte keine Überraschungen ans Tageslicht. Der Kopfschuss hatte zum unmittelbaren Tod geführt. Nordh scannte im Netz die Nachrichtenlage. Mellanders Pressemitteilung war an die Agenturen rausgegangen. Im Vergleich zum Tod Rashids war die Berichterstattung knapp und bemerkenswert sachlich. Trotz Hakeems exponierter Stellung als Exiljournalist und Aktivist wagten zu diesem Zeitpunkt die wenigsten Publikationen zu spekulieren, wer hinter dem Attentat stecken konnte – zumindest wenn man von den üblichen Krawallblättern und notorischen Websites absah. Eine mögliche Verbindung zwischen den Morden an Rashid und Hakeem sah Gott sei Dank niemand, was bedeutete, dass die Zeugenaussagen der Lennartssons, den Ziellaser betreffend, noch nicht an die Öffentlichkeit gedrungen waren. Er pustete innerlich durch. Die berechtigte Empörung über den Tod eines Dreizehnjährigen war schon groß genug, aber sobald von einer möglichen Mordserie die Rede war, würde der äußere Druck auf die Ermittlung noch weiter zunehmen, womit niemandem gedient wäre. In einem Online-Statement teilte die Lebensgefährtin Hakeems mit, dass sein Leichnam nach Abschluss aller Untersuchungen auf den Wunsch seiner Eltern hin nach Syrien gebracht werden solle, wo man ihn traditionell bestatten wollte. Die Grundschullehrerin bat darum, in Hakeems Sinne statt Blumen und Beileidsbekundungen zu schicken, eine Geldspende an die *Kepler Foundation* zu überweisen, eine NGO, die sich weltweit für Demokratiebewegungen in autoritären Regimen einsetzte. Nordhs Telefon klingelte. Es war nicht Karhuu, die zu ihm durchgestellt wurde, sondern ein alter Kollege von der Kripo, bei dem eine merkwürdige Anzeige eingegangen war. Aufgrund der zeitlichen Nähe der geschilderten Ereignisse sah er einen möglichen Zusammenhang zu den Schüssen im Park. Was er berichtete, klang in der Tat nicht uninteressant.

Eine gute Stunde später betrat Nordh den Wintergarten der pensionierten Ärztin, die sich mit ihrer Geschichte bei der Polizei gemeldet hatte. Kajsa Liljegren war eine gut gekleidete, distinguiert wirkende Frau mit offenem silbergrauem Haar und verbindlichem Händedruck. Sie nahmen auf knarzenden Rattanmöbeln zwischen hohen Pflanzen Platz. Bevor er im Präsidium aufgebrochen war, hatte er Liljegren routinemäßig überprüft. Sie war kein gänzlich unbeschriebenes Blatt. Die Frau schien die Medizin mehr als Berufung denn als Beruf zu begreifen. Obwohl sie offiziell gar nicht mehr praktizierte, war ihr Name am Rande verschiedener polizeilicher Untersuchungen aufgetaucht. Dabei war es unter anderem um die medizinische Versorgung von Migranten ohne Aufenthaltstitel oder die

Behandlung von Schwerstabhängigen mit Medikamenten gegangen, die in Schweden nicht zugelassen waren. Ohne Zweifel war sie eine Ärztin, die sich dem hippokratischen Eid mehr verpflichtet fühlte als der wortgetreuen Auslegung der Gesetzgebung, was ihm nicht gänzlich unsympathisch war, im Gegenteil. Er hatte Respekt vor Menschen, die etwas für ihre Überzeugungen riskierten. Das galt trotz seiner Vorbehalte auch für Nizar Hakeem. Liljegren schenkte ihm aus einer Steingutkanne grünen Tee ein. Dankbar für den Koffeinnachschub blies er auf die dampfende Tasse.

»Können wir das, was du meinem Kollegen erzählt hast, noch mal durchgehen, Schritt für Schritt? Jedes Detail kann wichtig sein.«

Sie nippte an ihrem Tee, räusperte sich.

»Sicher. Hast du etwas dagegen, wenn ich rauche?«

Er schüttelte den Kopf. Sie öffnete eine elegant gearbeitete Silberdose, die auf dem Tisch lag, entnahm ihr ein dunkles Zigarillo, steckte es sich paffend an und inhalierte schließlich mit Wohlbehagen. »Zur Erklärung muss ich vorausschieben, dass ich einen gewissen Ruf habe, was die Einstellung zu meinem Beruf betrifft.« Sie musterte ihn mit zusammengekniffenen dunklen Augen durch eine Rauchwolke hindurch. Ihre sorgfältig geschminkten Lippen formten ein fast schelmisches Lächeln, denn sie hatte seinen Gesichtsausdruck richtig gedeutet. »Aber das weißt du ja bereits«, stellte sie fest. »Guter Junge.« Kurz befürchtete er, sie würde ihm das Knie tätscheln oder in die Wange kneifen, doch stattdessen nahm sie einen weiteren Zug. »Wie auch immer. Ich helfe Menschen, die ein medizinisches Problem haben. Unabhängig von den Vorgaben der Krankenkasse, der Versicherungslage, des sozialen Status – und eben auch der Uhrzeit.« Wieder das spitzbübische Lächeln. »Anders formuliert: Wer dringend und unbürokratisch ärztliche Hilfe sucht, findet mich mit drei Klicks im Internet und ist bei mir in den meisten Fällen richtig aufgehoben. Daher war ich kein bisschen überrascht, als es letzte Nacht an meiner Tür geklingelt hat.«

»Wie spät war es da genau?«

»Ein Uhr siebenundzwanzig«, sagte sie mit einer Bestimmtheit, die keinen Raum für Zweifel ließ. »Ich bin also aufgestanden, habe mir meinen Arztkittel übers Nachthemd gezogen, bin aus dem ersten Stock nach unten gegangen und habe die Tür geöffnet. Mir gegenüber stand ein Mann, der sich provisorisch eine Jacke um eine stark blutende Schulterwunde gebunden hatte. Ende vierzig, schlank, etwa eins fünfundachtzig groß, kurz geschnittenes dunkelblondes Haar. Ich habe ihn natürlich hineingebeten.«

»Hattest du keine Angst?«

Sie lachte ein kehliges, raues Lachen, das ihm gefiel.

»Ach was. Mir ist in fünfundvierzig Berufsjahren nichts Ernstes passiert.«

»Aber gestern Nacht war es kurz davor.«

Sie zuckte mit den Schultern.

»Sicher, ich habe erst, als er in meinem Flur stand, gesehen, dass er eine Waffe in der Hand hielt. Aber ich habe mich nicht unmittelbar bedroht gefühlt.«

»Warum nicht?«

»Weil klar war, was er von mir wollte. Akute medizinische Hilfe. Für mich hat die Waffe in dem Moment keine Rolle gespielt. Ich hätte ihm ja auch so geholfen, ohne Zwang. Außerdem war er nicht der erste Bewaffnete, der hier vorstellig geworden ist.«

Vorstellig werden. Das klang, als würde sie von einer völlig regulären Arztpraxis reden. Von normalen Patienten, die irgendein Zipperlein plagte.

»Und er hat nicht mit dir gesprochen?«

»Kein einziges Wort.«

»Kam dir das nicht seltsam vor?«

Erneutes Schulterzucken.

»Hier waren schon Menschen aus aller Herren Länder. Manche können weder Schwedisch noch Englisch, andere wollen schlichtweg nicht sprechen.«

»Und er gehörte zur zweiten Sorte?«

»Davon gehe ich aus. Allem Anschein nach kam er von hier. Blond, hellhäutig, graublaue Augen.«

»Wie ging es dann weiter?«

»Ich habe ihn ins Behandlungszimmer geführt, so weit wie nötig seine Kleidung entfernt und ihm das Projektil aus der Schulter operiert.«

»Er war dabei die ganze Zeit bei Bewusstsein?«

»Ja. Er hat mir auch ohne Worte sehr deutlich gemacht, dass er keine Art von Betäubung wollte. Vielleicht war er besorgt, die Kontrolle über die Situation zu verlieren, vielleicht hatte er Angst, dass ich die Polizei hole, sobald er das Bewusstsein verliert, dabei hätte es natürlich auch die Möglichkeit einer lokalen Betäubung gegeben, aber er war offenbar zu misstrauisch, um sich eine Spritze geben zu lassen. Stattdessen hat er die Zähne aufeinandergebissen. Er war dieser Typ Mann, von der gesamten Ausstrahlung her.«

»Wie meinst du das?«

»Machohaft, grob. Aber gleichzeitig sehr diszipliniert. Irgendwie soldatisch.«

»Trug er eine Uniform?«

»Nein, natürlich nicht. Ich meine seine Ausstrahlung. Er trug Jeans, Lederschuhe, Baumwollpullover. Allerweltskleidung.«

»Und das Projektil hat er wieder mitgenommen?«

»Genau, mir kam es vor, als habe er darauf großen Wert gelegt, jedenfalls hat er viel mit seiner Pistole rumgefuchtelt.«

»Was war das für eine Waffe?«

Wieder das Lächeln.

»Schwarz. Kein Trommelrevolver, sondern eine modern wirkende Handfeuerwaffe. Genauer kann ich es nicht sagen. Es gibt wenig auf der Welt, was mich so wenig interessiert wie Waffen.«

»Und seine Wunde?«

»Er hatte Glück im Unglück. Es wurde viel Muskelgewebe verletzt, aber kein Knochen zertrümmert. Der Heilungsprozess der Schulter wird dauern und ihn eine Zeit lang körperlich einschränken. Ich habe ihm Antibiotika mitgegeben. Es war übrigens die linke Schulter. Ich gehe aber davon aus, dass er Rechtshänder ist, so routiniert wie er mit seiner Pistole umgegangen ist.«

Ende vierzig, militärische Disziplin, routinierter Umgang mit der Waffe, nordeuropäisches Aussehen.

»Und dann hat er dich gefesselt?«

Sie drückte energisch ihr Zigarillo aus.

»Das hätte er nicht tun sollen. Es war unnötig. Ein Vertrauensbruch zwischen Patient und Ärztin. Gott sei Dank ist heute einer der Tage, an denen meine Haushaltshilfe zeitig kommt, sonst wäre ich hier weiß Gott versauert!«

Sie seufzte.

»Es war die richtige Entscheidung, uns einzubeziehen.« Er trank seinen kalt gewordenen Tee auf. »Auch wenn es möglicherweise an deinen moralischen Grundfesten rüttelt: Könntest du dir vorstellen, bei der Erstellung eines Phantombilds mitzuwirken?«

Zum ersten Mal änderte sich ihr grundentspannter Gesichtsausdruck. Sah er da tatsächlich Wut, ja, Entrüstung aufflackern?

»Machst du Witze? Natürlich helfe ich dabei mit! Über Stunden an einen Stuhl gefesselt zu sein, wie in einem schlechten Ganovenfilm. In meinem Alter. Was für eine Demütigung! Ich hätte sonst wohl kaum die Polizei angerufen, verdammt!«

Anderthalb Stunden später kam er gerade noch pünktlich,

um seine Kinder von der Schule abzuholen. Tim hielt ihm stolz ein selbst gemaltes Bild entgegen. Mit einem anerkennenden Lächeln griff er danach. Wieder ein Engel auf einer Wolke. Wenn es doch nur so einfach wäre, dachte er. Wer hatte sich dieses Harfen- und Himmelszeug eigentlich ausgedacht? Selbst wenn man so wahnsinnig war, in dieser Welt an einen Gott zu glauben, selbst wenn man derart irre war, sich diesen Gott auch noch als gütig vorzustellen, selbst wenn man die dissoziative Meisterleistung verbrachte, das sogenannte Wort Gottes und das eigene elende Dasein in ein und demselben Weltbild unterzubringen, war er sich ziemlich sicher, dass von toten Müttern auf Wolken nichts in der Bibel stand. Er strubbelte über Tims Haar.

»Ein schönes Bild, mein Großer.«

Lilly warf ihm einen Seitenblick zu. Sie war erst sieben und durchschaute bereits seine Lügen, zumindest bildete er sich das ein.

Nach dem Abendessen sahen sie sich gemeinsam einen Zeichentrickfilm an, und er nahm erleichtert wahr, dass Lilly, die er in letzter Zeit immer öfter mit vor der Brust verschränkten Armen sah, entspannt auf dem Sofa lümmelte und an den witzigen Stellen genauso enthemmt und vorbehaltlos lachte wie ihr Bruder. Wieder musste er daran denken, was Rosa gesagt hatte. Wie würden es die beiden verkraften, wenn nun auch noch der tägliche Kontakt mit ihrer Großmutter wegfiele? In ihm tat sich ein Abgrund auf. Und er selbst? Er begriff, dass seine Schwiegermutter auch für ihn eine viel größere emotionale Stütze war, als er sich eingestand. Von der praktischen Hilfe ganz abgesehen. Rosa konnte, Rosa *durfte* nicht wegziehen!

Als Lilly und Tim eingeschlafen waren, versuchte er erneut, Karhuu anzurufen. Vergeblich. Seltsam. Sie hatte ihm keine Nachricht hinterlassen und auch nicht versucht, ihn zu erreichen. Bisher hatte er seine neue Partnerin als zuverlässig kennengelernt. Sollte er sich Sorgen machen? Blödsinn. Karhuu hatte Undercover-Erfahrung. Sie konnte auf sich selbst aufpassen. Wenn sie gerade nicht erreichbar war, hatte sie sicherlich ihre Gründe dafür. Er hinterließ ihr eine Sprachnachricht, in der er den Besuch bei der Ärztin schilderte. Er war fest davon überzeugt, dass es sich bei dem nächtlichen Patienten um den verletzten Schützen aus dem Park und den Mörder von Nizar Hakeem handelte. Woraus sich mehrere Schlussfolgerungen ergaben. Der Mann mittleren Alters passte nicht ins Bild eines typischen Gangmitglieds. Trotz seiner schweren Verletzung war er kontrolliert und durchdacht vorgegangen. Treffsicher hatte er eine der wenigen Personen, vielleicht sogar die einzige, im Großraum Malmö ausfindig gemacht, die ihn verarzten würde, ohne dass er dabei gezwungen wäre, seine Identität preiszugeben. Sein Kalkül war aufgegangen und mit dem Fesseln der passionierten Medizinerin hatte er so wohldosiert Gewalt eingesetzt, wie nötig war, um sicher zu verschwinden. Null Drama, null Impulsivität. Am interessantesten fand Nordh den Umstand, dass der Mann dabei kein Wort gesprochen hatte. Natürlich konnte es sich tatsächlich um einen Stummen handeln, aber diese Möglichkeit schätzte er als denkbar gering ein. Viel wahrscheinlicher war etwas anderes. Der Mann hatte geschwiegen, weil seine Sprache oder Aussprache etwas Wichtiges über ihn verraten hätte. Stotterte der Mann? Lispelte er? Hatte er einen starken Akzent oder Dialekt? Sprach er weder Schwedisch noch Englisch? Sosehr Nordh auch grübelte, er kam nicht über diesen Punkt hinaus. Und dann war da ja auch noch der Rollerfahrer, der möglicherweise sowohl beim Mord im Park als auch bei den Schüssen auf die Pizzeria vor Ort gewesen war. Konnte es sich um ein und dieselbe Person handeln? Aber auf dem Videoschnipsel hatte der Rollerfahrer klein und schmächtig gewirkt. Eher ein Jugendlicher als ein Erwachsener. Auch Rasmus El Hamadaoui hatte von einem Jungen gesprochen.

Je mehr Karhuu und er in Erfahrung brachten, desto weniger schienen die Puzzleteile zusammenzupassen. Vielleicht war er auch schlichtweg zu müde, um geradeaus zu denken. Doch anstatt sich früh ins Bett zu legen, daddelte er im Dämmerzustand auf seinem Handy herum. Er las Dienstmails, die er erst am nächsten Tag beantworten würde. Newsfetzen über ein Erdbeben in Asien und einen militärischen Krisenherd in einem afrikanischen Staat. Reißerische Schlagzeilen über den erschossenen Jungen und kurz gehaltene Meldungen über den ermordeten Journalisten. Möllers Nachruf auf Nizar Hakeem. Gott sei Dank brachte niemand die Verbrechen miteinander in Verbindung. Noch nicht.

Irgendwann landete Nordh in der Foto-App seines Handys und wischte sich durch alte Bilder. Familienurlaub auf Lanzarote. Drei Jahre musste das jetzt her sein. Wie klein die Kinder gewesen waren. Und dann Linda. Beim Abendessen in dem Restaurant mit den weißen Tischdecken. Mit Rotweinglas beim Sonnenuntergang auf dem Balkon des Hotelzimmers. In ihrem blauen Badeanzug am Strand. Sie lächelte in die Kamera. Flirtend, verführerisch. Eigentlich sollten ihm bei dem Anblick die Tränen kommen. Aber stattdessen geschah etwas anderes, etwas Unerwartetes. Er spürte, wie sich sein Glied versteifte. Er hatte sie immer begehrt, ihre blitzenden Augen, ihren festen Körper, nach der Geburt der Kinder sogar noch mehr als zuvor, und er tat es immer noch. Seine Linda, seine Frau. Er griff sich unter der Sofadecke in die Unterhose und seine Hand begann, sich zuerst vorsichtig, dann resolut zu bewegen.

Ach, Linda.

Oh, meine Linda.

Und dann stand plötzlich Tim in der Tür und starrte ihn entgeistert an.

Der Tag, an dem Shishi das Probetraining für die Fußballakademie von Malmö FF hatte, war herbstlich grau und kalt. Für Taqi war es ein merkwürdiges Gefühl, unter den kahlen Bäumen zwischen lauter Erwachsenen zu stehen, den Vätern und Müttern der Nachwuchstalente, die auf dem Spielfeld ihr Können zeigen sollten. Eigentlich waren es fast nur Väter. Taqi musste schlucken. Er hatte keinen Vater mehr. Und Shishi keine Mutter. Einen Vater eigentlich auch nicht, denn der war immer am Arbeiten und wenn er einmal nicht arbeiten musste, betrank er sich. Die vielen Väter und wenigen Mütter, die um ihn herumstanden, feuerten ihre Söhne lautstark an.
»Geh drauf, Alessandro!«
»Mustafa, zieh ab!«
»Mach Druck, Benny, Druck!«
Er überlegte, ob er auch etwas rufen sollte, aber dann kam es ihm zu albern vor. Shishi wusste auch so, was er zu tun hatte. Sein bestes Spiel zeigen. Seinen starken linken Fuß. Seinen Antritt. Seine Tempodribblings. Taqi war im Affenkäfig nicht schlecht. Aber von Shishis Spiel trennten ihn Welten. Alles, was sein Freund mit dem Ball anstellte, wirkte fast wie bei den Stars auf der Playstation. Selbst jetzt, zwischen den anderen Toptalenten der Stadt, bewegte sich sein schmaler, kleiner Körper mit auffallender Eleganz und Geschmeidigkeit. Seine enge Ballführung erinnerte an Messi, sein Tempo an Ronaldo. Neben ihm wirkten die anderen hüftsteif und langsam. So sah Taqi es jedenfalls und er war fest davon überzeugt, dass den Trainern und Scouts das ebenfalls nicht entging. Die Auswahl war brutal: Von den zweihundert Jungen, die vorspielten, würde es nur jeder zehnte auf die Akademie schaffen. Trotzdem war sich Taqi sicher, dass Shishi dabei sein würde. Und das war wichtig. Nicht nur, weil es der Traum seines besten Freunds war, irgendwann Fußballprofi zu werden, sondern auch weil es vermutlich seine einzige Chance war, jemals aus Hermodsdal herauszukommen. Taqi machte sich nichts vor. Shishi hatte

keine Mutter, die ihn zwang, dreimal so viel für die Schule zu tun wie jeder andere Gleichaltrige. Shishi war ehrlich gesagt weder der Schlaueste noch der Fleißigste. Abseits des Fußballplatzes und der Playstation fiel es ihm schwer, sich über einen längeren Zeitraum zu konzentrieren. Den Schulabschluss würde er nur mit Ach und Krach schaffen. Wenn überhaupt. Und dann? Ein Leben als Essenslieferant wie sein Vater? Als Lagerarbeiter? Als Müllmann? Oder doch der andere, der einfache Weg? A thug life, wie es Kimmi führte oder Taqis älterer Bruder, der ein Jahr im Knast absitzen musste? Shishi musste sich auf dem Fußballfeld durchsetzen, eine andere Möglichkeit sah Taqi nicht und deshalb drückte er seine Daumen so fest, wie er sie noch nie gedrückt hatte, und er versprach Allah, keine unreinen Gedanken mehr zu haben, wenn er nur dafür sorgte, dass Shishi es in die Akademie schaffte.

Irgendwann war das Probetraining zu Ende. Mittlerweile war das Flutlicht angegangen und tauchte den Platz in ein unwirkliches Filmlicht. Wie schön Shishi in seinem schwarz-rot gestreiften Milan-Trikot aussah, seinem ganzen Stolz, mit der Rückennummer elf, wie Zlatan Ibrahimović sie trug. Taqi hatte ihm das Trikot zum zwölften Geburtstag geschenkt, er hatte es im Internet bestellt, es war kein Original, aber was machte das schon?

»Wie war ich?«, fragte Shishi und Taqi hob lächelnd beide Daumen.

Ob Shishi es geschafft hatte, würden sie erst in den nächsten Wochen erfahren. Aber das war für den Augenblick egal, Shishi strahlte reine Euphorie aus, und die war ansteckend. Zur Feier des Tages gingen sie im Venezia eine Pizza essen.

28

Beim Frühstück versuchte sich Jon Nordh an einer albernen Geschichte über einen Jungen, der in seiner Cornflakesschale einen Zauberring findet und damit alle Familienmitglieder in Tiere verwandelt. Dabei warf er seinem Sohn immer wieder verstohlene Blicke zu. Tim wirkte gut gelaunt und nichts deutete darauf hin, dass er die nächtliche Wohnzimmersituation als das begriffen hatte, was sie peinlicherweise gewesen war. Gott sei Dank war da die Decke auf seinem Schoß gewesen. Das Letzte, was der Kleine gebrauchen konnte, war ein weiteres Trauma. Trotzdem bekam Nordh vor Scham kaum mehr als einen Kaffee und eine Käseschnitte hinunter.

Die Bombe ging hoch, als er den Kindern beim Anziehen für die Schule half. Rosa platzte zur Haustür herein, ihr Tablet in der Hand. Wortlos reichte sie es Nordh. Im selben Moment, in dem er die Schlagzeile las, begannen gleichzeitig sein Dienst- und sein Privathandy zu klingeln. Er begriff binnen Sekunden.

When the shit hits the fan.

Er gab Rosa das Tablet zurück, bedeutete ihr mit flehendem Blick, sich um die Kinder zu kümmern, drückte den Soko-Leiter auf dem Diensthandy weg und nahm den Anruf der Polizeichefin auf dem anderen Smartphone an. Prioritäten setzen. Er eilte zum Passat und fuhr mit Vollgas. Die Meldung lief in den landesweiten Nachrichten, natürlich tat sie das. Exakt neunzehn Minuten später war er im Hauptquartier, seiner ehemaligen Wirkungsstätte, und nahm Mellander gegenüber in ihrem Büro Platz. Langsam wurden seine Besuche bei der Chefin zur Gewohnheit. Sie trug ihre Paradeuniform. Die Pressekonferenz war in einer halben Stunde angesetzt. Er registrierte beiläufig, wie gut ihr das gestärkte hellblaue Hemd mit den schwarz-goldenen Schulterklappen stand. Sie machte aus ihrer Wut keinen Hehl und schlug mit der Handfläche auf das aufgefächerte Panorama der großen

Tageszeitungen auf dem Schreibtisch: *Aftonbladet, Expressen, Dagens Nyheter, Svenska Dagbladet*. Ob sie die wohl alle selbst gekauft hatte? Seinem Geschmack nach geriet der Auftritt eine Spur zu theatralisch. Als hätte man die Möglichkeit nicht kommen sehen. Als wäre das Ganze nicht nur eine Frage der Zeit gewesen. Als wäre die Sache seine und Karhuus Schuld. Apropos: Wo steckte seine Partnerin? So langsam machte er sich Sorgen. Sicher, sie war ein großes Mädchen. Konnte auf sich selbst aufpassen und so weiter und so fort. Trotzdem war es seltsam, dass sie sich seit über zwanzig Stunden trotz mehrerer Kontaktversuche nicht bei ihm gemeldet hatte.

»Ein Desaster, Jon, ein einziges verdammtes Desaster!«, schimpfte Mellander.

Sie hatte ja recht. Nur: Es hatte weder in seiner noch in Karhuus Macht gelegen, den Mist zu verhindern. Früher oder später wäre der Umstand, dass bei Nizar Hakeems Ermordung ebenfalls ein Ziellaser verwendet worden war, sowieso an die Öffentlichkeit gelangt, darüber hatten sie sich ja sogar am Vortag just in diesem Büro unterhalten. Nur hatte keiner von ihnen mit dem diabolischen Twist gerechnet, den irgendein Blogger der Sache gegeben hatte und der von nahezu sämtlichen Medien des Landes unreflektiert aufgegriffen worden war. Auf den ersten Blick lagen sie damit ja nicht einmal falsch. Aber eben nur auf den ersten.

»Diese verdammten Idioten«, brummte er.

»Die verdammten Idioten sind wir, Jon! Ein neuer *Lasermann!*« Sie schlug mit der Faust auf den Zeitungsstapel und funkelte ihn an. »Sie schreiben von einem *Lasermann 2.0!*«

»Aber das ist ausgemachter Blödsinn.«

»Ach ja?«

Lasermann 2.0.

Meine Güte. Kleiner ging es wohl nicht. Nach den Morden an Ministerpräsident Olof Palme und der Außenministerin Anna

Lindh sowie dem islamistischen Terrorattentat in der Stockholmer Innenstadt 2017, das fünf Todesopfer gefordert hatte, war die Mord- und Mordversuchsserie des Rechtsextremisten John Ausonius, der von den Medien als *Lasermann* bezeichnet worden war, eines der berüchtigtsten Verbrechen des Landes. Zwischen 1991 und 1992 hatte Ausonius insgesamt elfmal mit einem Gewehr, das mit einer Laserzielvorrichtung ausgestattet war, auf Menschen mit dunkler Haut- und Haarfarbe geschossen. Seine Taten hatten über Monate hinweg die Öffentlichkeit erschüttert und sich tief ins kollektive Gedächtnis gegraben. Mit seinen Schüssen hatte er zwei Menschen getötet und mehrere schwer verletzt. Vor Gericht hatte er dafür eine lebenslange Haftstrafe bekommen, die er bis heute absaß. In rechtsextremen Kreisen galt er als Vorbild und seine Taten dienten als Inspiration für den norwegischen Massenmörder Anders Breivik und die neonazistischen Terroristen des deutschen NSU.

Mellander hieb erneut mit ihrer kleinen, energischen Faust auf die Zeitungen ein.

»Als wäre der verfluchte *Lasermann* nicht genug, bringen sie auch noch Peter Mangs ins Spiel! Peter *fucking* Mangs, Jon!«

Nordh schluckte. Das war in der Tat übel. Übler noch als der *Lasermann*. Ausonius war in seinen Augen Abschaum. Aber seine Verbrechen lagen mehr als dreißig Jahre zurück, waren im Großraum Stockholm begangen worden und die Polizei hatte ihn innerhalb von fünf Monaten geschnappt. Mangs dagegen war ein rechtsradikaler Serienmörder, der in Malmö jahrelang unerkannt auf Menschen mit offensichtlichem Migrationshintergrund geschossen hatte. Dabei waren drei Menschen getötet und viele weitere schwer verletzt worden. Mangs Markenzeichen war es gewesen, aus der Dunkelheit heraus auf seine Opfer in erleuchteten Wohnungsfenstern zu zielen oder an Bushaltestellen Wartende in den Rücken zu schießen. 2010 war er nach sieben Jahren erfolgloser Fahndung endlich gefasst worden und die Kritik am polizeilichen Versagen war groß gewesen. Wären die Opfer hellhäutig gewesen, so hieß es, wäre die Jagd auf Mangs mit viel mehr Druck und Aufwand betrieben worden. Nordh, der mit der damaligen Ermittlung nicht betraut gewesen war, hatte dem Vorwurf, so bitter er war, zustimmen müssen, eines der wenigen Dinge, über die er mit Calle, der die Sache anders gesehen hatte, mehrmals in Streit geraten war. Die Malmöer Polizei war auf dem rechten Auge zwar nicht blind gewesen, aber es hatte einen toten Winkel gegeben, ohne den ein skrupelloser rassistischer Mörder wie Mangs wahrscheinlich viel früher hätte gefasst werden können.

»Hörst du mir überhaupt zu, Jon?«

»Ja«, sagte er leise und schluckte erneut, dann noch einmal mit festerer Stimme: »Ja, Nora.«

»Und?«

Er sah auf ihrer Stirn eine Ader pochen, auf ihren sorgfältig gepuderten Wangen ließ sich unter dem Make-up Zornesröte erahnen. Was Details betraf, war er immer gut gewesen. Aber hier ging es nun um das große Ganze.

»Es ist *bullshit*, Nora, und das weißt du auch. Wir haben es hier weder mit einem *Lasermann 2.0* zu tun noch mit einem zweiten Peter Mangs.«

»Ach so.« Es klang unverhohlen höhnisch. Sie verschränkte die Arme vor der Brust. »Dann kläre mich bitte auf«, sagte sie mit leiser, ätzender Stimme.

»Warum sollte ein Neonazi, der Ausonius oder Mangs nachahmen und Menschen mit ausländischen Wurzeln töten will, seine Mordserie ausgerechnet mit zwei Gangmitgliedern in Hermodsdal beginnen? Er müsste doch wissen, dass er sich damit die *Originals* auf den Hals hetzt und unnötig in Gefahr begibt.«

Mellander prustete Luft aus. Es klang abfällig.

»Vielleicht will der Täter ein Exempel statuieren. Zeigen,

dass er es mit den Gangs aufnehmen kann. Dass er etwas kann, wozu wir nicht imstande sind: der Bandengewalt etwas entgegensetzen. Oder er weiß gar nicht, auf wen er da geschossen hat. Er fährt in einen migrantisch geprägten Stadtteil und zielt, genau wie Mangs damals, auf zwei schwarzhaarige Jungs, die im erleuchteten Fenster einer Pizzeria sitzen.«

»Rasmus El Hamadaoui ist blond und hellhäutig«, warf Nordh ein.

Mellander stemmte beide Fäuste auf die Schreibtischplatte. »Dann hat er halt nur auf seinen Kumpel gezielt. Oder auf den Pizzabäcker. Oder auf den kleinen Jungen vor dem Imbiss, verflucht noch mal!«

»Rashid. Er heißt Rashid Sultani«, sagte er leise, aber mit Nachdruck. Ihre blauen Augen blitzten vor Wut. »Was ist mit dem zweiten Attentat?«, fuhr er fort. »Das war ein vollkommen anderer Modus Operandi als in Hermodsdal.«

»Mangs hat seine Angriffe auch variiert, Ausonius ebenfalls. Und was den Tatort angeht: Rosengård ist der Ausländer- und Problemstadtteil schlechthin.«

Mellander musste vor Wut kochen, sonst wären ihr keine politisch unkorrekten Begriffe herausgeplatzt, registrierte er. Gleichzeitig wurden seine Abwehrversuche verzweifelter.

»Was ist mit dem ominösen Rollerfahrer in Hermodsdal, der die Tat beobachtet hat? Wer hat in Rosengårdsfält auf den Täter geschossen und ihn so schwer verletzt, dass er gezwungen gewesen ist, eine Ärztin aufzusuchen?« Er wollte auch die Zeugenaussage des Ehepaars aufzählen, das unmittelbar nach den Schüssen in dem Park einen Rollerfahrer gesehen hatte, aber dann fiel ihm ein, dass er diese Information Mellander bisher vorenthalten hatte. Trotzdem griff er jetzt nach jedem Rettungsring. »Was ist mit dem Russen aus der Pizzeria, der den Jungs das Leben gerettet hat und einen Tag später bei einem Hausbrand gestorben ist?« Er war sich bewusst, dass er

Letzteres Svea Karhuu gegenüber mehrmals als Zufall abgetan hatte. Aber nun brauchte er jede Patrone Munition.

Mellander wischte seine Einwände von beiden Händen gestisch unterstützt beiseite.

»Das mögen alles kleinere Ungereimtheiten sein. Aber die hat jeder Fall. Nichts davon entkräftet die durchweg schlüssige Theorie, dass wir es mit einem neuen *Lasermann* zu tun haben könnten.« Zur Bekräftigung klopfte sie zum x-ten Mal auf den Zeitungsstapel vor sich. »Wie konntet ihr nur so blind sein, Jon, und das Naheliegende übersehen?«

Durchweg schlüssig.

Naheliegend.

Ihr.

Stand ihm dieselbe Frau gegenüber, die am Vortag in ebendiesem Büro noch den Teamspirit und die restriktive Informationspolitik gegenüber der Presse beschworen hatte? Die mit denselben Ermittlungsergebnissen vertraut war wie Karhuu und er und dennoch genauso wenig wie sie beide einen Gedanken daran verschwendet hatte, dass es sich bei dem Täter um einen Rechtsterroristen handeln könnte, der wahllos Menschen mit migrantischem Aussehen erschoss? Empörung stieg in ihm auf. Gleichzeitig spürte er, wie er zu zweifeln begann. War es möglich, dass Mellander, selbst wenn sie von sensationsheischenden Schlagzeilen getrieben wurde, recht hatte? Dass Karhuu und er blind gewesen waren und das Offensichtliche übersehen hatten? Dass sie sich in den Sumpf der gettoisierten Ganggewalt hatten hinabziehen lassen, wo es in Wirklichkeit von Beginn an um etwas ganz anderes gegangen war? Um tödlichen Rassismus? Um Hassverbrechen? Um den Beginn einer langen Terrorserie in der Folge von Mangs, Ausonius oder dem deutschen NSU? Verdammt, lagen sie so dermaßen daneben?

»Wie geht es nun weiter?«, fragte er und bemühte sich, so neutral wie möglich zu klingen.

Mellander beugte sich weit über den Schreibtisch.

»Das kann ich dir genau sagen, Jon. In Rücksprache mit dem Landespolizeichef sowie dem Staatssekretär des Innenministeriums habe ich bereits ein Team aus erfahrenen Mordermittlern des hiesigen Dezernats und der Nationalen Operativen Einheiten zusammengestellt, ergänzt um Experten des Staatsschutzes. Die Sache hier ist zu groß geworden, Jon, und bei aller Liebe: Sie ist dir über den Kopf gewachsen. Das gilt auch für Karhuu. Es war ein kreativer Ansatz, euch beide einen Mord im Gangmilieu ermitteln zu lassen. Aber nun haben wir es mit etwas vollkommen anderem zu tun: Terrorismus.«

»Du wirfst uns raus?«

Sie seufzte. Seufzen konnte sie gut.

»Angesichts der Dynamik, mit der sich der Fall verändert hat, sehe ich nicht, welchen Nutzen ihr für eine groß angelegte Ermittlung dieser Art noch haben könntet. Wie gesagt, wir sprechen hier von Terrorabwehr. Was wir brauchen, ist ein Neustart. Die Polizei Malmö kann sich keinen zweiten Peter Mangs leisten.«

Du kannst dir keinen zweiten Mangs leisten, wenn du deinen Posten behalten und irgendwann zur Landespolizeichefin ernannt werden willst, dachte er. Er überlegte fieberhaft. Wenn sie ihn tatsächlich rauswarf, dann war ihr Deal erledigt. Dann würde er vermutlich niemals an die Akte zu Lindas und Calles Unfall kommen. Seine Gedanken ratterten. Mellanders plötzliches Umdenken war natürlich blanker Opportunismus. An der Faktenlage hatte sich schließlich überhaupt nichts geändert. Zwei Menschen waren ermordet worden. Der dreizehnjährige Rashid Sultani und der Journalist und Aktivist Nizar Hakeem. Bis auf den Umstand, dass beide ausländische Wurzeln hatten, schien sie nichts miteinander zu verbinden. Aber eben nur auf den ersten oder zweiten Blick. Weiter waren sie bisher nicht gekommen, wie auch, in den wenigen Stunden seit Hakeems

Tod? Die Ungereimtheiten wie den Rollerfahrer, den verletzten Schützen oder den bei dem Brand verstorbenen Zeugen hatte die Chefin brüsk beiseitegewischt. Er war jedoch davon überzeugt, dass sie eine Bedeutung hatten, die nicht ins großsprecherische und voreilige Bild einer neuen Terrorserie passten. Der Schlüssel zu dem Fall war der Junge auf dem Motorroller.

»Der Schlüssel zu dem Fall ist der Junge auf dem Motorroller«, sagte er. Wie heiser seine Stimme klang. »Terrorismus hin oder her. Die Zeugen in Rosengårdsfält haben ebenfalls einen Rollerfahrer erwähnt und wir sind so kurz davor, ihn zu finden.« Er war aufgestanden und hielt Mellander seine Hand entgegen, Daumen und Zeigefinger weniger als einen Zentimeter voneinander entfernt. »Karhuu hat bereits einen Namen und ist ihm just in diesem Augenblick auf den Fersen.« Er improvisierte. »Die Frau ist talentiert und unglaublich anpassungsfähig, Nora.« Die Chefin mit Namen ansprechen. Vertrautheit herstellen. Ihre eigene Strategie spiegeln. »Verdeckte Ermittlerin durch und durch. Ganz tief ins Milieu in Hermodsdal eingetaucht. Das ist auch der Grund, warum sie jetzt nicht hier ist.« Milieu. Na ja. Egal jetzt. Er blickte sie eindringlich an. »Gib uns eine Chance, Nora. Wir übergeben deiner Kommission natürlich alles, was wir bisher haben. Aber lass uns parallel weiter ermitteln. *Low profile,* mit eingezogenem Kopf. Wir sitzen drüben in unserem Bunker in der Drottninggatan und kommen niemandem in die Quere. Stochern noch ein bisschen im Schmutz. Fahren die Nebengleise ab. Du hast doch nichts dabei zu verlieren.«

»Karhuu hat einen Namen?«

»Ja.«

Einen Vornamen. Aber immerhin.

»Und sie ist *undercover* in Hermodsdal?«

Er hatte keinen Schimmer, wo sie gerade war.

»Ja«, sagte er. Mit Nachdruck.

»Ihr steht in regelmäßigem Kontakt?«
»Ja.«
Mit zusammengekniffenem Mund betrachtete sie ihn. Ihm wurde bewusst, dass es das zweite Mal innerhalb weniger Monate war, dass er sie anbettelte. Das war eigentlich unterhalb seiner Würde. Aber was war schon Würde? Seine Würde hatte er zusammen mit seiner Frau beerdigt. Er brauchte diesen verdammten Fall, er wollte die verdammte Akte, womöglich war es seine letzte verdammte Ermittlung.
»Achtundvierzig Stunden«, sagte sie nach langer Pause. »*Very low profile.*«
Er atmete innerlich auf. Vielleicht hatte er damals im Studentenheim doch nicht alles falsch gemacht.

29

Es wurde hell, es wurde dunkel, bevor es wieder hell und wieder dunkel wurde. Ein Rhythmus beinahe, wenn da nicht die Bildabfolgen gewesen wären. Kühe, die weideten, zu Hause in Tornedalen, dunkelgrünes Gras. Kristoffers Lächeln mit einem Milchbart auf der Oberlippe. Flößte ihr jemand Wasser ein? Sie trank gierig und mit spröden Lippen. War sie wach oder träumte sie? Da war ein enger, dunkler Flur. Die Silhouette eines Manns. Ein Messer, das zustach ...
Bäng!
Mehr ein Klatschen als ein Knallen.
Sie öffnete die Augen. Es war hell. Jemand stand vor ihr. Ein anderer Mann, nicht der aus dem Traum. Ihre rechte Schläfe brummte vor Schmerz, ihre linke Wange brannte. Sie begriff. Der Mann hatte ihr eine Ohrfeige gegeben, davon war sie aufgewacht. Der enge Flur, ein blutiges Messer – alles nur ein Traum oder eine ferne Erinnerung. Nun war sie woanders. Sie zwin-

kerte sich die Benommenheit aus den Augen. Man hatte sie auf einen Stuhl gesetzt. Ihre Arme waren nach hinten gebogen und ihre Handgelenke aneinandergebunden worden, die Fesseln schnitten sich tief in ihre Haut, wahrscheinlich Kabelbinder. Sie bewegte sachte einen Fuß. Sie konnte ihn frei bewegen. Die Füße waren also nicht fixiert. Anfängerfehler.

»Hej!«, rief der Mann und schnippte mit den Fingern. »Schlampe, wach auf!«

Er hatte ein eckiges Gesicht, war zwischen vierzig und fünfzig und trug über einem Jeanshemd eine schusssichere Weste. Sie erkannte ihn wieder, sie hatte sein Foto im Organigramm der *Originals* gesehen. Es handelte sich um Darko Tadić, den zweithöchsten Mann der Gang. Er ließ sich Vizegeneral nennen, was genauso albern war wie sein zu einem kleinen Hahnenkamm gegeltes schwindendes Haar. Trotzdem zweifelte sie keine Sekunde an Tadićs Unberechenbarkeit. Auch wenn er sich wahrscheinlich nicht mehr persönlich die Hände schmutzig machen musste, stand er in Verdacht, gemeinsam mit dem Anführer der *Originals* mindestens fünf Morde in Auftrag gegeben zu haben. Links und rechts von ihm schälten sich die Konturen zweier weiterer Männer aus dem Zwielicht, aber die Funzel an der niedrigen Decke leuchtete zu schwach, um ihre Gesichter erkennen zu können. Sie befand sich in einem kleinen, moderig riechenden Raum mit Betonboden, möglicherweise gehörte er zu den Kelleranlagen, in die Kimmi sie geführt hatte, aber es konnte auch sonst wo sein. Wie leichtsinnig sie gewesen war, wie naiv. Das hatte sie nun davon. Ihre Wange prickelte nur noch leicht, aber der dumpfe Schmerz an der Schläfe hielt sich hartnäckig. Sie angelte mit der Zungenspitze etwas Hartes aus dem Mundwinkel. Geronnenes Blut. Der Baseballschläger, sie erinnerte sich vage. Sie hatte keine Vorstellung davon, wie lange sie weggetreten gewesen war.

»Ich muss pinkeln«, presste sie hervor. Wie rau ihre Stimme klang. »Und etwas trinken.«

Tadić wedelte mit dem Zeigefinger vor ihrer Nase herum. »Na, na, na. So funktioniert das bei mir nicht, *bitch*. Hier ist nichts umsonst. Wenn du pissen und trinken willst, sagst du mir zuerst einmal brav, wer du bist, wie du heißt und was du in meinem Block zu suchen hast.«

Er griff sich einen Stuhl und setzte sich ihr gegenüber, weniger als eine Armlänge Abstand, sodass er jederzeit wieder zuschlagen konnte. Wie gut, dass sie keinen Ausweis dabeihatte, sondern nur ihr Handy. Hätte Tadić sie als Bulle identifiziert, ständen ihre Chancen schlecht, lebend aus der Sache rauszukommen. Besser er hielt sie für eine harmlose Idiotin. Oder eine durchgeknallte Junkiebraut. Selbst als vermeintliche Spionin der *2155er* konnte sie darauf hoffen, mit einer ordentlichen Abreibung davonzukommen. Die Gangs knallten eigentlich keine Frauen ab, zumindest nicht mit Absicht. Aber als Bulle? Die Strafen dafür, Polizisten in der Dienstausübung zu behindern oder gar anzugreifen, waren als politische Antwort auf die astronomisch steigenden Mordraten in den vergangenen Jahren drastisch erhöht worden und führten zu langen Haftstrafen. Von Freiheitsberaubung und schwerer Körperverletzung ganz zu schweigen. Zweifellos würde ein Mann wie Tadić eher eine Polizistin töten und verschwinden lassen, als für ein Jahrzehnt hinter Gittern zu verschimmeln. Sie dachte an ihre Ausbildung zurück. Situationen wie diese hatte sie trainiert. Nur Lügen erzählen, die sich nicht oder nur schwer überprüfen ließen.

»Ich heiße Nazanin Sadeghi«, stammelte sie mit betont weinerlicher Stimme. »Ich wollte doch nur ein bisschen Gras kaufen.«

Nazanin Sadeghi? Wo das nun wieder herkam.

Tadić knallte ihr eine, so fest, dass sie fast mitsamt dem Stuhl umgekippt wäre. Sie beäugte die schweren, kantigen, goldenen

Siegelringe an seinen Fingern. Wenigstens hatte er mit der flachen Hand zugeschlagen. Wenn er dagegen mit dem Handrücken ... Besser sie malte es sich gar nicht erst aus.

»Lüg mich nicht an, Schlampe! Für jemanden, der nur ein bisschen Gras kaufen will, hast du zu viele dumme Fragen gestellt und zu viel Geld in der Tasche. Streichst hier seit Tagen um die Häuser und quatschst unsere Leute an. Was interessiert dich ein Junge auf einem Motorroller, was interessiert dich Ti?«

Ti.

Es gab ihn also wirklich. Er war kein Phantom, dem sie hinterherjagte. Und die Art und Weise, wie Tadić sie ausfragte, klang, als suchten die *Originals* ebenfalls nach ihm.

»Ich bin nur zu Besuch in Malmö. Habe mich nur ein bisschen auf der Suche nach gutem Gras umgehört. Irgendwo fiel dann dieser komische Name.«

Die nächste Backpfeife war wieder so kräftig, dass ihr Stuhl bedrohlich wackelte. Der Schmerz ist nur äußerlich, sagte sie sich, doch ich bin hier drinnen und du kannst mir nichts anhaben. Ich, die Kastanienfrau. Ich, die Schildkröte.

»*Bullshit!*«, brüllte Tadić. »Niemand hier würde dir Tis Namen nennen!«

Sie ließ ein paar Tränen fließen, was nicht besonders schwer war, wenn einem die Wange wie verrückt brannte.

»Doch«, sagte sie schließlich schniefend, »der kleine Junge auf dem BMX-Rad.«

Trotz tränenverhangenen Blicks registrierte sie jede Regung ins Tadićs Gesicht. Zum ersten Mal meinte sie so etwas wie Überraschung oder zumindest ein Zögern wahrzunehmen. Er stand auf, ging zu den beiden muskelbepackten Männern, die in Shorts und T-Shirt hinter ihm an der schmucklosen, verputzten Wand standen, und sprach mit gedämpfter Stimme mit ihnen. So leise, dass sie kein Wort verstand. Sie nutzte die Unterbrechung, um ihre Situation abzuschätzen. Im besten Szenario nahm Tadić ihr die Geschichte einer harmlosen Idiotin ab. Aber wie wahrscheinlich war das? Sie hatte Kimmi zehntausend Kronen geboten, damit er sie zu Ti führte. Sie hatte ihm das Geld gezeigt und die Kerle hatten natürlich ihre Taschen durchsucht und es längst eingesackt. Die Kohle war ihr völlig egal. Was sie brauchte, war eine schlüssige Story. Warum bot man einem kleinen Straßendealer einen solchen Batzen Geld, damit der einen zu einem anderen kleinen Straßendealer führte? Wobei Ti, Tadićs Reaktion zufolge, noch nicht mal Dealer war. Mit Sicherheit hatte Kimmi ihnen den Ablauf des Gesprächs geschildert, mit Sicherheit glaubten sie ihrem Youngster mehr als irgendeiner dahergelaufenen Tussi, die verdächtige Fragen stellte. Ihr einziger Vorteil: Sie war hier und Kimmi nicht.

Nach einer knappen Minute hatte Tadić seine Besprechung beendet, kam wieder zu ihr und rückte seinen Stuhl zurecht, ein billiges Ding aus dünnem Stahlrohr und ungemütlichem Plastikschalensitz, das gleiche Modell wie das, auf dem sie gefesselt saß. An Tadićs Stuhlbeinen fehlte am Ende einer der schwarzen Kunststoffnoppen und das blanke, scharfkantige Metall schrappte mit einem unangenehmen Geräusch über den Betonboden. Das brachte sie auf eine Idee. Er hielt ihr Handy in der Hand. Die Schwachstelle ihrer Geschichte. Er schien also kein Vollidiot zu sein. Sobald das Smartphone entsperrt war, würde ihre Story in sich zusammenfallen.

»Noch mal dein Name.«

»Nazanin. Nazanin Sadeghi.« Sie versuchte sich an einem schüchternen Lächeln. »Meine Eltern kommen aus dem Iran.«

»Meine Eltern kommen aus dem Puff«, äffte er ihre Stimme nach. Die beiden Gorillas in Sportklamotten lachten im Hintergrund. Er grinste zufrieden, bevor er wieder sein Gangsterface aufsetzte. »Wo wohnst du?«

»In Sandviken, das ist ein Dorf in Tornedalen.«

»Bist du bescheuert? Ich meine, wo du jetzt wohnst, hier in Malmö.«

Es klang nicht so, als hätte er jemals etwas von Tornedalen gehört. Wahrscheinlich hörte seine innere Landkarte bei Landskrona oder Lund auf. Wenn überhaupt.

»Bei meiner Cousine. Laleh.«

»Und wo wohnt die kleine Hure?«

Wieder Gorillalachen.

»Ein paar Blocks weiter von hier, ich weiß nicht, wie das da genau heißt.«

»Du musst doch die verfickte Adresse deiner verfickten Cousine kennen.«

»Keine Ahnung. Rosengård irgendwas. Laleh holt mich immer vom Bahnhof ab. Wie gesagt, ich bin nur ein paar Tage zu Besuch hier. Wir wollten nur ein bisschen chillen. Deshalb ja das Gras. Lalehs Bruder meinte, hier gäbe es das beste Gras der Stadt. Zeug, das richtig ballert.«

»Du bist von Rosengård aus hierhergefahren, um Gras zu kaufen?«

Die Gorillas lachten und Tadić lachte mit.

»Ja, mit dem Bus.«

Im Hintergrund Grölen. Tadić lächelte, was wie ein Zähnefletschen aussah.

»Das ist, als würde ein Kuhbauer in die Stadt fahren, um Milch zu kaufen.«

Im Hintergrund Gackern.

»Keine Ahnung, mein Cousin meinte jedenfalls, hier gäbe es das beste Gras der Stadt«, wiederholte sie sich.

»Und dann bist du mit dem Cash in der Tasche in den Bus gestiegen?«

»Ja.«

»Das reicht für eine Menge Gras. So viel können du und deine iranische Idioten-Sippe in einem Monat nicht wegrauchen.«

»Es haben sich noch ein paar andere beteiligt. Mengenrabatt, meinten sie.«

»Die schicken ihre dumme Cousine vom Land mit den Taschen voller Kohle zu uns, um hier Gras zu kaufen?«

Die Gorillas grölten noch ausgelassener, Tadić grinste wie ein Irrer. Es war ihm anzusehen, dass er seinen Auftritt mehr und mehr genoss. Auch wenn er permanent zwischen *bad ass* und Witzbold hin- und herwechselte.

Karhuu zog eine Art Schnute und nickte unterwürfig, dabei schielte sie zu ihrem Handy. Der nächste logische Schritt wäre, sie mit Gewalt dazu zu zwingen, das Smartphone zu entsperren, und ihre Geschichte zu überprüfen.

»Tja«, sagte Tadić, »nette Story, *bitch*, aber Kimmi sagt, du hättest ihm zehntausend Kronen geboten, damit er dich zu Ti führt, nicht um dafür Gras zu kaufen.«

Darauf hatte sie gewartet, jetzt galt alles oder nichts.

»Dann lügt er.«

»Kimmi lügt mich nicht an.«

Tadić schien sich seiner Sache zu einhundert Prozent sicher.

Sie starrten einander in die Augen.

»Er lügt.«

»Das würde er nie wagen.«

Nicht der Hauch eines Zweifels. Jetzt halfen nur noch Taschenspielertricks.

»Ach nein? Zehntausend sagst du? Ich hatte aber fünfzehntausend dabei. Wohin sind die restlichen fünftausend wohl verschwunden?«

Tadićs Gesicht versteinerte.

»Du redest nur Scheiße, Schlampe«, knurrte er.

»Ich hatte fünfzehntausend in meiner Tasche«, wiederholte sie.

»Schwachsinn.«

Sie hörte ihn nun heraus, den Hauch eines Zweifels.

Schnell nachlegen.
»Es waren fünfzehntausend.«
»Schnauze!«
»Fünfzehntausend.«
»Fresse halten, habe ich gesagt!«
»Fünf-zehn-tausend.«

Seine Augen verengten sich zu Schlitzen. Sein Arm holte weit aus, die schweren Siegelringe blitzten kurz auf, dann schlug er mit dem Handrücken zu. Auf ihrer Wange explodierte der Schmerz, der Stuhl kippte zur Seite weg und sie verlor erneut das Bewusstsein.

30

Nordh schleppte sich wie ein geprügelter Hund durch die langen Korridore des Präsidiums. Niedergeschlagenheit, Wut, Enttäuschung und eine schier unbeschreibliche Müdigkeit lasteten auf seinen Schultern. Verdammt, sie waren doch auf dem richtigen Weg gewesen! Nun drehten alle durch, nur weil irgendeinem beschissenen Internetblogger vermeintliche Parallelen zum *Lasermann* oder Peter Mangs aufgefallen waren und fast alle Medien des Landes samt der Polizeiführung diesen Mist unreflektiert übernommen hatten. Als wäre mit Panikmache irgendjemandem geholfen. An einen schnellen Erfolg von Mellanders Super-Sonderkommission glaubte er keine Sekunde. Diese vermeintlichen Über-Bullen würden sich mit ihren aufgeblasenen Egos wahrscheinlich gegenseitig im Wege stehen. Er hatte lange genug Mordkommissionen geleitet, um zu wissen, dass es Zeit brauchte, bis sich ein neues Team eingroovte. Zu zweit ging so etwas deutlich schneller. Apropos: Wo, verdammt, steckte Svea Karhuu? Warum war sie nicht bei Mellander aufgetaucht, warum hatte er die Degradierung allein über sich ergehen lassen und für eine winzige Restchance kämpfen müssen, warum war sie seit fast einem Tag nicht erreichbar und meldete sich auf seine Nachrichten nicht zurück? Er versuchte zum zehnten Mal, sie anzurufen. Wieder nur die Mailbox. Irgendetwas stimmte nicht. Auch wenn sie bisher nicht richtig warm miteinander geworden waren, hatte er sie in den vergangenen Tagen als eine verlässliche und integre Partnerin kennengelernt. Dass sie seit fast vierundzwanzig Stunden seine Anrufe ignorierte, passte nicht zu ihr. Als er auf dem Weg zum Büro durch die Räumlichkeiten der Soko Ganggewalt ging, traf sein Blick auf den von Stöcker. Der grinste ihn quer durchs Großraumbüro hindurch so unverfroren an, dass Nordh im selben Moment ein Verdacht beschlich, wer die Informationen über die Einzelheiten des zweiten Mords durchgesteckt hatte. Was dann genau geschah, konnte er später nicht mehr in allen Einzelheiten rekonstruieren. Er kam erst wieder richtig zu sich, als er Stöcker am Kragen gepackt und gegen eine Wand gedrückt hatte, die Faust zum Schlag ausgeholt.

»Glaubst du etwa«, zischte Stöcker, »du bist der Einzige?«

Andere Kollegen sprangen herbei und zerrten ihn von Stöcker weg, bevor er zuschlagen konnte. Drei Minuten später hatte er sich schwer atmend in sein Büro eingeschlossen. Verdammt, was war nur in ihn gefahren? Das Letzte, was er gebrauchen konnte, war ein zweites Disziplinarverfahren wegen Gewalt gegen Kollegen. Damit wäre das Ende seiner Laufbahn endgültig besiegelt. Vielleicht war es das jetzt schon, je nachdem, wie sehr Stöcker die Sache aufblies, und abhängig davon, wie die anwesenden Mitarbeiter der Soko aussagen würden. Dann bliebe ihm wirklich nur noch die Sicherheitsfirma seines ehemaligen Kollegen. Vielleicht wäre das sowieso die bessere Lösung. Nun, wo selbst Rosa ihn im Stich ließ. Wie sollte er ohne ihre Hilfe die unregelmäßigen Arbeitszeiten einer Mordkommission mit seinem Familienalltag als Alleinerziehender in

Einklang bringen? Das war schlichtweg unmöglich. Dabei war er ja erst gerade wieder zurück im Spiel. So tragisch der Fall auch sein mochte, so bitter es war, es sich einzugestehen – zum ersten Mal seit Lindas Tod fühlte er sich wieder wie er selbst, zum ersten Mal fühlte er sich wieder lebendig. Er schluckte. Ging zurück zu Stöcker und entschuldigte sich wortreich. Eigentlich wusste er ja selbst kaum, was er gegen die Muppets hatte, eigentlich war es immer Calle gewesen, der die beiden ständig auf dem Kieker gehabt hatte. Stöcker spielte den Beleidigten, aber immerhin nahm Wallgren die Entschuldigung an. Kurz musste er an den merkwürdigen Satz denken, den Stöcker von sich gegeben hatte, als Nordh ihn an die Wand gedrückt hatte. Was hatte Stöcker damit gemeint? Aber jetzt war Nordh alles andere als in der Stimmung, danach zu fragen, und wahrscheinlich hätte das Sackgesicht ihm auch nicht geantwortet, so wie er sich eben geziert hatte. Zurück in seinem Büro versuchte Nordh zum elften Mal, Karhuu anzurufen. Wieder nichts. Er fasste einen Entschluss und ging zu Mette Petersen.

»Ich brauche eine Handyortung«, sagte er zu der IT-Expertin und erklärte ihr die Situation.

Petersens Finger flogen flink über die Tastatur. Keine Minute später hatte sie ein Ergebnis. Sie deutete auf den Bildschirm.

»Das Smartphone befindet sich an einer Adresse in Hermodsdal, und zwar seit mehr als zweiundzwanzig Stunden.«

»Verdammt.«

Er griff nach der Dienstwaffe, rief nach den Muppets und verließ den Raum im Laufschritt.

31

Als sie zu sich kam, saß sie wieder aufrecht auf dem Stuhl. Ihre Wange brannte, als hätte sich ein Tier darin verbissen. Blut war in den Kragen ihres Shirts gelaufen, am ganzen Körper klebte und juckte es, und ihre Blase drückte, als würde sie gleich platzen. Ihr Mund war trocken, ihre zusammengeschnürten Handgelenke pochten vor Schmerz. Sie sah sich um. Derselbe Raum, dasselbe trübe Licht. Trotzdem hatte sich etwas verändert. Der Stuhl vor ihr war leer, von Tadić keine Spur. Sie hatte zwar keine Augen im Hinterkopf, trotzdem war sie sich sicher, dass sich außer ihr nur einer der beiden Gorillas in dem kalten Kellerraum befand. Er lehnte träge an der Wand und scrollte auf einem Handy herum. Optimistische These: Ihre Lüge hatte verfangen und Tadić war gemeinsam mit dem anderen Muskelberg aufgebrochen, um Kimmi wegen des von ihr erfundenen Geldbetrags auf den Zahn zu fühlen. Pessimistische These: Nein, besser gar nicht weiter darüber nachdenken. Stattdessen die neue Situation ausnutzen. Handlungsspielraum gewinnen. Agieren. Improvisieren. Mit den Hacken ihrer Sneaker kam sie gerade so an die Hinterbeine ihres Stuhls. Wenn sie sie langsam entlang der Stahlrohre nach unten gleiten ließ, spürte sie ganz am Ende die aufgepfropften Kunststoffkappen, die verhindern sollten, dass die scharfkantigen Billigrohre über den Boden kratzten. Sie dehnte ihr rechtes Bein so weit, wie es eben ging, kippte gleichzeitig mit dem Körper ein wenig nach vorn, sodass die hinteren Stuhlbeine ein oder zwei Zentimeter vom Boden abhoben, und mit äußerster Kraftanstrengung gelang es ihr im dritten Versuch, das hartnäckig festsitzende Plastikding vom Stuhlbeinende abzustreifen. Sie stöhnte vor Verausgabung. Gorillamann sah kurz von seinem Handy auf, registrierte, dass sie wieder bei Bewusstsein war, und senkte dann seinen Blick zurück auf den Bildschirm. Jetzt dasselbe Manöver beim zweiten Hinterbein des Stuhls. Der Kunststoffpfropfen war dieses Mal noch hartnäckiger. Sie stöhnte vor Anstrengung, seufzte und grunzte, doch Gorillamann schaute nicht einmal mehr auf. Was sollte eine gefesselte Tussi ihm wohl anhaben? Warte nur, du Arschgesicht. Wut war gut, Wut verlieh ihr Kraft. Beim zweiundzwanzigsten Versuch, kurz vor einem Wadenkrampf, gelang es ihr endlich, das beschissene Stück Plastik vom Metall abzustreifen. Sie gestand sich eine Minute zum Durchatmen zu, dann musste sie weitermachen, Tadić und der andere Pitbull konnten jeden Moment zurückkommen, und jede Chance, aus eigener Kraft zu entkommen, wäre dahin.

»Hej!«, rief sie. »Kannst du mir bitte einen Schluck Wasser geben.« Wie ihre Stimme krächzte. Er sah von seinem Handy auf. Gepflegter Vollbart, dumpfer Blick. »Bitte! Nur ein wenig Wasser, okay?«

Sie sah, wie es in ihm arbeitete. Sein Chef hatte die Marschroute vorgegeben, ohne Gegenleistung kein Wasser. Aber das war eine Weile her und Tadić war nicht mehr da. Der Kerl war allein mit einer jungen, gefesselten, blutenden Frau, der es offensichtlich hundsmiserabel ging. Sicherlich steckte doch ein klein wenig Menschlichkeit in ihm?

Er brummte etwas in seinen Bart, dann ließ er mit einem Seufzen das Handy in der Tasche seiner Sport-Shorts verschwinden, ging auf sie zu, nahm die Wasserflasche, die neben Tadićs verwaistem Stuhl auf dem Boden stand, schraubte den Deckel ab und hielt ihr die Öffnung an die Lippen. Sie trank gierig, Schluck um Schluck, gleichzeitig bemühte sie sich, mit dem Mann Augenkontakt zu halten. Etwas in seinem Blick geschah, während sie an der Flasche nuckelte. Etwas veränderte sich. Es baute sich eine Spannung in ihm auf, die sie erahnen konnte, etwas Sexuelles, sie war sich beinahe sicher, dass der Typ sich gerade irgendetwas vorstellte, dass seine Fantasie zu arbeiten begann, vielleicht dass sie ihm einen blies. Umso besser. Sie schnellte auf die Füße, schätzte im Bruchteil einer Sekunde Entfernung sowie Höhe ein und wirbelte mit aller Kraft, die ihr austrainierter Körper in sich hatte, in einer Drehung samt Stuhl um die eigene Achse. Die schorfigen Metallkanten der hinteren Stuhlbeine schnitten oberhalb der Kniescheiben des Manns in seine Haut. Sie wusste nicht, ob seine Sehnen durchtrennt worden waren, aber das war auch egal, denn das Ergebnis war das gleiche. Wie ein reuiger Sünder fiel er schreiend auf die Knie. Sie warf sich mit aller Wucht in eine zweite Drehung hinein. Ein Stuhlbein traf ihn an der Wange. Seine Hand schnellte zu der tiefen Schnittwunde, trotzdem lief das Blut suppend hinab. Mit Befriedigung registrierte sie das Entsetzen in seinen Augen. Sie holte zum finalen Stoß aus und rammte ihm das Knie auf die Nase. Sie konnte das Nasenbein brechen hören. Bewusstlos kippte er nach hinten. Dann rannte sie los, den bescheuerten Stuhl scheppernd hinter sich herschleifend. Sie öffnete Türen, indem sie die Klinken mit der Stirn hinunterdrückte, stolperte durch dunkle Gänge, bis sie auf eine letzte Tür traf. Endlich Licht, endlich Luft! Sie zwinkerte sich die blendende Helligkeit aus den Augen, taumelte vorwärts, bis sie die Konturen eines Menschen wahrnahm. War das Tadić? Der zweite Gorillamann? War alles umsonst gewesen?

»Verdammt, Svea, was um alles in der Welt ist denn mit dir passiert?«

Ihr entfuhr ein unkontrolliertes Lachen. Die Stimme des Manns, der ihr stützend unter die Arme griff, gehörte Jon Nordh.

32

Einer der Streifenpolizisten, die Nordh zusätzlich zu den Muppets mitgenommen hatte, durchtrennte den Kabelbinder, mit dem Karhuus Handgelenke an der Rückenlehne des Stuhls festgezurrt worden waren. Sie sah schlimm aus. Eine Platzwunde auf der Schläfe, eine zweite auf der Wange. Schlieren von geronnenem Blut im Gesicht, eine Beule samt Hämatom auf der Stirn, an den Handgelenken tiefrote Striemen. Wirres Haar, wilder, entschlossener Blick.

»Ich habe alles im Griff, Nordh.« Sie lächelte. »Aber schön, dass du auch hier bist.« Sie wischte sich Blut aus dem Mundwinkel. »Einer der Bastarde, die mich festgehalten haben, ist noch in einem der Kellerräume. Er braucht wahrscheinlich einen Arzt.« Sie deutete auf die offene Metalltür, aus der sie gekommen war. »Darko Tadić und sein Bodyguard sind vermutlich auch nicht weit.«

Verstärkung wurde angefordert, dann schwärmten Wallgren und Stöcker sowie die Uniformierten mit gezogenen Waffen aus.

»Verdammt, Svea, was um alles in der Welt …?«

Nordh merkte, dass er sich wiederholte, aber noch bevor er seinen Satz beendet hatte, unterbrach Karhuu ihn.

»Sorry, aber ich muss seit Stunden pinkeln.«

Sie ließ ihn stehen und verschwand in dem dichten Buschwerk hinter ihm.

»Was …?«, begann er und deutete vage auf ihr ramponiertes Gesicht, als sie zwei Minuten später wieder bei ihm war.

»Nichts Ernstes«, sagte sie. »Warte, bis du den anderen siehst.« Sie spuckte Blut auf den Boden. »Ich könnte einen Schluck Wasser vertragen und eine heiße Dusche wäre auch nicht schlecht.«

Drei Stunden später saßen sie im *Bullen & Två Krögare* und aßen zu Mittag. Karhuu hatte im Krankenhaus ihre Wunden

behandeln lassen, sich anschließend selbst entlassen, in ihrem Hotelzimmer geduscht und sich umgezogen.
»Sicher, dass es dir gut geht?«, fragte Nordh zum x-ten Mal.
»Ja, aber ich sterbe vor Hunger.«
»Dann sind wir hier genau richtig. Mehr Malmöer Tradition geht kaum«, sagte Nordh nicht ohne einen gewissen lokalpatriotischen Stolz. »Den Laden hier gibt es seit 1897, eröffnet unter dem Namen *Thuréns Bierhalle,* damals hat noch König Oskar II. regiert, das muss man sich mal vorstellen.«

Karhuu sah sich in dem urigen Restaurant um, das von dunklem Holz, Messinglampen und vergilbten Textiltapeten dominiert wurde. Sie hob anerkennend den Daumen und trank in langen Zügen von dem Bier, das Nordh ihr bestellt hatte. Sie schien zu registrieren, dass er selbst mit Apfelsaft vorliebnahm, jedenfalls deutete er ihr Lächeln so. Es galt auf ihren Überlebensinstinkt und ihre Schlagkraft anzustoßen. Auf der Autofahrt hierher hatte er so lange nachgebohrt, bis sie erzählt hatte, dass sie früher geboxt hatte, aber seit Jahren *Mixed Martial Arts* trainierte, eine der härtesten Kampfsportarten überhaupt, was wahrscheinlich Sinn ergab, wenn man als verdeckte Ermittlerin arbeitete. Er musste zugeben, dass er sie nach ihrer spektakulären Selbstbefreiung noch mal in einem neuen Licht sah. Karhuu war mehr als eine begabte Ermittlerin. Die Frau, die gerade Speck und gefüllte Kartoffelknödel mit Preiselbeersoße in sich hineinschaufelte, als gäbe es kein Morgen, war eine Waffe. *Warte, bis du den anderen siehst.* Sie hatte recht behalten. Im Gegensatz zu ihr hatte es das Mitglied der *Originals,* das in den Kellerräumen verhaftet worden war, nicht aus dem Krankenhaus hinausgeschafft. Nasen- und Jochbeinbruch samt schwerer Gehirnerschütterung. Karhuu hatte es sich nicht nehmen lassen, den Kerl in seinem Krankenbett zu vernehmen. Wenig überraschend war er alles andere als gesprächig gewesen, doch jedes Mal, wenn Karhuu sich ihm auch nur genähert hatte, war Panik in seine Augen getreten. Was er schließlich ausgespuckt hatte, war nicht viel gewesen, aber das wenige war möglicherweise Gold wert – endlich hatte Ti einen richtigen Namen, Taqi Moghadam, ein Vierzehnjähriger aus Hermodsdal. Das einzige Problem: Die *Originals* suchten den Jungen ebenfalls, aber Taqi war offenbar seit Tagen wie vom Erdboden verschwunden.

33

»Ein *Lasermann 2.0*? Ein neuer Peter Mangs? Ernsthaft? Deswegen serviert Mellander uns ab?«

Sie schob das halb volle Schälchen Crème brûlée beiseite. Nach dem, was Nordh ihr gerade dargelegt hatte, war ihr der Appetit abrupt vergangen.

»Wir haben zwei Tage«, wiederholte sich Nordh. »Unter dem Radar. Mehr konnte ich nicht rausschlagen. Tut mir leid, Svea.«

»Blödsinn, es ist ja nicht deine Schuld. Ich hätte nur nicht gedacht, dass die Polizeichefin eine derartige Opportunistin ist.«

Auf Nordhs Lippen legte sich ein seltsames Lächeln. Bitter und versonnen zugleich.

»Malmö wird ihr auf Dauer zu klein, sie will ganz hoch hinaus. Wenn das nächste Mal der Posten des Landespolizeichefs vergeben wird, will sie zur Stelle sein. Die erste Frau an der Spitze der Behörde.«

»Eine feministische Ikone, wow!«

»Nicht wahr?«

»Ich platze vor Respekt.«

Der gemeinsame Spott tat gut. Er schweißte sie ein Stück weit zusammen und half, die Frustration, die sich nach dem Adrenalin-High anbahnte, ein wenig abzufangen. Aber nur ein wenig. Sie war nicht nach Malmö gekommen, um schon nach ein paar Tagen unverrichteter Dinge zurückgeschickt zu werden. Auch wenn Kristoffer sich das wünschte. Sie vermisste ihn und Stockholm ja auch, aber sie hatte nicht zweiundzwanzig Stunden gefesselt auf einem Stuhl ausgeharrt und sich ihr Gesicht ramponieren lassen, um nun die Ermittlung anderen zu überlassen. Nordh und sie waren weit gekommen, das spürte sie. Sie durften nicht aufgeben. Dieser Fall war ihre Chance, all das abzuschütteln, was in Stockholm schiefgelaufen war. Er war ihre Chance auf Wiedergutmachung. Und sie war nicht bereit, ihn sich kampflos aus den Händen nehmen zu lassen.

»Mist.« Nordh beäugte einen Fleck Bratensoße auf seiner Krawatte, betupfte ihn dann mit einer Serviette, bevor er das erfolglose Unterfangen aufgab. »Wenn wir die grellen Schlagzeilen und Mellanders Aktionismus mal beiseitelassen«, sagte er, »wie schätzt du die Möglichkeit ein, dass wir vielleicht doch auf der falschen Fährte sind? Dass es nicht um eine schiefgelaufene Abrechnung zwischen den Gangs und das Ausschalten eines unliebsamen Journalisten geht, der sich durch kritische Berichterstattung Feinde gemacht oder bei den falschen Leuten Geld geliehen hat, sondern dass wir es tatsächlich mit einem rechtsextremen Serienmörder zu tun haben, der wahllos Menschen mit Migrationshintergrund erschießt und dabei einen Ziellaser benutzt, um maximale Aufmerksamkeit zu erheischen und sich zwischen Terroristen wie Mangs, Ausonius oder Breivik einzureihen?«

Karhuu kaute auf ihrer Unterlippe herum. Sie spürte, dass sie Schwierigkeiten hatte, sich zu konzentrieren. Vielleicht war das die Gehirnerschütterung oder es lag an dem großen Bier, wahrscheinlich war es eine Mischung aus beidem. Aus irgendeinem Grund musste sie an den Hund von Andrey Akimov denken. Wie hatte er noch gleich geheißen? Am Vortag hatte sie den Namen noch gewusst. Darja? Dima? Dunja? Nicht, dass es irgendeine Rolle gespielt hätte.

»Keine Ahnung«, sagte sie schließlich. Sie spürte mit kurzer

Verzögerung Fatalismus in sich aufsteigen. »Spielt das letzten Endes überhaupt eine Rolle? Rashids Vater dürfte die Motivation des Mörders im Moment ziemlich egal sein, dasselbe gilt wahrscheinlich für Nizars Lebensgefährtin.«

»Wenn es tatsächlich einen neuen *Lasermann* geben sollte, wäre das nächste Opfer nur noch eine Frage der Zeit«, sagte Nordh. »Das ist der entscheidende Unterschied, Svea.«

»Ist das so? Gilt das für die Toten der Gangkriege nicht gleichermaßen? Rashid war Nummer fünfundsiebzig in diesem Jahr. Und wir haben erst September. Oder sind das Tote zweiter Klasse?«

Für einen Moment baute sich zwischen ihnen wieder die alte Spannung auf. Dann war der Augenblick vorüber.

»Du hast recht«, sagte er, »so habe ich das noch nicht betrachtet.«

Ihre Blicke trafen sich. Beide lächelten für einen kurzen Moment. Vielleicht wuchsen sie doch noch zu einem Team zusammen.

»Wir müssen den Jungen finden, Jon. Taqi Moghadam ist der Schlüssel zu allem.«

Nordh nickte und gab dem Kellner ein Zeichen.

Die Zeit drängte.

34

Nach dem Mittagessen hatten sich Karhuu und Nordh getrennt. Er war zu Mellanders neuer Spezialeinheit ins Hauptquartier gefahren, saß in einem modernen Besprechungsraum und blickte in fünfzehn konzentrierte Gesichter, die sich links und rechts von ihm an einem langen Tisch aufreihten. Ihm gegenüber am Kopfende stand mit verschränkten Armen und abwartendem Blick Nora Mellander. Vier Leute waren ehemalige Kollegen der Malmöer Abteilung für Gewaltverbrechen, die restlichen sechs kamen geradewegs vom Flughafen. Er wettete, dass die beiden verkniffen aus der Wäsche schauenden Vögel rechts von ihm zum Staatsschutz gehörten. Mellander hatte Kopien der Ermittlungsakte erstellen lassen, Nordh referierte die bisherigen Ergebnisse sowie die – wie er zugeben musste – sorgfältige Hintergrundrecherche, die Wallgren und Stöcker in den vergangenen Tagen zusammengetragen hatten, und informierte über die jüngsten Entwicklungen. Als er den Namen des jungen Rollerfahrers nannte, hob Mellander anerkennend eine Augenbraue. Karhuus spektakuläre Befreiung beeindruckte offensichtlich alle Anwesenden. Jemand fragte, ob man die junge Kollegin kennenlernen und ihr vielleicht auch ein paar Fragen stellen könnte. Das sei gerade leider unmöglich, log Nordh, da sich Karhuu nach allem, was ihr widerfahren war, für den Rest des Tages ausruhen müsse. Morgen könnte man weitersehen. Er sah verständnisvolles Nicken. Nur einer der beiden Geheimdienstler rümpfte die Nase. Nachdem Nordh sein mit Absicht in die Länge gezogenes Referat beendet hatte, war es jener verbissen wirkende Säpo-Mann, der das Wort ergriff.

»Dass es sich bei den tödlichen Schüssen um ein terroristisches Hassverbrechen handeln könnte, ist deiner Partnerin und dir zu keinem Zeitpunkt in den Sinn gekommen?«

»Wie gesagt, wir haben von Anfang an nichts ausgeschlossen, auch wenn besonders die Umstände des ersten Mords meines Erachtens eine andere Gewichtung der Faktenlage nahelegen.«

Laber, laber, fasel, fasel. Er wusste, dass er sich in Phrasen erging. Aber was sollte er auch anderes sagen? Was erwartete der Klugscheißer von ihm? Dass er sich hier hinstellte und eingestand, dass er zu blöd war, eine rassistisch motivierte Mordserie zu erkennen, die sich direkt vor seiner Nase abspielte?

Er beantwortete weitere Fragen, schließlich entließ ihn Mellander mit einem Nicken. Nichts wie raus hier. Er sah auf die

Uhr. Der Vorsprung, den er Svea Karhuu und sich verschafft hatte, betrug knapp anderthalb Stunden.

35

Taraneh Moghadam hatte einem Treffen direkt zugesagt. Svea Karhuu hatte der Frau die schmerzhafte Sorge um ihren Sohn bereits am Telefon angehört. Sie trafen sich auf dem zugigen Parkplatz eines Callcenters neben einer Schnellstraße am Stadtrand, wo Moghadam arbeitete. Eine große, kräftige Frau mit markantem Profil, die nervös an ihrem schwarz-gold gemusterten Halstuch herumzupfte. Karhuu kam ein merkwürdiger Gedanke. Sie hatte selten versucht, sich ihre leiblichen Eltern bildlich vorzustellen. Aber vermutlich hätte ihre Mutter Taraneh Moghadam nicht unähnlich gesehen. Die Frau holte eine Packung Zigaretten aus ihrer Handtasche, bot Karhuu eine an, die sich gern bediente, und nahm sich dann selbst. Beim Feuergeben bemerkte Karhuu, dass Moghadams Hand zitterte. Ein, zwei Minuten rauchten beide schweigend. Karhuu sah, wie ihr Gegenüber ihr geschundenes Gesicht registrierte.

»Es ist drei Tage her, dass ich Taqi das letzte Mal gesehen habe, es war spät, es ging schon auf Mitternacht zu und ich bin vor Sorge beinahe wahnsinnig geworden. Draußen waren überall Polizisten und aufgebrachte Nachbarn, und es ging das Gerücht rum, dass vor der Pizzeria ein Junge erschossen worden ist. Wie sollte ich nicht an meinen Sohn denken? Er war sonst an jedem Freitagabend spätestens um zehn Uhr von seiner Runde zu Hause.«

»Seiner Runde?«

»Taqi trägt einmal in der Woche Reklame aus, Werbeblätter mit Sonderangeboten. Er verdient sich so ein bisschen Geld dazu. Ohne die Schule zu vernachlässigen«, betonte sie. »Du musst wissen, dass er der Klassenbeste ist, in fast allen Fächern.« Ein stolzes, aber flüchtiges Lächeln. »Außer in Biologie. Mama, ich hasse Biologie, sagt er immer.« Sie zog an ihrer Zigarette. Karhuu sah, dass dunkelroter Lippenstift den Filter einfärbte. »Jedenfalls war er völlig aufgelöst, als er nach Hause kam. Vor Erleichterung bin ich ihm um den Hals gefallen, gleichzeitig habe ich ihn ausgeschimpft. Wie konnte er mir das antun? Wie konnte er ausgerechnet an diesem Abend anderthalb Stunden zu spät kommen, an dem alle von einem toten Jungen redeten? Er fing an zu weinen. Rashid ist tot, Mama, Rashid wurde erschossen!« Sie zog ein letztes Mal an ihrer Zigarette, dann ließ sie sie fallen und trat sie aus. »Rashid war sein bester Freund. Die beiden haben jede freie Minute miteinander verbracht. Der Kleine war oft bei uns zu Hause. Häufig waren sie auch zusammen im Jugendzentrum. Zumindest bis zu dem Riesenstreit. Rashid hat sicherlich Hunderte Mal bei uns zu Abend gegessen, er hatte ja nur seinen Vater, der Tag und Nacht arbeiten musste. Und jetzt ist er tot und mein Junge ist weggelaufen und seit drei Nächten nicht mehr nach Hause gekommen. Er schreibt mir nur kurze Nachrichten.«

Sie fuhr sich mit der Hand fahrig über die sorgfältig geschminkten Augen.

Karhuu war elektrisiert.

Taqi und Rashid.

Da war sie endlich, die Verbindung.

Beste Freunde.

Riesenstreit.

Nachrichten.

»Was schreibt er?«

»Dass ich mir keine Sorgen machen muss. Dass es ihm gut geht.«

»Sagt er, wo er sich aufhält? Wo er übernachtet?«

»Nein.«

»Wo könnte er denn sein? Bei Freunden oder Verwandten?«
»Ich habe überall gefragt.«
»Er muss doch irgendwo schlafen.«
»Ich habe überall nachgefragt«, wiederholte die Mutter mit Nachdruck. »Glaube mir bitte, wenn ich wüsste, wo er ist, dann ...«
Das Ende des Satzes fehlte, als hätte der Wind es weggeweht. Karhuu saugte an ihrer Unterlippe.
»Diese Sache zwischen Taqi und Rashid: Worüber haben sie sich gestritten?«
»Ich weiß es nicht. Er wollte mit mir nicht darüber sprechen. Aber es muss etwas Wichtiges gewesen sein. Rashid war danach nie wieder bei uns.«
»Wann war das?«
»Vor zwei, drei Monaten.« Sie schluchzte jetzt. »Ich verstehe nicht, warum er sich vor mir versteckt. Ich verstehe nicht, in was er da verwickelt ist. Er hat doch um die Gangs immer einen Riesenbogen gemacht. Er hat alles Kriminelle verachtet. Er hat bei seinem großen Bruder beobachtet, was dieses Leben mit einem Menschen macht. Er ist noch so klein, aber trotzdem schon so ... weise. Ich kann mir nicht vorstellen, dass er sich in etwas Illegales hat hineinziehen lassen.« Ihre dunklen Augen klimperten. »Oder hat es etwas mit Rashids Tod zu tun? Was hat er nur vor? Was geht ihm nur durch den Kopf? Warum kommt er nicht zu mir und schüttet mir sein Herz aus?«
»Könnte er bei seinem Bruder sein?«
Karhuu hatte sich auf das Gespräch vorbereitet. Taqi hatte eine zwölfjährige Schwester und einen einundzwanzigjährigen Bruder. Cyrus Moghadam hatte einiges auf dem Kerbholz. Er war bereits als Teenager wegen verschiedener Delikte mit dem Gesetz in Konflikt gekommen und hatte es bei den *Originals* schnell weit nach oben gebracht, bevor er im Alter von neunzehn in einem gestohlenen Auto mit einer beträchtlichen

Menge Drogen gefasst und zu einer Haftstrafe verurteilt worden war. Seit seiner Entlassung vor einigen Monaten hielt er sich bedeckter, trotzdem ging die Soko davon aus, dass er weiterhin bei den *Originals* mitmischte.

»Bei Cyrus?« Sie schüttelte vehement den Kopf. Traurigkeit und Verbitterung schnitten Kerben in ihr Gesicht und ließen sie um Jahre älter aussehen. »Seit seiner Verurteilung haben wir miteinander gebrochen. Ich will ihn nicht in meiner Wohnung haben. Er kommt trotzdem ab und zu, um seine Geschwister zu sehen, wenn ich bei der Arbeit bin. Ich toleriere das stillschweigend. Geschwister brauchen einander. Die Kinder haben viel zu früh ihren Vater verloren. Wenn mein Mann doch nur noch leben würde, dann wäre das alles nicht …«

In ihre Augen schlich sich ein trauriger Glanz. Der böige Wind zupfte am Stoff ihres Seidenschals. Es stank nach Abgasen. Weit über ihnen standen Möwen in der Luft. Der Himmel hatte die Farbe von Klärschlamm. Unaufhörlich rauschten Autos vorbei. Vom Meer war weit und breit nichts zu sehen. Was für eine beschissene Stadt, dachte Karhuu, was für eine beschissene Welt. Sie reichte der Frau ein Taschentuch. Moghadam nahm es dankbar an und tupfte sich unter geschluchzten Entschuldigungen die Augenwinkel. Die Möwen krächzten räuberisch.

»Taqi ist vierzehn«, sagte Karhuu, nachdem Moghadam mit dem Weinen aufgehört hatte, »wie kann er da schon Motorroller fahren? Den Mopedführerschein kann man erst ab fünfzehn machen.«

»Was für ein Motorroller?«

In Moghadams Gesicht stand nun Verblüffung. Entweder wusste sie viel weniger über das Leben ihres Sohns, als ihr lieb war, oder sie war eine fabelhafte Schauspielerin.

»Taqi hat nie einen Motorroller erwähnt? Er ist nie mit einem Motorradhelm nach Hause gekommen?«

»Nie!«

»Wie hat er dann die Werbeprospekte verteilt?«

»Er hat eine große Umhängetasche und einen dieser elektrischen Tretroller, die man überall sieht. Von seinem selbst verdienten Geld gekauft.«

Diese Feststellung schien ihr wichtig zu sein.

»Könnte er sich einen Motorroller geliehen haben?«

»Taqi würde nie ... hinter meinem Rücken ...«

Es war nicht die erste Gewissheit, die innerhalb der vergangenen Tage ins Wanken geriet.

»Ich bräuchte die Nummer von seiner Schule und diesem Jugendcenter, das du erwähnt hast«, sagte Karhuu schließlich.

»Sicher«, antwortete die Frau und nickte betreten, bevor sie aufsah und nach Karhuus Arm griff. »Bekomme ich ihn wieder? Bekomme ich meinen Sohn lebendig wieder?«

»Wir tun unser Bestes«, entgegnete Karhuu, versuchte sich an einem ermutigenden Lächeln und schämte sich für die Floskelhaftigkeit ihrer Worte.

36

Jon Nordh gab Gas. Karhuu war auf eine Verbindung zwischen Taqi und Rashid gestoßen. Er fuhr zu der Schule der beiden Jungen. Im Foyer war eine Art von Erinnerungsschrein für Rashid errichtet worden. Auch hier Stofftiere, Collagen, selbst gemalte Bilder. Clas Löwén sah nicht unbedingt wie der typische Lehrer aus, dachte Nordh, als er gegenüber dem jungen, sportlichen Mann um die dreißig Platz nahm. Taqis Klassenlehrer trug Baseballcap, verwaschene Jeans und ein *Motörhead*-T-Shirt, aus dessen Kragen verschnörkelte Tattoos den Hals hinaufkrochen. Nordh konnte sich vorstellen, dass die offene, zupackende Art, die der Lehrer ausstrahlte, bei jugendlichen Schülerinnen und Schülern gut ankam. Löwén kam schnell zur Sache.

»Ich unterrichte Taqi seit etwas mehr als einem Schuljahr. Er ist ein toller Junge! Ein außergewöhnlicher Schüler! Intelligent, zuvorkommend, hilfsbereit, höflich. Alle mögen ihn. Klassensprecher, nun im zweiten Jahr in Folge. Wenn ich mir einen Traumschüler schnitzen könnte, wäre der Ti ziemlich ähnlich.« Er lächelte. Nordh fiel auf, dass der Lehrer dasselbe Kürzel verwendete, unter dem Taqi im Block bekannt war. »Von den Kollegen höre ich das Gleiche. Der Junge ist für jede Lerngruppe eine Bereicherung. Einer der Gründe, warum man sich freut, jeden Morgen in die Schule zu kommen.«

»Hm«, brummte Nordh. Lobeshymnen machten ihn grundsätzlich misstrauisch. Er massierte sein Kinn und bemerkte, wie unregelmäßig er rasiert war. Sein Gegenüber dagegen sah aus, als wäre er gerade einem Werbespot für Aftershave entstiegen.

»Umso bemerkenswerter, weil es Ti zu Hause nicht gerade einfach hat. Der Vater ist früh verstorben, der ältere Bruder hat, nun ja, Probleme. Nicht, dass ein schwieriges häusliches Umfeld und schwache sozioökonomische Voraussetzungen hier etwas Besonderes wären, wir sind schließlich nicht in Västervång oder Limhamn. Aber eines Tages holen wir zu ihnen auf. Hermodsdal, *let's go!*«

Er klopfte mit der Faust aufs Herz, hielt sie dann hoch und lächelte schief. Vielleicht hielt man die Tragik, die zur DNA dieses Stadtteils gehörte, nur so aus: mit einem gewissen Humor.

»Und dieses Bild des Musterschülers aus einfachen Verhältnissen hat nicht den geringsten Kratzer?«

»Na ja«, sagte Löwén. »Zählt ein *Befriedigend* in Biologie schon als Kratzer?«

Nordh schüttelte den Kopf.

»Ich meine Dinge, die nicht recht zum netten, strebsamen Jungen passen könnten.«

Nun war es der junge Lehrer, der sein Kinn kratzte. Unbewusstes Spiegeln der Gesten, wahrscheinlich bemerkte Lowén es nicht einmal.

»So habe ich ehrlich gesagt noch nie über Ti nachgedacht. Schwer.«

»Es können Kleinigkeiten sein.«

Der Lehrer dachte eine Weile nach.

»Vielleicht ist es vollkommen nebensächlich, aber mir ist aufgefallen, dass er bei Unterrichtsdiskussionen oft sehr vehement seinen Standpunkt vertritt.«

»Was heißt das?«

»Wenn wir zum Beispiel über Literatur sprechen, das kann eine Kurzgeschichte oder ein Gedicht sein, neigt Ti zu recht strikten moralischen Urteilen. Er kann seine Haltung immer gut untermauern, keine Frage, aber manchmal ist da ein Furor, den ich sonst nur von Mitschülerinnen und Mitschülern kenne, die aus sehr religiösen Elternhäusern kommen. Aber Ti argumentiert nicht mit religiösen Dogmen, sondern eher wie ein Philosoph der Aufklärung. Ich kann mir zwar nicht vorstellen, dass er Kant oder Descartes gelesen hat, aber er hat ähnliche Argumentationsmuster.« Er zuckte mit den Schultern. »Vielleicht eine Reaktion darauf, dass sein großer Bruder kriminell geworden ist? Hängt nicht immer irgendwie alles an unseren familiären Hintergründen? Das Gute wie das Schlechte?« Eine Frage, auf die Nordh keine Antwort wusste. »Vielleicht ist das aber auch nur Küchenpsychologie.«

»Wann war Taqi zum letzten Mal in der Schule?«

»Am Tag, an dem sein bester Freund gestorben ist.«

»Was weißt du davon?«

Lowén zuckte mit den Achseln.

»Eine Schule ist wahrscheinlich so etwas Ähnliches wie der Seismograf eines Stadtteils. Nicht alles landet bei uns Lehrern, aber Sachen wie der gewaltsame Tod eines Jungen natürlich schon. Selbstverständlich sprechen wir mit unseren Klassen darüber. Viele Schüler haben Angst und sind tief verunsichert. Die Gewalt da draußen macht mit uns allen etwas. Du hast es im Foyer wahrscheinlich bemerkt, Rashid ist auch hier zur Schule gegangen, allerdings eine Jahrgangsstufe unter Ti. Ich kannte ihn persönlich nicht, aber ich habe die beiden oft zusammen gesehen. In den Pausen auf dem Schulhof oder vor und nach dem Unterricht. Rashid hatte immer einen Fußball unterm Arm. Dass Ti seit Montag fehlt, habe ich einzig und allein auf den Schock über den Tod seines Freunds zurückgeführt.«

»Hat Taqis Mutter ihn krankgemeldet?«

Löwén rutschte unruhig auf seinem Stuhl herum.

»Nein, das hat sie nicht. Er fehlt unentschuldigt. Aber wie gesagt ...«

»Ich verstehe.« Nordh dachte nach. »Ist dir jemals aufgefallen, dass er mit einem Motorroller zur Schule gekommen ist?«

»Nein, dafür ist Ti noch zu jung. Motorroller sind heiß begehrt, für die Schüler ein echtes Statussymbol, aber im Normalfall erst in der nächsten Jahrgangsstufe. Wäre er hier mit Helm aufgekreuzt, wäre mir das sicher aufgefallen. Aber nichts läge Ti ferner als ein angeberischer Auftritt. Oder etwas so Ungesetzliches zu tun, wie ohne Führerschein ein Moped oder einen Motorroller zu fahren. Aber er hatte einen dieser Tretroller mit E-Motor, solche Dinger haben viele in seiner Klasse.«

Nordh nickte. So ganz schien das Bild des Jungen, das der Lehrer zeichnete, doch nicht mit dem übereinzustimmen, was Karhuu und er über Taqi herausgefunden hatten. Entweder das, oder sie waren auf dem Holzweg.

37

Das Jugendzentrum war entgegen Svea Karhuus Erwartungshaltung ein dreistöckiger Neubau, umgeben von gepflegten Grünflächen, einer weitläufigen BMX- und Skateanlage sowie einem vergitterten Bolz- und Basketballplatz. Im Eingangsbereich blieb sie vor einer Infotafel stehen und studierte die Aushänge.

High Stakes – Treffen und Programme gegen Spielsucht
Breakdance
Safe Space – Workshops gegen religiösen und politischen Extremismus
Veganes Kochen
Raise your voice – Treffpunkt für muslimische Mädchen zwischen 13–25
Programmierkurs I–IV
Nachhilfe: So schaffe ich den Schulabschluss
Wertekompass – Umschiffe Kriminalität, Drogen und Gewalt
Mentorenprogramm
Kickboxen für Girls
Medienkompetenz – Richtig im Netz unterwegs
Stand-up-Comedyclub
Fahrradwerkstatt
Gitarre I & II
Dein Leben – deine Chance: Treffe Förderer aus Wirtschaft und Bildung

Aus einem der oberen Stockwerke erklang gedämpft Klaviermusik. Die gesamte Atmosphäre ließ sie eher an eine Volkshochschule als an ein Jugendzentrum in einem Stadtteil wie Hermodsdal denken. Sie fragte sich zu dem Kontakt durch, den ihr Taraneh Moghadam gegeben hatte. Pedro Morales war ein kleiner, beleibter Mann in den Vierzigern, der eine gemütliche

Hemdsärmeligkeit ausstrahlte, ihr einen Sessel in seinem Büro zurechtrückte und ungefragt Mate-Tee servierte.

»Privatimport«, zwinkerte er ihr zu. »Die Qualität bekommt man hierzulande gar nicht.«

Karhuu bedankte sich. Jeden Muntermacher nahm sie mit Kusshand.

Morales faltete seine beachtlichen Pranken in seinem Schoß und nickte bedächtig. Ihr fielen zwei große Pflaster und Ölflecken an den Fingern auf. Er war offenbar ein sehr guter Beobachter, denn er hatte ihren Blick bemerkt.

»Manchmal helfe ich in der Fahrradwerkstatt mit aus.« Er hielt ihr die Hand mit den verletzten Fingern hin und lachte. »Ich wollte einen Zahnkranz austauschen, aber offenbar habe ich zwei linke Hände und am Ende kommt so etwas dabei raus.«

Sie lächelte. Natürlich hatte er auch ihr malträtiertes Gesicht registriert, aber er war so höflich, nicht darauf einzugehen. Er strahlte viel Wärme aus. Solche Sozialpädagogen konnte nicht nur Hermodsdal gut gebrauchen. Sie führte aus, weshalb sie hier war. Morales ließ sich mit seiner Entgegnung Zeit, so als würde er seine Worte sorgfältig abwägen.

»Ich kenne Ti, seit er sieben Jahre alt ist«, sagte er schließlich. »Ein besonderer Junge. Aufgeweckt, besonnen. Eine Zeit lang war er sicherlich fast täglich hier. Er hat früh seinen Vater verloren und es war offensichtlich, dass er nach Sicherheit und Halt gesucht hat. Ich glaube, die hat er zum Teil hier gefunden. Dieser Ort kann das, das nehme ich mir heraus zu betonen, den Kindern und Jugendlichen etwas geben, was sie zu Hause nicht bekommen können, weil ein Elternteil fehlt, oder immer arbeiten muss oder krank ist oder auf Droge. Aber Ti ist jemand, der nicht nur nimmt, sondern auch gibt. Er hat sich früh eingebracht. Hat die Küche aufgeräumt und den Abwasch gemacht, wenn die anderen Kids mit ihren Enchiladas oder den selbst gebackenen Plätzchen nach draußen gestürmt sind.

Hat ungefragt die Seminarräume gestaubsaugt. Hat sich einen Müllsack geschnappt und in den Außenanlagen den Abfall aufgesammelt. Aus solchem Holz ist Ti geschnitzt.«

»Scheint ein toller Junge zu sein.«

»Absolut. Er ist seit mehreren Nächten nicht mehr nach Hause gekommen?«

»Seit drei Tagen.«

Morales faltete seine Hände wie zum Gebet und führte sie gedankenverloren an den Mund. Schließlich schüttelte er den Kopf.

»Ich kann es mir nicht erklären. Sicherlich hat ihn Rashids Tod tief erschüttert. Aber wo soll er in seinem Alter hin, wenn er weder zu Hause noch hier aufgetaucht ist? Soweit ich weiß, hat die Familie in Malmö keine Verwandtschaft. Wenn ich mich richtig erinnere, hat er einmal einen Onkel in Åmål erwähnt. Aber meine Güte Åmål ...« Er hob in einer Geste der Ratlosigkeit die Hände und ließ sie wieder fallen. »Was soll der arme Kerl in einem Kaff in Dalsland? Außerdem hätte sich der Onkel doch bei seiner Mutter gemeldet.«

»Was ist mit seinem älteren Bruder?«

Sie nuckelte an ihrem Mate-Tee.

»Cyrus? Das kann ich mir nicht vorstellen. Du kennst seinen Hintergrund?«

»Nur dass er früh Straftaten begangen hat und in Haft war. Aber anscheinend ist er wieder beziehungsweise immer noch im Umfeld der *Originals* unterwegs.«

Während Morales nickte, verfinsterte sich seine Miene.

»Die Ganggewalt ist die Geißel des Stadtteils. Und junge Männer wie Cyrus, die dem verfluchten Gangstermythos auf den Leim gehen und gar nicht merken, dass sie schon so früh im Leben all ihre Chancen verspielen, werden mit ihren dicken Autos und coolem Getue zum Vorbild für die nächste Generation. Bevor sie dann eines Tages erschossen werden.«

Oder den Sprung nach ganz oben schaffen. Karhuu musste an Darko Tadić denken. Dass sie dem zweiten Mann der *Originals* gefesselt gegenübergesessen und um ihr Leben gebangt hatte, war erst wenige Stunden her, auch wenn sich das Ganze mittlerweile eher wie ein verblassender Albtraum als wie die Realität anfühlte. Tadić und sein Bodyguard waren entkommen und bisher noch nicht gefasst worden.

»Aber Taqi hat sich für einen anderen Weg entschieden?«

»Ich glaube, er hasst seinen Bruder und alles, wofür er steht.«

Das waren harte Worte.

»Du kennst Taqi gut«, stellte sie fest. »Sieht er in dir möglicherweise eine Art Vaterfigur?« Morales räusperte sich.

»Wie gesagt, er kommt seit sieben Jahren hierher.«

Die Vorstellung schien ihm unangenehm zu sein. Vielleicht passte sie nicht zu seinem beruflichen Selbstbild.

»War Rashid oft hier?«

»Manchmal. Ausschließlich in Tis Schlepptau. Die beiden haben draußen Fußball gespielt. Richtig angedockt ist Rashid hier nicht.«

»Woran lag das?«

Morales zuckte mit den Achseln.

»Tja, für die einen passt es, für die anderen nicht. Wir sind, was wir sind, nicht wahr?«

Er lächelte breit.

Wir sind, was wir sind. Je länger sie darüber nachdachte, desto weniger stimmte sie diesem Allgemeinplatz zu. Sicher, niemand konnte aus seiner Haut. Menschen drehten sich selten um hundertachtzig Grad. Aber musste man nicht an die Chance von Veränderung glauben? Gerade bei Kindern und Jugendlichen? An die Möglichkeit, sich und andere weiterzuentwickeln? Musste nicht gerade ein Ort wie dieser unter der Voraussetzung arbeiten, dass junge Menschen unabhängig von ihrem Hintergrund nur den richtigen Anstoß, nur die nötige

Hilfestellung brauchten, um Armut, Arbeitslosigkeit und das Elend der Gangkriminalität hinter sich zu lassen? *Dein Leben – deine Chance,* wie es so schön auf dem Poster im Eingangsbereich hieß? Sie verstand nicht, warum Morales mit einer solchen Wärme über Taqi sprach, aber Rashids Schicksal gegenüber empathielos wirkte.

»Vielen Dank für das eindrückliche Bild und den Mate-Tee natürlich.« Sie stand auf. »Und gib auf deine Finger acht!«

Er breitete milde lächelnd die Hände aus wie der Papst beim Ostersegen.

»Das kommt dabei heraus, wenn Laien wie ich eine Zündkerze wechseln. Hoffnungslos!«

38

Nordh sammelte Karhuu am Jugendzentrum auf und sie fuhren stadtauswärts Richtung Süden.

»Du denkst, der Bruder ist unsere beste Chance?«, fragte er.

»So viele andere Möglichkeiten sehe ich nicht. Der Junge ist vierzehn, er kann sich schlecht in einem Hotel verkriechen, wo soll er also hin?«

»Klingt einleuchtend.«

»Und selbst wenn wir falschliegen: Allein schon wegen seiner Verbindung zu den *Originals* sollten wir diesem Cyrus auf den Zahn fühlen.«

»Was für einen Eindruck hat die Mutter auf dich gemacht?«

»Angespannt. Authentisch. Ich glaube nicht, dass sie gelogen hat. Sie will ihren Jungen zurück, gleichzeitig ahnt sie, dass er durch Rashids Tod in etwas Schlimmes hineingeraten sein könnte. Sie ist nicht naiv. Einen Sohn hat sie schon an die Gangs verloren.«

»Er hat sich seit drei Tagen nicht mehr zu Hause blicken lassen? Warum hat ihn seine Mutter dann nicht als vermisst gemeldet?«

»Er schickt ihr Nachrichten. Dass es ihm gut geht und dass sie sich keine Sorgen machen muss.«

»Trotzdem! Wenn ich mir vorstelle, dass meine Kinder ...«

»Du kommst aber auch aus einer völlig anderen Welt!«

Überrascht sah er Karhuu an. Es war das erste Mal, dass sie ihm ins Wort gefallen war. Ihre dunklen Augen funkelten. Eine knappe Minute lang schwiegen beide.

»Sorry«, sagte sie irgendwann.

»Nicht der Rede wert.«

Er dachte daran, dass sie die Nacht an einen Stuhl gefesselt verbracht hatte. Geschlagen und bedroht worden war. Sie musste noch hundertmal erschöpfter sein als er. Und irgendwie hatte sie ja auch recht. Er lebte in einer anderen Welt als Hermodsdal.

»Was ich sagen wollte: Ich glaube nicht, dass sie eine schlechte Mutter ist.«

»Vergessen wir es einfach.«

Wir sollten jetzt nicht streiten, dachte er, wir sollten zusammenhalten. Nur so haben wir eine Chance, den Jungen zu finden. Nur so können wir den Fall lösen. Nur so wird Rashid und Nizar Hakeem Gerechtigkeit widerfahren. Und nur so gelange ich an Lindas Akte.

Sie hielten zwischen Wohnblocks aus rotem Klinker und stiegen aus. Es hatte zu regnen begonnen. Die Wohnung von Cyrus Moghadam lag im dritten Stock. Als ihnen aus dem Hauseingang eine ältere Frau entgegenkam, beeilte sich Nordh, an ihr vorbeizukommen und die Tür aufzuhalten, bevor sie ins Schloss fiel. Im Treppenhaus roch es, als wäre vor längerer Zeit einmal eine Menge Sojasauce ausgelaufen. Als sie vor der Wohnung standen, war er außer Atem. Der Kurzeinsatz beim Fußballspiel steckte ihm noch immer in den Knochen. Er musste dringend mehr für seine Kondition tun. Als sich sein Puls beruhigte und das Pochen in seinen Ohren allmählich nachließ, hörte er hinter der Tür Technobeat, dazu dumpfe Stimmen, ein Männerlachen. Er sah, wie Karhuu den Knopf ihres Holsters löste und die Hand auf den Griff der Waffe legte. Ein bisschen nervös, seine Partnerin. Aber bei allem, was sie seit dem Vortag durchgemacht hatte, verständlich. Sie blickten sich an. Karhuu nickte. Er drückte auf die Klingel. Zuerst verstummten die Stimmen, dann die Musik. Sein Magen grummelte. Vielleicht stimmte Karhuus Gefühl doch. Er knöpfte ebenfalls das Holster auf und hörte, wie sich in der Wohnung Schritte näherten. Die Tür öffnete sich einen Spalt und ein junger Mann lugte heraus.

»Ja?«

»Kriminalpolizei«, sagte Nordh ruhig. »Cyrus? Wir sind auf der Suche nach deinem Bru…«

Die Tür wurde wieder zugeknallt.

»Die Bullen!«, rief der Mann hinter der Tür.

In der Wohnung wieder Stimmen, hektisch. Dann fielen wie aus dem Nichts unmittelbar hintereinander zwei Schüsse. Zwischen Karhuu und ihm explodierte das Furnier der Tür. Holzsplitter überall. Beide drehten sich zur Seite weg, zogen gleichzeitig ihre Waffen. Die Löcher in der Tür waren faustgroß. Sie tauschten Blicke. In der Wohnung Rufe und Gepolter. Eine halbe Minute verging, ohne dass noch einmal geschossen wurde. Karhuu nickte ihm zu, tat einen Satz und trat mit einer Art Karatekick die Tür auf. *Mixed Martial Arts.* Er sprang neben sie, duckte sich und gab ihr Feuerschutz. Beide brüllten.

»Polizei! Polizei! Mit dem Bauch auf den Boden legen! Hände hinter den Kopf!«

Vor ihnen ein Flur. Niemand war zu sehen. Es war plötzlich still. Drei Schritte im Einklang. Links eine offene Tür. Die beiden entsicherten Sig Sauer folgten den Blicken in eine kleine Küche. Leer. Drei, vier, fünf Schritte vorwärts. Eine angelehnte Tür zur Rechten. Nordh drückte sie mit der Schulter auf. Die Waffenarme zucken. Das Badezimmer. Leer. Weiter, weiter. Das Schlafzimmer. Leer. Es blieb noch eine Tür übrig. Sie war offen. Drei Schritte und sie standen im Türrahmen, zielten und brüllten. Das Wohnzimmer war leer. Aber es standen vier junge Männer auf dem Balkon. Alle hatten die Hände hinter dem Kopf verschränkt, bis auf einen, der über der Kleidung eine Schulterbandage und den Arm in einer Schlaufe trug. Niemand hielt eine Waffe in der Hand. Sie schauten panisch zwischen den Polizisten und dem Balkongeländer hin und her. Nordh erkannte auf Anhieb Youssef Nasri und Rasmus El Hamadaoui. Der schmale Mann mit dem Ziegenbart neben ihnen musste Cyrus Moghadam sein. Den Bodybuilder daneben konnte er nicht zuordnen. Von Taqi keine Spur. Karhuu und er brüllten, bis alle im Wohnzimmer mit dem Bauch auf dem Boden lagen. Dann erst betrat Nordh den Balkon. Er sah über die Brüstung. Jemand klammerte sich mit beiden Händen hilflos am Geländer fest, die Füße hingen gut viereinhalb Meter über dem Boden. Es war nicht Taqi, sondern ein weiterer Mann, älter als die anderen. Das lichter werdende Haupthaar zu einem Hahnenkamm gegelt. Hinten in seinem im Hosenbund steckte ein Magnumrevolver. Der Mann schaute angsterfüllt zu ihm auf. Nordh konnte sich ein Lächeln nicht verkneifen.

»Svea, hier ist ein alter Bekannter von dir und ich glaube, er macht sich gleich die Hosen voll.«

39

Für Darko Tadić standen die Dinge schlecht und das wusste er auch, dachte Karhuu. Freiheitsberaubung, schwere Körperverletzung, versuchter Totschlag, vielleicht sogar versuchter Mord. Das hing von den Ergebnissen der forensischen

Untersuchungen ab, den Aussagen seiner Kompagnons und dem Ehrgeiz des Staatsanwalts. Eins war sicher: viele, viele Jahre hinter Gittern. Er schwieg eisern, was wenig überraschend war. Nach wenigen Minuten brachen Nordh und sie das ergebnislose Verhör im Präsidium in der Drottninggatan ab. An Tadić durften sich nun andere die Zähne ausbeißen. Nacheinander vernahmen Nordh und sie die anderen vier. Tadićs Gorilla und Cyrus Moghadam taten es ihrem Chef gleich und hielten beharrlich den Mund. Rasmus antwortete ausweichend, aber wenigstens sprach er mit ihnen, wobei er Nordh immer wieder nervöse Blicke zuwarf, die sie sich nicht richtig erklären konnte.

In einer Vernehmungspause ging Karhuu aufs Dach, um zu rauchen. An der Brüstung stand Wallgren und fabrizierte mit einer E-Zigarette Wolken. Karhuu stellte sich zu ihr.

»Wir haben heute alle Läden der Stadt abgeklappert, die Motorradhelme verkaufen«, sagte Wallgren. »Ein schwarzer Helm mit Neonmuster und in Größe S ist tatsächlich vor ein paar Tagen verkauft worden. Bezahlt worden ist mit Kreditkarte. Rate einmal, von wem.«

Das notorische Kichern.

»Spann mich nicht auf die Folter, davon habe ich für heute schon genug gehabt.«

»Entschuldige bitte. Furchtbar, was Tadić dir angetan hat. Hast du starke Schmerzen?«

»Es geht schon. Tadić dagegen wird ordentlich dafür bezahlen.« Karhuu lächelte schief. »Der Helm?«

»Cyrus Moghadam. Und nicht nur das. Er hat auch gleich einen Motorroller dazu gekauft.«

Karhuu pfiff bewundernd.

»Gute Arbeit!«

»Danke. Aber nichts im Vergleich zu dem, was dir heute gelungen ist. Tadić ist ein dicker Fisch.«

»Wir hatten Glück.« Sie zog lange an der Zigarette und inhalierte tief. Glück war untertrieben. Sie hätte tot sein können. Nordh ebenfalls. Besser sie dachte gar nicht darüber nach. »Das mit dem Helm und dem Roller ist interessant. Taqi scheint viel tiefer bei den *Originals* drinzustecken, als seine Mutter, sein Lehrer und der Sozialarbeiter vom Jugendcenter ahnen. Oder sie haben uns alle bewusst etwas verschwiegen.«

»Ich hoffe, die Infos helfen euch weiter.«

Jetzt lächelte auch Wallgren. Beinahe schüchtern. Karhuu blies Rauch aus und sah Wallgren an.

»Darf ich dich etwas fragen?«

»Klar.«

»Warum *euch*? Warum *ihr* und *wir*? Warum arbeiten wir nicht koordiniert zusammen, anstatt dass jeder sein eignes Süppchen kocht? Woher stammen die Spannungen zwischen dir, deinem Mann und Jon Nordh?«

»Das ist eine lange, unschöne und schmerzhafte Geschichte«, sagte Wallgren und steckte die E-Zigarette in ihre Tasche. »Ich bin mir ehrlich gesagt unsicher, ob ich sie dir erzählen soll. Es ist ziemlich privat. Andererseits kennt sie hier sowieso fast jeder, in der ein oder anderen Fassung.« Sie seufzte. »Und in jeder stehen mein Mann und ich als die Idioten da.« Sie kicherte. Karhuu war sich nun endgültig sicher, dass es sich um einen tragischen Tick handelte. »Bevor dich also jemand mit irgendeinem Unsinn volltextet, erzähle ich dir lieber selbst, was passiert ist.« Kein Kichern. Wallgren schien sich zu sammeln. »Also gut. Henning und ich hatten vor einigen Jahren eine schwere Zeit. Wir hatten lange einen unerfüllten Kinderwunsch, der uns schwer zu schaffen gemacht hat. Mich hat er zunehmend aus der Bahn geworfen und Henning auch, wie ich allerdings erst später begriffen habe. Als klar wurde, dass keine der vielen, teuren medizinischen Maßnahmen geholfen hat, habe ich mit dem Trinken angefangen. Zuerst nur nach Feierabend, aber irgendwann auch bei der Arbeit. Ich war nicht mehr ich selbst. Carl-Johan hat das ausgenutzt.«

»Jons ehemaliger Partner?«

»Genau. Der später eine Affäre mit Jons Frau angefangen hat. Mit mir ebenfalls. Kolleginnen oder Frauen von Kollegen waren offenbar sein Beuteschema. Ich weiß noch von zwei anderen Fällen. Aber ich will meine Verantwortung dafür nicht herunterspielen. Natürlich waren es meine Entscheidungen, natürlich war es meine eigene Schuld. Ich hätte mich nie auf ihn einlassen dürfen, der Alkohol ist keine Entschuldigung.« Sie nahm ihre E-Zigarette wieder aus der Tasche und zog daran. »Was geschehen ist, ist geschehen. Das Absurde daran: Ich wurde schwanger. Von Carl-Johan. Ich bin zuerst fast durchgedreht vor Verzweiflung, aber dann ließ ich von einem Tag auf den anderen das Trinken sein und erzählte alles Henning. Natürlich war er verletzt, dass ich ihn betrogen hatte. Natürlich war er eifersüchtig. Vielleicht sogar auf das Zellenknäuel in meinem Bauch, das von Carl-Johan war und nicht von ihm. Trotzdem, nachdem wir tagelang gestritten, diskutiert und geweint hatten, wollten und konnten wir das Kind beide annehmen. Endlich war da etwas in mir, wofür wir drei Jahre lang gekämpft und wonach wir uns so sehr gesehnt haben. Aber ich konnte das Kind natürlich nicht auf die Welt bringen, ohne Carl-Johan davon zu erzählen. Er war der biologische Vater, es war sein Recht, davon zu erfahren.« Sie stieß Dampf aus wie ein Drache. »Und weißt du, wie er reagiert hat? Er wollte es mir verbieten. Als würde er darüber bestimmen können. Über meinen Körper. Als würde ich ihm gehören. Dieses Arschloch. Er hat mir mit allem Möglichen gedroht. Er wollte mich beruflich vernichten, mich wegen meines Trinkens anschwärzen.« Sie stöhnte auf, als habe sie körperliche Schmerzen. »Es ist dazu nie gekommen. Kurz darauf habe ich das Zellknäuel verloren. Henning und ich haben es danach noch eine Weile versucht, aber ohne Erfolg.«

»Oh«, sagte Karhuu. »Das tut mir sehr leid.«
»Wir haben uns im Laufe der Jahre damit arrangiert. Nur manchmal tut es noch weh. Unser Leben hätte eine andere Abzweigung genommen. Es wäre heute ein anderes.« Was für eine Tragik. Was für eine traurige Geschichte.
»Und welche Rolle spielte Jon Nordh bei dem Ganzen?«, fragte Karhuu.
»Na ja. Er war Carl-Johans Partner und bester Kumpel. Ich weiß nicht, was Calle ihm aufgetischt hat. Calle war der Platzhirsch der Mordkommission und hat Henning und mich damals aus der Abteilung gemobbt. Jon stand immer ein wenig in seinem Schatten. So sind wir bei der Soko Ganggewalt gelandet. Vielleicht ist es besser so. Ich hätte es vermutlich nicht ausgehalten, tagtäglich Calles selbstgerechtes Gesicht sehen zu müssen. Henning und ich haben lange unsere Wunden geleckt, aber schließlich hat uns die ganze furchtbare Geschichte zusammengeschweißt. Dass Calle anschließend sogar mit der Frau seines Partners angebändelt hat, zeigt, was für ein skrupelloser Egoshooter er war. So grausam es klingen mag, aber sein Tod geht mir nicht nahe. Für Jon dagegen tut es mir leid, dass er seine Frau verloren hat. Das hat er nicht verdient. Ich habe jahrelang mit ihm in derselben Abteilung gearbeitet und ich glaube, er hat ein gutes Herz, aber er ist viel naiver, als er denkt. Jahrelang war er das willfährige Opfer von Calles Manipulationen, ohne es zu merken. Nun muss er lernen, auf eigenen Beinen zu stehen.« Wallgren sah ihr in die Augen, dann lächelte sie schmal. »Viel Glück dabei.«

Als die Vernehmungen weitergingen, schaute Youssef durchgehend zu Boden und kommunizierte mehr oder weniger nur mit Nicken oder Kopfschütteln. Das Bild, das sich ergab, brachte die Ermittlung nicht voran. Tadić und der *Top Boy* der *Originals* hatten ebenfalls begriffen, dass es sich bei dem Zeugen des Drive-by-shootings auf die Pizzeria um Taqi Moghadam handeln musste. Auch sie suchten den Jungen, auch sie hatten keine Ahnung, wo er sich aufhielt, obwohl Taqis Bruder Cyrus in die Suche involviert war, auch sie begriffen nicht, warum sich Taqi überhaupt versteckte und was er vorhatte. Der Mord an dem Journalisten Nizar Hakeem schien sie nicht weiter zu interessieren, ebenso wenig wie der sogenannte *Lasermann 2.0*. Als die Vernehmungen beendet waren, dämmerte es bereits. Sie machten Feierabend. Nordh setzte sie vor ihrem Hotel ab. Als sie aussteigen wollte, hielt Nordh ihr die Faust hin. Es war zwar albern, aber trotzdem ging sie dieses Mal auf den *fist bump* ein. Möglicherweise waren sie ja doch kein so schlechtes Team. Im Hotelrestaurant aß sie eine Kleinigkeit. Dabei bemerkte sie, dass ihre linke Hand zitterte, was erst nach dem zweiten Glas Wein aufhörte. Vielleicht waren die Ereignisse doch nicht so spurlos an ihr vorbeigegangen, wie sie sich einredete. Nach dem Essen ging sie auf ihr Zimmer. Sie wollte nichts anderes, als zwölf Stunden durchzuschlafen. Aber als sie im Bett lag, wollte der erlösende Schlaf nicht kommen. Ihr ganzer Körper kribbelte, ihr Verstand drehte sich im Kreis, ihre Seele brannte. *Sielua polttaa.* Sie kannte die Symptome. Jeder Versuch einzuschlafen war sinnlos. Kurz überlegte sie, Kristoffer anzurufen. Aber wenn sie ihm von ihrem Tag erzählte, würde er sich nur unnötig Sorgen machen. Ihr war gerade nicht nach Mitleid. Sie schaltete das Licht wieder an, stand auf und zog sich an. Zwei Stunden streifte sie rastlos durch die Straßen. Vor Cyrus' Wohnung und vielleicht auch in dem Keller in Hermodsdal war sie dem Tod von der Schippe gesprungen. Aber auch sie hatte sich schuldig gemacht. Sie hatte einen Menschen getötet. Und obwohl sie in Notwehr gehandelt hatte, fühlte sie sich furchtbar. Je mehr Zeit verging, desto größer wurden ihre Schuldgefühle und Selbstzweifel. War sie wirklich aus dem richtigen Holz geschnitzt, um in solchen Einsätzen zu bestehen? Kastanienfrau und *Mixed Martial Arts* hin oder her. Sie war auch nur ein

Mensch. Andererseits hatte sie jahrelang hart dafür gearbeitet, diesen Job zu bekommen. Das konnte sie nicht einfach hinwerfen. Aber würde sie überhaupt die Chance auf eine neue Undercover-Ermittlung bekommen? Alles hing vom Ergebnis der Untersuchungskommission ab. Und je besser sie sich hier schlug, desto größer war die Möglichkeit einer vollständigen Rehabilitierung, hatte ihr Chef betont. Als sie zurück ins Hotel kam, hätte sie ihn fast übersehen. Kristoffer saß in einem der Ledersessel in der Lobby und tippte auf seinem Laptop herum. Er sah zu ihr auf und ihr Herz tat einen Sprung. Minuten später lagen sie ineinander verschlungen auf ihrem Bett. Die Präsenz ihrer Körper löschte jedes Grübeln, löschte jeden Gedanken aus. Da war nur Drängen, da war nur Glut. Alles war Hier, alles war Jetzt. Irgendwann war es vorbei, dann begann es noch einmal von vorn. Schließlich lagen sie nebeneinander und holten endlich Atem. Das hatte sie so sehr gebraucht. Nun dachte sie wieder klar, nun fühlte sie sich wieder rein, nun war sie wieder im Lot. Wie eine Waage, die hatte geeicht werden müssen.

»Danke.« Sie drückte seine Hand. »Danke, dass du hergekommen bist.«

Er stützte sich auf einen Ellenbogen, streichelte behutsam über ihr malträtiertes Gesicht.

»Was ist dir nur wieder passiert?«

Sie wollte die Frage abtun, mit einem Lächeln beiseiteschieben, sie, die Kastanienfrau. Nur gelang ihr das nicht. In Kristoffers Gegenwart gelang ihr das nicht. Sie drückte sich an ihn, sie drückte ihren Körper an ihn. Sie weinte und er schloss sie in seine Arme.

40

Nachdem Jon Nordh Svea Karhuu abgesetzt hatte, schaltete er das Autoradio ein. In den Nachrichten wurde von einem Bombenanschlag auf eine Moschee in Kabul berichtet, der viele Todesopfer gekostet hatte. In Pakistan waren wegen Überschwemmungen mehr als hunderttausend Menschen auf der Flucht. In Malmö verstärkte die Polizei aufgrund zweier Morde, die an das Vorgehen des sogenannten *Lasermanns* erinnerten, ihre Präsenz in migrantisch geprägten Stadtvierteln. Ein zugeschalteter Experte sprach vom Tätertypus des einsamen Wolfes, listete eine Reihe terroristischer Attentate mit hohen Opferzahlen auf und prangerte das mangelnde Problembewusstsein der Polizei gegenüber rechtsradikalen Straftaten an. Die Meldung, dass es mehrere Festnahmen im Bandenumfeld gegeben hatte, darunter die eines hochrangigen Gangmitglieds, war der Nachrichtenredaktion gerade einmal zwei Sätze wert. Nordh schaltete das Radio aus. Als er zu Hause ankam, saßen Rosa und die Kinder beim Abendessen. Er setzte sich zu ihnen. Wie sollten sie nur ohne Rosa funktionieren? Es war unmöglich. Auf seine alte Stelle bei der Mordkommission zurückzukehren, war schlichtweg unmöglich. Dabei war sein Job das Einzige in seinem Leben, in dem er etwas taugte. In dem er die Spielregeln beherrschte. In dem er gut war. Selten hatte er etwas mit so plötzlicher Klarheit begriffen wie in diesem Augenblick: Mit Lindas Tod hatte er nicht nur seine Frau verloren, sondern auch seine Berufung.

»… oder etwa nicht, Papa?«

Nordh sah auf. Tim blickte ihn erwartungsvoll an. Nordh hatte keine Ahnung, was ihn sein Sohn gefragt hatte.

»Ja«, sagte er.

»Quatsch«, sagte Lilly mit Bestimmtheit. »Krokodile sind keine Dinosaurier, sie haben nur dieselben Vorfahren.«

»Sind sie doch!«
»Sind sie nicht!«
»Sind sie doch! Papa hat gesagt, dass sie ...«
Sein Privathandy vibrierte in der Hosentasche. Das kam nicht häufig vor, und wenn doch, dann war es meistens trotzdem dienstlich. Seit Lindas Tod hatte sich sein Privatleben in ein schwarzes Loch verwandelt. Gemeinsame Freunde hatten sich rargemacht, alte Kumpel meldeten sich nicht mehr.
»Sorry«, murmelte er, »ich muss nur kurz ...«
Er stand auf und ging in die Küche. Ungläubig starrte er aufs Display. Es war eine Nachricht, von Sanna, Calles Frau. Er hatte sie zuletzt einige Zeit vor Lindas und Calles Tod gesehen. Ein halbes Jahr musste das jetzt her sein. Sanna und er hatten sich immer gut verstanden. Manchmal hatten sie sogar ein wenig miteinander geflirtet, harmlos und gerade deshalb befreiend, weil die Möglichkeit eines Mehr undenkbar gewesen war. Eine Leichtigkeit, eine Unbeschwertheit, die er zwischen Linda und Calle nie gespürt hatte, im Gegenteil, da war immer etwas Verkrampftes, Unausgesprochenes zwischen ihnen gewesen, das er als unterschwellige Abneigung interpretiert hatte. Wie sehr man sich doch irren konnte, dachte er voller Grimm. Und wenn das Schicksal einen anderen Weg vorhergesehen hätte? Wenn Sanna und er eine Affäre gehabt hätten? Warum auch nicht? In dieser Welt galten ja offenbar keine moralischen Regeln mehr, in dieser Welt durfte ja offenbar jeder mit jedem ... warum also nicht Sanna und er? Sie war eine attraktive Frau, auf eine andere Art als Linda, kleiner, rundlicher, mit einem ansteckenden Lachen und dem Schalk im Blick. Warum hätten sie nicht ein bisschen Spaß miteinander haben sollen? Weshalb hätten nicht sie heimlich in irgendwelchen Hotelzimmern vögeln sollen? Sicherlich wäre es irgendwann aufgeflogen. Vielleicht wäre es dann nie zu dem Seitensprung von Linda und Calle gekommen, allein schon, weil man Gleiches nicht mit Gleichem vergelten

konnte, weil es Linda und Calle gewesen wären, die um ihre Ehen hätten kämpfen müssen. Alles hätte sich anders entwickelt. Sie wären heute wahrscheinlich noch am Leben, dachte er bitter. Aber so war es nicht gekommen. Die beiden waren tot. Sanna und er dagegen lebten, ob sie wollten oder nicht. Doch warum hatten sie und er nach der Katastrophe, die über ihre beiden Leben hereingebrochen war, nicht ein einziges Mal miteinander gesprochen? Warum hatten sie sich nicht gegenseitig Trost gespendet? Warum war er nicht auf Calles Beerdigung gewesen und Sanna nicht auf der von Linda? Er kannte die Antwort nur zu gut. Weil es zu schmerzhaft gewesen wäre. Weil es für sie beide keinen Trost gab. Weil sie einander nur ihr eigenes Elend gespiegelt hätten. Doch nun meldete sich Sanna wie aus dem Nichts und fragte, ob sie sich treffen könnten. Noch heute Abend. Er sprach mit Rosa. Ihr Blick sprach Bände. Du musst dich um sie kümmern, sie brauchen dich. Als wüsste er das nicht selbst. Lilly und Tim protestierten lautstark. Er sollte sie heute ins Bett bringen, so wie er es versprochen hatte. Es ist etwas Dienstliches, log er. Er war so ein Arschloch.

Eine gute Stunde später saß er im *Gaji*, einer Bar in der Innenstadt. Er hatte einen der letzten freien Tische ergattert. Einen Gin Tonic, sagte er sich, zum Lockerwerden. Er konnte einen Drink wahrlich gebrauchen. Sanna winkte ihm zu, als sie das Lokal betrat und ihn entdeckte. Gut sah sie aus, leger gekleidet wie immer, Jeans und Bluse, auch wenn er sie sich unbewusst ganz in Schwarz vorgestellt hatte, eine Witwe in Trauerkleidung, was natürlich Blödsinn war, und überhaupt: er hatte seinen schwarzen Anzug nach der Beerdigung nicht mehr getragen und hatte auch nicht vor, ihn in seinem Leben noch ein weiteres Mal anzuziehen, eigentlich gab es keinen Grund, ihn nicht gleich in die Altkleidersammlung zu geben oder, besser noch, zu verbrennen. Weg mit allen Erinnerungen. Trotzdem war er jetzt hier. Sanna setzte sich. Er bemerkte, dass sie Lippenstift aufgetragen hatte und eine Frisur trug, die er noch nie an ihr gesehen hatte. Sie stand ihr. Er hatte ihr bereits ein Glas Pinot noir bestellt, das war ihr Lieblingswein, immer schon gewesen. In Details war er gut. Sie stießen miteinander an.

»Auf die, die überlebt haben«, sagte sie, ohne dass es pathetisch klang.

»Auf die, die überlebt haben«, wiederholte er.

Sie nippten an ihren Getränken. Für eine lange halbe Minute war es unangenehm still. Jeder Gedanke, der ihm in den Kopf kam, fühlte sich entweder zu belanglos oder zu schwer an, um ein Gespräch damit zu beginnen. Sanna sah aus, als würde es ihr ebenso gehen.

»Wie geht es den Kindern?«, fragte er schließlich.

Irgendwo mussten sie ja beginnen.

»Gut«, sagte sie, »relativ gut.« Es klang wie eine Antwort, die sie in den vergangenen Monaten unzählige Male gegeben hatte. Wer wüsste das besser als er? Sie räusperte sich, trank von ihrem Wein und räusperte sich erneut. »Ehrlich gesagt weiß ich es nicht. Sie funktionieren. Ich funktioniere. Unser Leben funktioniert. Irgendwie. Es gibt bessere Tage und schlechtere. Der eine Tag vergeht, der nächste kommt. Morgens stehe ich auf, abends gehe ich ins Bett. Dazwischen geschehen Dinge. Ich arbeite viel. Das hilft. Samuel ärgert andere Kinder in der Schule. Ich habe ihn für einen Karate- und für einen Schlagzeugkurs angemeldet. Winston zieht sich in sich zurück, will seine Spielfreunde kaum mehr sehen. Er hat oft Kopfschmerzen, will nicht in den Kindergarten. Jeder geht damit auf seine Weise um.« Sie lächelte knapp. »Ich treffe einmal die Woche jemanden.«

»Du gehst auch zu einem Therapeuten?«

Sie lachte. Ihr ansteckendes Lachen.

»Nein, zum Sex.«

Wollte sie ihn auf den Arm nehmen? Nein, so wie sie schaute, meinte sie das ernst.

»Und?«, fragte er.

Sie zuckte die Achseln.

»Irgendwie habe ich das Gefühl, ich brauche das. Betäubung, Selbstbestätigung, vielleicht sogar eine Art Rache an ihm. Verstehst du das?«

Er musste an den Vorabend im Wohnzimmer zurückdenken. Wie lächerlich er war. Sanna dagegen stellte es besser an. Sie hatte die Chuzpe, die ihm fehlte. Gleichzeitig spürte er eine irrationale Eifersucht. Wäre es nicht eine angemessene Vergeltung, wenn sie und er ... Nein, das wäre krank. So kaputt war er nicht und Sanna ebenso wenig.

Er nickte.

»Ich auch«, sagte er.

Er wusste nicht, warum er log. Weshalb konnte er nicht einmal einem Menschen gegenüber ehrlich sein, der ihm freundschaftlich verbunden war? Der vermutlich dasselbe empfand wie er selbst? Aber was sollte er erzählen? Dass er sich zu alten Urlaubsvideos einen runterholte? Dass er im Keller Cidre mit abgelaufenem Haltbarkeitsdatum soff?

Also machte er um alles, was Linda betraf, einen möglichst großen Bogen. Er berichtete von Tims nächtlichem Einnässen, von Lillys zerplatzten Reittrainingsträumen und ihren Wutausbrüchen. Von Rosas Unterstützung und seiner Panik vor ihrem Umzug. Von elterlicher Schuld, der Angst, Tim und Lilly nicht gerecht zu werden, und dem Gefühl, ständig drei Schritte hinterher zu sein. Mehrmals brachte er Sanna zum Lachen. Das konnte er gut, Geschichten so erzählen, dass sie heiter wurden. Als er davon sprach, dass er im Blumenladen mittlerweile nach Sonderangeboten Ausschau hielt, weil die Kinder bei jedem Grabbesuch unbedingt Blumen dabeihaben wollten, lachte sie so laut, dass sich Leute zu ihnen umdrehten.

Wie gut ihr Lachen ihm tat. Er bestellte sich einen zweiten Drink. Sanna beließ es bei einem Glas Wein. Das Gespräch wandte sich leichteren Themen zu, irgendwann war es an seinem natürlichen Ende angelangt. Trotzdem spürte Nordh, dass da noch etwas war. Sanna hatte sich nicht einfach so bei ihm gemeldet. Kein bloßes Witwe-trifft-Witwer, kein Plaudern unter Freunden um der alten Zeiten willen.

»Warum sind wir wirklich hier?«, fragte er, nachdem er den zweiten Gin Tonic ausgetrunken hatte.

Sie musterte ihn lange. So als hätte sie sich noch immer nicht entschieden.

»Also gut«, sagte sie schließlich.

Sie nahm ein Smartphone aus der Tasche und legte es auf den Tisch. Er sah sie fragend an.

»Vergangene Woche habe ich angefangen, Calles antiken Schreibtisch aufzuarbeiten, ein Erbstück seines Großvaters, aber er hat sich nie richtig um das Möbel gekümmert. Beizen, Schleifen, Ölen, Polieren, ich mag diese Art von Handarbeit, sie tut mir gut. Jedenfalls habe ich auch die vollgestopften Schubladen herausgenommen, um sie auszumisten, und dann war da dieses Handy. Versteckt in einem Buch. Calle hat ein rechteckiges Loch in die Seiten geschnitten, sodass es genau hineingepasst hat. Ich habe es vorher noch nie bei ihm gesehen. Der Akku war natürlich leer, aber ich habe ihn aufgeladen. Entsperren kann ich es trotzdem nicht. Ich habe alle Ziffernfolgen ausprobiert, die irgendeinen Sinn ergeben würden. Und bevor du fragst: eins, zwei, drei, vier ist es nicht.«

Sie verzog einen Mundwinkel.

»Und nun?«

Sein Herz raste. Sie sah ihn traurig an.

»Vielleicht gelingt es dir oder einem eurer Techniker.«

»Und dann?«

»Ich weiß es nicht. Ich glaube, ich will mittlerweile gar nicht mehr wissen, was da drauf ist.«

»Aber du denkst, dass ich …?«, fragte er.

Sie seufzte.

»Ich kenne dich, Jon. Du bist viel zu sehr Polizist, um nicht wissen zu wollen, was zwischen den beiden war. Vielleicht findest du Antworten. Oder es gibt keine. Vielleicht sind wir einfach nur zwei traurige arme Tröpfe, die betrogen wurden.« Plötzlich schoss ihm ein Bild durch den Kopf. Sanna und Calle hatten im vergangenen Sommer ein Gartenfest gegeben und sie alle hatten mit Freunden bei Gewitterregen unter einem Pavillon gekauert, Krebse gegessen, Schnaps gekippt und alberne Hütchen getragen. Spät am Abend, er war schon ziemlich angetrunken gewesen, war er auf dem Weg von der Toilette zurück zu den anderen an der Küche vorbeigegangen und hatte zwei aufgebrachte Stimmen gehört, die von Linda und Calle. Es hatte wie ein Streit geklungen. Als er die Küche betrat, waren sie abrupt verstummt. Wie hatte er die merkwürdige Szene über ein Jahr lang verdrängen können? Warum hatte er weder seine Frau noch seinen Freund jemals darauf angesprochen? Weil er zu feige gewesen war, die Zeichen zu sehen? »Oder du wirfst das Ding in den Rörsjökanal. Ehrlich gesagt ist es mir egal. Ich will nach vorn schauen, nicht nach hinten.« Sanna nahm mit plötzlicher Eile ihre Handtasche und stand auf. »Es war schön, dich zu sehen, Jon.«

Sie drückte seine Schulter, lächelte ein letztes Mal, dann ging sie.

Zwei Tage vor Silvester arbeitete Taqi den ganzen Vormittag an einem Physikprojekt über Gleichstrom und Wechselstrom, das er nach den Ferien präsentieren sollte. Nach drei Stunden ließ seine Konzentration nach. Er sah von seinem Laptop auf. Der Akku des Computers lief mit Gleichstrom, die Weihnachtsbaumbeleuchtung im Wohnzimmer mit Wechselstrom. Was Allah wohl von dem Weihnachtsbaum hielt? Ob er deswegen sauer war? Wahrscheinlich nicht. Sonst müsste er auf ziemlich viele Muslime sauer sein. Allein hier im Block. Überhaupt war das mit Allah so eine Sache. Er hatte Gott versprochen, keine unreinen Gedanken mehr zu haben, wenn Shishi es auf die Fußballakademie schaffen sollte. Vielleicht war das ein Fehler gewesen. Seine Mutter sagte, dass man mit Gott keine Deals machen konnte. Sein bester Freund hatte es in die Nachwuchsabteilung geschafft, aber die Gedanken kamen trotzdem, wie von allein. Was sollte er auch dagegen tun, Gedanken ließen sich nicht steuern, auch wenn er es leichtsinnigerweise versprochen hatte. Vielleicht hatte seine Mutter recht. Vielleicht war es Shishi vorbestimmt gewesen, es auf die Fußballschule zu schaffen, vielleicht hatte es gar nichts mit Taqi zu tun. Doch wenn alles von Gott vorherbestimmt war, ergab das eigene Leben dann überhaupt einen Sinn? Was war mit all den Entscheidungen, die Menschen jeden Tag trafen? Ob er sich für sein Physikprojekt Mühe gab oder nicht? Ob er seiner Schwester bei den Hausaufgaben half, die Wohnung staubsaugte und den Einkauf erledigte oder es bleiben ließ? Ob er abends in seinem Bett auf eine Art und Weise an seinen Freund dachte, die ...? Und was sagte diese Vorbestimmtheit eigentlich über Allah aus? Ein Gott, der es zugelassen hatte, dass sein Vater so früh gestorben war. Dass sein Bruder im Gefängnis saß. Dass es auf der Welt Hunger und Krieg gab. Ein ungerechter, ein grausamer Gott. Oder, der Gedanke war so angsteinflößend wie aufregend zugleich, was, wenn es ihn gar nicht gab? Niemanden, der sich um tote Väter, Weihnachtsbäume oder Taqis Fantasien scherte? Wäre das nicht eine Ungeheuerlichkeit?

Die Türklingel riss ihn aus seinen Gedanken. Es war Shishi. Taqi kochte Nudeln, dazu gab es Pesto. Sie aßen wie die Weltmeister. Anschließend gingen sie nach draußen. Shishi hatte einen ganzen Rucksack voller Böller. Wahnsinn! Auch wenn Taqi gar nicht wissen wollte, wo die herkamen. Sie zogen um die Blöcke und jagten alles Mögliche in die Luft: nasse Blätterhaufen, Hundekacke, leere Getränkedosen. Als ein Mülleimer zu brennen begann, rannten sie davon und versteckten sich im Keller von Taqis Wohnblock. Ob Allah ihnen zusah? Ob es ihn kümmerte? Taqi mochte es nicht länger glauben. Er hatte eine Idee. Eigentlich hatte er diese Idee schon sehr lange, aber er hatte auf den richtigen Augenblick gewartet. Der war nun gekommen.

»Willst du mal etwas ziemlich Cooles sehen? Noch heftiger als die Böller?«

Natürlich wollte Shishi. Taqi führte ihn zum Kellerkabuff, der zur Wohnung gehörte, ein enger, dunkler Raum, der mit alten Möbeln, Kisten und Krimskrams vollgestopft war. Das meiste von dem Zeug gehörte seinem Bruder. Taqi öffnete mit seinem Schlüssel das Vorhängeschloss der Lattentür.

»Sag schon, was ist es denn?«, drängelte Shishi. »Die alte Unterwäsche deiner Mama?«

»Warte nur ab.«

Taqi kletterte auf eine ausrangierte Kommode, beugte sich über die Teile eines auseinandergeschraubten Etagenbetts, schob Kisten mit muffig riechender Kleidung beiseite und griff in einen Stapel Schuhkartons, aus dem er einen rot bedruckten mit schwarzem Deckel herauszog. Er spürte, wie Shishi hinter seinem Rücken herumzappelte.

»BHs? Strapse? Dildos?«

»Bist selbst ein Dildo.« Er drehte sich mit dem Karton unterm Arm um und kletterte zurück. »Voilà!«

»Stöckelschuhe?«

»Nun mach schon auf.«

Shishi öffnete den Deckel.

»Whoa! Alter! Ist die echt?«

»Klar ist die echt. Nimm sie raus. Aber vorsichtig, die ist geladen.«

Taqi hatte lange über die Sache mit der Pistole gebrütet. Warum der Somali, der Yasin hieß, wie Taqi später herausgefunden hatte, ihm die Knarre auf der Flucht vor den Bullen zugesteckt hatte, konnte er natürlich verstehen. Auf unerlaubten Waffenbesitz stand eine hohe Strafe. Seltsam war dagegen, dass niemand zu ihm gekommen war, um die Pistole zurückzuverlangen. Weder Yasin noch ein anderes Mitglied der Originals. Am Anfang dachte Taqi noch, dass es nur eine Frage der Zeit sei. Als wochenlang nichts geschah, fragte er sich, ob es sich womöglich um eine Art Test handeln könnte. Steckte sein Bruder dahinter? Wollten die Originals herausfinden, ob man sich auf Taqi verlassen konnte? Aus Wochen wurden Monate, ohne dass ihn irgendjemand auf die Pistole, eine CZ, Modell P-09, ansprach. Er hörte sich um. Es gab Gerüchte, dass Yasin nach seiner Festnahme abgeschoben worden war. Trotzdem musste er doch irgendjemandem von der Knarre erzählt haben. Taqi war mehrmals kurz davor gewesen, seinen Bruder darauf anzusprechen, aber er hatte immer wieder einen Rückzieher gemacht. Bei Knastbesuchen sprach man nicht über Waffen. Eine Zeit lang hatte er erwogen, die Pistole an die Polizei zu schicken, anonym natürlich. Eigentlich sprach alles dafür. Niemand würde mehr mit dem Ding Schaden anrichten können. Niemand würde verletzt, niemand würde damit erschossen werden können. Aber er tat es nicht. Aus irgendeinem Grund tat er es nicht.

Sie verstauten die Pistole in Shishis Rucksack, klaubten aus dem Mülleimer an der Bushaltestelle einige leere Getränkedosen, nahmen den Bus bis zur Endhaltestelle und marschierten in den Wald, bis sie das Gefühl hatten, keinem Spaziergänger oder Mountainbiker mehr zu begegnen. Sie waren auf einer kleinen Lichtung angelangt, wo sie die leeren Dosen auf einem Baumstumpf aufreihten. Taqi hatte sich mehrere Youtube-Videos angeschaut, auf denen gezeigt wurde, wie man eine halbautomatische Pistole bediente. Er erklärte Shishi, was er gelernt hatte.

»Schau, im Magazin sind sieben Patronen. Das macht für jeden drei Schüsse.«

»Und die letzte Patrone?«

»Bewahren wir auf.« Taqi tat cooler, als er sich fühlte. »Für alle Fälle.«

Darüber, was ein solcher Fall sein könnte, hatte er sich nur vage Gedanken gemacht. Absurde Szenarien, Actionfilmen entliehen, in denen er seine Mutter und seine Schwester vor Gangstern beschützte, die es auf sie abgesehen hatten. Dabei verabscheute er Gewalt gegen Menschen. Jedenfalls im echten Leben.

»Wer darf zuerst?«, fragte Shishi.

»Du.«

Er zeigte ihm, wie man den Schlitten durchzog, um die erste Patrone zu laden, und wie man die Pistole entsicherte.

Shishi stellte sich in Gangsterpose auf, hielt die CZ mit ausgestrecktem Arm, visierte, indem er ein Auge zukniff, und drückte ab. Es folgte ein ohrenbetäubender Knall, sein Arm wurde nach hinten gerissen und die Pistole flog in einem Bogen über seine Schulter und landete auf dem Boden. Der Schuss hallte nach, dann war es fünf Sekunden vollkommen still, dann explodierten beide vor Lachen. Als sie sich wieder gefangen hatten, sahen sie sich auf Taqis Handy mehrere Tutorials an. Anschließend stellte sich Shishi erneut hin, fasste die Waffe dieses Mal mit beiden Händen und Taqi korrigierte die Körperhaltung seines Freunds wie ein Theaterregisseur. Shishi schoss. Wieder ging der Schuss daneben, aber diesmal behielt er die Kontrolle über die Waffe. Der dritte und letzte Schuss saß und fegte eine Dose vom Baumstumpf.

»Yes!«

»Geil, Alter! Jetzt ich!«

Das schwere, dunkle Metall lag gut in Taqis Händen. Als er zielte, geschah etwas. Als würde eine unsichtbare Macht von der Pistole in ihn überfließen. Wie von einem magischen Gegenstand. Er schoss dreimal hintereinander. Die Dosen flogen in hohem Bogen in den Wald, jeder Schuss ein Treffer.

41

Als Svea aufwachte, schmiegte sie sich an Kristoffer und sie schliefen noch einmal miteinander. Danach war ihr Körper hormondurchflutet, das unangenehme Kribbeln war endgültig verschwunden, sie war wieder ganz bei sich. Kristoffer vermochte das. Noch besser war nur ein guter Kampf. Wenn sie noch länger in Malmö bleiben musste, sollte sie sich vielleicht ein Dojo oder Trainingscenter suchen. Ihre Art der Selbstermächtigung. Vor nichts und niemandem Angst haben müssen. Auf eigene Faust zurechtkommen. In Tornedalen eine von kargen Jahrhunderten geformte Geisteshaltung. In Hermodsdal, Rosengård oder Husby wahrscheinlich auch. Sie dachte an den Aushang im Jugendzentrum. *Raise your voice – Treffpunkt für muslimische Mädchen zwischen 13–25*. Oder auch *Kickboxen für Girls*. Oder die anderen sozialpädagogischen Angebote. Sie waren wichtig. Die Gewalt in den Brennpunktvierteln würde sich allein durch mehr Polizisten und immer härtere Strafen nicht lösen lassen. Es brauchte mehr Menschen wie Pedro Morales, den Mitarbeiter des Jugendzentrums. Auch wenn ihr nicht gefallen hatte, mit welcher Verve er Taqis exzeptionellen Leistungen und seiner Charakterstärke gehuldigt hatte, während er für Rashids Tod nur ein Achselzucken übrig gehabt hatte. Plötzlich fiel ihr etwas ein. Zu Beginn ihrer Unterhaltung hatte Morales davon gesprochen, dass er sich beim Reparieren eines Fahrrads an der Hand verletzt hatte. Am Ende des Gesprächs hatte er vom Austauschen einer Zündkerze gesprochen. Fahrräder haben keine Zündkerzen. Motorroller dagegen schon.

»Ich muss gleich los«, sagte sie und küsste ihn auf die Nase.

»Jetzt schon? Schade.«

»Sorry«, sagte sie.

Er berührte sanft ihre Wunde auf der Wange.

»Da ist etwas, worüber ich mit dir sprechen möchte, bevor du gehst. Der eigentliche Grund, warum ich hergekommen bin.«

Oha.

»Oha.«

»Nichts Schlimmes.« Kristoffer richtete seinen Oberkörper auf und lächelte sie an. »Ich wollte dich fragen, ob du dir vorstellen kannst, mit mir zusammenzuziehen.«

Sie lachte. Das tat sie oft, wenn sie von etwas überrumpelt wurde.

»Zusammenziehen?« Sie lebten beide in engen Anderthalbzimmerwohnungen. »Wohin denn? Der Stockholmer Immobilienmarkt ist vollkommen crazy und …«

»Es gäbe da was.«

»Und zwar?«

»Eine meiner Cousinen ist Bankerin. So richtig, wie im Film, sie hat ein Gehalt, das sich normale Menschen gar nicht vorstellen können. Nun geht sie für einen Job nach Singapur, mindestens für ein Jahr, möglicherweise länger. Sie hat eine Dreizimmerwohnung auf Södermalm, renovierter Altbau, ein Traum. Das Beste: Sie ist abbezahlt. Meine Cousine will keine Fremden in der Wohnung haben und wenn wir die laufenden Kosten übernehmen, könnten wir sie bis auf Weiteres haben.«

Bums.

»Und wenn sie doch früher wiederkommt?«

Sie war so perplex, dass sie sich in dämliche praktische Probleme flüchtete.

»Kommt sie nicht«, lachte er. »Und wenn, dann ist sie so reich, dass ihr die Wohnung sowieso zu klein ist und sie sich etwas Größeres auf Östermalm kauft. Du kannst dir nicht vorstellen, wie viel Geld sie scheffelt.«

»Und die Möbel?«

»Na ja, sie will schon, dass ihre Möbel drinbleiben. Aber wa-

rum auch nicht? Die Wohnung ist ein einziges Designmuseum. Auf eine gemütliche Art. Es würde dir gefallen.«
»Und unsere Sachen?«
»Die müssten wir halt irgendwo einlagern. Aber so teuer ist das nicht, ich habe mich schon erkundigt.«
Na dann.
Er versuchte, ihr einen Kuss zu geben, aber sie drehte den Kopf weg.
»Und unsere Mietverträge sollen wir einfach aufgeben?«
Er seufzte.
»Irgendwie klingt es so, als versuchst du verzweifelt, das Haar in der Suppe zu suchen.«
Vielleicht tue ich das ja, dachte sie. Nicht, dass sie der Vorstellung, mit Kristoffer zusammenzuziehen, nichts abgewinnen konnte. Sie hatte selbst schon öfter darüber nachgedacht. Aber fasste man so einen Entschluss nicht gemeinsam und suchte dann nach einer Lösung? Hatte er nicht diesen wichtigen Schritt übersprungen, indem er schon für sie beide entschieden hatte?
»Vielleicht tue ich das ja.«
»Aber warum?«
»Weil ...« Sie hob die Hände und ließ sie wieder fallen. »Kristoffer, ich habe keine Ahnung, wie mein Leben in zwei oder vier oder sechzehn Wochen aussehen wird. Dieser Fall hier kann morgen vorbei sein, aber genauso gut auch erst in drei Monaten. Mein Chef kann mich übermorgen zurückbeordern oder mich hier bis zum Sankt Nimmerleinstag versauern lassen. Außerdem wartet die Untersuchungskommission auf mich. Die können mich für den nächsten Undercover-Einsatz empfehlen oder mich für immer von verdeckten Ermittlungen abziehen. Von den disziplinarischen Maßnahmen ganz zu schweigen. Und selbst wenn alles so läuft, wie ich es mir wünsche, und ich in absehbarer Zeit nach Stockholm zurückdarf, wenn ich von allen Vorwürfen vollständig entlastet werde, könnte ich beim

nächsten Einsatz sonst wohin geschickt werden. Nach Göteborg oder Kiruna oder auf den Mond.«

Sie stand auf.

»Uff.«

Er atmete laut aus.

»Ich muss jetzt duschen und dann wirklich los. Sorry. Tut mir leid, ich weiß, dass es nicht das ist, was du hören wolltest.«

»Aber trotz allem, was du da aufgezählt hast, brauchst du doch ein Zuhause, wo jemand auf dich wartet und dir Marzipantorten backt.«

Das brachte sie zum Lächeln.

»Marzipantorten, soso.«

»*Whatever it takes.*«

Er sah wirklich liebenswert aus, wie er dasaß und seine Enttäuschung tapfer runterschluckte.

»Ich denke darüber nach, okay? Gib mir einfach ein paar Tage.«

Sie gab ihm einen Kuss.

42

Es war windstill. Nieselregen fiel, so fein, dass er in der Luft zu stehen schien. Der Ostfriedhof lag im Stadtteil Norra Rosengård und war der größte der Stadt. Jon Nordh war froh, dass Linda auf einem anderen Friedhof begraben worden war. Er wollte jetzt nicht an sie denken, er brauchte einen freien Kopf. Am Eingang waren Karhuu und er von Journalisten angesprochen worden. Was die Polizei zu den Opfern des neuen *Lasermanns* zu sagen habe und was sie zu tun gedächte, um weitere Tote zu verhindern. Er hatte sie murmelnd an die Polizeichefin verwiesen und hoffte, dass die Bilder, die der Pressefotograf von ihnen geschossen hatte, nicht in der Zeitung landen würden. Karhuu war klug genug gewesen, sich die Kapuze ihres Parkas tief ins Gesicht zu ziehen.

Low profile.

Mellanders Frist lief in vierundzwanzig Stunden aus. Die Uhr tickte. Er marschierte schneller, als würde er damit Zeit gutmachen.

Der Bereich für muslimische Bestattungen lag am hintersten Ende des riesigen Geländes und grenzte an eine mehrspurige Ausfallstraße. Den Lärm der vorbeirasenden Autos empfand er als unwürdig. Mehr als hundert Leute waren erschienen, Trauernde, aufgebrachte Mitbürger, Schaulustige. Nordh kannte diesen Rummel, so war es oft bei aufsehenerregenden Fällen. Wenn sich nur jeder Zehnte hier ein bisschen für den Jungen interessiert und um ihn gekümmert hätte, als er noch am Leben gewesen war, dann hätte Rashids Vater womöglich die nötige Unterstützung gehabt und sein Sohn wäre nicht abends um halb zehn noch allein unterwegs gewesen, sondern hätte friedlich in seinem Bett gelegen. Dann wäre er nicht das unschuldige Opfer eines vermurksten Drive-by-shootings geworden, sondern noch am Leben.

Karhuu und er taxierten die Menschen, die sich versammelt hatten. Der Vater, Hassan Sultani, mit versteinerter Miene. Taqis Mutter, die ihre Tochter an der Hand hielt. Der Pizzabäcker. Rashids Klassenlehrerin, mit der er nach dem Treffen mit Taqis Lehrer kurz gesprochen hatte. Mehrere Kinder in Rashids Alter, wahrscheinlich Freunde und Klassenkameraden. Eine große Gruppe Jungen in den hellblauen Trainingsjacken von *Malmö FF*. Die Nachbarin der Sultanis. Von Youssef und Rasmus dagegen keine Spur, obwohl die beiden bereits aus der Untersuchungshaft entlassen worden waren. So viel zum Thema Schuld und Verantwortung, dachte er bitter. Auch sonst konnte er keine Mitglieder der *Originals* identifizieren. Dennoch war er sich sicher, dass der *Top Boy* mehrere seiner Soldaten hergeschickt hatte, weil er hoffte, dass Taqi bei der Bestattung seines besten Freunds auftauchen würde. Falls Leute von Mellanders Sonderkommission hier waren, hielten sie sich so weit im Hintergrund, dass Nordh sie nicht ausmachen konnte. Karhuu deutete auf Gräber, die sie passierten. Die Toten waren fünfzehn, siebzehn, neunzehn Jahre alt. Nordh erinnerte sich vage an einige Namen, allesamt Opfer der Bandenkriege. Der Rapper *50 Cent* hatte es auf den Punkt gebracht, dachte er bitter, *get rich or die tryin'*. Sie gruppierten sich links und rechts der Menschentraube. Die Grablegung des kleinen Körpers in dem weißen Leinentuch konnte er sich nicht ansehen. Bilder von Lindas Beisetzung schossen ihm in den Kopf. Er wandte den Blick der Schnellstraße zu, auf der die Lkws eine ewige, lärmende Karawane bildeten. Auf der Böschung wucherten hohes Gras und wilde Sträucher, in den Ranken hatte sich Plastikmüll verfangen. Dann war da noch etwas anderes. Eine rundliche Form, etwas größer als ein Fußball. Ein weißer Motorradhelm mit dunklem Visier? Nordh kniff die Augen zusammen. Er befand sich etwa siebzig, achtzig Meter von der Straße entfernt. Tatsächlich, eine Bewegung. Da kauerte jemand zwischen den Büschen. Verdammt, dass musste der Junge sein! Nordh löste sich aus der Menschentraube und sprintete zwischen den Gräbern auf die Böschung zu. Die Gestalt hatte offenbar bemerkt, dass jemand auf sie zurannte. Sie erhob sich, drehte sich um und erklomm den Abhang. Als Nordh bis auf fünfzehn Meter herangekommen war, stieg sie über die Leitplanke. Nordh hetzte die vier, fünf Meter hohe Böschung hinauf. Eine Brombeerranke ratschte ihm schmerzhaft quer durchs Gesicht. Sein Herz raste, seine Lunge brannte. Als er endlich oben war und sich keuchend über die Leitplanke schwang, sah er die schmale Gestalt auf einen Motorroller steigen und Gas geben. Er hob zu einem zweiten Sprint an, doch er hatte keine Chance, den auf dem Seitenstreifen beschleunigenden Roller zu erreichen, der sich mit einem waghalsigen Manöver in den fließenden Verkehr einreihte und wenige Sekunden später bereits außer Sicht war. Hechelnd, vornübergebeugt und die Hände auf die Knie gestützt, blieb Nordh stehen. Taqi war ihm entkommen.

43

Irgendwann waren alle gegangen, die Schaulustigen zuerst, dann die Trauernden, die Freunde, die Lehrerin, die Nachbarin und irgendwann auch der Imam. Zurück am frischen Grab blieb allein Hassan Sultani. Der Regen klebte ihm Haarsträhnen auf die Stirn und durchweichte seinen schlecht sitzenden schwarzen Anzug. Ein Gebrochener, dachte Karhuu voller Mitgefühl, ein zerstörter Mann, der vermutlich für den Rest seines Lebens mit den Schuldgefühlen kämpfen würde, dass er in einem lappländischen Wald Beeren gepflückt hatte, während sein dreizehnjähriger Sohn mit einem Kopfschuss getötet worden war. Sie spürte Wut in sich aufsteigen. Sicher, er hatte seine Aufsichtspflicht aufs Gröbste verletzt. Dennoch: Was war das für eine Welt, die so etwas duldete? Menschenverachtende Löhne, moderne Sklaverei. Zunehmende Gettoisierung und Gewalt auf den Straßen, die immer verrohter und sinnloser zu werden schien. Sie biss sich auf die Lippen und strich sich Regen aus dem Gesicht. Die Wunden auf der Wange brannten. Nordh wartete neben ihr, sie standen Schulter an Schulter. Sie ließen Sultani alle Zeit, die er brauchte. Als er sich irgendwann zum Gehen wandte, traten sie zu ihm und sprachen ihm ihr Beileid aus. Sie erneuerten ihr Versprechen, alles dafür zu tun, Rashids Mörder zu überführen. Er sah sie aus müden Augen zweifelnd an. Schließlich griff er in die Innentasche seines Jacketts, holte einen Briefumschlag heraus und hielt ihn ihnen entgegen.

»Das lag gestern in meinem Briefkasten. Nehmt ihr es. Ich will es nicht. Es ist dreckiges Geld. Blutgeld.«

Er drückte Nordh den Umschlag in die Hand, drehte sich ohne ein weiteres Wort um und ging mit hängenden Schultern durch den Regen davon.

Sie öffneten das Kuvert erst, als sie in ihrem Büro in der Drottninggatan waren. Karhuu zählte den dicken Stapel Tausend-Kronen-Scheine sorgfältig. Offenbar hatten die *Originals* eine Art finanzielle Abbitte für Rashids Tod leisten wollen, was nur bedeuten konnte, dass sie ebenso wie Karhuu und Nordh nicht an einen neuen *Lasermann* glaubten, sondern weiterhin an einen schiefgelaufenen Anschlag auf zwei ihrer Leute.

»Und?«, fragte Nordh, als sie fertig gezählt hatte.

»Hunderttausend«, sagte sie, während sie den Geldstapel mit der Längsseite auf die Schreibtischunterlage klopfte, damit sie das Bündel Scheine wieder zurück in den Umschlag stecken konnte. »So viel ist Rashids Leben also wert.«

»Und was machen wir jetzt damit?«, fragte Nordh. »Shoppen gehen?«

Karhuu ignorierte den lahmen Spruch. Etwas anderes erregte ihre Aufmerksamkeit. Was die Ordnung und Sauberkeit ihres Schreibtischs anging, war sie eine unverbesserliche Pedantin. Vor zwei Tagen hatte sie sich eine jungfräuliche Papierunterlage besorgt. Nun lag dort etwas, das eben noch nicht dort gelegen hatte, sondern aus dem Stapel Geldscheine herausgefallen sein musste, so klein, so fein, dass sie es fast übersehen hätte. Aber eben nur fast. Sie legte das Geld beiseite. Befeuchtete die Spitze ihres Zeigefingers und tippte auf das etwa fünf Zentimeter lange Haar auf der Unterlage, sodass es an ihrer Fingerkuppe haften blieb und sie es näher in Augenschein nehmen konnte. Es war definitiv kein Menschenhaar, dazu war es zu dick und zu borstig. Sie hielt es ins Licht. Es war schwarzweiß gebändert. Hell, dunkel, hell, dunkel. *Agouti* war der Fachausdruck dafür. Bestimmte Hunde hatten solche Haare, zum Beispiel sogenannte Pfeffer-und-Salz-Schnauzer, das hatte sie schon mit sechs Jahren aus ihrem Hundebuch gelernt.

»Verdammt«, sagte sie leise.

Sie legte es vorsichtig auf die Unterlage zurück, nahm den leeren Briefumschlag und sah hinein. Tatsächlich. Darin lag ein zweites Haar. Sie fischte es mithilfe der befeuchteten Fingerkuppe heraus und begutachtete es ebenfalls sorgfältig. Dasselbe Muster.

»Was denn?«, fragte Nordh.

»Dunja.«

»Wer ist Dunja?«

Sie blickte ihn fassungslos an.

»Ich glaube, Andrey Akimov hat uns nach Strich und Faden verarscht.«

44

Emma Davidsson, die Forensikerin, brauchte keine fünf Minuten, um Karhuus Verdacht zu bestätigen. Das Hundehaar stammte zweifelsfrei von einem Pfeffer-und-Salz-Schnauzer.

»Du bist dir sicher, dass Andrey Akimov einen Hund dieser Rasse hatte?«, fragte Nordh.

»Zu hundert Prozent«, antwortete Karhuu.

»Solche Schnauzer kommen in Schweden relativ selten vor«, sagte die Forensikerin, die sich durch digitale Datenbanken klickte. »Für die ungewöhnliche Ränderung des Haars ist ein bestimmtes Gen verantwortlich, das ...«

Aber Nordh hörte schon nicht mehr richtig zu. Wenn das Geldbündel, das Hassan Sultani in seinem Briefkasten gefunden hatte, tatsächlich von Akimov stammte und nicht von den *Originals,* warf das all ihre bisherigen Überlegungen über den

Haufen. Es vernichtete auch die These über einen neuen *Lasermann*. Er mochte den Ausdruck nicht, aber die Verbindung aus dem Geld und den Hundehaaren war ein *game changer*. Und so wie Karhuu aus der Wäsche schaute, schien sie es ähnlich zu beurteilen. Oder zogen sie voreilige Schlüsse?

»Es kann doch eigentlich nur bedeuten«, sagte er, als sie wieder in ihrem Büro waren, »dass Akimov nicht nur noch am Leben ist, sondern auch das eigentliche Ziel des Anschlags auf die Pizzeria war. Oder sich zumindest dafür hält. Warum sollte er sonst Rashids Vater anonym eine solche Summe zuschieben? Wohl kaum aus reiner Nächstenliebe. Es wird sich um eine Art Ablass handeln. Eine Entschädigungszahlung, so zynisch das klingt.«

»Etwas mehr als vierundzwanzig Stunden nach Rashids Tod brennt Akimovs Haus nieder. Zwischen Schutt und Asche wird ein bis zur Unkenntlichkeit verbrannter Leichnam geborgen, dessen Gebissanalyse auf einen Bürger des ehemaligen Ostblocks weist.«

»Ein Vergleich mit Akimovs zahnärztlichen Unterlagen ist jedoch nicht möglich, weil sie sich nicht in seiner digitalen Patientenakte befinden.«

»Entweder ist das ein ärgerlicher Zufall oder es handelt sich um einen Vorgang, für den es einen guten Hacker braucht.« Karhuu rieb ihre Nasenspitze. »Ein Hundekadaver wird in dem ausgebrannten Haus nicht gefunden. Stattdessen wird alles zerstört, was Auskunft über Akimovs Leben geben könnte. Einschließlich den Dingen an den Wänden seines Wohnzimmers, die er kurz vor meinem Besuch mutmaßlich abgehängt und durch alte Sportfotos ersetzt hat, die sein Märchen von den Reflexen eines ehemaligen Handballtorwarts wirkungsvoll untermalen.« Sie seufzte. »Wie naiv von mir!«

Nordh schüttelte den Kopf.

»Du hattest den richtigen Riecher. Du bist doch überhaupt nur spätabends zu seinem Haus zurückgekehrt, weil du gespürt hast, dass irgendetwas an seiner Geschichte nicht stimmt. Ich war der Naive, weil ich den Brand in Akimovs Haus als Zufall abgetan habe.«

»Der Name des Handballvereins. Er hat den neuen statt den alten Namen benutzt.«

»Mal angenommen, er lebt tatsächlich noch. Wozu das alles? Warum taucht er ab? Was hat er zu verbergen? Und wer, verdammt, war der verbrannte Tote in seinem Haus, wenn nicht er selbst?«

»Wir dürfen Nizar Hakeem in dieser Gleichung nicht vergessen. Was hat ein russischer Rentner mit einem aus Syrien geflohenen Regimekritiker und Journalisten gemeinsam?«

»Keine Ahnung.«

Nordh trank von dem Kaffee, den er sich im Aufenthaltsraum eingeschenkt hatte. Der schmeckte so furchtbar, dass er das Gesicht verzog.

»Ich könnte eine Zigarette vertragen«, sagte sie. »Kommst du mit aufs Dach?«

Er nickte. Der Zugang zum Flachdach der Betonfestung war seiner Meinung nach das Beste am Revier an der Drottninggatan. Ihn beeindruckte der Ausblick jedes Mal aufs Neue. Die Kanäle, die Altstadt, die sechseckige Sankt-Pauli-Kirche aus gelbem Ziegelstein. Seine Stadt, sein Malmö.

»Die Russen waren in Syrien«, sagte er, während sie mit dem Feuerzeug und dem Wind kämpfte. »Sie haben dort Assad unterstützt und Städte wie Aleppo kurz und klein gebombt.«

»Aber was hat Akimov überhaupt noch mit Russland zu tun?«, fragte sie, nachdem sie die Zigarette nach mehreren Versuchen endlich angezündet hatte. »Er lebt seit mehr als zwei Jahrzehnten nicht mehr dort.«

Er zuckte mit den Schultern.

»Vielleicht ist entscheidend, wer und was er früher war. In der Sowjetunion oder im jungen Russland. Du sagst ja selbst, dass die ganze Geschichte mit dem Handballtorwart Blödsinn ist. Kein normaler Rentner, der vor vierzig Jahren mal sportlich aktiv war, reißt aus alten Reflexen heraus ein oder zwei Menschen aus der Schusslinie, so wie er es getan hat. Wie konnten wir ihm dieses Märchen nur ernsthaft abnehmen? Überlege mal: seine Sportlichkeit und sein Reaktionsvermögen. Das durchdachte Lügengebilde, das er uns vorgegaukelt hat. Die Jovialität.«

»Er hat mich um den Finger gewickelt. Sein ganzes Getue mit Dunja, selbst gebackenem Honigkuchen und irgendwelchen Angelgeschichten.«

Sie schlug sich ostentativ mit der Hand gegen die Stirn.

»Die Abgebrühtheit, sein eigenes Haus abzufackeln und einen Leichnam darin zu platzieren, der ebenfalls ein Zahnprofil hat, das auf die ehemalige Sowjetunion hinweist. Klingt das für dich nach einem Rentner, der früher einmal eine Kolchose geleitet beziehungsweise in einer Zuckerfabrik gearbeitet hat?«

Sie inhalierte tief und stieß den Rauch langsam wieder aus. Einmal, zweimal, dreimal. Sie saugte an ihrer Unterlippe.

»Nein«, sagte sie schließlich. »Das klingt nach Ex-Militär, Polizei, Geheimdienst, Sicherheitsbranche. So was in der Art.«

Nordh nickte grimmig.

»Entweder das oder die *Originals* haben ebenfalls einen verdammten Pfeffer-und-Salz-Schnauzer.«

»Vielleicht ist Dunja ja Tadić oder dem *Top Boy* zugelaufen. Böse Gangster mit weichem Herz.«

Sie mussten beiden lächeln. Es nahm der Situation für einen Moment die Anspannung. In was für einen Sumpf, dachte Nordh, sind wir hier nur reingeraten? Sie schwiegen für eine Weile, während Karhuu ihre Zigarette konzentriert zu Ende rauchte.

»Noch mal von vorn«, sagte er schließlich. »Angenommen, wir haben wirklich recht: Jemand versucht also, einen ehemaligen Militär oder Agenten der Sowjetunion beziehungsweise einen noch aktiven oder abtrünnigen russischen Geheimdienstler zu erschießen, tötet dabei allerdings nur einen unbeteiligten Jungen, während der vorgebliche Rentner in seiner Stammpizzeria mit einer spektakulären Aktion nicht nur sein eigenes Leben rettet, sondern auch das der beiden Nachwuchsgangster.« Karhuu nickte und blies Rauch aus den Nasenlöchern aus. Für einen Moment sah sie wirklich wie eine wütende Bärin aus. »Während wir das Attentat für einen Anschlag auf die *Originals* halten und entsprechend in diese Richtung ermitteln, geraten die Dinge hinter unserem Rücken dramatisch in Bewegung. Hypothese: Da der Schütze sein Ziel, Akimov zu töten, nicht erreicht hat, versucht er es einen Tag später erneut, dieses Mal überfällt er sein Opfer zu Hause. Akimov kann den Angreifer jedoch überwältigen und ausschalten. Er nutzt die Umstände, um seinen eigenen Tod vorzutäuschen, und womöglich auch, um sämtliche Spuren zu vernichten, die in seine Vergangenheit weisen, zündet sein Haus an, und zwar so, dass es nicht nach Brandstiftung aussieht, sondern nach einem Kurzschluss, und taucht zusammen mit seinem Hund unter. In der folgenden Nacht spitzt sich die Situation ein weiteres Mal zu. In einem Park in Rosengård lauert jemand einem syrischen Journalisten auf und erschießt ihn, wohlgemerkt mit derselben Waffe, aus der die Schüsse auf die Pizzeria stammen. Ist dieser Schütze im Park womöglich Akimov selbst, indem er das Gewehr benutzt, das er dem Angreifer in seinem Haus abgenommen hat?«

Karhuu schüttelte den Kopf.

»Die Beschreibung der Ärztin, die in derselben Nacht den schweigenden Mann mit Schusswunde behandelt hat, passt nicht auf Akimov.«

»Richtig, der war jünger. Als machohaft und grob hat sie ihn geschildert, gleichzeitig diszipliniert und soldatisch.«

»Wenn das nicht auch nach Militär oder Geheimdienst klingt. Ein deutlicher Akzent beziehungsweise fehlende Schwedischkenntnisse würden auch das Schweigen erklären.«

»Und die Brandleiche in Akimovs Haus?«

»Keine Ahnung.«

»Und Taqi?«

Sie zuckte mit den Schultern.

»Ein traumatisierter Junge auf Abwegen. Er musste mit ansehen, wie sein bester Freund erschossen wurde. Jetzt versteckt er sich vor den Mördern, oder er glaubt vielleicht, sich rächen zu müssen. Das würde möglicherweise die Schüsse auf den Schützen im Park erklären. Dafür müsste Taqi allerdings an eine Waffe gekommen sein. Oder der zweite Schütze war Akimov und der Rollerfahrer dort nur irgendein zufälliger Passant.«

Nordh nagte an seinem Daumennagel.

»Wenn ich nur etwas besser in Form gewesen wäre, hätte ich den Jungen auf der Beerdigung gekriegt. Bevor er noch weitere Dummheiten begeht oder sich in lebensgefährliche Situationen begibt.«

»Natürlich sollten wir alles daransetzen, ihn zu finden. Aber falls dieses Hundehaar uns nicht auf eine völlig falsche Fährte führt, halte ich Akimov für den Schlüssel zu diesem Fall. Wir müssen alles daransetzen, etwas über seinen Hintergrund zu erfahren. Vielleicht können die Leute vom Staatsschutz in Mellanders neuer Sonderkommission …«

»Auf gar keinen Fall!«

Karhuu sah ihn erstaunt an. Nordh erschrak über die Barschheit, mit der er ihr ins Wort gefallen war. Trotzdem ließ er seine Worte so stehen.

»Ich denke nur, wenn in diese Geschichte tatsächlich ausländische Geheimdienste involviert sind, dann sollten wir jede Hilfe nehmen, die wir kriegen können. Oder etwa nicht?«

Sie musterte ihn, eher neugierig als verletzt oder angegriffen. Er holte tief Luft.

»Wenn wir das, was wir gerade besprochen haben, an Mellander und ihre Leute vom Staatsschutz weitergeben, dann sind wir diesen Fall endgültig los, Svea. Uns läuft jetzt schon die Zeit davon.«

Sie nahm einen letzten Zug, drückte die Kippe sorgfältig aus, ließ sie in ihrer Jackentasche verschwinden und wandte sich ihm zu.

»Wäre das denn so schlimm?«

Ihre Augen waren dunkel und tief wie Bergseen.

»Ja«, antwortete er.

»Warum?«

Wozu noch lügen?

Wozu noch verbergen, was ihn wirklich antrieb?

Weil die Wahrheit niemanden außer ihn etwas anging.

»Weil ich den Fall brauche, Svea. Weil ich diesen Ermittlungserfolg nach der Geschichte mit meiner Frau und meinem Kollegen unbedingt benötige«, log er. »Ich will wissen, ob ich es noch kann. Ich will spüren, dass ich immer noch ein guter Cop bin, verdammt noch mal.«

»Okay«, sagte sie, nachdem sie einige lange Sekunden geschwiegen hatte, »in Ordnung.«

Die Art, wie sie es sagte und ihn dabei wie eine Sphinx ansah, ließ ihn aufmerken. Denn er glaubte plötzlich etwas herauszuhören, das ihm vorher nicht aufgefallen war. Eine Motivation, die ebenfalls über beruflichen Ehrgeiz, Pflichterfüllung, Neugier, Gerechtigkeit hinausging. Eine tiefe, persönliche Motivation. Vergeltung? Hatte es etwas mit Darko Tadić zu tun und der schweren Misshandlung, der sie über viele Stunden ausgesetzt gewesen war? Er hatte dafür sein Verständnis ausgedrückt. Ihr angeboten, eine Auszeit zu nehmen oder ganz auszusteigen. Doch das hatte sie unter keinen Umständen gewollt. Und eigentlich glaubte er auch nicht, dass es daran lag. Tadić war hinter Schloss und Riegel und es warteten viele Jahre Haft auf ihn. Es ging Karhuu bei allem, was sie hier taten, noch um etwas anderes, davon war er nun überzeugt. Manchmal brauchte es einen Lügner, um eine Lüge zu überführen. Etwas lag auf dem Grund dieser dunklen Bergseen. Ein Geheimnis, so persönlich wie sein kleiner, schmutziger Deal mit Mellander. Im selben Augenblick wurde ihm mit erschreckender Deutlichkeit bewusst, dass er über seine neue Partnerin im Grunde überhaupt nichts wusste. »Wir finden Akimov und wir finden Taqi, und so lösen wir diesen Fall«, sagte sie.

45

Die Bibliothekarin, die den Bücherzirkel leitete, an dem Andrey Akimov regelmäßig teilgenommen hatte, war das Gegenteil der bebrillten grauen Maus, die den Berufsstand in Filmen und Fernsehserien immerzu repräsentierte. Maja war Anfang dreißig, trug zwei Nasenringe und ihr schlumpfblau gefärbtes Haar in einer asymmetrischen Frisur, die auf ihre unkonventionell geschnittene Lederkleidung samt Nieten abgestimmt zu sein schien. *Punk's not dead,* dachte Karhuu, zumindest nicht in der Malmöer Stadtbibliothek, einem burgähnlichen Prachtbau mit Blick auf den Schlosspark, der selbst an einem wolkenverhangenen Herbsttag im Nieselregen noch beeindruckend wirkte. Sie hatten im hauseigenen Café Platz genommen, wo ihnen Maja Zitronentarte und Cappuccino bestellte, eine gute Wahl, wie Karhuu nach dem ersten Bissen feststellte. Trotzdem war sie unruhig. Ihr war nicht nach Kaffeekränzchenstimmung zumute. Seit sie das Hundehaar entdeckt und verstanden hatten, was es bedeutete, war sie aufgekratzt, außerdem tickte in ihrem Hinterkopf unbarmherzig Mellanders Uhr. Aber manche Dinge konnte man nicht beschleunigen, sie brauchten Zeit. Wenn sie *undercover* etwas gelernt hatte, dann das.

»Ich habe diese Lesegruppe von meinem Vorgänger übernommen, als ich hier vor drei Jahren angefangen habe, sie ist wirklich etwas Besonderes. Im Kern besteht sie seit vielen Jahren aus denselben Enthusiasten. Man denkt ja gern, dass nur Pensionäre die Zeit haben, sich ausführlich mit Literatur zu befassen und mit anderen darüber auszutauschen, aber wir haben auch viele jüngere Leute an Bord, vom Supermarktkassierer bis zur Managerin. Andrey gehört zu den treuesten und aktivsten Teilnehmern und kommt jede Woche zu unseren Sitzungen.«

»Wie erlebst du ihn dort?«

»Höflich. Klug. Ungeheuer belesen.« Maja lachte. »Belesener als ich, gerade was die Klassiker angeht. Vor allem russische Literatur, kein Wunder bei seinem Hintergrund: Dostojewski, Puschkin, Tolstoi, vor allem Solschenizyn. Wir haben *Der Archipel Gulag* gelesen, vielleicht hast du davon schon einmal gehört?« Karhuu schüttelte den Kopf. »Viele halten es für das wichtigste literarische Werk der Sowjetunion, eine schonungslose Abrechnung mit dem unmenschlichen Arbeitslagersystem der Stalinzeit. Andrey hat mir bei dem Thema in unserer Runde die Zügel aus der Hand genommen, wofür ich ihm ehrlich gesagt sehr dankbar war, denn dank seiner Expertise hat er unsere Laienrunde in ein Proseminar verwandelt und den Lesestoff mit Schilderungen seiner eigenen Erfahrungen unheimlich bereichert.«

»Was waren das denn für Erfahrungen?«

»Er war ja zu jung, um die Stalinära bewusst erlebt zu haben, aber er hat uns interessante Einblicke gewährt, wie es war, in der Sowjetunion der Sechziger- und Siebzigerjahre aufzuwachsen, sich mit den Gegebenheiten zu arrangieren und den Alltag zu bewältigen. Er hat auch erzählt, wie er den Zerfall des riesigen Imperiums aus nächster Nähe miterlebt hat.«

»Hat er jemals erwähnt, was er beruflich gemacht hat?«

»Er war Agraringenieur und hat eine Kolchose geleitet.«

Zuckerrüben und Kernobst, dachte Karhuu, dass ich nicht lache.

»Wo in diesem riesigen Land hat er gelebt?«

»Er hat es einmal erwähnt. Aber ich und Geografie ...« Sie lächelte verlegen. »Irgendwo am Kaspischen Meer, glaube ich.«

Wenigstens waren seine Geschichten konsistent.

»Interessanter Mann«, sagte Karhuu, um das Gespräch am Laufen zu halten.

»Nicht wahr?«

»Er versteht sich sicherlich gut mit den anderen Teilnehmern.«

»Ja, absolut, ich denke, dass alle ihn mögen. Wie gesagt, er ist höflich, aufmerksam und klug.«

»Mögen ihn einige mehr als andere?«

»Wie meinst du das?«

Nun war es Karhuu, die lächelte.

»Hat er vielleicht unter den Teilnehmerinnen eine Freundin? Oder sogar mehr als das? Ein gut aussehender, jung gebliebener Witwer wie er?«

»Eine Geliebte?« Maja lachte. »Sicher, über Literatur zu sprechen, kann Menschen auf besondere Art und Weise miteinander verbinden. Aber ob sich aus dem Gesprächszirkel hier für Andrey amouröse Abenteuer ergeben haben, weiß ich wirklich nicht. Wenn, dann habe ich es nicht mitbekommen. Es geht mich ja auch überhaupt nichts an.«

»Natürlich.« Karhuu überlegte. »Um noch mal auf sein Leben in der Sowjetunion zurückzukommen: Wie spricht er über diese Zeit? Nüchtern? Wehmütig? Verbittert?«

»Puh.« Maja schnaufte. »Interessante Frage. Ich würde sagen, dass er sich grundsätzlich um einen sachlichen Blick bemüht hat. Ein- oder zweimal hatte ich aber schon das Gefühl, eine

Art versonnenes Heimweh herauszuhören, wenn er von seiner Kindheit oder Jugend erzählt hat. Aber verklären wir diese Zeit nicht alle ein Stück weit? Und als es um die Sowjetunion als Staat ging, hat man schon deutlich seine innere Distanz gespürt. Eine Ablehnung, oder sogar Abscheu. Sonst hätte er sich vielleicht auch bei der Besprechung von *Archipel Gulag* nicht so ins Zeug gelegt. Und wenn er über alle Maßen heimatverbunden und verwurzelt gewesen wäre, dann wäre er ja auch kaum ausgewandert, oder?« Maja aß von ihrem Gebäckstück und kaute nachdenklich. »Wo wir jetzt so darüber sprechen, fällt mir etwas ein, das ich nie richtig verstanden habe.« Karhuu rückte interessiert näher. »Kurz nachdem ich den Zirkel übernommen hatte, also noch deutlich vor dem Ausbruch des Angriffskriegs in der Ukraine, haben wir Dostojewskis *Schuld und Sühne* gelesen. Andrey war auch damals Feuer und Flamme. Er ist wirklich ein Kenner russischer Literatur und hat sich sehr bereichernd in die Diskussionen eingebracht. Nachdem wir uns wochenlang durch den Stoff gekämpft hatten, haben einige Teilnehmer die Idee vorgetragen, einen gemeinsamen Dreitagesausflug in die Dostojewski-Stadt Sankt Petersburg zu organisieren, eine Art Studienreise, um dort auf den Spuren des großen Dichters zu wandeln. Es gibt dort ein Dostojewski-Museum, thematische Stadtwanderungen und so weiter. Eine charmante Initiative, fand ich, die bei den meisten auf Zustimmung gestoßen ist. Nur Andrey hat anders reagiert.«

»Und zwar?«

»Höflich, wie er ist, hat er zunächst nur durchblicken lassen, dass eine solche Reise nichts für ihn wäre. Er wolle seinen Hund nicht so lange allein lassen oder in eine Haustierpension geben. Als die anderen ihn ein bisschen gedrängt haben, weil er als Landes- und Sprachkundiger und Dostojewski-Kenner doch den idealen Reiseführer abgeben würde, ist er jedoch regelrecht an die Decke gegangen. Es sind ziemlich unschöne

Wörter gefallen. So kannten wir ihn gar nicht. Na ja, der Lauf der Geschichte hat ihm im Nachhinein recht gegeben.«

»Was hat er gesagt?«

»Er hat die Reisewilligen als naive Touristen bezeichnet, die dem russischen Regime auf den Leim gehen. Als Putin-Freunde und Diktaturunterstützer. Es ging eine Weile hitzig hin und her. Am Ende ist er wutentbrannt gegangen. Ich hatte ehrlich gesagt ein bisschen Sorge, dass er nie wieder kommt. Aber eine Woche später war er wieder da, hat einen selbst gebackenen Kuchen mitgebracht und sich bei allen entschuldigt.«

»Was steckte deiner Meinung nach hinter dem Wutausbruch?«

»Liegt das nicht auf der Hand? Ich denke, er hat mit seiner alten Heimat und den autoritären Strukturen dort endgültig abgeschlossen. Nach dem Überfall der Ukraine noch mehr denn je. Russland lebt für ihn nur in der Literatur weiter und vielleicht noch in seinen Kuchenrezepten.« Maja schmunzelte. Karhuu erinnerte sich an den intensiven Geschmack des Honigkuchens, den Akimov ihr serviert hatte. Backen schien zu seinen vielen Talenten zu gehören. »Aber wenn du dich dafür interessierst, was er über Russland und die ehemalige Sowjetunion denkt, dann würde ich die Schachspieler beim Outdoorschachfeld im Schlosspark fragen. Wenn ich meine Mittagspausen im Park verbringe, sehe ich Andrey dort ziemlich häufig mit anderen älteren Männern Schach spielen. Sein Hund ist dann auch immer mit von der Partie. Ein Schnauzer, glaube ich, mit tollem Fell.«

46

Jon Nordh fuhr ins Hauptquartier und übergab Mellanders neu zusammengestellter Soko das Geld, das Hassan Sultani in seinem Briefkasten gefunden hatte, und betonte den Verdacht des Vaters, dass es sich um eine Art Ablasszahlung der *Originals* handelte. Er gab auch das Nummernschild des Motorrollers weiter, auf dem ihm Taqi während der Beerdigung entkommen war. Natürlich hatte er es vorher überprüft, es führte in eine Sackgasse, genauer gesagt zu einer zweiundneunzigjährigen Frau, die in einer Hochhaussiedlung in Göteborg gemeldet gewesen war, bevor sie vor mehr als drei Jahren verstorben war. Dazu Protokolle der Gespräche mit Taqis Mutter, dem Klassenlehrer und dem Sozialpädagogen des Jugendcenters. Nordh wollte wenigstens den Anschein erwecken, sie wären kooperativ. Viel Spaß noch bei der Jagd auf den *Lasermann 2.0*, dachte er, als er das Präsidium wieder verließ. Um Andrey Akimovs Tischtennispartner zu finden, hatte er lange herumtelefonieren müssen. Fündig geworden war er schließlich bei einem Senioren-Verein, der für seine Mitglieder verschiedene Sportaktivitäten und Freizeitangebote organisierte. Der Mann hieß Jörgen und Nordh traf ihn im Hafen von Limhamn, wo der in Ölzeug gekleidete Siebzigjährige dabei war, Ausbesserungsarbeiten an einem alten Segelboot auszuführen. Das Meer war bleigrau und glatt, der Regen war so fein, dass er auf der Wasseroberfläche nahezu keine Bewegung verursachte. Im diesigen Hintergrund ließen sich die Konturen der Öresundbrücke erahnen. Jörgen reichte ihm eine Hand und half ihm an Bord. Sie setzten sich in die enge Kajüte, wo der Segler bereits schwarzen Tee aufgesetzt hatte.

»Mit Schuss?«, fragte er mit verschwörerischem Zwinkern.

Nordh lehnte ab. Er drängte darauf, schnell zur Sache zu kommen. Die Zeit lief ihnen davon.

Er verspürte Wut auf Mellander. Die Frist, die sie ihnen gesetzt hatte, erschien ihm vollkommen willkürlich. Ob zwei Tage, vier oder acht: Was spielte das für eine Rolle? Gar keine. Außer dass die Polizeichefin auf diese Weise ihre Macht demonstrierte. Sie glaubte nicht mehr an Karhuu und ihn. Die achtundvierzig Stunden waren nicht mehr als eine gnädige Geste. Wie man einem Hund einen Knochen hinwirft. Umso wichtiger war, dass es jetzt zügig voranging. Sie brauchten Ergebnisse.

Aber Jörgen war niemand, der schnell zur Sache kam. Die Bedächtigkeit und Umständlichkeit, mit der er an seinem Boot herumwerkelte, spiegelte seine Art zu sprechen wider. Oder vielleicht hatte er auch schon den ein oder anderen Grog intus. Er holte weit aus, kam vom einen aufs andere, verlor sich in Nebensächlichkeiten. Die Sorte Mensch, die sich gern selbst reden hörte. Aufs Tischtennis angesprochen, formulierte er eine populärwissenschaftliche Abhandlung über die Philosophie des Spiels und die psychologischen Dynamiken, die während eines Matches wirkten. Die Frage nach Akimovs Persönlichkeit nutzte er zu einer Betrachtung der russischen Volksseele und einem Exkurs über das komplexe Moskauer U-Bahn-System. Als Nordh ihn fragte, ob er mit seinem Tischtennis-Doppelpartner befreundet sei, fabulierte Jörgen über die Frage, ob man in Zeiten eines radikalen Individualismus überhaupt mit jemandem befreundet sein könnte. Nach einer guten halben Stunde verlor Nordh die Geduld. Wenn der Segler nicht bald zur Sache käme, dann müsste man das Gespräch halt auf dem Revier fortführen. Was die Unterredung in Wirklichkeit natürlich noch viel weiter in die Länge ziehen würde. Aber erfahrungsgemäß reichte ein solcher Hinweis oft aus, um die Dinge zu beschleunigen. Es war ähnlich wie bei Krankenhäusern: Niemand sah Polizeiwachen gern von innen. Auch Jörgen fokussierte sich nach dem Hinweis merklich. Er beschrieb Akimov als zuverlässig, freundlich, höflich und nett. Ein fairer Sportsmann, ein echter Gentleman.

Schnarch, schnarch. Jetzt hatte Nordh das endlose Gelaber ertragen, nur um eine völlig nichtssagende Beschreibung zu bekommen. Er wandte sich zum Gehen. »Aber eine Sache werde ich nie vergessen«, beeilte sich Jörgen zu sagen, als Nordh bereits in der Tür stand. Der Kommissar sah dem Mann an, dass er sich die Pointe bis zum Schluss aufgespart hatte. »Wir waren auf einem Senioren-Turnier in Hässleholm. Das muss im Winter vor einem Jahr gewesen sein, ich erinnere mich noch an die lausige Turnhalle, die kaum geheizt war. Da hat es aus allen Ecken und Winkeln gezogen, und mir war so kalt, dass ich meinen Trainingsanzug angelassen habe, dabei spiele ich sonst immer in T-Shirt und kurzen Hosen. Ein Klima hier wie in Sibirien, hat Andrey gescherzt, es war wirklich zum Bibbern. Das Turnier an sich dagegen lief fabelhaft für uns. Wir hatten uns ohne große Widerstände bis in Halbfinale durchgespielt. Tja, Hässleholm ist ehrlich gesagt auch nicht gerade als Tischtennishochburg verschrien. Wie auch immer. Wir standen also im Halbfinale, wo wir auf zwei Brüder stießen, beide Bauern angeblich, die gehen ja nie in Pension, die arbeiten, bis sie tot umkippen, selbst wenn sie längst ihre Schäflein ins Trockene gebracht haben. Die waren wirklich nicht schlecht. Hatten wohl seit Kindesbeinen an eine Tischtennisplatte in ihrer Scheune stehen.« Er lachte ausgiebig über seinen eigenen Spruch. »Obwohl sie sich bis zur letzten Patrone eisern gewehrt haben«, fuhr er dann fort, »haben wir sie schließlich vom Tisch gefegt. Andreys Schmetterbälle sind legendär und meine geschnippelten Aufschläge sind auch nicht von schlechten Eltern, wenn ich das mal ganz unbescheiden sagen darf. Finale also. Gegen Munster und Johansson. Munster und Johansson sind in der Ü60-Liga eine Institution. Agil, ausgefuchst, mit allen Wassern gewaschen. Eine ganz enge Kiste wurde das. Die ersten beiden Sätze gingen an sie, die nächsten beiden an uns. Der letzte Satz würde über den Turniersieg entscheiden. Bei einem von Andreys gepfefferten Returns ging ein Ball kaputt. Zwei Punkte später noch einer. Drei Punkte später ein weiterer. Die anderen Teams hatten bei ihren Matches ähnliche Probleme. Klar gehen beim Tischtennis Bälle kaputt. Aber nicht in der Frequenz. Vermutlich lag es an den neuen Platten, die da standen, richtig seltsame Dinger mit viel zu rauer Oberfläche. Oder an den billigen Bällen, die der veranstaltende Verein zur Verfügung gestellt hatte. Tja, Hässleholm, was will man erwarten? Jedenfalls brauchten wir mitten im Spiel neue Bälle. Ich gehe also los, denn ich hatte welche in meiner Sporttasche in der Umkleidekabine. Dachte ich zumindest. Dem war aber nicht so. Ich hatte mich getäuscht, offenbar hatte ich doch keine Packung eingesteckt. Was also tun? Das Spiel stand auf Messers Scheide. Drinnen in der Halle warteten alle auf mich. Also habe ich etwas gemacht, was ich nicht hätte tun dürfen. Ich bin an Andreys Tasche ran. Er hat immer Bälle dabei. Und was sollte er schon dagegen haben? Wir spielen seit mehr als drei Jahren zusammen. Ich bin sonst wirklich nicht der Typ, der in anderer Leute Sachen rumwühlt. Aber in diesem Fall? Wir waren knapp in Führung, wir hatten das Momentum auf unserer Seite! Wozu noch Zeit vergeuden, wozu noch warten, bis jemand anderes neue Bälle besorgt?«

»Also?«

»Also habe ich seine Tasche geöffnet und zwischen Handtuch und Wäsche nach den Bällen gesucht. Aber gefunden habe ich etwas anderes.«

Er sah Nordh mit einem dramatischen Blick an.

»Und das wäre?«

»Eine Pistole.«

»Eine Handfeuerwaffe?«

»Ja, eine Glock Automatik.«

»Geladen?«

»Ich habe nicht nachgesehen, sondern sie wieder in die Tasche hineingelegt und bin ohne Bälle zurück in die Halle gekehrt. Jemand anderes hat dann welche besorgt. Das Spiel haben wir dann übrigens verloren, weil ich mich nicht mehr konzentrieren konnte.«
»Verständlich. Hast du Andrey später darauf angesprochen?«
»Nein, warum sollte ich?«
»Fandest du es nicht seltsam, dass dein Tischtennispartner mit einer Glock in seiner Sporttasche herumläuft?«
Jörgen zuckte lapidar mit den Schultern.
»Sind wir, bei Licht besehen, nicht alle ein bisschen seltsam?«
Die einen mehr, die anderen weniger, dachte Nordh.
»Du hättest zur Polizei gehen können.«
Der Segler trank schlürfend von seinem Grog.
»Es ist doch so: Ich hatte an Andreys Tasche nichts verloren. Was er darin aufbewahrte, ging mich nichts an. Vielleicht hat er für das Ding ja einen Waffenschein. Oder es war eine Attrappe. Hätte ich ihn darauf angesprochen, hätte ich womöglich meinen Teampartner verloren. Wäre ich zur Polizei gegangen und ihm in den Rücken gefallen, hätte er mich mit Sicherheit abserviert. Zu Recht. Einen Spieler mit Andreys tödlicher Vorhand zu finden, ist nicht so einfach. Außerdem mag ich ihn. Wozu also schlafende Hunde wecken?«
Nordh seufzte.
»Hat er jemals einen Ort erwähnt, an den man sich für ein paar Tage zurückziehen könnte? Ein Sommerhaus? Eine Angelhütte? Ein Boot wie dieses hier?«
»Über Boote haben wir uns einmal länger unterhalten. Andrey angelt gern. Aber dass er ein eigenes hat, hat er nie erwähnt.«

47

Das Outdoorschachfeld im Schlosspark war leer. Kein Wunder bei dem feuchtkalten Wetter. Svea Karhuu vermutete, dass die Schachfiguren in dem unscheinbaren Kabuff unweit des Spielfelds verwahrt wurden. Die einzige Menschenseele in der Nähe war ein Mann in Regenmantel, der auf einer Parkbank saß und las, das Buch von einem Gefrierbeutel geschützt. Auf die Idee musste man auch erst mal kommen. Sie schielte auf den Titel. Weder Dostojewski noch Tolstoi, stattdessen Donna Leon.

»Darf ich?«, fragte sie und nachdem er genickt hatte, setzte sie sich zu ihm. »Ist es drüben in der Bibliothek nicht ein wenig gemütlicher bei dem Wetter?«

»Kann sein«, sagte er und legte sein Buch zur Seite. Er war um die sechzig, hatte wässrige Augen und eine großporige Nase. Sein Schonisch war so breit wie der Öresund. »Aber ich bin ein Draußenmensch. Immer gewesen. Außerdem rauche ich wie ein Schlot. Landschaftsgärtner in Teilzeit-Frührente. Schlimmes Bein. Die Stadtverwaltung wollte mich an einen Schreibtisch setzen. Nein danke, habe ich gesagt. Da haben sie mich hierhin geschickt.«

»Zum Bücherlesen?«

Er lachte asthmatisch.

»Ich leihe die Schachfiguren aus. Wenn jemand spielen will. Früher konnte man die unbeaufsichtigt stehen lassen. Geht heutzutage nicht mehr. Vandalismus. Diebstahl. Jugendliche, die sie in den Schlossteich werfen. Alles schon passiert. Überhaupt schaue ich hier nach dem Rechten. Dabei müsste ich laut Arbeitsvertrag bei dem Wetter gar nicht hier sein. Aber ich behalte mein Gebiet gern im Auge.«

Der Parksheriff, dachte Karhuu, Volltreffer.

»Und?«, fragte sie. »Läuft's?«

»Du siehst ja, bei dem Wetter ist wenig los. Aber auf die Hundemenschen muss man achtgeben. Da wird gern mal die Leine weggelassen. Oder vergessen, das Häufchen aufzusammeln.« Echte Kapitalverbrechen.

»Und an der Schachfront ist heute Leerlauf?«

Der Mann blickte demonstrativ auf seine Armbanduhr.

»Zwei, drei Hartgesottene tauchen immer auf. Bei Wind und Wetter. Meistens Russen. Bekloppt. Sind aus einem anderen Holz geschnitzt als wir schwedischen Weicheier. Schachverrückt sind die. Ist wie eine Sucht bei denen. Bekloppt.«

»Spielst du selbst auch?«

»Gott bewahre, ich bin ja nicht bekloppt.«

Natürlich nicht.

»Aber du kennst die Spieler, die regelmäßig kommen?«

»Sicher. Boris. Maxim. Grischa, der Einarmige. Raucher-Juri. Die Smirnoff-Zwillinge.«

»Andrey Akimov?«

»Andrey auch. Aber warum interessiert dich das überhaupt?«

Sie erklärte und zeigte ihren Polizeiausweis.

»Sieht aus wie eine Prinzessin aus *Tausendundeiner Nacht*, ist aber eine Polizistin aus dem hohen Norden«, murmelte er. »Sachen gibt's.«

Sie ließ ihm den Spruch durchgehen.

»Ich interessiere mich für Andrey.«

»Der hat einen Hund.«

»Dunja.«

»Richtig. Immer sorgfältig angeleint und mit dem Aufsammeln der Häufchen gibt es auch nie Probleme.«

Na, das ist ja die Hauptsache.

»Und sonst?«

»Geht gern angeln, hat er mir einmal erzählt. Wie alle Russen. Angeln und Schach. Bekloppt.«

»Wann war er denn das letzte Mal hier?«

Der Mann kratzte sein stoppeliges Kinn.

»Jetzt, wo du es sagst: Das mag gut und gern eine Woche her sein. Ungewöhnlich. Der kommt sonst eigentlich jeden zweiten Tag vorbei. Überhaupt ist seit zwei, drei Wochen der Wurm drin.«

»Wie meinst du das?«

»Seitdem kommt Grischa, der Einarmige, nicht mehr. Von einen Tag auf den anderen. Grischa ist eigentlich immer hier. Und mit immer meine ich immer. Hat wohl sonst nicht so viel zu tun. Außerdem gilt er als der beste Spieler hier. Mit Abstand. War wohl in Russland mal eine große Nummer. Das mit seinem fehlenden Arm ist ein Handicap bei den großen Figuren. Er muss beim Schieben immer mit den Füßen nachhelfen. Das sieht ein bisschen seltsam aus, hehe, auch wenn er ja nichts dafür kann. Jedenfalls ist er der unangefochtene King. Alle bewundern ihn. Wenn man nach zwanzig Zügen gegen ihn noch nicht mattgesetzt ist, ist das schon ein Erfolg. Die Smirnoff-Zwillinge – keine Ahnung, ob sie wirklich Brüder sind, besonders ähnlich sehen sie sich jedenfalls nicht, und wenn sie wirklich Zwillinge sind, ob sie tatsächlich so heißen oder ob der Name ihrem Wodkakonsum zu verdanken ist, hehe – haben ihm mal ein Remis abgerungen. Verloren hat er, soweit ich weiß, noch nie. Seit er nicht mehr kommt, fehlt hier auf dem Spielfeld die Hauptattraktion. Es ist deutlich ruhiger geworden.«

»Weiß jemand, warum er nicht mehr kommt?«

»Nein. Grischa ist ein ziemlicher Kauz. Marke Einzelgänger. Ob's an seinem Schachgenie liegt oder dem amputierten Arm – wer weiß es? Der Einzige, mit dem der mürrische Alte überhaupt einmal ein paar Sätze wechselt, ist Andrey.«

»Hat dieser Grischa auch einen Nachnamen?«

Der Mann nahm eine Schachtel Zigaretten aus der Tasche. Sie gab ihm Feuer.

»Ich würde es mal mit Stinkstiefel probieren.«

48

Nordh hatte im Büro eine wertvolle Stunde damit vergeudet, Bootsregister durchzusehen. Ohne Erfolg. Dann musste er los, um seine Kinder abzuholen. Auf dem Weg nach draußen begegnete er Lindelöv.

»Na«, fragte der Soko-Chef mit einem breiten Grinsen, »wie läuft's?«

In dem Moment, als er Lindelövs Gesichtsausdruck sah, begriff Nordh, wer die Informationen über den Ziellaser weitergegeben und ihre Ermittlung auf einfache, aber effektive Weise sabotiert hatte. Er musste schlucken. Obendrauf, als Sahnehäubchen, hatte Lindelöv Darko Tadić bekommen, ohne einen Finger dafür zu krümmen.

»Super«, antwortete er. »Tippitoppi.«

»Man hört, Mellanders neue Sondereinheit macht Fortschritte. Kein Wunder, da sind schließlich Profis am Werk.«

Nordh trat so nah an Lindelöv heran, dass er mit seiner Nase fast das Kinn seines groß gewachsenen Gegenübers berührte.

»Muss ein tolles Gefühl sein, eine ganze Stadt in Angst und Schrecken zu versetzen.«

»Du hast sie doch nicht mehr alle, Nordh«, sagte Lindelöv, aber der heitere Ausdruck seiner Augen verriet ihn.

Verächtlich stieß Nordh ihn von sich und ging.

Das Autoradio brachte auf fast allen Kanälen Nachrichten zum neuen *Lasermann*. Im Stadtteil Värnhem hatte es eine polizeiliche Großlage samt Hubschrauber und Sondereinsatzkommando gegeben. Mehrere Bewohner eines Mehrfamilienhauses hatten unabhängig voneinander Alarm geschlagen. Gestellt worden waren am Ende zwei Elfjährige, die mit einem Laserpointer herumgespielt hatten. Weitere Fehlalarme wurden aus Rosengård und Möllevången gemeldet. Lindelöv hat einen

Geist aus der Flasche gelassen und nun bekommt man den Korken nicht wieder drauf, dachte er. Er wechselte die Sender durch, bis er auf Johnny Cash stieß. *I shot a man in Reno, just to watch him die.* Grimmig summte er den Text mit.

Lilly und Tim hatten den Nachmittag bei Nordhs Schwester und ihrer Familie verbracht. Sie hatte zwei Töchter im Teenageralter, die immer sehr liebevoll und geduldig mit Lilly und Tim umgingen. Seine Kinder liebten es, dort zu sein, was nicht nur an den netten älteren Cousinen, der verschmusten Katze und den Unmengen an aussortiertem Spielzeug lag, von dem sie meistens etwas mit nach Hause nehmen durften, sondern vor allem an der unbeschwerten und harmonischen Atmosphäre. Eine kleine Dosis Glück, dachte Nordh und musste schlucken, wobei er etwas Bitteres im Rachen schmeckte. Er gönnte sie seinen Kindern von Herzen, ein Stückchen heile Welt, wie es sie bei uns zu Hause nicht mehr gibt. Als er zusammen mit seiner Schwester ins Wohnzimmer trat, wo die vier Kinder konzentriert um ein Brettspiel gruppiert saßen, meinte er, in Lillys und Tims Mienen die Enttäuschung darüber zu bemerken, dass er im Paradies aufgekreuzt war und es jetzt schon zurück nach Hause gehen sollte. Seine Schwester registrierte den Stimmungsumschwung mit der Sensibilität, die er schon immer an ihr bewundert hatte, und reagierte mit dem ihr eigenen warmherzigen Pragmatismus. Warum blieben die Kids und er denn nicht einfach noch zum Essen?

Der Abend wurde schön und es gelang Nordh einigermaßen, den Zeitdruck und die Gedanken an Akimov, Taqi und den verfluchten Lindelöv beiseitezuschieben. Sein Schwager hatte eine Gemüsesuppe gekocht, von der überraschenderweise selbst die Kinder nicht genug bekommen konnten. Anschließend wurde eine Großpackung Vanilleeis samt Schokosauce und vier verschiedenen Sorten Streusel auf den Tisch gestellt. Nach dem Essen spielten sie alle zusammen Kniffel und anschließend eine ausgelassene Tier-Scharade. Als seine Schwester ihn bei der Verabschiedung draußen vor der Tür in die Arme nahm, wurden seine Augen feucht. Zum Glück bemerkte es niemand.

Es war spät geworden, die Kinder schliefen auf der Rückfahrt ein und zu Hause trug er sie behutsam in ihre Betten. Lilly machte noch einmal kurz die Augen auf und flüsterte: »Du bist der Beste, Papa.«

Er spürte die aufkratzende Wirkung des doppelten Espressos, den er nach dem Abendessen getrunken hatte, und nutzte den Energieschub, um staubzusaugen, zu wischen und sich um die Wäsche zu kümmern. Als er den Müll nach draußen bringen wollte, entdeckte er im Papierkorb, der in der Bastelecke der Kinder im Wohnzimmer stand, ein benutztes Fentanylpflaster. Rosa verwendete die Pflaster, wenn ihre chronischen Rückenschmerzen besonders schlimm waren. Nordhs Laune kippte schlagartig. Er hatte sie schon mehrmals darum gebeten, die Pflaster sorgfältig zu entsorgen. Fentanyl war ein extrem starkes Opioid und der Sinn der Pflaster bestand darin, den Wirkstoff gleichmäßig abzugeben, sodass er von der Haut absorbiert werden konnte. Wenn Rosa sie nach einigen Stunden abnahm und wegwarf, weil ihre Schmerzen nachgelassen hatten, bedeutete das keinesfalls, dass die Pflaster deshalb wirkungslos geworden waren. Nicht auszumalen, wenn die Kinder … Aufgebracht ging er nach nebenan und klingelte bei Rosa Sturm. Sobald sie die Tür geöffnet hatte, begann er mit seiner Schimpftirade. Es fielen harte Worte. Sekunden später tat es ihm leid, er war deutlich über das Ziel hinausgeschossen, wie ihm nun klar wurde. Schlagartig begriff er, dass er die Situation mit seiner Wut auf Lindelövs Sabotage und Mellanders Machtspiele vermischt hatte. Dort gehörte sie nicht hin. Aber es war bereits zu spät. Rosa stand regungslos da. Die Linie, die ihre verschlossenen Lippen bildeten, vibrierte.

»Allzu lange musst du mich nicht mehr ertragen«, sagte sie schließlich leise, aber mit bitterem Nachdruck, »dann kannst du das, was von deiner Familie noch übrig ist, im Alleingang retten. Nur für die Kinder tut es mir leid.«

»Rosa, ich ...«

Sie schloss die Tür. Er trottete zurück in seine Doppelhaushälfte. Hätte er nur den Mund gehalten. Was war er für ein Idiot! Wie konnte er nur so undankbar sein? Seit Lindas Tod war Rosa seine größte Stütze. Selbst als er monatelang nicht gearbeitet hatte, war ihre Hilfe nicht wegzudenken gewesen. In den vergangenen Tagen hatte er sie immer wieder eingespannt. Auf Abruf, sogar nachts. Wie sollte er ohne sie und ihre Aufopferung zurück in seinen Job? Es war unmöglich.

Er kippte den Inhalt des Papierkorbs in einen Müllbeutel, den er zuknotete. Dann zögerte er. Stand eine lange Minute wie versteinert da. Löste den Knoten wieder. Wühlte in dem Beutel herum. Da war das Pflaster. Er pappte es sich auf den Unterarm. Löschte das Licht. Legte sich in Embryonalstellung aufs Sofa, zupfte die Wolldecke zurecht, suchte auf seinem Handy nach Lindas Lieblingsmusik. Die Erinnerungen kamen von ganz allein. Ein Wanderurlaub im Spätsommer, etwa ein Jahr bevor Lilly auf die Welt gekommen war. Ein Naturschutzgebiet in den nordschwedischen Bergen, majestätische Natur, außer ihnen war in der Nachsaison niemand anderes mehr unterwegs gewesen. Nach einigen Tagen Aufwärmen hatten sie sich für die Königsetappe entschieden, einen dreißig Kilometer langen Kurs durch anspruchsvolles Gelände. Am Vormittag hatte die Sonne geschienen, dann war das Wetter entgegen der Vorhersage plötzlich gekippt. Windböen zerrten an ihren Outdoorjacken, die Temperatur sank um mehr als zehn Grad, wenig später setzte Schneeregen ein. Trotzdem verfielen sie nicht in Panik. Sie hatten bereits mehr als zwanzig Kilometer zurückgelegt und genügend Verpflegung dabei, um bei Kräften zu bleiben. Doch plötzlich rutschte er mit dem Fuß von einer Felskante ab, verlor das Gleichgewicht und knickte um. Es tat so weh, dass er aus vollem Hals aufschrie. Binnen Minuten schwoll sein Knöchel an. Er testete vorsichtig, ob er den Fuß wieder belasten konnte, aber es war vollkommen unmöglich, die Schmerzen waren nicht auszuhalten. Wie ungeschickt von ihm, hätte er sich nicht besser auf den Weg konzentrieren können, anstatt beim Gehen seinen Gedanken nachzuhängen? Keines der Handys hatte Empfang, sie waren mitten in der Pampa, im Niemandsland. Er spürte, wie ihm die Angst den Rücken hinaufkroch. Wenn Linda jetzt losging, um Hilfe zu holen, wäre er hier vier oder fünf Stunden allein. Er fror jetzt schon. Weit und breit war keine Erhebung, hinter der sie vor dem eisigen Wind, der nasse Schneeflocken vor sich hertrieb, Schutz suchen konnten. Das war der Moment, in dem Linda über sich hinauswuchs.

»Ich lasse dich nicht allein«, sagte sie.

Sie legte seinen Arm um ihre Schulter, sodass er vorwärtshinken konnte. Fünf Schritte, dann zehn Sekunden Pause. Fünf Schritte ... Es ging. Es kostete sie enorme Kraft, sie waren langsam, aber sie kamen tatsächlich vorwärts. Für die neun Kilometer bis zu ihrem Auto benötigten sie fünfeinhalb Stunden. In der Abenddämmerung kamen sie schließlich an. Beide hatten vor Erschöpfung geweint. Ach, meine starke, meine liebe Frau. Ein von der Erinnerung und dem Opiat genährter warmer Strom erfasste ihn, bis sein Bewusstsein in die Nacht davonsegelte.

49

Svea Karhuu hatte sich einen Mietwagen besorgt. Sie hätte sich auch ein ziviles Auto aus dem Fuhrpark der Polizei leihen können, aber das Letzte, was sie wollte, war, ihren Verdacht an die große Glocke zu hängen. Wobei: Verdacht war ein zu großes Wort. Intuition passte besser. Oder einfach nur ein Hirngespinst. Sie hatte zwischen anderen Wagen am Straßenrand geparkt und freien Blick auf den Eingang des Jugendzentrums in Hermodsdal. Es war kurz vor zehn, in wenigen Minuten schloss die Einrichtung und irgendwann musste selbst ein engagierter Sozialpädagoge auf Spätschicht einmal Feierabend machen. Sie dachte an das Gespräch mit Pedro Morales zurück. So stolz, ja, fast bewundernd, wie er von Taqi gesprochen hatte, schien ihm der Junge wirklich am Herzen zu liegen. An sich eine gute Sache. Wenn man wie Taqi ohne Vater aufwuchs und mit einem älteren Bruder, der früh im Leben die falsche Abzweigung genommen hatte, war sicherlich jede außerfamiliäre Unterstützung wertvoll. Wenn Morales für den Jungen eine Vaterfigur darstellte – umso besser. Doch warum hatte der Sozialpädagoge sie angelogen? Warum hatte er die Ölflecken an seinen Händen zuerst mit einer Fahrradreparatur und später mit dem Wechseln einer Zündkerze erklärt? Ein harmloser Versprecher? Oder stimmte vielleicht beides? Wahrscheinlich war es gar nicht ungewöhnlich, dass in der Fahrradwerkstatt des Jugendzentrums auch Teenager mit ihren Mopeds oder Motorrollern aufkreuzten, es lag ja auch auf der Hand, sicherlich hatten die wenigsten einen Hobbykeller oder eine Garage samt Werkzeug zur Verfügung. Trotzdem saß sie in einem ausgekühlten Auto, statt zu trainieren oder vernünftigerweise ein wenig Schlaf nachzuholen, und das alles nur wegen eines Gefühls. Sie öffnete eine Dose Energydrink. Kristoffer hatte am Morgen den Zug zurück nach Stockholm genommen. Es war schön gewesen, dass er sie hier besucht hatte. Nach den Ereignissen der vergangenen Tage hatte sie die Nähe genossen, ja, gebraucht. Sie hatte sich daran aufgerichtet und fühlte sich nach der Misshandlung durch Tadić und seine Schergen wieder stärker. Aber sie war unschlüssig, wie sie zu Kristoffers Vorstoß stand, zusammenzuziehen. Die Idee an sich war schön. Ein Teil von ihr sehnte sich danach. Das Leben miteinander zu teilen. Endlich einen gemeinsamen Ort zu haben, ein Nest, in das man sich zurückziehen konnte. Doch etwas in ihr sträubte sich dagegen. Vielleicht war es die Vorstellung, ihre eigene kleine, kärglich möblierte Wohnung am Stadtrand aufzugeben, um in ein Märchenschloss in Stockholms Szenestadtteil zu ziehen. Etwas daran entsprach ihr nicht. Vielleicht hatte es mit ihrer unsicheren Arbeitssituation zu tun, vielleicht war sie momentan mehr sie selbst, wenn sie aus dem Koffer lebte, zumindest so lange, bis geklärt war, wie es mit ihr weitergehen würde.

Aus dem Eingang des Gebäudes trat eine Gruppe Mädchen, etwa sechzehn bis neunzehn Jahre alt, die Hälfte von ihnen trug Kopftuch. *Raise your voice* – sie musste an das Plakat im Eingangsbereich des Jugendzentrums denken. Die eigene Stimme erheben, das war wichtig. Während allgegenwärtig über die jungen Männer in den sogenannten Brennpunktstadtteilen gesprochen wurde, redete niemand über die Mädchen oder jungen Frauen. Geschweige denn, dass sie jemand zu Wort kommen ließ. Als sich die Traube der Teenager aufgelöst hatte, kam eine Frau um die fünfzig aus dem Eingang, schloss ihr Fahrrad auf und fuhr davon. Noch immer brannte in einigen Fenstern des Gebäudes Licht. Sie bekam eine Nachricht von Kristoffer. *Es war schön bei dir,* schrieb er. Sie antwortete mit einem Herzen. Fünf nach zehn. Sie begann trotz ihres Parkas zu frieren. Bei ihr waren es immer die Füße, die zuerst auskühlten. Sie musste an die Schachspieler im Schlosspark denken. Die Smirnoff-Zwillinge waren tatsächlich noch aufgetaucht, hatten aber nur einsilbige Antworten gegeben. Weder zu Andrey Akimov noch zu Grischa hatten sie sich äußern wollen. Nachnamen und Adresse des einarmigen Schachmaestros hatte sie an ihrem Rechner im Präsidium selbst herausgefunden, zumindest glaubte sie, dass sie den Richtigen gefunden hatte, denn in ganz Schonen waren nur drei Grischas gemeldet, von denen zwei jünger als vierzig waren. Der Mann interessierte sie schon allein deshalb, weil er zu Akimovs Bekanntenkreis gehörte und vor nicht allzu langer Zeit offenbar ganz plötzlich von der Bildfläche verschwunden war. Dazu kam, dass er wie Akimov ebenfalls aus Russland beziehungsweise der ehemaligen Sowjetunion stammte. Grischa Radschenko war einundsiebzig Jahre alt, alleinstehend und Anfang der Neunzigerjahre nach Schweden immigriert. Zu ihrer Überraschung gab es eine polizeiliche Akte, die einige interessante Informationen enthielt. Offenbar war Radschenkos Name Mitte der Nullerjahre am Rande eines Finanzskandals aufgetaucht. Vor seinem Ruhestand hatte der ehemalige Moskauer Informatikprofessor für mehrere internationale Investmentbanken und Hedgefonds gearbeitet. Von der Kaderschmiede des Kommunismus direkt ins Cockpit des Heuschreckenkapitalismus. Eine bemerkenswerte Laufbahn. Eine Verwicklung Radschenkos in die Betrugsgeschäfte seines Arbeitgebers hatte man ihm letztlich nicht nachweisen können.

Im Jugendzentrum gingen nacheinander die letzten Lichter aus. Die stämmige Gestalt von Pedro Morales trat aus der Eingangstür, schloss hinter sich ab und ging zum Parkplatz, wo er in einen roten Skoda stieg, der schon bessere Zeiten erlebt hatte. Karhuu folgte dem Wagen mit einigem Abstand und achtete im fließenden Verkehr darauf, dass sich ein oder zwei Autos zwischen ihnen befanden. Sie blickte immer wieder aufs Navi. Die Stadtteile zogen an ihnen vorbei. Västra Söderkulla, Kulladal, Holma. Morales parkte vor einem *Seven-Eleven* und kam einige Minuten später mit einer vollen Plastiktüte in der Hand wieder heraus, stieg in den Skoda und fuhr weiter. Sie folgte ihm. Beim Anblick der Einkaufstüte hatte sie an Kimmis Worte denken müssen. Dass Taqi sich in einem Keller verschanzte und sich von Tütensuppen und Energydrinks ernährte. Sicher, Kimmi hatte gelogen, um sie in Tadićs Falle zu locken. Trotzdem stellte sich natürlich die Frage, wo der Junge sich aufhielt.

Sie war auf Kimmis billigen Trick nur deswegen hereingefallen, weil sie sich Taqis Versteck so oder so ähnlich vorgestellt hatte: ein Kabuff, ein Fahrradkeller, ein Abstellraum. So viele Möglichkeiten boten sich für einen Vierzehnjährigen nicht, der auf der Flucht vor der Polizei, den *Originals* und womöglich auch vor Rashids Mörder war. Es sei denn, er hatte Hilfe. Spielte Cyrus eine Rolle? Schließlich hatte er seinem kleinen Bruder vor einigen Tagen einen Motorroller gekauft. Oder Pedro Morales? Der Sozialpädagoge fuhr durch den östlichen Teil von Krogsbäck. Die gelben Hochhäuser in typischer Sechzigerjahrebauweise erinnerten stark an Hermodsdal. Einige Straßen weiter gelangten sie in den westlichen Teil des Viertels. Hier war das Stadtbild wie so oft in Malmö ganz plötzlich ein anderes. Reihen- und Einfamilienhäuser. Morales lenkte den Wagen in eine Parklücke am Straßenrand. Karhuu hielt in gut fünfzig Metern Abstand. Sie beobachtete, wie Morales ausstieg, auf eines der Reihenhäuser zuging und im Hauseingang verschwand. Karhuu seufzte. Das war die Adresse, unter der Morales gemeldet war. Samt Frau und drei Kindern. War es vorstellbar, dass die Familie Taqi zu Hause Unterschlupf gewährte? Auszuschließen war es nicht, aber Karhuu hatte Schwierigkeiten, es sich vorzustellen. Morales wusste spätestens seit ihrem Gespräch, dass Taqi polizeilich gesucht wurde und dass wahrscheinlich auch die *Originals* hinter ihm her waren. Würde er sich wirklich strafbar machen, seine Freiheit und seinen Beruf aufs Spiel setzen, womöglich sogar seine Familie in Gefahr bringen, um einem seiner Schützlinge zu helfen? Karhuu parkte den Wagen und stieg aus. Sie zündete sich eine Zigarette an. Ihr Körper nahm das Nikotin so dankbar auf wie ein Schwamm. Wunderbar. Alle ihre Kampfsporttrainer hatten über das Rauchen geschimpft. Der Körper sei ein Tempel und so weiter und so fort. Aber wer wollte schon in einem Tempel leben? Sie rauchte und ließ sich das Gesicht vom feinen Regen benetzen. Es gab zwei

Möglichkeiten. Sie konnte jetzt zu Morales' Haus gehen, klingeln und den Sozialpädagogen zur Rede stellen. Sollte er sie ein weiteres Mal anlügen, sollte Taqi sich tatsächlich im Haus befinden, konnte sie der Sache allerdings nicht weiter auf den Grund gehen. Nicht ohne Durchsuchungsbeschluss. Sie ließ die heruntergerauchte Kippe fallen und trat sie aus. Die Entscheidung war gefallen. Sie hatte sich für Möglichkeit zwei entschieden. Sie stieg in den Wagen und fuhr zurück ins Hotel.

Mitte März hatte Taqi Geburtstag. *Wie an fast allen zurückliegen Geburtstagen, an die er sich erinnern konnte, schien die Sonne und es lag eine erste Ahnung von Frühling in der Luft.* Du bist mein Sonnenkind, *sagte seine Mutter manchmal, wenn sie allein waren, vom Tag an, an dem ich dich bekommen habe, warst du mein Sonnenkind. Sie war so stolz auf ihn. Seit er mit seinem Physikprojekt den ersten Platz bei der schulinternen Wissenschaftsolympiade belegt und sich für die Stadtmeisterschaft qualifiziert hatte, vielleicht sogar noch ein bisschen mehr als vorher schon. Taqi war es peinlich, vor allem seiner kleinen Schwester gegenüber. Seine Mutter hatte ihm zum Geburtstag seinen Lieblingskuchen gebacken und es bei der Arbeit so eingerichtet, dass sie eine Stunde später als sonst begann, damit sie zur Feier des Tages zusammen frühstücken konnten. Also aß er Schokoladenkuchen, tat so, als würde er sich über den neuen Schulrucksack freuen, den seine Mutter ihm schenkte – Senfgelb, wie war sie nur auf diese Farbe gekommen? –, und musste über den kleinen hölzernen Flaggenmast mit Schwedenfahne lächeln, den sie an Geburtstagen, samt ihrem eigenen, auf dem Tisch platzierte, als wären sie eine ganz normale schwedische Familie mit ganz normalen schwedischen Traditionen. Taqi musste an seinen großen Bruder denken. An Festtagen vermisste er ihn besonders. Obwohl Cyrus vor zwei Wochen aus der Haft entlassen worden war, war er nicht hier. Seine Mutter hatte ihn in all ihrer Unversöhnlichkeit verbannt und Cyrus übernachtete bei einem Kumpel auf der Couch, bis er etwas Eigenes gefunden hatte.*

Nach der Schule war Taqi mit Shishi im Affenkäfig verabredet. Sie bolzten ein bisschen zu zweit. Später kamen noch einige andere dazu und es entwickelte sich ein wildes Drei-gegen-vier, bei dem Shishi, er und ein dritter Junge in Unterzahl einen knappen Sieg einfuhren, was einzig und allein an dem außergewöhnlichen Talent seines besten Freundes lag. Seit er regelmäßig bei Malmö FF in der Akademie trainierte, war er noch einmal besser geworden, leichtfüßig und elegant.

Im Block wurde er nur noch Mini-Messi genannt, ein Spitzname, den er schüchtern lächelnd, wie es seine Art war, eher hinnahm, als sich daran zu ergötzen.

Nach dem Spiel lud Taqi ihn zur Feier des Tages ins Venezia ein. Wie immer teilten sie sich eine Familienpizza »Diabolo-Spezial«, ein scharfes, fettiges Ungeheuer mit vierzig Zentimeter Durchmesser, dazu für jeden einen halben Liter Cola und hinterher ein Eis. Dann überreichte Shishi ihm ein Geschenk. Damit hatte Taqi nicht gerechnet. Sein Freund hatte nie Geld und Taqi hatte sich nie daran gestört. Neugierig packte er das sorgfältig in Geschenkpapier eingeschlagene Präsent aus. Es war ein Buch. »Die faszinierende Welt der Elektrotechnik«. Taqi war gerührt. Er wusste, dass Shishi nichts mit Büchern anfangen konnte, erst recht nicht mit solchen. Umso erstaunlicher, dass er Taqis Interesse genau getroffen hatte. Er bedankte sich und nahm seinen Freund in den Arm. Wie gut er roch. Nach dem Fußball immer am besten. Sie verließen die Pizzeria und drehten noch eine Runde um den Block. Es war frisch geworden, nachdem die Sonne untergegangen war, und der Himmel spannte sich schwarzblau über Hermodsdal. In der Professorsgatan kam ein Motorroller auf sie zu und blieb kurz vor ihnen stehen. Das war Kimmi. Er nahm den Helm ab und bockte seinen Motorroller auf.

»Was geht?«

Taqi hatte sofort ein schlechtes Gefühl.

»Alles cool. Und selbst?«

Er verstand nicht, warum sich Shishi immer wieder auf diesen Idioten einließ.

»Cool.«

Kimmi musterte sie.

»Komm«, sagte Taqi zu Shishi. »Lass uns weiter.«

»Ich suche euch schon eine ganze Weile.« Kimmi grinste Shishi an. »Dich, genauer gesagt.«

»Mich? Warum?«

»Einer der Bosse will dich sehen.«

»Einer der Bosse?«

»Darko. Schon mal gehört?«

Taqis Magen drückte. Das klang gar nicht gut. Was wollte Darko Tadić von Shishi?

»Lass uns weiter«, drängelte er.

»Darko. Klar. Cool.«

»Shishi, komm!«

»Darko ist wirklich cool. Hab schon öfter mit ihm abgehangen.« Kimmi grinste. Siegessicher.

»Aber was will er von mir?«

»Hat von deinem Talent gehört. Will dir ein Geschäft vorschlagen. Wird sich für dich lohnen, nach allem, was ich gehört habe.«

»Cool.«

»Das ist doch Schwachsinn! Du musst da nicht hin, Shishi!«

Taqi zupfte ihn am Ärmel.

Shishi wirkte unentschlossen. Warum checkte er das nicht? Wenn man sich einmal auf die Typen einließ, war man geliefert.

»Du musst mit Darko natürlich keine Geschäfte machen«, sagte Kimmi mit einem feinen Lächeln, »aber das solltest du ihm persönlich sagen. Alles andere wäre verdammt unhöflich. Und Unhöflichkeit hasst Darko wie die Pest.«

Es war so durchschaubar.

»Okay, cool.«

»Cool, Bruder. Let's go.«

Gar nichts war cool, im Gegenteil.

»Kommst du mit?«, fragte Shishi.

Alles in Taqi sträubte sich dagegen. Musste sein Geburtstag so enden? Aber er durfte seinen Freund jetzt nicht allein lassen. Shishi war naiv und leicht zu beeinflussen. Was auch immer sie mit ihm vorhatten, es war mit Sicherheit nichts Gutes.

Eine Viertelstunde später saßen sie Darko Tadić in einer völlig verqualmten Wohnung gegenüber. Flankiert von zwei Muskelbergen fläzte er sich auf einem Sofa und rauchte eine Shisha. Er beugte sich über den Couchtisch und gab Shishi und Taqi die Hand.

»Willkommen, meine Brüder.«

Brüder am Arsch.

»Yo, Bro.«

Bro.

Warum machte Shishi plötzlich einen auf Getto? Er war doch sonst nicht so.

»Man hört nur gute Dinge über dich, Bruder«, sagte Darko an Shishi gewandt. »Sollst auf dem Fußballplatz der King sein. Mini-Messi. Der neue Zlatan.«

Er grinste und seine Buddys und Kimmi grinsten mit. Wie Haie, dachte Taqi.

»Yo, Bro.«

Shishi lächelte schüchtern. Es war nicht zu übersehen, dass er sich geschmeichelt fühlte. Vielleicht weil ihn sonst nie jemand lobte, wenn man mal von Taqi absah. Aber Taqi war halt selbst noch ein Kind und nicht der zweithöchste Chef einer Gang.

»Ich möchte dir einen Deal vorschlagen, Rashid.« Darko griff mit großer Geste in die Hosentasche und holte eine Rolle aus Geldscheinen heraus. Er löste das Gummi, mit dem die Scheine zusammengehalten wurden, und zählte drei Tausend-Kronen-Scheine auf den Tisch. »Das ist eine Anzahlung, mein Bruder. Und von jetzt an kommt jeden Monat etwas. Was sagst du?«

»Aber wofür denn?«, fragte Shishi.

»Dafür, dass ich ab heute dein Manager bin.«

Einen Moment lang sah Shishi perplex aus. Taqi hätte ihn am liebsten gegen das Schienbein getreten. Aber es war natürlich längst zu spät. Sie hätten nie herkommen sollen. Auch wenn Taqi wusste, dass man, wenn man im Block wohnte, Typen wie Darko nicht dauerhaft aus dem Weg gehen konnte. Das war das Beschissene an Hermodsdal.

Schließlich lächelte Shishi breit.

»Einverstanden.«

Darko hielt ihm erneut seine Pranke hin und Shishi schlug ein.

50

Nordh und Karhuu ließen die Stadtgrenzen hinter sich und fuhren auf der Landstraße Richtung Osten. Es goss in Strömen. Obwohl ihnen die Zeit davonlief, fühlte er sich ruhig und ausgeruht. Er hatte geschlafen wie ein Baby. Wahrscheinlich dank des Fentanylpflasters. Trotzdem wollte er es lieber auf den gelungenen Familienbesuch bei seiner Schwester schieben. *Du bist der Beste, Papa.* An den Wortwechsel mit Rosa dachte er lieber nicht zurück. Wenn er das Fass aufmachte ... Auf dem Rocksender liefen Oldies. Wenigstens dort hatte man seine Ruhe vor dem *Lasermann*. Karhuu auf dem Beifahrersitz war wenig gesprächig und sah müde aus. Womit sie sich wohl die Abende um die Ohren schlug? Spielte sie *Candy Crush* oder startete Onlinepetitionen für die Rechte der samischen Rentierzüchter? Allein im Hotelzimmer zu sitzen, musste auf die Dauer ja aufs Gemüt schlagen. Vielleicht grübelte sie auch darüber nach, was geschehen würde, wenn Mellander ihnen in wenigen Stunden den Hahn abdrehte. Wahrscheinlich würde es dann für sie zurück nach Stockholm gehen. Oder hing ihr die Nacht in der Gewalt von Darko Tadić doch noch nach? Wer wollte es ihr auch verübeln. Bemerkenswert, wie sie die Sache bisher weggesteckt hatte. Viele Kollegen hätten nach solch einer Geschichte womöglich nicht so schnell in die Spur zurückgefunden. Wenn überhaupt. Er warf ihr einen kurzen Seitenblick zu. Nein, sie sah nicht verunsichert oder gar traumatisiert aus, sondern einfach nur übermüdet. Er blickte wieder nach vorn und sah die Straßenschilder vorbeiziehen. Abfahrten nach Jordberga, Vemmenhög, Stora Beddinge. Er liebte die Landschaft, selbst bei dem Sauwetter draußen. Das wellige Auf und Ab der Stoppelfelder, Buchenhaine und Wiesen. Die Windräder, deren Rotoren in den tief hängenden Regenwolken verschwanden. Das graue Meer, das sich hinter

Skivarp zur Rechten erahnen ließ. Die südliche Küste Schonens, Wallanderland. Sein Vater stammte aus dieser Gegend. War als junger Mann pfiffig genug gewesen, aus der Linie vieler Generationen Bauerntum auszuscheren und einen anständigen Beruf zu lernen. Aus dem Plan, eine Malmöer Klempnerdynastie zu gründen, war dann allerdings doch nichts geworden. Sorry, Dad. Kurz vor Mossby bogen sie links von der Landstraße ab, dann wieder rechts, dann wieder links, dann waren sie da. Sie passierten ein offen stehendes Schiebetor, das in einen mehr als zwei Meter hohen Zaun eingelassen war, der das weitläufige Grundstück umgab und in der Landschaft wie ein Fremdkörper wirkte. Etwas in ihm horchte auf. Wieso schottete sich jemand derart ab, um dann doch das Tor offen stehen zu haben? Er fuhr eine etwa hundertfünfzig Meter lange gekieste Auffahrt entlang, bremste und stellte den Motor aus. Der Regen trommelte aufs Autodach. Vor ihnen stand ein geduckter, weiß getünchter Bau in L-Form mit Reetdach unter mächtigen Eichen. Alt, aber mit Umsicht und viel Geld geschmackvoll renoviert. Ein solches Kleinod in dieser Lage hatte seinen Preis.

»Dein einarmiger Grischa ist Investmentbanker, sagtest du?«

»Er hat für Investmentbanken und Hedgefonds gearbeitet.«

»Ist das nicht dasselbe?«

»Ganz und gar nicht. Würdest du eine Putzkraft bei *Goldman Sachs* auch als Investmentbanker bezeichnen?«

Da hatte aber jemand blendende Laune heute Morgen.

»Ich meine ja nur.«

»Grischa Radschenko ist emeritierter Informatikprofessor, der später als Datenanalytiker in der freien Wirtschaft zu viel Geld gekommen ist.«

»Der, wenn ich dich richtig verstanden habe, beinahe täglich nach Malmö fährt?«

»Richtig. Aber seit etwa zwei Wochen nicht mehr.«

»Er fährt jeweils fünfundvierzig Minuten hin und zurück, nur um im Schlosspark mit anderen Russen Schach zu spielen?«
»Ja.«
»Einarmig?«
»Einarmig.«
»Ist das überhaupt erlaubt?«
»Einarmig Schach zu spielen?«
»Einarmig Auto zu fahren.«
Er deutete auf den Tesla, der vor einer Garage und einem scheunenartigen, leeren Carport auf der Auffahrt stand.
»Wenn das Auto geführt werden kann, ohne die Verkehrssicherheit zu gefährden, ist das erlaubt. Radschenko fehlt der linke Arm. Mit einem Wagen ohne manuelle Schaltung dürfte er also keine Probleme haben.«
»Na dann. Schön, wenn er trotz seiner Verkrüppelung so mobil ist.«
»Verkrüppelung? Ernsthaft, Jon?«
Was war denn jetzt los? War er schon wieder in ein sprachliches Fettnäpfchen getreten?
»Was denn?«
»Muss ich das wirklich ausbuchstabieren? In welcher Welt lebst du eigentlich? Indianer, Klein Bagdad, Krüppel ... Das ist alles abwertend. Überhaupt dein Verhalten. Wie ruppig du mit Zeugen sprichst, wenn sie einen Migrationshintergrund haben. Wie abfällig du dich Wallgren und Stöcker gegenüber verhältst, obwohl sie dir überhaupt nichts getan haben. Merkst du das alles nicht? Oder ist dir das egal?«
So aufgebracht wie jetzt hatte er sie noch nicht erlebt.
Er seufzte.
»Bärin, ich ...«
Ihre Augen blitzten.
»Ach, fick dich ins Knie.«
Sie stieg aus und knallte hinter sich die Wagentür zu. Ver-

dammt, was für ein blödsinniges Drama. Er eilte ihr hinterher. Draußen regnete es noch stärker als zuvor. Schon nach wenigen Schritten rann ihm Wasser aus dem nassen Haar in die Augen. Wieder beneidete er Karhuu um ihren Parka. Er selbst trug nur einen Anzug. Wie blöd konnte man sein. Er sprang über Pfützen, um seine italienischen Wildlederschuhe nicht endgültig zu ruinieren. Ehrlich gesagt hatten sie ihre besten Zeiten allerdings bereits lange hinter sich. Er beschleunigte den Schritt, nichts wie raus aus dem verdammten Regen. Er bemerkte ein Fenster, das sperrangelweit offen stand. Im Fensterrahmen hockte eine Elster und starrte mit schwarzen Augen in den Regen hinaus. Was für ein Idiot ließ bei diesem Wetter …? Er musste schlucken. Die Anzeichen fügten sich zu einem Verdacht. Mit einem Mal verstand er, warum Karhuu unbedingt hatte vorbeikommen wollen, weil sie Radschenko telefonisch nicht erreicht hatte, und warum sie darauf bestanden hatte, dass er sie begleitete. Auch wenn es in einem unnötigen Streit gemündet war. Aber der musste warten. Radschenko war ein Bekannter Andrey Akimovs. Ebenfalls ein ehemaliger Sowjetbürger. Der seit zwei Wochen verschwunden war oder zumindest abrupt seine Gewohnheiten geändert hatte. Und nun befanden sie sich auf seinem millionenschweren Anwesen und trotz des Starkregens stand ein Fenster weit offen. Das alles musste natürlich nichts heißen. Aber nach zwanzig Jahren in diesem Job entwickelte man einen gewissen Instinkt. Und der verhieß ihm nichts Gutes. Er ging weiter auf das Haus zu und erreichte die Eingangstür. Das ungute Gefühl verfestigte sich. Die Tür war nicht verschlossen gewesen, Karhuu war bereits im Haus. Er wischte sich mit dem nassen Ärmel Wasser aus dem Gesicht und ging ihr hinterher.

»Hallo«, hörte er Karhuu rufen. »Ist jemand zu Hause? Hier ist die Polizei.«

Keine Reaktion. Er folgte ihr ins Haus hinein. Eichendielen, registrierte er, mehr als hundert Jahre alt. Karhuu drückte die Klinke der ersten Tür zur Rechten auf, das musste das Zimmer mit dem offenen Fenster sein. Sie machte einen Satz zurück. Er roch die Leiche, bevor er sie sah. Alles an der Szenerie war entsetzlich. Das Summen der Fliegen, die wimmelnden Maden in den offenen Schnittwunden, die Brandmale, der eingeschlagene Schädel. Der an den Stuhl gefesselte, nackte Körper des alten Manns. Am schlimmsten waren die Augen, beziehungsweise ihr Fehlen. Aus leeren Höhlen schien Radschenko ihn anzustarrten. Nordh hatte in seiner Zeit bei der Mordkommission eine Menge Dinge gesehen, die er lieber vergessen hätte. Anderes ging ihm nicht mehr so sehr unter die Haut, wie es vielleicht sollte. Es war die Routine, man stumpfte in seinem täglichen Job ab, ob man es wollte oder nicht. Allen Kollegen, die er kannte, ging das so. Vielleicht war es schlichtweg notwendig, um in diesem Beruf zu funktionieren. Sicherlich ging es jedem Chirurgen, Rechtsmediziner oder Bestatter ähnlich. Aber dieser Anblick schockierte ihn. Radschenko musste vor seinem Tod unerträglich gelitten haben. Die leeren Augenhöhlen, der weit offen stehende Mund, die grotesken Dellen – der Kopf ließ Nordh an Edvard Munchs *Schrei* denken. Er bemerkte, dass dem Leichnam nicht nur der linke Arm fehlte, sondern auch der Ringfinger der rechten Hand. Es sah aus, als ob er abgerissen worden wäre. Karhuu war blass geworden.

»*Perkele*«, flüsterte sie.

Das einzige Wort Meänkieli, das er kannte. Wörtlich: Teufel. Frei übersetzt: so eine verdammte Scheiße.

»*Perkele*«, wiederholte er leise, denn dem war nichts hinzuzufügen.

51

Nachdem sie alle weiteren Zimmer überprüft hatten, setzten sich Karhuu und Nordh in die Küche. Sie hatten auch nicht damit gerechnet, im Haus noch jemanden anzutreffen. Der Mann war seit mindestens zwei Wochen tot, schätzte Nordh, der mit solchen Dingen ungleich mehr Erfahrung hatte als sie. Auf einer Kommode neben dem Eingang hatten sie ein Portemonnaie mit Radschenkos Papieren gefunden. Auch wenn das Gesicht des Leichnams verunstaltet worden war, gab es keinen Zweifel, dass es sich bei dem Mordopfer um Radschenko handelte. Es war nicht zu übersehen gewesen, dass das Haus auf geradezu manische Weise durchsucht worden war. Herausgezogene und auf den Boden ausgekippte Schubladen, durchwühlte Schränke, aufgeschlitzte Matratzen, Kissen und Polster. Auf digitale Geräte wie Smartphone oder Computer wiesen nur noch zurückgelassene Ladekabel und Netzteile hin. Wer auch immer hier am Werk gewesen war, dem war es nicht um Wertsachen gegangen: Eine Schatulle mit goldenem Herrenschmuck war im Schlafzimmer achtlos auf den Boden gekippt worden. Im Flur standen auf Säulen sorgfältig ausgeleuchtete abstrakte Bronzeskulpturen, die wertvoll anmuteten. Der Safe in der Wohnzimmerwand stand offen. In ihm befanden sich ein halbes Dutzend exklusiver Uhren und zwei Marienikonen.

Karhuu hatte den Kopf auf die Arme gestützt und knetete mit den Handballen die Augenlider.

»Was ist das hier, Jon? Was um alles in der Welt ist das hier?«

Nordh seufzte.

»Du hast den Leichnam ja gesehen. Radschenko wurde aufs Schwerste misshandelt und gefoltert. So etwas ist mir in dieser Weise noch nie begegnet.« Sie musste schlucken. Vielleicht tat sie dem Toten damit unrecht, aber sie konnte nicht anders, als an die Nacht zurückzudenken, in der sie in Tadićs Gewalt gewesen war. Wie Radschenko an einen Stuhl gefesselt und hilflos dem ausgesetzt, was auch immer ihr Peiniger ihr hatte antun wollen. Für einen Moment tat sich in ihr ein bodenloser Abgrund auf, ihr linkes Augenlid begann zu flattern und ihre Hände zitterten, bis sie sie auf die Oberfläche des Küchentischs presste. »Alles in Ordnung mit dir, Svea?«

In Nordhs Blick lag Sorge um sie. Ein aufrichtiges Mitgefühl. Das erkannte sie. Er mochte ein ignoranter Trampel sein, aber er war nicht boshaft. Er war ihr gegenüber loyal. Der dunkle Schlund in ihr schloss sich. Ich bin nicht allein, dachte sie, und die Bilder von Tadić, aber auch die ihres letzten Einsatzes in Stockholm glommen kurz auf und verblassten. Damals ist alles schiefgelaufen. Doch dieses Mal bin ich nicht allein. Ich habe einen Partner, auf den ich mich verlassen kann.

»Ja«, sagte sie. »Es ist nur … Radschenko da drinnen …« Das war nur die halbe Wahrheit. Aber immerhin. »Warum tut man jemandem so etwas an?«

Nordh massierte seine Nasenwurzel.

»Technisch betrachtet könnte dieser Tatort nicht weiter von den Schüssen auf die Pizzeria und dem Attentat auf Nizar Hakeem entfernt sein, und natürlich sollten wir nichts vorschnell ausschließen, aber ich glaube, dass es einen Zusammenhang gibt. Die Suche nach Akimov und dein Riecher haben uns hergeführt. Radschenkos Tod muss mit dem Drive-by-shooting in Hermodsdal und dem Geschehen im Park in Rosengård zu tun haben. Er ist Teil von etwas Größerem. Vielleicht ist es der Ausgangspunkt, vielleicht nahm die Kette von Ereignissen hier ihren Anfang, vielleicht konnte alles Weitere nur aufgrund dessen geschehen, was einem Exilrussen, ehemaligen Informatikprofessor und wohlhabenden Datenanalytiker in diesem Haus angetan wurde. Der oder die Täter wollten etwas von ihm, Informationen, und vermutlich haben sie die auch bekommen, zumindest wenn Radschenko überhaupt über sie verfügte. So etwas wie dort drüben«, er deutete mit seinem unregelmäßig rasierten Kinn in Richtung des Zimmers, »bringt jeden zum Reden. Unter solchen Schmerzen verleugnet man die eigene Mutter. Verrät jedes Geheimnis. Bricht jeden Schwur.« Er nahm das Geschirrtuch, das er schon seit einer Weile in der Hand hielt, und rubbelte sich damit durchs nasse Haar. »Radschenko und Akimov verband definitiv mehr als Schachspielen im Schlosspark.«

»Geheimnisse«, murmelte Karhuu. Wir tragen sie alle mit uns herum, dachte sie. Die einen sind kleiner, die anderen größer. Und manche bringen den furchtbarsten Tod mit sich, den man sich nur ausmalen kann. »Einerseits scheint einiges weit zurück in die Vergangenheit zu weisen. Sowohl Radschenko als auch Akimov haben den größeren Teil ihres Lebens in der Sowjetunion verbracht und den Untergang und Zerfall sowie das wiederauferstandene Russland mit seinen neuen Freiheiten und alten Problemen miterlebt, bevor sie nach Schweden gekommen sind. Als sie hier eingewandert sind, war Akimov Mitte vierzig und Radschenko Anfang fünfzig. Akimov kam mit einem ganzen Koffer voller Fähigkeiten und Fertigkeiten nach Schweden und vermutlich hatte wenig davon mit der Leitung einer Kolchose in Astrachan zu tun. Ich sehe zwei Möglichkeiten. Entweder hat er sein Können bis ins Alter hinein bewahrt, weil er passiv oder aktiv immer noch im Dienst der alten Heimat steht, sprich, er ist ein russischer Agent, Spion, Schläfer oder Geheimdienstler. Oder er hat zwar eine Vergangenheit im sowjetischen und später russischen Militär oder Nachrichtendienst, hat dann aber die Seiten gewechselt und für uns oder auf eigene Rechnung gearbeitet. Möglicherweise lässt sich überprüfen, ob er tatsächlich in einer Zuckerfabrik in Arlöv tätig war, aber selbst wenn es stimmt, kann das Tarnung gewesen sein. Über Radschenko wissen wir, dass er ein Zahlenmensch war. Informatikprofessor an einer der als Kaderschmieden bekannten Universitäten der UdSSR wird man nicht mal ebenso nebenbei. Das klingt nach großem Talent, harter Arbeit, Durchsetzungsvermögen und dem richtigen Maß an ideologischem Rüstzeug. Bei Informatik denkt man zwar nicht unmittelbar an den Kalten Krieg, aber auch damals konnte man schon eine Menge damit anfangen. Raketenprogramme, nachrichtendienstliche Verschlüsselung, die Weiten der digitalen Welt, die Ende der Achtziger-, Anfang der Neunzigerjahre gerade in ihren Geburtswehen steckt. Könner wie Radschenko sind wertvoll. Für Staaten und ihr Militär oder ihren Geheimdienst genauso wie für eine Investmentbank oder einen Hedgefonds. Auch er kam mit Fähigkeiten und Wissen nach Schweden und vielleicht war es etwas davon, was unter Folter aus ihm herausgepresst worden ist.« Sie saugte an ihrer Unterlippe, wie sie es oft tat, wenn sie sich konzentrierte und eine der fünf Zigaretten, die sie sich mit militärischer Disziplin täglich zugestand, gerade keine Option war. »Andererseits scheint sich das meiste, was geschehen ist, vielleicht gerade jetzt geschieht und eventuell noch geschehen wird, mit einer solchen Dynamik abzuspielen, dass mir schwindelig wird. Es klingt widersprüchlich, aber ergibt das irgendeinen Sinn?«

»Ich glaube, ich weiß, was du meinst.« Nordh legte das Geschirrtuch beiseite. »Während wir in der Vergangenheit stochern, wie es nun mal in der Natur einer Mordermittlung liegt, geschieht in einem irren Tempo permanent Neues. Wir kommen ständig den buchstäblichen Schritt zu spät. Dass Taqi mir bei der Beerdigung vor der Nase davongefahren ist, steht sinnbildlich für die gesamte Ermittlung.«

Karhuu sah aus dem Küchenfenster. Der Regen prasselte so vehement auf das Glas, als hätte der Himmel einen Wutanfall. Da draußen ging die Welt unter. Für Radschenko war sie das bereits.

52

Nordh rief Mellander an. Die Zeit war so gut wie um. Aber Radschenkos Tod veränderte die Prämissen. Er berichtete von dem grausamen Fund. Ihre Nachfragen waren präzise. Dass der Exilrusse auf eine denkbar andere Weise ums Leben gekommen war als Rashid und Nizar Hakeem, schien sie zu beruhigen, Foltermord hin oder her.

»Gibt es irgendetwas, das auf eine Verbindung zu den beiden anderen Opfern hinweist?«

Die entscheidende Frage. Wenn er sie bejahte, würde ihre neue Sonderkommission übernehmen, so viel war sicher.

»Nein«, log er. »Aber der Zeuge aus der Pizzeria scheint involviert zu sein. Die Suche nach ihm hat uns hergeführt.«

»Das Brandopfer?«

»Ja.«

»Ist das Zufall?«

»Danach sieht es aus.«

Irgendwann würde er mit der Wahrheit rausrücken müssen. Aber erst wenn er am Ziel war. Mellander hatte von Anfang an mit ihm Katz und Maus gespielt. Warum also sollte er ihr gegenüber ehrlich sein?

»Als was schätzt du die Sache ein?«

»Möglicherweise eine Abrechnung im Exilrussenmilieu.« Er konnte ihre Gedanken förmlich rattern hören. Analyse. Risikobewertung. Strategische Ausrichtung. »Ich will den Fall, Nora.«

»Wenn es das ist, wofür du es hältst, ist es eine Sache für die Mordkommission.«

»Ich gehöre zur Mordkommission.«

»Vor deinem Zusammenbruch.«

Zusammenbruch.

So hatte er das selbst nie gesehen. War es das? Hatte sie recht?

»Ich will zurück aufs Spielfeld, Nora.« Sein Hals kratzte. Er räusperte sich. »*Einer unserer Besten.* Das waren deine eigenen Worte. Außerdem: Wem willst du den Fall denn sonst geben? Alle aus der Mordkommission, die wirklich etwas taugen, hast du in deine Soko *Lasermann* geholt.« Er lauschte in den Äther, aber Mellander schwieg. Trotzdem spürte er, dass er sie fast so weit hatte. »Dazu kommt, dass wir dir und Lindelöv Darko Tadić auf dem Silbertablett serviert haben. Gute Presse, die du angesichts deines *Lasermanns* gebrauchen kannst. Wir haben was gut bei dir, Nora.«

Sie seufzte.

»Einverstanden«, sagte sie nach einer langen Pause. »Aber die Akte bekommst du für deine toten Exilrussen nicht. Wir hatten eine andere Vereinbarung.«

»Natürlich.«

»Halte mich trotzdem auf dem Laufenden.«

»Selbstverständlich.«

»Ach, Jon, eine Sache noch.«

»Ja?«

Kurzes Schweigen. Er bildete sich ein, am anderen Ende der Leitung ihr feines Lächeln zu hören.

»Deine neue kleine Freundin schleppt übrigens mehr mit sich herum, als dir vielleicht bewusst ist.«

»Was soll das heißen?«

»*Dark little secrets.*«

»Was zum Teufel …?«

Aber Mellander hatte bereits aufgelegt.

Der Leichnam war abtransportiert worden und die Spurensicherung hatte ihre Arbeit beendet. Es hatte sich gezeigt, dass die Alarmanlage fachmännisch deaktiviert und das Fenster in dem Zimmer, in dem sie Radschenko gefunden hatten, aufgebrochen worden war. So konnten der oder die Täter ins Haus eindringen und den Informatiker mutmaßlich im Schlaf überraschen. Der aufgehebelte und zerstörte Schließmechanismus erklärte, warum das Fenster noch immer offen gestanden hatte. Trotz der neuen Situation empfand Nordh weiterhin Zeitdruck. Taqi, Akimov, der verletzte Schütze mit dem Sturmgewehr, die auf Rache sinnenden *Originals* – sie alle waren irgendwo da draußen und er hatte das starke Gefühl, dass diese Geschichte noch nicht zu Ende erzählt war. Vor allem sorgte er sich um den Jungen. Taqi schien tief in die Ereignisse verstrickt. Was immer er ausfraß, er hatte wahrscheinlich keine Ahnung davon, mit wem er es zu tun hatte. Sie mussten davon ausgehen, dass sich der Junge in Lebensgefahr befand.

Karhuu kam in die Küche, in der er mit einem Tee am Tisch saß. Was hatte Mellander gemeint, als sie von Geheimnissen gesprochen hatte? Gab es etwas, dass er wissen musste, oder war die Bemerkung nur ein weiterer Manipulationsversuch der Chefin? Wollte sie ihn verunsichern? Ein wenig merkwürdig war es schon, warum man nach Rashids Tod eine verdeckte Ermittlerin ohne Erfahrung in Mordfällen nach Malmö geschickt hatte. Er sah Karhuu an. In der einen Hand hatte sie einen Angelkoffer aus zweifarbigem Kunststoff, in der anderen einen halbdurchsichtigen Fünfliterkanister, der eine blaue Flüssigkeit enthielt. Er schüttelte sich Mellanders Worte aus dem Kopf. Er würde nicht zulassen, dass sie einen Keil zwischen seine Partnerin und ihn trieben.

»Das habe ich in der Garage entdeckt«, sagte sie, als würde das irgendetwas erklären.

Sie hatten bereits das ganze Haus auf der Suche nach etwas durchkämmt, das ihnen weiterhelfen konnte. Gefunden hatten sie nichts, was ihnen auch nur annähernd Hinweise auf Radschenkos Vergangenheit in der Sowjetunion und Russland oder andere Gründe für seine Verwicklung in die Geschehnisse geliefert hätte. Wer auch immer vor ihnen das Haus auf den Kopf gestellt hatte, hatte ganze Arbeit geleistet. Sicherlich hatte Radschenko auch eine digitale Identität mit Back-up in irgendeiner

Cloud, aber bis die IT-Forensik Ergebnisse lieferte, würde es dauern.

»Bevor du loslegst, möchte ich mich entschuldigen«, sagte er mit Bedacht. »Es tut mir leid. Du hast mit allem recht, was du vorhin gesagt hast. Ich bin ignorant und ich versinke in Selbstmitleid. Meine Schwiegermutter sagt dasselbe wie du. Alle anderen haben seit dem Tod meiner Frau aufgehört, mit mir zu reden. Wahrscheinlich aus Angst, etwas Falsches zu sagen. Deshalb schätze ich deine Offenheit. Und dass du diese Geschichte hier mit mir durchziehst. Trotz aller Widerstände. Trotz der Gewalt, der du ausgesetzt warst.«

»Okay«, sagte sie und nickte ihm zu.

»Zeig mal, was du da hast.«

»Anschauungsobjekte, beziehungsweise eine Art Matrjoschka.«

Sie stellte beides auf den Küchentisch.

»Sieht für mich nicht nach bemalten Holzpüppchen aus.«

Sie wedelte mit dem Zeigefinger.

»Es kommt auf den Inhalt an.«

»Der da wäre?«

»Nun«, mit großer Geste deutete sie wie die Assistentin eines Bühnenzauberers auf den Kanister, »hier haben wir Sanitärflüssigkeit für eine Campingtoilette.«

Ihre Wut auf ihn schien tatsächlich verflogen. Oder zumindest beiseitegeschoben. Wahrscheinlich lag das an dem grauenhaft zugerichteten Toten, den sie gemeinsam gefunden hatten. So etwas schweißte zusammen. Trotzdem nahm er sich ihre Worte zu Herzen. Sie hatte natürlich recht. Er konnte anderen gegenüber unsensibel und rüpelhaft sein, seit Lindas Tod noch mehr als vorher. Er tat sich selbst unendlich leid und scherte sich einen Dreck um die Gefühle der anderen. Endlos konnte er so nicht weitermachen, ohne zu einem kaputten Arschloch zu werden. Und selbst das wäre okay, wenn da nicht

Lilly und Tim wären, dachte er. Aber sie waren nun mal da und das war gut so.

»Du verunglimpfst den Talisman einer großen Nation.«

»Die Matrjoschka kommt erst noch.« Sie nahm ihm gegenüber Platz, griff nach dem Angelkoffer, schob die beiden Schiebeverschlüsse zur Seite, klappte den Deckel auf, hob die obere Lade ab, die mit Blinkern, Spinnern, Senkblei, Posen und Gummifischen gefüllt war, griff in das darunterliegende Fach, entnahm ihm ein abgegriffenes Ledermäppchen, öffnete es, zog ein durchsichtiges Plastiketui heraus, das blaues Papier ummantelte. Sie reichte es Nordh, der ihrem Lächeln durchaus eine Spur Zufriedenheit ansah. Er klappte das Plastikmäppchen auf und zog das visitenkartengroße, wellige Papier heraus. Es handelte sich um zwei Angeltageskarten des Sportfischervereins Simrishamn und sie galten für den Fluss Tommarpsån. Sie waren vor sieben Jahren ausgestellt worden. Auf Grischa Radschenko und Andrey Akimov.

»Die beiden waren zusammen angeln«, sagte Nordh. Er verstand nicht, worauf Karhuu hinauswollte. Dass die beiden Männer sich gekannt hatten, wussten sie bereits. Nur dieser Umstand hatte sie ja überhaupt hierhergeführt. Und wenn sie miteinander Schach spielten, warum sollten sie dann nicht miteinander fischen gehen? »*So what?*«

Karhuus siegessicheres Lächeln hielt sich.

»Warst du schon einmal angeln?«

»Ein- oder zweimal als Kind.«

»Hat dich jemand dabei begleitet?«

»Mein Onkel.«

»Ich bin mit dem Fischen groß geworden. Dort, wo ich aufgewachsen bin, gab es außer Natur nicht so viel Spannendes. Sicherlich war ich Hunderte Mal angeln, aber dabei haben mich insgesamt nur zwei verschiedene Menschen begleitet, mein Vater und mein erster *boyfriend*. Was ich damit sagen will: Zusammen zu angeln, ist intimer, als man denkt. Man teilt etwas Andächtiges, beinahe Heiliges miteinander. Die Ruhe, die Stille, die Spannung, die Frustration. Und wenn es gut läuft, am Ende sogar den gegrillten Fisch.«

»Okay. Gekauft. Die beiden waren also Buddys. Aber das da?« Er stieß gegen den Kanister, sodass die blaue Flüssigkeit darin hin- und herschwappte.

»So etwas hier benutzt man zum Beispiel für Toiletten in Wohnmobilen. Ist dir der riesige, leere Carport neben der Garage aufgefallen? Schon als wir angekommen sind, habe ich mich gefragt, wozu der gut sein soll. Gerade habe ich es überprüfen lassen. Auf Radschenko ist ein Wohnmobil angemeldet.«

Nun endlich fiel der Groschen.

»Und du denkst, dass Akimov in diesem Wohnmobil …«

»Für seine Zwecke wäre es perfekt. Wir vermuten, dass er abgetaucht ist, weil jemand hinter ihm her ist. Er muss sich also irgendwo verstecken. Gleichzeitig will er wahrscheinlich in Bewegung bleiben. Auch wenn der verbrannte Leichnam in seinem Haus tatsächlich ein Angreifer war, ist die Gefahr noch nicht gebannt. Anders sind die anschließenden Schüsse im Park nicht zu erklären. Wenn Akimov der Mann ist, für den wir ihn halten, wird er nicht einfach den Kopf in den Sand stecken, sich irgendwo verkriechen und darauf hoffen, dass die Gefahr vorübergeht. Er wird in Aktion treten wollen, also muss er mobil sein. Sein Fahrrad reicht dazu nicht aus, ein eigenes Auto ist auf seinen Namen nicht gemeldet. Mit dem Wohnmobil kann er beides – abtauchen und in Bewegung bleiben. Außerdem bietet es Platz für seinen Hund. Es ist gleichzeitig ein Dach über dem Kopf und eine mobile Kommandozentrale. Niemand beachtet einen älteren Mann mit Hund und Wohnmobil. Es ist die perfekte Tarnung.«

»Hm.« Nordh stieß Luft aus. Karhuus Theorie stand auf wackeligen Füßen, genauer gesagt, basierte sie auf zwei alten Angelkarten und einem Kanister Sanitärflüssigkeit. Nichtsdestotrotz klang sie einleuchtend. »Dann fahnden wir also nach einem Wohnmobil?«

Karhuu zeigte noch einmal ihr grimmiges Lächeln.

»Ich wüsste nicht, was wir dabei zu verlieren hätten.«

53

Sie saßen seit Stunden im Büro, schrieben Berichte, sichteten die ersten Zwischenergebnisse, die von der Spurensicherung eintrudelten, dokumentierten, bewerteten, sortierten, speicherten ab und druckten aus. Mordermittlungen sind zu fünfundneunzig Prozent Schreibtischarbeit, hatte Nordh ihr am ersten Tag erklärt, doch sie hatte ihm nicht geglaubt, dazu war zu schnell zu viel geschehen. Für Nordh mochte das Routine sein, für sie war es neu. Er war weder ein geduldiger Mentor, noch konnte er den Papierkram, wie er ihn nannte, obwohl sich im Grunde alles digital abspielte, besonders gut erklären. Doch das war ihr gleich. Entscheidend war, dass er an diesem Tag zweimal ihrer Argumentation gefolgt war, obwohl sie beide Male auf wenig mehr als ihrem Instinkt beruht hatte. Trotz seiner Erfahrung hatte er ihr vertraut. Das war, was jetzt zählte. Dafür ertrug sie seine grummeligen Anweisungen und einsilbigen Antworten.

Irgendwann klingelte sein Handy und er brach überstürzt und leise fluchend auf – Schicksal alleinerziehender Vater. Karhuu arbeitete noch zwei Stunden weiter, dann machte auch sie Schluss. Aber sie beschloss, noch einmal bei Taqis Mutter vorbeizufahren. Es regnete noch immer Bindfäden. Sie war froh, bei dem Wetter nicht auf einen Bus warten zu müssen, sondern den Mietwagen nehmen zu können. Den Weg durch die Stadt nach Hermodsdal fand sie bereits ohne Hilfe des Navis.

Taraneh Moghadam öffnete ihr die Tür. Wie bei ihrer ersten Begegnung spürte Karhuu einen seltsamen Moment der Irritation. In zwanzig Jahren werde ich dieser Frau nicht unähnlich sehen, dachte sie. Taqis Mutter bat sie herein. Sie saß mit ihrer Tochter beim Abendessen und forderte sie auf, sich zu ihnen zu setzen. Trotz ihrer Proteste deckte Taraneh Moghadam für sie auf und schaufelte ihr eine große Portion auf den Teller. Pasta bolognese. Mit Teheran-Touch, sagte Moghadam freundlich. Karhuu schmeckte Kardamom und Kreuzkümmel heraus. Köstlich. Erst beim Kauen fiel ihr ein, dass sie seit mehr als zehn Stunden nichts gegessen hatte. Zum Nachtisch gab es Mandarinen. Anschließend schickte Moghadam die Tochter auf ihr Zimmer. Von Taqi nichts Neues. Karhuu hatte es längst an den glanzlosen Augen der Frau gesehen. Ihr Sohn sendete ihr weiterhin Kurznachrichten. Sie zeigte sie Karhuu. Ihm gehe es gut. Sie solle sich keine Sorgen machen. Bald werde alles wie früher. Karhuu musste schlucken. Nichts würde wie früher werden. Sie wusste das, die Mutter wusste das, Taqi wusste das auch. Nichts würde Rashid wieder lebendig machen.

Nun hielt Taqi sich versteckt. Er hatte sich irgendetwas in den Kopf gesetzt. Oder er hatte einfach nur Angst: vor Rashids Mörder, den *Originals* oder der Polizei. Karhuu verstand das. Trotzdem war es an der Zeit für ihn, nach Hause zurückzukehren. Vermutlich begriff der Junge nicht, dass er da draußen in Lebensgefahr schwebte. Nur die Polizei konnte ihn wirklich beschützen. Die juristischen Konsequenzen für einen Vierzehnjährigen in Taqis Situation waren überschaubar. Seine Mutter verstand das ebenfalls. Sie bekniete ihn in langen Nachrichten, zurückzukommen. Die Reaktion war bisher immer dieselbe: Sie blieb aus. Ob man sein Handy nicht orten könnte, fragte Moghadam beim Abschied verzweifelt. Das hatten sie natürlich längst versucht, aber der Junge war in seinem Starrsinn clever. Er hatte sein Smartphone fast rund um die Uhr ausgeschaltet.

Die Nachrichten an seine Mutter sendete er zu unregelmäßigen Zeiten aus offenen WLAN-Netzen in der belebten Innenstadt. Es musste einen anderen Weg geben, ihn zu finden.

54

Nordh fuhr viel zu schnell. Es ging um seinen Sohn, verdammt! Idiotisch war es trotzdem. Als wäre Tim damit gedient, wenn er auch noch seinen Vater bei einem Autounfall verlöre. Als er auf eine der Ausfallstraßen einbog, bremste ihn der Berufsverkehr aus. Stop-and-go, es war eine Katastrophe. Kurz war er versucht, einfach das Blaulicht aufs Dach zu setzen und sich durchzudrängeln. Aber wenn so etwas aufflog, konnte er seine weitere Karriere an den Nagel hängen. Doch musste er das nicht eh? Er schluckte. Wenn seine Schwiegermutter die Doppelhaushälfte tatsächlich verkaufte und wegzog, war dies wahrscheinlich sowieso sein letzter Fall.

Die Leiterin der Vorschule war in ihrer Empörung dermaßen aufgebracht und hektisch gewesen, dass er während des Telefonats nur die Hälfte verstanden hatte.

Tim. Wutanfall. Anderer Junge.

Blut. Rettungswagen. Krankenhaus.

Das Wichtigste hatte er jedoch begriffen: Tim war körperlich unversehrt, es war das andere Kind, das im Krankenhaus gelandet war. Gott sei Dank. Er verwarf den Gedanken ans Blaulicht und ließ seine Sorge und seinen aufgestauten Zorn an der Hupe aus, was ihn natürlich keine Sekunde früher ans Ziel brachte. Er schaltete das Radio ein. Sobald er das Wort *Lasermann* gehört hatte, schaltete er es wieder aus.

Idioten, überall.

Irgendwann löste sich der Verkehrsknoten und er gab wieder Gas, bis er mit quietschenden Reifen auf dem Parkplatz der Vorschule zum Stehen kam. Der Regen war wie eine kalte Dusche, trotzdem glühte sein Gesicht, als er, ohne zu klopfen, ins Büro der Vorschulrektorin stürmte. Tim saß auf einem Stuhl, der viel zu hoch für ihn war, seine dünnen Beine baumelten über dem Teppichboden und seine Füße in den nicht zueinanderpassenden Socken krümmten sich vor Scham, als er zu seinem Vater sah. Noch bevor die Rektorin den Mund aufbekam, nahm er seinen Jungen auf den Arm und drückte ihn an sich. Im selben Moment begann Tim zu weinen. Nordh spürte Tims heiße Tränen an seinem Hals, sein Körper bebte, sein Nacken roch wie immer nach frisch gebackenen Vanilleplätzchen. Die vorwurfsvollen Worte der Leiterin klangen nur gedämpft zu ihm durch. Nordh verstand so viel, dass es während der Malstunde zu einer verbalen Auseinandersetzung zwischen den zwei Kindern gekommen sei, in deren Verlauf Tim seinem Mitschüler mit Wucht einen angespitzten Buntstift in den Handrücken gerammt hätte, sodass der Stift tief eingedrungen und viel Blut geflossen sei, was zu einer Ohnmacht des Kindes und einer Panik unter den anderen Mitschülern geführt hätte. Der Erzieher habe nur unter größten Mühen den bewusstlosen Jungen versorgen, die Wunde notdürftig verbinden, den Krankenwagen rufen und die kreischenden, schockierten Kinder beruhigen können. Das arme, verletzte Kind, das glücklicherweise nach einigen Minuten wieder zu sich gekommen sei, sei ins Krankenhaus gebracht worden, wo die Verletzung, wie sie gerade erfahren habe, im Beisein der Eltern erfolgreich behandelt worden war. Schwerwiegende Folgeschäden wären – Stand jetzt – Gott sei Dank! – nicht zu erwarten. Dennoch könne ein derartiger Vorfall natürlich nicht folgenlos bleiben.

Rettungswagen.
Erfolgreich behandelt.
Schwerwiegende Folgeschäden.

So ein *bullshit*. In seinen Ohren klang das nach aufgebauschter Lappalie.

»Natürlich nicht«, murmelte Nordh, drückte Tim noch fester an sich, zwang sich zu einer Handvoll Sätzen, die der Situation angemessen waren, heuchelte Betroffenheit und versprach, Kontakt zu den Eltern des verletzten Jungen aufzunehmen. Als die Rektorin damit begann, über mögliche disziplinarische Schritte zu dozieren, hörte er schon nicht mehr richtig zu, sondern verabschiedete sich flüchtig und dann nichts wie raus. Im Flur begegneten sie Tims Erzieher. Er blieb stehen, erkundigte sich nach Tims Wohlergehen und wuschelte über seinen Schopf.

»Alles halb so schlimm«, sagte er und lächelte.

Erst als Nordh Tim in seinem Kindersitz festschnallte, merkte er, dass sie Jacke und Rucksack seines Sohns drinnen vergessen hatten. Er fuhr trotzdem los. Einmal auf die andere Seite des unübersichtlichen Schulgeländes. Lilly aufsammeln.

»Hast du geweint?«, fragte sie, als sie neben ihrem Bruder auf der Rückbank saß.

Sie bekam keine Antwort, Tim zog stattdessen Schleim in der Nase hoch.

»Schon gut, lass Timmi mal«, sagte Nordh nach hinten gewandt.

»Er hat keine Schuhe an, Papa.«

Auch das noch. Egal jetzt. Hauptsache, weg hier. Er drückte aufs Gas, gleichzeitig fummelte er auf seinem Smartphone rum, bis er irgendeine der nervenzehrenden Zeichentrickserien seiner Kinder zum Laufen gebracht hatte, dann reichte er es nach hinten. Kleine klebrige Hände nahmen es entgegen. Das musste als Trost vorläufig genügen. Er hatte nämlich eine Idee. Vielleicht war sie bescheuert. Ziemlich sicher sogar. Das Wetter war katastrophal und bald würde es dunkel werden. Außerdem war es zu weit weg. Gute anderthalb Stunden Fahrt. Pro Strecke. Es würde viel zu spät werden für die Kinder. Und was war mit dem Abendessen? Wenn sie sich nicht den Hals brachen, würden sie am nächsten Tag wahrscheinlich alle mit einer Lungenentzündung aufwachen. Ging das überhaupt? Über Nacht eine Lungenentzündung bekommen? Entwickelte sich so etwas nicht erst langsam aus einem normalen Husten? Wie wenig er über solche Dinge wusste. Er war nie mit einem seiner Kinder beim Arzt gewesen. Nicht ein einziges Mal. Um solche Dinge hatte sich immer Linda gekümmert. Die Frage nach dem Warum hätte er nicht beantworten können. Aber Linda war nicht mehr da. Seine Kinder waren unglücklich. Sein Sohn verstümmelte Mitschüler. Seine Tochter träumte vom Reittraining, für das sie kein Geld hatten. Und er? Er sah in den Rückspiegel. Die Blicke der beiden klebten auf dem Bildschirm des Smartphones. Schnell wischte er sich mit dem Ärmel über die Augen. Vielleicht war es gerade deshalb die richtige Idee, aller klugen Einwände zum Trotz. Er fuhr nach Hause.

»Ihr wartet hier«, sagte er und ließ den Wagen im Leerlauf in der Auffahrt stehen.

Sie nickten, ohne den Blick von ihrer Serie zu heben. Zehn Minuten später kam er wieder, beladen mit Regenkleidung, festem Schuhwerk, Stirnlampen, Müsliriegeln, Wasserflaschen. Dann klingelte er bei Rosa. Er entschuldigte sich für seine Ignoranz. Er tat Abbitte für seinen Egoismus. Alles platzte aus ihm heraus. Er gestand, dass er nie darüber nachgedacht hatte, was es für sie bedeuten musste, ihr einziges Kind verloren zu haben. Sie begann zu weinen, er begann zu weinen. Sie nahmen sich in die Arme. Er war überrascht, wie weit er sich öffnete. Aufgehobenheit, Trost. Zu empfangen. Zu geben. Ein, zwei Minuten standen sie so da, dann lösten sie sich wieder voneinander. Er erzählte ihr von seiner Idee und bat sie, mitzukommen. Kopfschüttelnd nahm sie seine Einladung an. Er wusste ja selbst, wie irre sein Plan war. Sie flogen über die Autobahn Richtung Norden. Bei Helsingborg verließ er die E6 und bog auf die Landstraße 111. Sie hielten sich nördlich, immer der Küstenlinie entlang, und passierten Högenäs. Hier hatte Linda immer gehalten, um ein Andenken aus Steingut zu kaufen. Erinnerungen an laue Sommerabende rauschten durch seinen Kopf. Das Meer, der Geruch von Sonnenmilch, ihr Schweiß auf seiner Haut. Damals hatten sie nicht genug voneinander bekommen können. Aber es war nicht nur der Sex. Sie war damals so voller Leben gewesen. Hatte auf der Wiese des Campingplatzes mit fremden Kindern Fußball gespielt und hinterher alle auf ein Eis eingeladen. Hatte ein Doppelkajak gemietet und war mit ihm zu den Schären hinausgepaddelt. Hatte ihm abends aus John Steinbecks *Die Straße der Ölsardinen* vorgelesen. Mit ihr war alles leicht gewesen. Warum waren sie, seit Lilly und Tim auf die Welt gekommen waren, nie mehr hergekommen? Er fuhr weiter, bis sie die Spitze der Halbinsel erreicht hatten. Im Sommer war hier die Hölle los, aber nun lag der Parkplatz des Naturschutzgebiets vollkommen verlassen im Dunkeln.

»Was machen wir hier, Papa?«, fragte Lilly.

»Ein Abenteuer«, sagte er.

Und das war noch nicht einmal gelogen. Rosa und er halfen den Kindern dabei, sich anzuziehen. Dann schalteten sie die Stirnlampen an und gingen los, links hielt er Lilly an der Hand, rechts Tim, der wiederum Rosas Hand hielt. *Acht Fäuste für ein Halleluja.*

Der Regen war feiner geworden, dafür rauschte der Wind in den Bäumen und brachte die Kronen zum Tanzen. Weder zeigten die Kinder Angst, noch schienen sie sich darüber zu wundern, wie absurd das Ganze war. Nach einigen Hundert Metern Waldweg begann der Abstieg die Klippen hinab. Die nassen Felsen waren glitschig, die Wurzeln der Bäume tückische Stolperfallen. Alle ließen die Hände los. Den Abstieg konnte man nur im Vertrauen auf sich allein schaffen. Ein Schritt nach dem anderen. Konzentration und Körperkontrolle. Er war überrascht, wie bedingungslos er seinen Kindern vertraute. Es war, als wüsste er, dass sie es schaffen würden. Und so war es auch. Selbst Rosa kletterte behände wie eine Bergziege, wahrscheinlich war es ein Fentanylpflaster, was ihren geplagten Rücken so geschmeidig machte. Nordh war froh, dass sie seine merkwürdige Einladung angenommen hatte und sie dabei war. Nun waren sie auf eine seltsame Weise komplett. Irgendwann waren sie da. Die Kegel ihrer Lampen schnitten durch das Dunkel. Beleuchteten hölzerne Türme, Brücken, Tunnel. Es war wie eine Szene aus dem *Herrn der Ringe,* eine uralt anmutende Festung in den Felsen gebaut. Es war wie *Helms Klam.* Die Brandung des Meeres brüllte. Dies hier war *Nimis.* Die vor mehr als vierzig Jahren errichtete, begehbare Riesenskulptur eines vor Kurzem verstorbenen Künstlers. Nordh kam nicht mal auf seinen Namen. Er wusste nur, dass dieses unwahrscheinliche, aus Treibholz, Ästen und alten Europaletten zusammengezimmerte Fantasie-Fort an diesem unglaublichen Ort in ständigem Wandel begriffen war. Mehrmals war es beinahe vollständig abgebrannt. Immer war es wieder aufgebaut worden, jedes Mal mit neuem Gesicht. Auch nach dem Tod seines Erschaffers würde das so sein, dafür sorgte ein eigens gegründeter Verein. Nach dem Tod weitermachen. Nicht stehen bleiben. Sich verändern. Anpassen. Vielleicht wollte er deshalb hierherkommen. Nach dem Vorfall in der Vorschule hatte dieser Tag nach einer großen Geste verlangt. Eiskalte Gischt wischte ihm durchs Gesicht. Die Brandung donnerte. Er sah Lilly wie einen Leuchtkäfer im Inneren eines der Türme hinaufklettern. Tim schmiegte sich gegen sein Bein.

»Papa«, sagte er.
»Ja.«
»Måns hat mich so wütend gemacht.«
»Ist das der Junge, der dich schon öfter geärgert hat?«
»Ja.«

»Hat er wieder mit der Geschichte angefangen, dass Mama als Geist in unserem Keller spukt?«

»Nein, dieses Mal hat er gesagt, dass Mama einen anderen Mann geküsst hat, als sie gestorben ist.«

Nordh musste hart schlucken.

Der wolkenverhangene Himmel riss auf und für einen Moment schenkte der Mond der Szenerie sein silbernes Licht.

»Glaub diesen Mist bitte nicht.«

»Tu ich auch nicht.«

»Gut«, sagte er. »Das ist gut.«

Er küsste seinen Sohn auf den Scheitel, legte ihm seinen Arm um die Schulter, drückte ihn an sich, hob den Blick aufs aufgepeitschte schwarze Meer mit den silbernen Kronen und in diesem überwältigenden Augenblick spürte er, dass es richtig war, hierhergekommen zu sein. Vielleicht gab es für Lilly, Tim, Rosa und ihn tatsächlich eine Chance, das Leben ohne Linda hinzukriegen.

Irgendwie.

55

Karhuu fuhr weiter zum Jugendzentrum. Wie am Vorabend brannte noch in nahezu allen Fenstern Licht und der Skoda von Pedro Morales stand ebenfalls noch auf dem Parkplatz. Sie stellte den Motor ab und wartete. Ihr Handy meldete sich. Eine Nachricht von Kristoffer. Siebzehn Fotos von der Wohnung auf Södermalm. Sie scrollte sich durch die Bilder. Parkettboden. Hohe Decken. Stuck. Alles sehr chic, alles sehr geschmackvoll. Wie aus einem Maklerprospekt. Die Vorstellung, eines Tages mit Kristoffer zusammenzuziehen, war romantisch. Aber in diesen Märchenpalast, in dem kein einziges Möbelstück, keine Lampe, kein Kunstdruck an den Wänden irgendetwas mit ihr zu tun hatte? Nun, wo sie noch nicht einmal wusste, wo und in welcher Rolle sie in einer Woche, in einem Monat, in einem Jahr arbeiten würde? Ort und Zeit schienen schlichtweg nicht zu passen. Oder machte sie sich viel zu viele unnötige Gedanken? War die Wohnung nicht auch eine Chance? Wäre es nicht schön und auch klug, sich in ihrem Privatleben mehr zu verankern, gerade weil alles andere ein einziges Durcheinander war? Sie war sich unsicher und antwortete ihm mit dem Grübel-Emoji. Das war sicherlich nicht die Reaktion, die sich Kristoffer gewünscht hatte. Aber ihm etwas vorzumachen, wäre idiotisch.

Der Regen prasselte aufs Autodach und die Windschutzscheibe. Die Lichter der Stadt verliefen in bunten Schlieren. Sie schaltete den Nachrichtensender ein. Die Zentralbank änderte ihre Zinspolitik. Ein Lokalpolitiker der Schwedendemokraten trat zurück, weil er online über die Vorherrschaft der weißen Rasse und einen geplanten Bevölkerungsaustausch schwadroniert hatte. In Eskilstuna waren innerhalb von drei Tagen zwei junge Männer erschossen worden, die beide einem eskalierenden Gangkonflikt zugerechnet wurden. Ein Tatverdächtiger war bisher nicht festgenommen worden. In Malmö rief die Polizei Mitbürger mit ausländischen Wurzeln und migrantischem Aussehen zu erhöhter Vorsicht und Wachsamkeit auf. Die Fahndung nach einem neuen *Lasermann* lief auf Hochtouren, dennoch könnten weitere Mordanschläge nicht ausgeschlossen werden. Karhuu musste schlucken.

Ausländische Wurzeln.
Migrantisches Aussehen.
Lasermann.

Schon die Worte taten weh. Sie teilten die Menschen in ein *Wir* und *Die*. Sie schufen Angst und Panik. Genau das wollten Terroristen ja bezwecken. Nur dass es in diesem Fall überhaupt keinen Terroristen gab, jedenfalls nicht im herkömmlichen

Sinn. Die Angst, unter der nun womöglich Zehntausende litten, war vollkommen unnötig. Nordh und sie hatten den Beweis dafür. Zwei verdammte Hundehaare. Der Rest bestand aus Indizien und Theorien. Gesammelt und gut vorgetragen könnten sie vielleicht ausreichen, um die Polizeichefin zum Umdenken zu bewegen, die Luft aus der Schimäre vom *Lasermann 2.0* zu lassen und unzählige Mitbürger von der Angst um ihr Leben zu befreien. Spätestens nach dem Foltertod von Grischa Radschenko war klar, dass sie es hier mit etwas vollkommen anderem zu tun hatten als mit Rechtsterroristen wie Ausonius oder Mangs, die wahllos auf Menschen mit dunklen Haaren und dunkler Haut geschossen hatten. Nur: Es gab natürlich auch die Möglichkeit, dass sie sich irrten, dass sie die falschen Schlüsse gezogen, sich in Nebensächlichkeiten und irrelevanten Ungereimtheiten verloren hatten. Angenommen, sie könnten Mellander tatsächlich überzeugen, die neue Soko *Lasermann* wieder einzustampfen und die Warnungen an die Bevölkerung zurückzunehmen. Angenommen, es würde dann doch zu einem oder gar mehreren weiteren Opfern kommen, die dem Tatmuster eines irren Rechtsradikalen entsprächen. Angenommen, es würde den neuen *Lasermann* oder einen zweiten Peter Mangs tatsächlich geben: Lägen diese Toten dann nicht auch in ihrer und Nordhs Verantwortung? Hätten sie diese Opfer dann nicht mit auf dem Gewissen? Sie blies die Backen auf und ließ die Luft dann langsam entweichen. Auch wenn sie mindestens ebenso fest wie ihr Partner daran glaubte: Was sie hatten, war noch zu wenig und zu dünn.

Nach den Nachrichten und dem Wetterbericht spielte das Radio Free Jazz. Das neurotische Auf und Ab des Saxofons passte zu ihren umherspringenden Gedanken. Als es auf zweiundzwanzig Uhr zuging, endeten die Abendkurse und Freizeitangebote des Jugendzentrums und nacheinander wurden die Fenster dunkel, junge Menschen verließen allein oder in Kleingruppen das Gebäude, blieben unter dem Dach des Eingangsbereichs zögerlich stehen, um sich dann doch zu überwinden, in den anhaltenden Starkregen hinauszutreten. Schließlich kam auch Pedro Morales in Begleitung eines Kollegen aus der Eingangstür, diesmal war er nicht der Letzte. Die beiden Männer verabschiedeten sich, Morales zog sich die Kapuze seiner Jacke über und sprang über Pfützen zu seinem Auto. Wie am Vorabend nahm Karhuu die Verfolgung auf. Dieses Mal wagte sie sich näher an den Skoda heran. Bei den Witterungs- und Lichtverhältnissen würde der Sozialpädagoge nicht bemerken, dass er verfolgt würde. In der nassen Malmöer Nacht verschwamm alles zu einem abstrakten Aquarell aus Dunkel und Hell, in dem sich Farben, Formen und Entfernungen auflösten. Ihr Scheibenwischer arbeitete im Takt der hektischen Jazzmusik. Die Route war mit der des Vortags identisch: Hermodsdal, Västra Söderkulla, Kulladal, Holma. Dann bog Morales an einer Ampel unerwartet links ab. Die Ampel hatte bereits Gelb angezeigt, nun sprang sie auf Rot um. Karhuu drückte aufs Gas. Der anfahrende Gegenverkehr hupte. Eine halbe Wagenlänge bewahrte sie vor einem Zusammenstoß. Ihr Puls schoss in die Höhe. Hatte Morales das riskante Manöver im Rückspiegel bemerkt? Egal jetzt. Weiterfahren. Sie ließ den Abstand zum Skoda auf hundert Meter wachsen. Zwei Wagen klemmten sich zwischen sie. Vielleicht doch besser so. Andererseits musste sie aufpassen, die Rücklichter nicht aus den Augen zu lassen. Morales bog wieder ab. Eine schmale Straße in einem Wohngebiet. Erneutes Abbiegen. Einbahnstraße. Der Skoda fuhr jetzt langsam, tastete sich an den rechts und links stehenden Autos vorbei. Offensichtlich suchte Morales nach einer Parklücke. Nach etwa hundert weiteren Metern wurde er fündig und parkte rückwärts ein. Sie rollte an dem Skoda vorbei. Im Rückspiegel sah sie Morales' gedrungene Gestalt aussteigen. Sie waren zu weit von seiner Adresse entfernt, als dass der Sozialpädagoge einfach nur nach Hause wollte. Karhuu hielt jetzt ebenfalls nach einer Parklücke Ausschau. Den Wagen in zweiter Reihe abzustellen, war keine Option, sie würde die ganze Straße blockieren. Komm schon, beschwor sie in Ermangelung des Glaubens an ein höheres Wesen das Universum, komm schon! Da war die Lücke. Sehr eng, aber es musste irgendwie gehen. Sie war auf dem Land groß geworden, am Ende der Welt. Wie in so vielen strukturschwachen Regionen des Landes bestand dort die gängige Jugendsubkultur aus Autos, genauer gesagt aus tiefergelegten und hochfrisierten dreißig Jahre alten Volvos oder, noch besser, zerbeulten Amischlitten der Fünfziger- und Sechzigerjahre. Ihr erstes Auto war ein völlig heruntergekommener 58er Pontiac Bonneville gewesen, den sie für kleines Geld einem Kumpel abgekauft hatte. Die ehemals verchromte, nun nur noch rostige hintere Stoßstange war kontinuierlich über den Straßenbelag geschleift und hatte ab Tempo siebzig, kurz vor der Höchstgeschwindigkeit, Funken geschlagen. Aus unklaren Gründen hatte einer der zahllosen Vorbesitzer mit rotem Lack *Pimmel* auf die Längsseite des Pontiac gesprüht. *Pimmel,* wie Ove das Auto kopfschüttelnd getauft hatte, war jedenfalls fünfeinhalb Meter lang gewesen, und sie hatte ihn vor dem Supermarkt, dem einzigen Ort in der Pampa, an dem es einen Parkplatz gab, immer in die Lücken bugsiert bekommen, kreischende Stoßstange hin oder her. Also musste es auch mit dem Polo irgendwie gehen.

Hastig stieg sie aus, überquerte die Straße und betrat zwischen geparkten Wagen hindurch den Bürgersteig. An einer Frau in pinker Jogginghose vorbei, die dem Wetter trotzte und ihren Hund Gassi führte, sah sie Morales' breiten Rücken in gut fünfzig Metern Entfernung in einem Hauseingang verschwinden. Zumindest hoffte sie, dass es sich bei dem Mann um Morales handelte. Vornübergebeugt und die Hände in die Taschen vergraben ging sie an der Hundehalterin vorbei. Der eiskalte Regen klatschte ihr ins Gesicht, die Wunde auf ihrer Wange brannte. Dann hatte sie den Hauseingang erreicht. Er gehörte zu einem fünfstöckigen Wohnkomplex, der etwa dasselbe Baujahr hatte wie ihr *Pimmel*. Die Tür ließ sich über einen Zifferncode öffnen, Klingelschilder mit Namen waren bei solchen Mehrparteienhäusern unüblich und es gab auch hier keine. Karhuu nahm ihr Handy aus der Tasche und googelte die Adresse. Dank des staatlichen Öffentlichkeitsprinzips waren nahezu alle Daten des Einwohnermeldeamts frei zugänglich. Unter der Adresse waren sechzehn Erwachsene gemeldet, die sich auf zehn Wohnungen verteilten, darunter eine Estella Morales, vierundsiebzig Jahre alt, alleinstehend. Es lag auf der Hand: die Mutter oder eine Tante des Sozialpädagogen. Was nun? Im Grunde stellte sich eine ähnliche Frage wie am Abend zuvor. War es denkbar, dass Pedro Morales seinen Schützling bei einer nahen Verwandten untergebracht hatte? Die Antwort war dieselbe: Es war nicht auszuschließen. Sie sah sich um. Rechts vom Eingang befand sich ein voll besetzter Fahrradständer, links unter Schutzhauben die Konturen zweier abgestellter Motorräder. Kein Motorroller in Sichtweite, aber das musste natürlich nichts heißen. Sie war unentschlossen und zog sich ein Stück weit zurück. Selbstverständlich konnte sie Pedro Morales abpassen, Stress machen und hoffen, dass er einknickte. Oder warten, bis er gegangen war, und seine ältere Verwandte unter Druck setzen. Wenn beide standhielten, hätte sie Taqi womöglich aufgescheucht, ohne ihn in die Finger zu bekommen. Sie konnte die Wohnung schließlich nicht rund um die Uhr beschatten. Vom unbewachten Haus des Sozialarbeiters ganz zu schweigen. Nein, wenn keiner von beiden freiwillig den Mund aufmachte, würde ihr der Junge höchstwahrscheinlich durch die Lappen gehen, und der einzige Weg, ihn zu finden, der ihr vielversprechend erschien, wäre endgültig verbaut. Dann gab es natürlich noch die dritte Möglichkeit. Dass die ganze Aktion Zeitverschwendung und nichts als ein Hirngespinst war. Sie entschied sich schließlich dafür, Morales abzupassen und an Ort und Stelle zu vernehmen. Die Beschattungen ergaben nur einen Sinn, wenn sie der Sache auf den Grund ging. Im Treppenhaus ging das Licht an. Die Tür öffnete sich. Tatsächlich war es Morales. Er war keine drei Minuten drinnen gewesen. Mit beiden Händen balancierte er eine Tortenbox aus durchsichtigem Kunststoff vor sich her. Als das Licht der Straßenbeleuchtung darauf fiel, glomm darin das Grellgrün des Marzipanmantels einer klassischen *Prinzessinnentorte* auf. Oma hatte gebacken, weil am nächsten Tag, jede Wette, eins von Morales' Kindern Geburtstag hatte. Taqi jedenfalls nicht, sie hatte das Datum wie so viele Zahlen im Kopf, er würde erst im kommenden Jahr fünfzehn werden. Jedenfalls roch die ganze Aktion nach *Happy Birthday* statt nach konspirativem Unterschlupf. Seufzend ließ sie Morales davonziehen. Sie wartete, bis er ausgeparkt hatte und weggefahren war, dann stieg auch sie in ihren Wagen und kehrte zum Hotel zurück.

Die Wissenschaftsolympiade, bei der Taqi seine Schule mit einem Physikprojekt repräsentieren durfte, fand an einem Samstag im Rathaus statt. Sein Lehrer brachte ihn mit dem Auto her und gemeinsam trugen sie die beiden Holzplatten hinein, auf denen Taqi die Versuchsaufbauten für zwei Experimente zur Wechselstromlehre montiert hatte. Eine junge Mitarbeiterin führte sie zu einem Tisch, an dem Taqi sein Projekt aus- und vorstellen sollte. Die meisten der etwa dreißig Teilnehmer waren bereits da und bauten ihre Präsentationen auf. Was Taqi im Vorübergehen sah, verwandelte seine stolze Vorfreude in einen Kloß im Hals. Während er mit zwei Spanplatten ankam, auf denen ein paar Kabel, eine Spule, ein einfacher Kondensator und ein paar andere Kleinigkeiten aus der Physiksammlung der Schule montiert waren, hatten die meisten anderen Schüler sehr teuer und aufwendig wirkende Präsentationen aufgebaut. Er sah Prototypen von Robotern, in der Luft stehende Drohnen, selbstlenkende Modellautos, programmierbare Legotechnik. Ein etwa gleichaltriges Mädchen führte an einer Leine einen Roboterhund spazieren. Mindestens an jedem zweiten Stand schimmerte das gebürstete Aluminium neuer MacBooks. Sogar sein Lehrer blies die Backen auf. Der Tisch, den ihnen die Frau zuwies, lag zusammen mit einem weiteren in einem kleinen Korridor, der von dem Rundkurs über zwei Ebenen, entlang derer die Teilnehmer platziert worden waren, abging. Hierhin würden sich die wenigsten Zuschauer und Gäste verirren. Tapfer baute Taqi sein Projekt auf. Im Vergleich zu den meisten anderen war es unspektakulär. Nein, es war lächerlich. Scham trieb ihm Röte ins Gesicht. Sein Lehrer machte ein paar lahme Scherze über die Angeberstände der anderen, klopfte ihm auf die Schulter und verdrückte sich, weil er mit seiner Frau zum Shoppen verabredet war. Davon war vorher nicht die Rede gewesen. Aber nun gut. Beinahe war Taqi über den abgelegenen Tisch froh. Je weniger Menschen seine schäbige Präsentation sahen, desto besser. Seine Mutter konnte nicht kommen, weil sie arbeiten musste, und Shishi hatte ein Fußballspiel. Taqi harrte die vollen dreieinhalb Stunden aus. Die Einzigen, die sich sein Experiment hatten vorführen lassen, waren die fünf Juroren mitsamt der stellvertretenden Bürgermeisterin gewesen, die als Schirmherrin der Wissenschaftsolympiade agierte. Eifrig hatten sie sich Notizen auf ihren Klemmbrettern gemacht. Die stellvertretende Bürgermeisterin hatte ihn angelächelt und gesagt: »Toll, dass der Wettbewerb das gesamte gesellschaftliche Spektrum abbildet.«

Zu der Preisverleihung war sein Lehrer wieder da. Gewinner wurde das Mädchen mit dem Roboterhund, der sogar eigenständig Müll aufsammeln konnte. Sie räumten die Sachen ins Auto und sein Lehrer brachte ihn zurück nach Hause.

»Ärgere dich nicht, dabei sein ist alles«, sagte er zum Abschied.

Dabei sein am Arsch.

Ihm ging der Satz der stellvertretenden Bürgermeisterin nicht aus dem Kopf.

Gesamtgesellschaftliches Spektrum.

Nachmittags ging er zum Affenkäfig, wo er mit Shishi verabredet war. Er wartete eine halbe Stunde, doch sein Freund tauchte nicht auf. Seltsam, das kam eigentlich nie vor. Ans Handy ging er auch nicht. Taqi ging zu Shishis Wohnung und klopfte, bis endlich die Tür aufging. Shishi hatte geweint, das sah Taqi sofort.

»Was ist denn los?«

Wortlos trottete Shishi den Flur hinunter, an den Tüten mit den stinkenden, leeren Bierdosen vorbei. Taqi schloss die Tür hinter sich und folgte ihm. In seinem Zimmer deutete Shishi wortlos auf den abgewetzten Schreibtisch. Dort lag eine Pistole, ähnlich der CZ P-09, die Taqi noch immer im Kellerkabuff versteckte. Er begriff unmittelbar. Die Waffe stammte von den Originals. Nun forderte Darko Tadić eine Gegenleistung dafür ein, dass er Shishis »Manager« war und ihm Monat für Monat etwas zugesteckt hatte.

»Scheiße, Shishi.«

Shishi begann wieder zu weinen.

»Wenn ich es nicht mache, wenn ich diesen Ahmad von den 2155ern, der an der Bushaltestelle vor dem Kiosk Dope vertickt, nicht abziehe, dann brechen sie mir die Kniescheibe«, schluchzte er. »Aber wie soll das gehen? Ein Stück weiter sitzen Ahmads Kumpel in ihrem BMW und passen auf. Die haben mit Sicherheit auch Knarren!«

Diese verdammten Schweine. Taqi spürte eine Wut in sich aufsteigen, die größer war als alles, was er je gespürt hatte.

Auf Shishi, der so naiv gewesen war.

Auf Darko Tadić, seinen Bruder Cyrus und die anderen Gangster.

Auf das beschissene Leben im Block.

Auf das gesamtgesellschaftliche Spektrum, die stellvertretende Bürgermeisterin und das Mädchen mit dem Roboterhund.

Auf die ganze verdammte Welt.

»Hör zu: Du machst das nicht, Shishi, du machst das auf keinen Fall! Das ist viel zu gefährlich!«

Shishi sah ihn mit tränenverhangenem Blick an.

»Aber wenn sie mir das Knie brechen ...«

Taqi erhob sich ruckartig, griff die Pistole, schaute nach, ob sie gesichert war, und wickelte sie dann in seine Sommerjacke.

»Ich regele das.«

Bevor Shishi irgendetwas entgegnen konnte, drehte er sich um und ging.

Draußen war es schwül. Es war schon den ganzen Tag über bedeckt gewesen, aber nun wurde der Himmel dunkler. Taqi dachte nach. Schließlich rief er seinen Bruder an. Cyrus wollte wissen, was los war. Aber das war keine Sache fürs Telefon. Cyrus war genervt, weil Taqi ihm nicht mehr sagen wollte, als dass es dringend und eine sehr ernste Sache sei, aber er versprach zu kommen. Eine halbe Stunde später saß Taqi in Cyrus' Auto und erklärte die Situation.

»Das ist nicht gut, mein Freund, das ist alles andere als gut«, sagte Cyrus kopfschüttelnd und zündete sich paffend einen Joint an. Taqi spürte wieder die Wut in sich aufwallen. Was sollte das blöde »mein

Freund«? Er war nicht Cyrus' Freund, er war sein Bruder. Und wieso musste er sich in einer so ernsten Situation als Erstes einen Joint anzünden? Und wieso schüttelte er den Kopf? Taqi kannte die Antworten, aber es war bitter, sie sich einzugestehen. Weil sein Bruder ein Feigling war, eine lächerliche Marionette der Bosse, der sein bekacktes Gangsterleben nur ertrug, wenn er high war. Der Knast hatte daran nichts geändert. Nicht das kleinste bisschen. »*Wenn Darko ihm den Auftrag gegeben hat, dann wird der Kleine keinen Rückzieher machen können, mein Freund.*«

Taqi öffnete die Wagentür, stand auf und warf die umwickelte Waffe auf den Beifahrersitz.

»*Weißt du was? Leck mich, Cyrus! Und Darko und dein Oberboss sollen sich beide ficken!*«

Er knallte die Tür zu und stapfte davon.

Scheiß Cyrus!

Scheiß Darko!

Scheiß Gott!

Tu was, Allah, rette Shishi!

Oder fick dich ins Knie.

Zurück in der Wohnung setzte er sich neben Shishi und erzählte, wie das Treffen mit Cyrus verlaufen war. Denkbar schlecht. Dennoch versuchte er seinen Freund zu beruhigen. Cyrus würde ein gutes Wort für ihn einlegen. Cyrus stünde bei Darko hoch im Kurs, weil er in den Knast gegangen war, ohne etwas auszuplaudern. Cyrus würde alles regeln. Taqi redete so lange, bis er begann, seine eigenen Worte zu glauben. Er legte einen Arm um seinen Freund. Wie klein und zerbrechlich er wirkte. Wie gut er roch. Er drückte ihn an sich. Und dann geschah es endlich, ganz von allein, ohne dass er vorher darüber nachgedacht hatte: Er beugte sich zur Seite und drückte Shishi seine Lippen auf den Mund. Für eine Sekunde zuckte in ihm ein großes Glück.

Eine Sonne ging auf.

Und verglühte.

Shishis Blick war reines Entsetzen. Er stieß Taqi hart von sich.

»Bist du bescheuert, oder was?« Taqi wollte etwas sagen, aber fand keine Worte. Die Zeit der Lügen war vorbei. »Verpiss dich!«, schrie Rashid. »Verpiss dich, du schwule Sau! Verpiss dich und komm nie wieder!«

56

Karhuu und Nordh saßen einander gegenüber an ihren Schreibtischen und lasen beide Radschenkos Obduktionsbericht, der gerade hereingekommen war. Es war ein merkwürdiger Effekt, dachte Karhuu, die detaillierten, endlos erscheinenden Auflistungen und Analysen der Folterverletzungen berührten sie kaum. Es war, als würde die wissenschaftliche Sprache einen Filter vor das Geschehene rücken, es war sogar so, als ob die vielen Fachwörter und die bemühte medizinische Sachlichkeit des Berichts im Nachhinein ihre Erinnerungen an Radschenkos Anblick verändern würden. Die Grausamkeiten, die man ihm angetan hatte, wurden in Worte verpackt, eingewickelt und in einem Teil des Hirns verstaut, das weniger für Emotionen und mehr für Rationalität zuständig war. Vielleicht brauchen wir Menschen diesen Verfremdungseffekt, überlegte sie, um das Unsägliche sagbar zu machen.

Der Pathologe war zu dem Ergebnis gekommen, dass Radschenko fünfzehn bis zwanzig Tage tot war. Genauer wollte er sich nicht festlegen, denn das offene Fenster hatte dafür gesorgt, dass der Leichnam starken Temperaturschwankungen ausgesetzt worden war. Radschenko war über viele Stunden, vielleicht sogar Tage hinweg gefoltert worden. Gestorben war er letztendlich an einem massiven Hirntrauma. Mit einem stumpfen Gegenstand war ihm der Schädel eingeschlagen worden. Der malträtierte Körper wies nicht nur Folterspuren wie Schnitte und Verbrennungen auf, sondern auch posthume Verletzungen wie zum Beispiel die offene Bauchhöhle, die ausgestochenen Augen und den fehlenden Ringfinger, außerdem Wunden und Verstümmelungen, für die Tiere, genauer gesagt Vögel, verantwortlich waren. Vermutlich Vertreter der Familie der Rabenvögel: Krähen, Dohlen, Elstern, allesamt Aasfresser.

»Möglicherweise über Tage hinweg gefoltert«, sagte Nordh schließlich kopfschüttelnd und nieste. »Der arme Mann«, sagte er, nachdem er sich die Nase geputzt hatte. »Ob sein Peiniger bekommen hat, was er wollte?«

»Es hat schon etwas Demonstratives, dass es sich dabei nicht um einen Raubmord handelte. Mir gehen die offen stehende Tresortür mit all den Wertgegenständen, aber auch das offene Fenster und das offene Rolltor nicht aus dem Kopf.«

»Wie meinst du das?«

»Gerade in der Kombination hat es etwas ...« Sie überlegte. »Ich weiß gar nicht, wie ich es formulieren soll. Etwas Aufreizendes. Provokantes. Eine Zurschaustellung. Seht her! Schaut hinein! In diesem Raum befindet sich ein zu Tode gefolterter Mann. Und ich habe ihn nicht getötet, um an seine Schätze zu gelangen, sondern aus anderen Gründen.«

»Du meinst, der Täter hat damit eine Art Botschaft formuliert?«

»Ja, vielleicht.«

»Aber an wen?«, fragte Nordh.

Sie saugte an ihrer Unterlippe. Bald war es Zeit für die erste Zigarette des Tages.

»Akimov?«

»Aber dann hätte der Täter doch dafür gesorgt, dass Radschenkos Leichnam möglichst bald entdeckt wird und nicht erst nach zwei Wochen. Übrigens auch das nur wegen einer klugen Polizistin.«

Sie schenkte ihm ein kleines Lächeln. Nicht, dass sie sich nun plötzlich mit ihm angefreundet hatte, aber die Ereignisse der vergangenen Tage, vor allem der Fund der grausam zugerichteten Leiche, hatte sie einander nähergebracht.

»Vielen Dank für die Blumen. Aber wahrscheinlich war Akimov lange vor uns dort. Jedenfalls wenn es stimmt, dass er jetzt mit Radschenkos Wohnmobil unterwegs ist.« Sie rieb ihre unverletzte Wange. »Wenn wir mit unseren Überlegungen recht haben, stehen die Beteiligten zumindest mit einem Bein in einer Welt, in der andere Regeln gelten als in unserer. Andere Normen, andere Bedeutungen, andere Signale.«

Mette Petersen kam ins Büro. Heute trug die IT-Forensikerin einen Cowboyhut. Wie immer war sie blendend gelaunt.

»Ich habe hier einen Leckerbissen für euch.« Sie ließ einen Ordner auf den Tisch plumpsen, der dick wie ein Telefonbuch war. »Frisch aus dem Drucker.«

Karhuu hatte immer noch mit Petersens ausgeprägtem dänischen Akzent zu kämpfen.

»Was ist das alles?«, fragte Nordh.

»Radschenkos Kontoauszüge der vergangenen zehn Jahre und andere interessante Bankunterlagen.«

Karhuu schnalzte mit der Zunge.

»Wow«, sagte Nordh. »Ich wusste ja, dass du gut bist. Aber *so* gut?«

»Nicht wahr?« Petersen lächelte breit. »Falls ihr euch revanchieren wollt: Ich mag meinen Caffè Latte am liebsten mit Haselnusssirup, dazu gern eine Zimtschnecke, aber nur, wenn sie frisch ist.«

Häselnösirub.

Faszinierende Aussprache.

»Gute Wahl«, sagte Karhuu und wandte sich augenzwinkernd Nordh zu. »Für mich bitte das Gleiche.«

Einen Flunsch ziehend erhob er sich aus dem Schreibtischstuhl.

Drei Stunden später hatten sie sich tief in Radschenkos Finanzen gegraben. In seinen Jahren bei Investmentbanken und Hedgefonds hatte der Mathematiker nicht nur gut verdient, sondern irrwitzig hohe Einkommen gehabt. Für einen Finanzmarktexperten wie ihn war es wahrscheinlich keine große Kunst gewesen, aus diesem Berg Geld durch kluges Anlegen einen noch größeren Berg zu machen. Auch wenn sie sich für solche Dinge kaum interessierte, war es nicht an ihr vorbeigegangen, dass es lange Zeit an den Börsen nur eine Richtung gegeben hatte: bergauf. Radschenko nannte nicht nur das exklusive Anwesen an der schonischen Küste sein Eigen, sondern auch Wohnungen in New York und San Francisco. Angesichts dieses Wohlstands wirkten Angeltrips mit dem Wohnmobil geradezu bieder und bodenständig, dachte Karhuu. Überraschender als diese Immobilieninvestitionen war der Umstand, dass Radschenko bis vor einigen Jahren regelmäßig hohe Summen an verschiedene NGOs gespendet hatte, die in Russland tätig gewesen waren, darunter die *Open Society Foundations,* das *Institute of Modern Russia* oder die *European Platform for Democratic Elections.* Diese demokratiefördernden Vereinigungen hatten gemeinsam, dass sie nach 2015 in Russland zu unerwünschten ausländischen Nichtregierungsorganisationen erklärt und damit de facto verboten worden waren. Radschenko schien darauf reagiert zu haben, indem er seine Geldflüsse umgeleitet und eine eigene Stiftung ins Leben gerufen hatte, die *Kepler Foundation,* benannt nach Johannes Kepler, einem bedeutenden Mathematiker und Astronomen des siebzehnten Jahrhunderts. Ihrer Webseite und auch einigen Zeitungsberichten zufolge setzte sich die Stiftung international für Demokratiebewegungen ein und unterstützte jährlich mit einem hohen sechsstelligen Dollar-Betrag Netzwerke und Organisationen, die in autoritären Staaten für Minderheitenschutz, Pressefreiheit und Mitbestimmung kämpften. Darüber hinaus finanzierte und vergab die *Kepler Foundation* jedes Jahr ein Stipendium an politische Aktivisten, die sich im Sinne der freiheitlichen und demokratischen Ziele der Stiftung engagierten. Als Karhuu die Liste der Stipendiaten überflog, stockte ihr kurz der Atem. Vor vier Jahren war die mit fünfzigtausend Dollar dotierte Förderung an den syrischen Regimekritiker und Journalisten Nizar Hakeem vergeben worden.

57

Nordhs Hals kratzte und seine Nase setzte sich allmählich zu, eine Erkältung war wohl der Preis, den er für den waghalsigen Familienausflug zur Holzfestung *Nimis* in den Klippen bezahlte. Trotzdem hielten sich Reste des euphorisierten Zusammenhalts, den er im Angesicht der mondbeschienenen, gischtspritzenden Brandung gespürt hatte und von dem er hoffte, dass ihn seine Kinder und Rosa wenigstens ein wenig ähnlich empfunden hatten. Auf dem Weg vom Büro zum Parkplatz kam ihm im Treppenhaus Stöcker entgegen. Keiner von beiden grüßte. Nordh war schon drei Schritte an ihm vorbei, als er es sich anders überlegte.

»Henning, warte mal.«

Sein Kollege drehte sich zu ihm um und seufzte theatralisch.

»Was gibt's?«

»Das, was du kürzlich zu mir gesagt hast – was sollte das eigentlich bedeuten?«

»Keine Ahnung, wovon du sprichst.«

»Du weißt schon: Ob ich glauben würde, ich wäre der Einzige.«

Stöcker zog spöttisch einen Mundwinkel nach oben und schüttelte dabei den Kopf.

»Du kapierst es tatsächlich immer noch nicht, oder?«

»Was denn?«

Stöcker stemmte die Hände in die Hüften.

»Du glaubst immer noch, du wärst der Einzige, bei dessen Frau sich dein Freund Calle bedient hat. Tja, tut mir leid, wenn ich dich enttäuschen muss, aber da liegst du leider falsch.«

Nordh wurde abwechselnd heiß und kalt.

»Willst du damit etwa sagen, dass ...?«

Stöcker nickte.

»Genau das will ich damit sagen. Und nicht nur Anna. Rebecka vom Bereitschaftsdienst. Tove von der Wirtschaftskriminalität. Caroline von der Streife. Und das sind nur die, von denen ich weiß. Dein Buddy Calle hat sich quer durchs Revier gevögelt und interessanterweise scheinst du der Einzige zu sein, der das nicht mitbekommen hat.« Nordh spürte sein Herz rasen. Das war *bullshit*. Das konnte nicht stimmen. Er starrte Stöcker an. Doch im Gesicht seines Gegenübers war kein Triumph und auch kein Hohn, sondern nur Traurigkeit. Nordh begriff, dass jedes Wort stimmte. »Aber wie auch? Du hast dich gern hinter seinem Rücken versteckt und weggeschaut, wenn Calle mal wieder zu unsauberen Mitteln gegriffen hat. Hauptsache, die Ergebnisse stimmten, denn dann konntest du dich in seinem Glanz sonnen. Die besten Ermittler Malmös. Von wegen. Scheiße, Nordh, wie soll es nur ohne ihn für dich weitergehen?« Nordh wollte etwas sagen, Stöcker irgendetwas entgegnen, sich wehren, dem blöden Arsch etwas Derbes an den Kopf werfen. Aber sein Mund war trocken und ihm fehlten die Worte. Stöcker schüttelte ein letztes Mal den Kopf. »Vielleicht wäre es ein Anfang, wenn du damit aufhören würdest, dir selbst etwas vorzumachen.«

Dann drehte er sich um und ging.

58

Karhuu traf Ebba Ericsson, Hakeems Lebensgefährtin, in der Grundschule, in der die Lehrerin arbeitete. Sie saßen in einem leeren Klassenzimmer, das mit Schülerbildern von farbenprächtigen Herbstblättern dekoriert war. *Indian Summer* in Malmö, dachte sie, während in Tornedalen Schnee fiel, wie ihr ihre Mutter am Vortag geschrieben hatte. Ericsson sah blass aus, ihre Züge wirkten verhärmt. Ganz anders als bei ihrem ersten Treffen, als Karhuu ihr die Nachricht von Hakeems Tod hatte überbringen müssen und die Frau so weich und verletzlich gewirkt hatte, dass die Polizistin sie in den Arm genommen hatte. Ericssons Wangen waren hohl, die Augen lagen tief in den Höhlen, sie schaute misstrauisch und hatte die Arme vor der Brust verschränkt. Alles an ihrer Haltung signalisierte Abwehr. Wer wollte es ihr verdenken?

»Nun ist es also wieder so weit, dass in Malmö vermeintliche Ausländer abgeknallt werden und die Polizei nichts dagegen unternehmen kann oder will«, sagte sie und verzog voll Abscheu das Gesicht. »Nur dass ihr mir von einem neuen *Lasermann* kein Wort gesagt habt, obwohl Nizar der zweite Tote war, der diesem Irren zum Opfer gefallen ist. Ihr wusstet das und habt mich trotzdem im Unwissen gelassen. Ich habe es aus dem Radio erfahren. Und bei diesem ganzen verdammten Mist machst du«, sie zeigte mit dem Finger auf Karhuu, »zuerst einen auf Trosttante, um dann irgendwelche Kollegen vom Staatsschutz zu mir zu schicken, weil du zu feige bist, um mich persönlich ins Bild zu setzen. Kannst du dir vorstellen, wie beschissen sich das anfühlt?«

Ja, das konnte sie. Karhuu hatte Verständnis für die Wut und Verbitterung. Ericssons Trauer war zwischen rivalisierende Ermittlungsteams, Ermittlungsthesen, Ermittlungsstrategien geraten und wurde dort zerrieben. Das hätte nicht geschehen dürfen. Verlust war in seiner allumfassenden Schwere etwas zutiefst Persönliches. Niemand hatte das Recht, diesem Gefühl die Würde zu nehmen. Karhuu schuldete der Frau die Wahrheit. Sie holte tief Luft und entschuldigte sich. Erklärte und erläuterte. Es gab ihrer Meinung nach keinen neuen *Lasermann,* der migrantisch aussehende Mitbürger tötete. Was es gab, war eine rätselhafte Mordserie, deren Ursprung oder Motiv nach Russland zu weisen schien. Ericsson hörte sich das alles an. Die Beine übereinandergeschlagen, der Mund ein Strich. Irgendwann reichte ihr Karhuu ein Foto von Andrey Akimov.

Die Grundschullehrerin schüttelte den Kopf. Dann ein Bild von Radschenko. Ericsson nickte, wenn auch widerwillig.

»Ja, das ist Grischa. Soweit ich weiß, hat Nizar ihn auf der Feier der Stipendiumsverleihung der *Kepler Foundation* kennengelernt.«

Karhuu horchte auf. Sie hatte nicht damit gerechnet, dass Hakeems Lebensgefährtin Radschenko kannte.

»Die beiden haben Kontakt gehalten?«

59

Nordh fuhr zu schnell. Stöckers Worte hatten ihn schockiert. Es gelang ihm nicht, sie als Geschwätz abzutun. Calle, der Revierhengst. Linda nur die Letzte in einer langen Liste von anderen. Er selbst der naive Idiot, der sich in Calles Glanz sonnt? Nordh wischte die Gedanken beiseite. Nun war nicht der Zeitpunkt, um über sein Leben zu grübeln. Er bog ab in den Stadtteil Västra Hamnen, der innerhalb der vergangenen zwanzig Jahre neu hochgezogen worden war. Auf dem ehemaligen Gelände der Kockumwerft stand nun der himmelhohe *Turning Torso*, flankiert von modernen Büro- und Wohnklötzen mit ihren Fassaden aus Glas und Stahl. Västra Hamnen lag wie *Nimis* ebenfalls am Meer, aber einen größeren Kontrast konnte Nordh sich kaum vorstellen. In einem der Gebäude hatte die *Kepler Foundation* ihr Büro. Er parkte den Wagen und stieg aus. Wie jedes Mal, wenn er hier war, fühlte er sich fremd in seiner eigenen Stadt. Obwohl die neuen Straßen und Gebäude nun schon einige Jahre auf dem Buckel hatten, wurden er das Gefühl nicht los, durch eine Architekturausstellung statt durch ein lebendiges Viertel zu gehen. Sein Malmö war ein anderes und nur zu gern hätte er das neue Wahrzeichen der Stadt gegen das alte, hätte er den anmaßenden *Turning Torso* gegen den riesigen

Brückenkran der früheren Werft zurückgetauscht, in dessen Schatten er aufgewachsen war. Sein Vater hatte in den Achtzigerjahren in den Schiffsneubauten die Sanitäranlagen installiert. Nun war er dement und lebte in einem Altersheim; der Kran war längst abgebaut und nach Korea verschifft worden.

Der Geschäftsführer der *Kepler Foundation,* einer von drei Festangestellten der Stiftung, hieß Marcus Axelsson-Ståhl, war um die fünfzig und wirkte im Rahmen der repräsentativen Räumlichkeiten in seinen Jeans, Sweatshirt und Turnschuhen underdressed. Aber vielleicht war ein tadelloser Anzug nicht so wichtig, wenn man sich für Menschenrechte einsetzte. Sie gaben sich die Hand. Axelsson-Ståhl bat ihn in sein Büro und kredenzte formvollendeten Cappuccino, für den er minutenlang an einer ächzenden Maschine herumgewerkelt hatte. Über Radschenkos gewaltsamen Tod war er bereits am frühen Morgen von dessen Rechtsanwalt informiert worden, was für die Befragung gut oder schlecht sein konnte. Gut, weil der erste Schock verdaut war, was erfahrungsgemäß zu mehr Sachlichkeit und nützlicheren Informationen führte. Schlecht, weil man die unmittelbaren Emotionen nicht mitbekam. Der Geschäftsführer wirkte berührt, aber gefasst. Auf die Eingangsfrage, was Radschenkos Ableben für die Zukunft der *Kepler Foundation* bedeutete, gab er ausführlich Antwort. Grundsätzlich galt, erklärte er, dass die Stiftung auf einen unbegrenzten Zeitraum hin angelegt war. Das Vermögen, das Radschenko zur Verfügung gestellt hatte, war so angelegt, dass es trotz der Fördergelder, Spenden, Stipendien und Festausgaben nicht schrumpfte. Im Gegensatz zu anderen kleineren NGOs mit ähnlichen Zielrichtungen war das Wirken der *KF,* wie Axelsson-Ståhl die Stiftung nannte, auch nicht auf ein prominentes Gesicht als Zugpferd angewiesen. Grischa Radschenko, Typ menschenscheuer Grantler, hatte nie die Aufmerksamkeit der Öffentlichkeit gesucht, im Gegenteil, er hatte sogar ziemlich viel dafür getan, dass sein Name nicht im Zusammenhang mit der *Kepler Foundation* auftauchte.

»Das heißt, er war in die alltägliche Arbeit der Stiftung gar nicht eingebunden?«

»Richtig. Dafür sind der Stiftungsrat, meine Mitarbeiter und ich zuständig. *KF* hat eine Satzung, eine Art humanistisches Manifest, das die Leitlinien festlegt, anhand derer wir unsere Arbeit ausrichten. Seit ich für die Stiftung tätig bin, hat sich Grischa kein einziges Mal eingemischt. Er sitzt noch nicht einmal im Stiftungsrat. Ich treffe ihn zweimal pro Jahr: wenn ich ihm unseren Jahresbericht vorlege und bei der Verleihung unseres Stipendiums. Aber selbst bei dieser Feierlichkeit bleibt er gewöhnlich im Hintergrund. Er taucht eigentlich nur auf, um den jeweiligen Stipendiaten einmal beiseitezunehmen und sich mit ihm bei einem Drink unter vier Augen zu unterhalten. Ich vermute, er möchte sich schließlich doch einen persönlichen Eindruck davon verschaffen, bei wem sein Geld landet. Ob er sich den Stipendiaten gegenüber als Finanzier zu erkennen gibt? Ich vermute nicht.«

»Wie passt das zusammen, seine schroffe, grantige Art, seine Zurückgezogenheit und sein philanthropisches Wirken?«

Axelsson-Ståhl lächelte flüchtig.

»So grantig, wie er auf den ersten Blick wirkt, ist er gar nicht. Er hat durchaus Sinn für Humor, besonders für abseitigen, zum Beispiel wenn es um technische Spielereien geht. Neben anderen Gadgets hat er Anfang der Neunzigerjahre eine Art russisches Tamagotchi entwickelt, lange vor dem japanischen Spielzeug, das dann die Welt erobert hat. Seine Version hieß *Kleiner Stalin* und musste mit virtuellem Kaviar gefüttert werden. Angeblich war das Ding ein echter Renner.« Er schmunzelte, dann wurde er wieder ernst. »Sicherlich ist Grischa nicht der erste oder einzige Wohlhabende, der mit seinem Geld Gutes bewirken möchte. Man denke an Alfred Nobel oder die Gates-

Stiftung. Doch Grischas Verpflichtung für eine bessere Welt hat etwas gänzlich Uneitles und entspringt einer tiefen Überzeugung. Er kann zwar eine Kratzbürste sein und erträgt Menschen in seiner Nähe nur unter speziellen, von ihm bestimmten Bedingungen, wie zum Beispiel beim Schachspielen im Schlosspark, wie er mir einmal verraten hat, aber er glaubt fest an die Idee der Menschheit als solcher. An ihre Fähigkeit, sich weiterzuentwickeln, aus ihren Fehlern zu lernen. Hin zu einer freien, selbstbestimmten Gesellschaft, in der jeder Einzelne seinen Platz und seine Bestimmung findet.«

Hehre Ziele. Viel Pathos. Aber definitiv besser, als seine Hedgefonds-Kohle in eine Fünfzig-Meter-Yacht zu stecken.

»Diese tiefe Überzeugung, wo kam die her?«, fragte er.

Axelsson-Ståhl nippte an seinem Cappuccino.

»Als Grischa die Stiftung gegründet hat, hat er mit mir ein langes Einstellungsgespräch geführt. Ich war Mitte vierzig, hatte längere Zeit in Moskau gelebt, wo ich für verschiedene NGOs tätig gewesen war, und war ehrlich gesagt unsicher, ob ich mich auf diese neue Geschichte einlassen sollte, auch weil ich gleichzeitig das Angebot einer sehr großen und renommierten Einrichtung auf dem Schreibtisch hatte. Er hat meine Unentschlossenheit gespürt und mir etwas sehr Privates anvertraut. Ich glaube, er mochte es, dass er sich mit mir in seiner Muttersprache unterhalten konnte, aber vor allem wollte er mir seinen Standpunkt unmissverständlich klarmachen und verdeutlichen, in welchem Maß er sich seiner Sache verschreiben würde.« Wirkungspause. Er leerte die Kaffeetasse aus. Räusperte sich. »Grischa war gemeinsam mit seiner kleinen Tochter bei seinen Eltern zu Besuch, die in einem Wohnblock im Süden Moskaus lebten. Am Vorabend hatte es eine kleine Familienfeier gegeben und die beiden übernachteten dort. Das war im Herbst 1999. Grischa war damals achtundvierzig Jahre alt, lebte von seiner Frau getrennt und hatte eine Professur für

Informatik. Zu diesem Zeitpunkt lehrte und forschte er aber kaum noch an der Moskauer Universität, sondern arbeitete für die heimische Rüstungsindustrie, so war er zum Beispiel an der Entwicklung von Software beteiligt, die in einem Projekt zum Bau eines modernen russischen Tarnkappenbombers zum Einsatz kommen sollte. Man darf sich sein Engagement jedoch nicht als zu hundert Prozent freiwillig vorstellen. Sein Können war dem Inlandsgeheimdienst bereits zu Sowjetzeiten aufgefallen und eine entsprechende Rekrutierung für die staatseigene Waffenindustrie war keine Einladung, die man ablehnte. Daran änderte sich auch nach dem Fall der Sowjetunion wenig, selbst wenn der Druck in der jungen Russischen Föderation nun von anderen Stellen ausging. In den Jahren unter Jelzin verwandelte sich die Planwirtschaft in Raubtierkapitalismus, der alkoholkranke Präsident gab die Ressourcen zur Plünderung frei und wenige Dutzend Banditen und ehemalige hohe Staatsbeamte rissen sich das Tafelsilber unter den Nagel. Der Systemwechsel traf die Mehrheit der Bevölkerung mit aller Härte, soziale Auffangnetze gab es kaum. Anstatt die Armut und allgegenwärtige Korruption zu bekämpfen und die Konfrontation mit den neuen Milliardären und Oligarchen zu suchen, führte Jelzin das taumelnde Land in den ersten Tschetschenienkrieg, der achtzigtausend Menschen das Leben gekostet hat. Es waren wilde, unbarmherzige Zeiten und auch wenn Grischa seine Dienste der Rüstungsindustrie nicht ganz freiwillig zur Verfügung stellte, nahm er gern das Geld und die Sicherheit, die damit verbunden waren. Der Chef des Inlandsgeheimdienstes FSB, ein gewisser Wladimir Wladimirowitsch Putin, war gerade von Jelzin zum neuen Ministerpräsidenten ernannt worden. Um fünf Uhr morgens, während Grischa, seine Tochter, seine Eltern und vermutlich auch noch alle anderen Bewohner des Hochhauses schliefen, detonierte im Gebäude eine riesige Sprengladung. Einhundertachtzehn Menschen starben, darunter Grischas

Tochter und Eltern, zweihundert Menschen wurden verletzt. Grischa selbst verlor seinen linken Arm. Für das Attentat und weitere Sprengstoffanschläge in den Tagen davor und danach wurden tschetschenische Terroristen verantwortlich gemacht, obwohl das überhaupt nicht ihrer Vorgehensweise entsprach. Einzelne Ermittlungsbeamte, investigative Journalisten und einige Politiker beschuldigten jedoch den Inlandsgeheimdienst, der mit diesen inszenierten Anschlägen auf die eigene Bevölkerung einen erneuten Krieg in Tschetschenien legitimieren sollte. Tatsächlich begannen kurz darauf russische Truppen auf Befehl des frischgebackenen Ministerpräsidenten Putin hin mit der erneuten Invasion des Nachbarlandes. Während der Untersuchung der Anschläge verschwanden Beweise, wichtige Zeugen wurden mundtot gemacht, kritische Journalisten und Oppositionspolitiker wurden ermordet. Heute zweifelt niemand, der sich ernsthaft mit dem Geschehen befasst hat, mehr daran, wer mit diesem zynischen und barbarischen Vorgehen seinen ersten Auftritt auf der Bühne der Weltpolitik einleitete. Noch im selben Jahr verließ Grischa Russland und emigrierte nach Schweden.«

Nordh stieß hörbar Luft aus.

»Harter Tobak.«

Putin kommt an die Macht, zweiter Tschetschenienkrieg, Terroranschläge in Moskau. Er erinnerte sich äußerst vage. Herbst 1999. Das war Ewigkeiten her. Wenige Monate später hatte er mit Nora Mellander auf der Silvesterfeier in einem Studentenwohnheim rumgemacht. Daran wiederum erinnerte er sich noch gut.

»Nicht wahr? Ich denke, diese Geschichte erklärt sehr gut seine tiefe Überzeugung, bedingungslos für Demokratie und Menschenrechte einzutreten.«

Vor allen Dingen würde es einen tiefverwurzelten Hass auf Putins Russland erklären, dachte Nordh. Akimov hatte sich

Karhuu zufolge in seinem Lesezirkel sehr kritisch und für seine Verhältnisse überaus emotional zu seiner ehemaligen Heimat geäußert. Und das war noch vor dem Überfall auf die Ukraine gewesen. Vielleicht war es das, was die beiden Männer verband, vielleicht fand sich hier ein Motiv.

60

»Die beiden waren befreundet«, sagte Ebba Ericsson zu Svea Karhuu. »Soweit man mit Radschenko befreundet sein konnte. Ein scheuer Mensch. Aber manchmal ist es Nizar gelungen, ihn aus seinem Bau zu locken. Er war ein- oder zweimal bei uns zu Hause zum Essen. Nizar hat seinen Geburtstag gern mit Freunden und Mitstreitern gefeiert und dabei Rezepte aus seiner Heimat gekocht. Wir haben dann die Tische zusammengeschoben und saßen zu zehnt oder zwölft im viel zu engen Wohnzimmer.« Eine schöne Erinnerung schien ihr Gesicht zu streifen. »Das waren tolle Abende, auch wenn es nach meinem Geschmack immer viel zu viel um Politik ging. Aber so war Nizar. Er hat Menschen zusammengebracht und für seine Sache begeistert. Ein Idealist und Kämpfer.« Sie sah Karhuu fest in die Augen. »Ich wünsche, du hast recht mit deinen Vermutungen. Ich wünsche so sehr, dass er nicht das wahllose Opfer eines hinterhältigen rassistischen Mörders geworden ist. Ich wünsche mir für ihn, dass er für seine Sache gestorben ist.« Der Strich, den ihr Mund gebildet hatte, zitterte. »Aber eigentlich wünsche ich mir, er wäre nie in diesen Kampf um Gerechtigkeit gezogen, sondern er wäre so feige wie du und ich und dafür noch bei mir.«

Nun rannen Tränen über ihre Wangen. Sie ließ sie laufen, ohne sie wegzuwischen. Ihr Blick war wieder leer geworden. Die Trauer gebietet es eigentlich, nicht weiter nachzufragen, dachte Karhuu. Doch den Spielraum, auf so etwas zu achten, hatte sie leider nicht.

»Diese Geburtstagsfeiern bei dir«, sagte sie, so sanft sie konnte, nachdem sie eine Weile abgewartet hatte, »gibt es davon Fotos?«

Ericssons Blick fokussierte sich wieder. Nun fuhr sie sich doch mit dem Ärmel ihrer Bluse über die Augen, nickte, nahm ihr Handy aus ihrer Tasche, wischte und tippte darauf herum, bis sie gefunden hatte, was sie suchte. Sie reichte Karhuu das Smartphone.

»Das war im Frühjahr, er ist zweiundfünfzig geworden. Du kannst durch die Bilder scrollen.«

Karhuu sah sich die Schnappschüsse an. Lachende, gut gelaunte Gesichter. Weingläser, die der Kamera zuprosteten. Essen wie aus einem Ottolenghi-Kochbuch. Sie erkannte Nizar Hakeem und Grischa Radschenko. Selbst der alte Professor wirkte gelöst. Neben ihm saß eine Frau um die dreißig, die wegen ihrer Attraktivität auffiel. Blonde Locken, die zu einer Kurzhaarfrisur geschnitten waren, große dunkle Augen, spöttisches Lächeln. Rote Ohrstecker, ein schlichter weißer Rollkragenpullover, der ihre Figur betonte. Jemand hatte ihr die Hand auf die Schulter gelegt.

»Wer ist das?«, fragte sie und hielt Ericsson das Bild hin.

»Klar, dass sie dir ins Auge sticht. Alle waren verzückt von ihr. Kein Wunder bei dem Aussehen. Aber sie ist tatsächlich sehr einnehmend. Klug und witzig. Nicht so verbissen wie die anderen Mitstreiter von Nizar. Exilrussin. Angeblich stammt sie aus dem tiefsten Sibirien. Spricht aber ein gutes Englisch. Natasha, Natasha Romanoff. Aber sie heißt wohl nicht wirklich so.«

»Wie denn?«

»Das wusste auch Nizar nicht. Radschenko hat sich ziemlich geheimniskrämerisch gegeben, als es um sie ging. Sie ist wohl auch eine Kämpferin für die gute Sache. Anscheinend ziemlich wichtig. Eine Whistleblowerin, wenn ich es richtig gedeutet habe. Ich habe sie davor nicht getroffen und danach auch nie wieder. Zusammen mit ihrer amerikanischen Freundin, Kathy, war sie eine Art Ehrengast.

»Lebt sie hier in Malmö?«

»Ich glaube, sie wechselt aus Sicherheitsgründen ständig ihren Wohnort, aber ihre Freundin lebt hier und studiert in Lund.«

»Und der Name ist nicht echt?«

»Nein, er ist ein Deckname. Ein Insider-Witz. Natasha Romanoff heißt eine bekannte Marvel-Comicfigur. Eine sowjetische Überläuferin. Wenn sie als Superheldin unterwegs ist, nennt sie sich die *Schwarze Witwe*. Es gibt sogar einen Film mit Scarlett Johansson.«

»Kann ich die Fotos haben?«, fragte Karhuu.

Exilrussin.

Deckname.

Überläuferin.

Bei ihr klingelten sämtliche Glocken.

61

»Vor vier Jahren ging das Stipendium der Stiftung an Nizar Hakeem«, sagte Nordh.

Der Geschäftsführer der *Kepler Foundation* nickte, als hätte er auf das Stichwort gewartet. Vermutlich hatte er das auch, der Mann war schließlich nicht auf den Kopf gefallen und natürlich stach es ins Auge, wenn innerhalb kürzester Zeit ein Stipendiat seiner Stiftung und der Stifter selbst schweren Gewaltverbrechen zum Opfer fielen.

»Tragisch sein Tod, mehr als tragisch. Mir fehlen die Worte. Ich habe selten einen so furchtlosen und idealistischen Menschen wie Nizar getroffen. Kennengelernt. Kennenlernen dürfen. Dass er durch ein so feiges und hinterhältiges Attentat ums Leben kommt. Ein wahnsinniger Rassist, der nachts auf Menschen mit anderer Hautfarbe schießt?« Er schüttelte den Kopf. »Unbegreiflich.« Dann ließ er einen nachdenklichen Blick auf Nordh ruhen. »Natürlich komme ich jetzt auch ins Grübeln. Erst Nizar, dann Grischa ... Beziehungsweise umgekehrt. Beide ermordet. Kann das wirklich Zufall sein?«

»Wir ermitteln ergebnisoffen.«

»Bin ich möglicherweise selbst in Gefahr? Oder meine Mitarbeiterinnen?«

»Vollkommen ausschließen können wir das momentan leider nicht.«

»Okay«, Axelsson-Ståhl lächelte schief. »Es wäre nicht das erste Mal. Mit unserer Arbeit machen wir uns nicht überall Freunde. Aber natürlich fühlen wir uns hier in Schweden grundsätzlich sicher. Die wahren Helden sind nicht wir, sondern die Menschen und Organisationen in den autoritären Regimen, die wir mit unseren Netzwerken, Know-how und nicht zuletzt Grischas Geld unterstützen.«

»Aber im Fall von Nizar Hakeem ging das Stipendium an einen Journalisten hier in Malmö.«

Axelsson-Ståhl schüttelte den Kopf.

»Nein, es war umgekehrt. Richtig ist, dass Nizar vor vier Jahren schon nicht mehr in Syrien gelebt hat. Er war einer der ersten Journalisten, die 2016 darüber berichteten, dass die russischen Truppen, die das Assad-Regime unterstützten, ihre Kampfflugeinsätze nicht schwerpunktmäßig auf den sogenannten *Islamischen Staat* ausgerichtet haben, sondern vor allem auf gemäßigte Rebellengruppen. Seitdem war er überwiegend aus dem Exil heraus tätig, meistens aus Istanbul, und ist nur inkognito und für Recherchen in die Grenzregion zurückgekehrt. Der Schwerpunkt seiner Arbeit lag auf der Berichterstattung über die dramatischen Folgen, die das russische Bombardement für die Zivilbevölkerung hatte. Als er auch über die türkische Militäroffensive gegen die Kurden in Nordsyrien berichtet hatte, wurde die Luft in der Türkei für ihn immer dünner und er ist weiter nach Westen geflohen. Mit unserem Stipendium hatten wir die Möglichkeit, ihn aus einem griechischen Flüchtlingslager herauszuholen, wo die Lebens- und Arbeitsbedingungen katastrophal waren. Nizar hat dann hier in Schweden einen Asylantrag gestellt und durfte bleiben. Das Geld aus unserem Fonds hat ihm dabei geholfen, sich hier eine Existenz und ein Leben aufzubauen.«

Nordh nickte.

Russland und seine Verwicklung in den Syrienkonflikt spielten also in Hakeems Arbeit eine durchaus zentrale Rolle. Russland, dachte Nordh, schon wieder Russland. Er nahm ein Foto von Andrey Akimov aus der Innentasche seines Jacketts und reichte es Axelsson-Ståhl.

»Kennst du diesen Mann?«

Es handelte sich um das Bild aus Akimovs Führerschein. Axelsson-Ståhl betrachtete es lange, die Stirn in Falten gelegt.

»Ja«, sagte er. »Es muss einige Jahre her sein. Sechs oder sieben. In der Anfangszeit der Stiftung. Es gab mal einen Vorfall, der uns ernste Probleme bereitet hat, eine groß angelegte Hackerattacke, bei der unsere Sicherheitsvorkehrungen zum Teil ausgehebelt wurden. Es war zunächst unklar, wie viele und welche Daten kompromittiert worden sind. Unter anderem ging es auch darum, ob die Verbindung zwischen der Stiftung und unserem Geldgeber aufgedeckt worden war. Grischa war sehr alarmiert. Er war schon immer ziemlich skeptisch, was die Sicherheit von Daten in irgendwelchen Clouds betraf. Nach dem Vorfall hat er nur noch physischen Speichermedien vertraut, die vom Netz abgekoppelt waren, und hat sich dasselbe von der Stiftung gewünscht. Wir sind dem natürlich nachgekommen. Später hat er mir einmal erzählt, dass er seine wichtigsten Daten immer bei sich trage, zusammen mit einem kleinen Colt. Ich weiß noch, dass ich damals mehrere Male außerplanmäßig mit ihm sprechen musste. Unter keinen Umständen wollte er solche Dinge am Telefon bereden, sondern hat darauf bestanden, dass wir uns treffen. In verschiedenen Restaurants oder Cafés. Ehrlich gesagt hatte das Ganze etwas von einem Thriller aus dem Kalten Krieg. Jedenfalls ist er zu unseren konspirativen Verabredungen nicht allein gekommen, sondern wurde von diesem Mann begleitet, der sich nicht zu uns an den Tisch gesetzt, sondern so positioniert hat, dass er das Restaurant oder Café samt Eingang im Blick hatte. Wie ein Bodyguard. Einerseits kam es mir damals ein wenig übertrieben vor. Andererseits war der Datendiebstahl schließlich auch real.« Axelsson-Ståhl seufzte. »Grischa war ein durch und durch misstrauischer Mensch. Aber ich habe mir immer wieder vor Augen geführt, was mit seiner Tochter und seinen Eltern geschehen ist. Was der russische Geheimdienst ihm angetan hat, hat seine Persönlichkeit mit Sicherheit stark geprägt.«

Er gab Nordh das Foto zurück und der Kommissar steckte es wieder ein. Kurz darauf bedankte er sich bei dem Geschäftsführer.

»Einen Rundumschutz für deine Mitarbeiter und dich zu organisieren, dürfte schwierig werden. Aber ich kann dafür sorgen, dass in regelmäßigen Abständen ein Streifenwagen nach dem Rechten sieht.«

Axelsson-Ståhl verzog die Mundwinkel.

»Hoffen wir das Beste.«

62

Karhuu nahm dieselbe Strecke, die sie am Vortag zusammen mit Nordh gefahren war. Bei Sonnenschein machte die wellige, offene Landschaft der Südküste einen freundlicheren Eindruck auf sie. Ein Traktor pflügte ein Feld und zog eine Schar Möwen und Krähen hinter sich her. Weiß und schwarz, wie Salz und Pfeffer, dachte sie, wie Dunjas Fell. Die Rotoren mächtiger Windkraftwerke drehten sich in der Brise. Zu ihrer Rechten blitzte hier und da das silberblaue Meer auf.

Die Frau, die Radschenko seinen Kontounterlagen zufolge regelmäßig für Haushaltsdienste bezahlt hatte, lebte in einem Dorf, das nur einige Kilometer vom Anwesen des Toten entfernt lag. Die Nachricht über den Mord an Radschenko nahm sie sichtlich mit. Sie erzählte, dass sie seit Jahren bei ihm gearbeitet habe, zwischen fünf und zwanzig Stunden pro Woche. Sie schilderte ihren Arbeitgeber als grummeligen, aber gutherzigen Mann. Harte Schale, weicher Kern. Als Karhuu ihr ein Foto von Akimov zeigte, erkannte die Haushälterin ihn als Radschenkos Angelfreund wieder. Im Haus war sie schon seit drei Wochen nicht mehr gewesen, weil sie Radschenko auf einer mehrwöchigen USA-Reise wähnte.

Karhuu bedankte sich und fuhr weiter zum Anwesen des Toten. Sie wusste selbst nicht genau, was sie zu finden hoffte. Gemeinsam mit Nordh hatte sie das Haus bereits gründlich durchsucht. Dennoch führte sie die Intuition zurück. Etwas hatte hier seinen Anfang genommen, davon war sie überzeugt. Nun waren zwei Männer und ein Kind tot. Mindestens zwei andere Männer und ein weiteres Kind versteckten sich, waren untergetaucht, warteten ab, belauerten sich. Vermutlich waren die Männer bewaffnet. Sie sorgte sich um Taqi. Es würde noch mehr tödliche Gewalt geben, davon war sie überzeugt. Es sei denn, Nordh und sie fanden endlich die richtige Spur. Sie fuhr durch das Tor im Zaun, parkte den Wagen, stieg aus und ging die von Ginster und Heide gesäumte Auffahrt hinab. Eine Elster beschwerte sich krächzend über den Besuch, tat drei Hüpfer und flog dann auf und davon. Unwillkürlich musste Karhuu lächeln. *Myrsky*, die verletzte Elster, die sie als Kind gesund gepflegt hatte. Ihr Vater hatte ihr, als sie klein war, oft Geschichten voller Mythen und Abenteuer über den klugen Vogel in seinem markanten schwarz-weißen Federkleid erzählt. Pfeffer und Salz, da waren sie wieder, dazu ein metallisches, blaues Schimmern. Ein schönes Tier, fand sie, wenn auch mit einem speziellen Ruf. Ein Forscher wollte herausgefunden haben, dass sich Elstern in Wirklichkeit gar nicht für glitzernde, schimmernde Gegenstände interessieren, doch sie wusste es besser, hatte sie doch mit eigenen Augen gesehen, wie *Myrsky* eine Halskette von ihrer Fensterbank stibitzt hatte und mit ihr davongeflogen war. Später hatte ihr Vater eine Leiter geholt und die Kette aus dem Nest zurückgeholt.

Sie betrat das Haus. Wie still es war. Am Vortag war ihr Adrenalinspiegel hoch gewesen, Nordh hatte sie begleitet und später war auch das Team der Spurensicherung gekommen. Nun war sie allein. In ihrer Brust machte sich Beklommenheit breit. Das Gefühl schien ein Teil der Luft zu sein, eine giftige Substanz, etwas, das die Wände absonderten, unsichtbar, wie Asbest. Die unvorstellbare Gewalt, die man Grischa Radschenko angetan hatte, verseuchte noch jetzt die Räumlichkeiten, kontaminierte das Haus, würde es vielleicht für immer tun. Doch nein, so ticken wir Menschen nicht, dachte sie, wir vergessen, wir verdrängen. Dort, wo Radschenkos Blut in die Dielen eingesickert war, würde man sie abschleifen, dort, wo es die Wände bespritzt hatte, würde man es übertünchen. Dann würde man dieses Haus für viel Geld verkaufen, und das Schicksal des gefolterten alten Manns würde nur noch eine vage Erinnerung sein, ein fernes Gespenst, ein Windhauch, der in manchen Nächten an den Gardinen des Arbeitszimmers zupfte. Sie setzte sich in die Küche und machte sich einen Kaffee. Ich kann ja selbst nicht aus meiner Haut, dachte sie, während sie an der dampfenden Tasse nippte, dem Tod und dem Grauen gegenüber fällt mir wenig mehr ein, als ihm das denkbar Banale entgegenzusetzen. Sie zündete sich eine Zigarette an und inhalierte dankbar. Nach dem Rauchen und dem Kaffee hatte sie ihr inneres Gleichgewicht wiedergefunden. Sie stand auf und streifte durch das Haus. Mit offenen Sinnen, aber ohne eigentliches Ziel. Die Verwüstung war allgegenwärtig, Radschenkos Zuhause war ebenso geschändet worden wie sein Körper. Sie stieg über aufgeschlitzte Sofakissen und wühlte in aufgezogenen Schubladen. Sie stöberte in Schränken und tastete Kleidungsstücke ab. Sie kroch über den Fußboden und untersuchte knarzende Dielen. Irgendwann sah sie die Sinnlosigkeit ein. Es war unmöglich, etwas zu finden, wenn sie nicht wusste, wonach sie suchen sollte. Seufzend ließ sie sich in einen Sessel sinken. Sie nahm ihr Smartphone aus der Tasche und blätterte sich durch die Bilder von Nizar Hakeems Geburtstagsfeier, die Ebba Ericsson ihr geschickt hatte. Der Journalist prostete lachend in die Kamera, in der Hand ein Glas Rotwein. Ein gut aussehender Mann mit dichtem Bart. Neben ihm Ericsson. Wie glücklich die Grundschullehrerin auf den Fotos aussah. Dann Grischa Radschenko. Ein Mann in Hemd und Krawatte, dem man sein Alter ansah. Auf seiner hohen Stirn zeichneten sich Adern unter der blassen Haut ab. Er lächelte versonnen, die Hand auf der weißen Tischdecke abgelegt. Die goldene Uhr, die Manschettenknöpfe und der Siegelring fielen ins Auge. Radschenko hatte aus seinem Vermögen keinen Hehl gemacht. Sie zoomte ins Bild. In den Siegelring war ein Muster aus kleinen roten Edelsteinen eingelassen. Es erinnerte an eine stilisierte Sanduhr. Ein *memento mori*, eine Mahnung an die Endlichkeit des Lebens? Davon, wie endlich es tatsächlich sein sollte, hatte sich Radschenko an diesem feuchtfröhlichen Abend vor wenigen Monaten wahrscheinlich noch keinen Begriff gemacht. Karhuu scrollte weiter durch die Fotos. Feiernde Menschen, die sie nicht kannte, auch wenn sie sich von Ericsson die Namen hatte notieren lassen. Unter Umständen konnte Hakeems Freundeskreis noch wichtig werden. Überwiegend handelte es sich um schwedische Journalisten. Ein direkter Russlandbezug war Ericsson zu keinem der weiteren Gäste eingefallen, mit Ausnahme von Natasha Romanoff. Die in Wirklichkeit nicht so hieß. Wieder musterte Karhuu lange das faszinierende, ausdrucksstarke Gesicht der Frau aus Sibirien mit den kurzen, blonden Haaren. Die *Schwarze Witwe*. Keine Ähnlichkeit zur Schauspielerin Scarlett Johansson. Aber dasselbe Kaliber. Radschenko hatte sie und ihre amerikanische Freundin mit zu dem Fest gebracht. Diese Kathy war auf keinem der Schnappschüsse. Man sah nur eine schlanke Hand, die auf eine durchaus besitzergreifende Weise auf Natashas Schulter gelegt war. Karhuu blätterte vor und zurück, doch landete sie immer wieder bei der *Schwarzen Witwe*. Ohne Frage ging von der Frau eine starke Wirkung aus. War sie auch gefährdet? Ging es möglicherweise in Wirklichkeit um sie? Sie kam aus Russland. Sie benutzte einen Decknamen. Sie gehörte wie Akimov und Hakeem zu Radschenkos Netzwerk. Sie hatte sich als Whistleblowerin ihre alte Heimat zum Feind gemacht.

 Irgendwann löste sich Karhuu vom Antlitz der geheimnisvollen Schönen und erhob sich aus dem aufgeschlitzten Sessel. Was auch immer für Antworten sie suchte, in diesem Haus würde sie sie nicht finden, dessen war sie sich nun sicher.

63

Der Hinweis kam von einem Campingplatzmitarbeiter auf Falsterbo, einer Halbinsel, die dreißig Kilometer südlich von Malmö lag. Der Mann hatte den Fahndungsaufruf gelesen, den man an alle Camping- und Stellplätze geschickt hatte. Tatsächlich hatte am Vormittag ein Mann mit Wohnmobil eingecheckt, dessen Nummernschild mit dem von Radschenko übereinstimmte. Der Mann hatte einen anderen Namen angegeben, aber das war zu erwarten gewesen, dachte Nordh. Der Mitarbeiter war sich sicher, denn er hatte gerade unauffällig eine Kontrollrunde auf dem Platz gedreht: Der Mann befand sich just in diesem Moment in seinem Wohnmobil und bereitete Essen zu, dem Geruch nach irgendetwas mit Knoblauch. Hundegebell sei auch zu vernehmen gewesen. Nordh überlegte nicht lange. Das letzte Detail gab den Ausschlag. Eine bessere Chance, Akimov zu schnappen, würden sie vermutlich nicht bekommen. Sie mussten davon ausgehen, dass er bewaffnet war. Festnahmen von Bewaffneten waren immer heikel, aber wenigstens war ein Campingplatz in der Nachsaison kein allzu belebter Ort. Es waren laut Mitarbeiter nur eine Handvoll anderer Stellplätze belegt. Nordh forderte das Sondereinsatzkommando an. Wenn Akimov der Mann war, für den Karhuu und er ihn hielten, war heftige Gegenwehr nicht auszuschließen. Er informierte Karhuu und machte sich selbst auf den Weg. Er kannte Falsterbo. Sie waren dort einmal sonntags spazieren gegangen, die Kinder, Linda und er. Damals, als seine Welt noch in Ordnung gewesen war. Er erinnerte sich an bunte Strandhäuschen in den Dünen. Romantisch, hatte Linda gesagt. Kitschig, hatte er erwidert. Was für ein Idiot er doch gewesen war. Er raste die Autobahn entlang, dann bog er nach Westen ab. Das Navi zeigte ihm, dass nur eine einzige Straße auf die kleine Halbinsel hinauf- und zum

Campingplatz führte. Eine Sackgasse für jemanden, der sich versteckte. Das war ein strategischer Fehler von Akimov, der ihn verwunderte. Der passionierte Schachspieler saß in der Falle. Nordh konnte nur hoffen, dass der Russe keine Dummheiten beging, wenn er die Aussichtslosigkeit seiner Situation begriff. Eine Geiselnahme oder eine Schießerei galt es unter allen Umständen zu vermeiden. Hoffentlich war er klug genug, das einzusehen. Wenn sie sich nicht täuschten, war Akimov der Mann, der endlich Licht ins Dunkel bringen konnte.

Nordh wartete am vereinbarten Treffpunkt auf Karhuu, die die Muppets im Schlepptau hatte, und das Sondereinsatzkommando, das sofort einige Spezialisten zur Aufklärung und eine Drohne in die Luft schickte. Mellander war ebenfalls informiert, aber der Umstand, dass sie keinen Vertreter ihrer neuen Soko schickte, zeigte, wie niedrig sie die Spur priorisierte. Als sich das SEK ein ausreichendes Bild der Lage gemacht hatte, gab der Truppführer den Einsatzbefehl. Karhuu und er zogen ihre Sig Sauer und folgten der schwer bewaffneten Einheit. Die Männer verteilten sich und näherten sich dem markierten Wohnmobil in einer Zangenbewegung, wobei sie hinter Campinghütten, Wohnwagen, Büschen und anderen Wohnmobilen Schutz suchten. Karhuu und er folgten dem Truppführer. Hundert Meter. Fünfzig Meter. Dreißig Meter. Aus einem Wohnmobil mit niederländischem Kennzeichen schaute eine Frau und hielt sich mit weit aufgerissenen Augen die Hand vor den Mund. Nicht auszumalen, wenn hier alles voller Familien und spielender Kinder wäre, dachte Nordh. Zwanzig Meter. Fünfzehn Meter. Zehn Meter. Sie duckten sich hinter einer Hecke. Nordh lugte vorsichtig durch die Zweige. Die Sicht war gut. Hinter einer getönten Scheibe des Wohnmobils meinte er eine schemenhafte Bewegung auszumachen. Im Funkheadset des Truppführers knisterte und knackte es. *Alpha, Bravo, Charlie ...* Nordh musste an amerikanische Actionthriller denken. So etwas wie das hier hatte auch er noch nicht mitgemacht. Sein Puls raste, seine Ohren rauschten.

»Zugriff!«, rief der Truppführer.

Alles ging sehr schnell. Laufschritt, gezückte Waffen, Männergebrüll, eine aufgerissene Tür, Hundegekläffe, eine Frau, die aufschrie. Dann lagen zwei Personen mit gefesselten Händen auf dem Boden des Wohnmobils. Ein kleiner dicker Mann und eine kleine dicke Frau. Der Hund war ein Chihuahua.

»Das ist nicht Akimov«, sagte Karhuu.

Nein, das war nicht Akimov.

»Scheiße«, rief Nordh und trat gegen die Verkleidung des Wohnmobils. »So eine verdammte Scheiße!«

64

Die allgemeine Verwirrung klärte sich relativ rasch. Die Nummernschilder am Wohnmobil des Ehepaars aus Sundsvall, das an der Südküste die Spätsommertage genießen wollte, bevor es zurück in den hohen Norden ging, waren ausgetauscht worden, ohne dass die Rentner es bemerkt hatten. Vermutlich auf dem Campingplatz bei Lomma, zwanzig Kilometer nördlich von Malmö, wo sie die vergangenen fünf Tage verbracht hatten. Ihre Geschichte war wasserdicht, die beiden waren die Harmlosigkeit in Person. Nordh hatte sich ins Gras gesetzt und massierte sein verspanntes Gesicht. Er tat Karhuu leid. Der Truppführer des Sondereinsatzkommandos trottete kopfschüttelnd davon, der aufgebrachte Pensionär aus Sundsvall schimpfte mit hochrotem Kopf und wollte Anzeige erstatten. Karhuu beruhigte das Rentnerehepaar und bat Wallgren und Stöcker, die Wohnmobile auf dem Campingplatz in Lomma zu überprüfen. Wallgren nickte ihr zu. Stöcker schlug vor, auch die anderen Campingplätze an der Küste zu untersuchen. Gute Initiative.

Laufarbeit, aber wichtig. Karhuu glaubte zwar nicht daran, dass sie Akimov aufscheuchen würden, aber sicher ist sicher, dachte sie. Dann ging sie zu ihrem Partner, hielt ihm die Hand hin und zog ihn hoch.

»Falls es dir ein Trost ist«, sagte sie, »ich hätte es genauso gemacht. Wie wäre es mit einer Dosis Koffein und Zucker?«

Er blickte sie aus tief liegenden, rot geäderten Augen an, seine Stirn war schweißnass, die Haare waren verklebte Strähnen. Sie war sich sicher, dass er Fieber hatte. Sollte sie etwas sagen? Besser nicht. Das kam bei Typen wie ihm schlecht an. Alte Garde, bloß keine Schwäche zeigen und so weiter. Nun gut.

»Aber immer doch«, sagte er tonlos. Etwas später saßen sie in einer Tankstelle am Stadtrand, aßen trockene Zimtschnecken und tranken zu dünnen Kaffee. Sie wartete, bis er von sich aus anfing zu reden. »Ich hätte es wissen müssen«, sagte er zerknirscht und wischte sich Krümel vom Hemd, »es war schlichtweg zu einfach.«

»Er weiß, was er tut.«

Nordh nickte. Sie berichteten einander von den Gesprächen mit dem Geschäftsführer der Stiftung, Hakeems Lebensgefährtin und Radschenkos Haushälterin. Karhuu zeigte Nordh die Fotos der Geburtstagsfeier und erklärte. Bei dem Bild von Natasha pfiff er bewundernd und schickte dann ein schnelles, nachdrückliches *Sorry* hinterher. Das waren neue Töne. Schön, sie konnte auch Perestroika.

»Ach was«, sagte sie. »Es ist ja nicht zu übersehen. Eine außergewöhnlich schöne Frau. Es gibt da dieses Netzwerk von Menschenrechtlern und Demokratieförderern: Radschenko, Akimov, Hakeem. Vielleicht gehört sogar diese *Schwarze Witwe* dazu. Alle kommen aus Russland oder der ehemaligen UdSSR oder haben wie Hakeem zumindest einen Bezug dazu. Dann wird dieses Netzwerk angegriffen. Radschenko wird zu Tode gefoltert, ein Anschlag auf Akimov schlägt fehl, Hakeem wird erschossen. Die Angreifer kommen ebenfalls aus dem Osten, darauf weist das Gebiss des Toten in Akimovs Haus hin, vielleicht auch das Schweigen des Verletzten bei der Ärztin. Zwischen diese beiden Gruppen geraten der kleine Rashid und irgendwie auch unser Freund Taqi. Das ist, was geschieht. Kein *Lasermann 2.0*, kein zweiter Peter Mangs.« Sie sah Nordh eindringlich an. »Wir haben genug zusammen, um damit zu Mellander zu gehen, auch wenn uns noch der letzte Beweis fehlt. Akimovs Festnahme hätte uns natürlich geholfen, aber es muss auch so reichen. Wir müssen die Farce beenden. Da draußen sind hunderttausend Menschen, die ähnlich aussehen wie ich und fürchten, dass ein Nazi sie abknallen könnte. Das muss aufhören, Jon.«

Er drehte seinen Pappbecher in der Hand und betrachtete ihn nachdenklich. Schließlich sah er wieder zu ihr auf.

»Einverstanden.«

65

Sie fuhren in die Wache an der Drottninggatan. Das Wasser in den Kanälen glänzte in der Nachmittagssonne schwarz wie Rohöl. Im Büro begannen sie damit, alles zusammenzustellen, was ihre Argumentation stützen konnte. Je länger sie arbeiteten, desto besser wurde Nordhs Laune. Karhuu hatte recht, es war an der Zeit, den Spuk zu beenden. Es gab weder einen *Lasermann 2.0* noch einen neuen Peter Mangs. Mellander und ihre Super-Soko jagten einem Phantom hinterher. Viele Tausend Menschen in seiner Stadt fürchteten ohne Grund um ihr Leben. Damit mussten sie Schluss machen. Dienst am Mitbürger, auch das war gute Polizeiarbeit. Akimov war ihm entwischt, wie ihm zuvor auch Taqi vor der Nase davongefahren war. Das tat weh. Aber das Spiel war noch nicht abgepfiffen.

Sie würden eine weitere Chance bekommen. Hauptsache, der Junge kam heil aus der Sache heraus. Das Telefon klingelte ohne Unterlass. Mellander. Wahrscheinlich wollte sie die Details über das Debakel vom Campingplatz noch mal aus seinem Mund hören, wahrscheinlich wollte sie, dass er sich vor ihr in den Staub warf. Keine Angst, Nora, für meine Demütigungen sorge ich schon selbst. Er ignorierte die Anrufe. Karhuu und er arbeiteten konzentriert. Sie ordneten das Material, priorisierten, stellten zusammen. Irgendwann standen die Muppets im Türrahmen. Akimov hatte den Campingplatz in Lomma längst verlassen, auch auf den anderen keine Spur von ihm. Damit war zu rechnen gewesen. Stöcker hatte eine Tüte Gebäckstücke aus der Konditorei *Katarina* dabei, Wallgren vier Caffè Latte. Was war das denn? Ein Vergiftungsversuch? Oder ein ernst gemeintes Friedensangebot? Nordh starrte die beiden an. Was Stöcker ihm an den Kopf geworfen hatte, hatte er noch längst nicht verdaut. Wie auch? Es machte die Sache mit Linda und Calle noch komplizierter, als sie es ohnehin schon war. Aber Komplexität und wirre Gefühle konnte er gerade nicht gebrauchen. Er hatte einen Fall zu lösen, der das ganze Land in Atem hielt. Er hatte das Leben eines Kindes zu retten. Er war verdammt noch mal nicht der schlechte Bulle, der sich hinter Calles Rücken versteckt hatte. Oder?

Als er zu Karhuu blickte, nickte sie unmerklich. Also dann. Er und die Muppets, *terra incognita,* aber da Karhuu offenbar einen Friedenspakt mit ihnen geschlossen hatte, sollte es ihm fürs Erste recht sein. Sie konnten jede Hilfe gebrauchen.

»Wir könnten jede Hilfe gebrauchen«, sagte Karhuu.

Sie erzählte, erklärte, erläuterte. Wallgren fiel die Kinnlade herunter, Stöcker staunte. Nordh verstand jetzt: Karhuu testete ihre Thesen. Ihre Argumente zogen die beiden auf ihre Seite. Sicher, es gab einige Löcher und Leerstellen, aber im Großen und Ganzen hielt ihre Theorie der Prüfung stand. Trotzdem waren sie noch nicht fertig. Bei Mellander hatten sie genau einen Schuss und der musste sitzen. Die Muppets boten sich an, Radschenkos Finanzunterlagen durchzugehen. Das Material war so umfangreich, dass sie bisher nur einen Bruchteil gesichtet hatten. Ein sinnvoller Vorschlag, wie er zugeben musste. Wieder hatte Karhuu den richtigen Riecher gehabt. Als das Telefon zum x-ten Mal klingelte, stöpselte Nordh es einfach aus. Mellander würde ihr Gespräch noch bekommen, aber anders als sie es sich wahrscheinlich vorstellte. Irgendwann, es war draußen längst dunkel geworden, hatten sie alles in Sack und Tüten.

»Bevor es losgeht, will ich eine rauchen«, sagte Karhuu.

Sie stiegen zu viert aufs Dach. Nordhs Kopf glühte, er hatte Fieber. Die kalte Abendluft tat gut. Karhuu zündete sich eine Kippe an, Wallgren und Stöcker zogen abwechselnd an einer E-Zigarette, deren Dampf für die Bühnenshow einer Rockband ausgereicht hätte. Nordh kam die Melodie von *Angels of Harlem* in den Kopf. Das U2-Stück war auf Lindas Lieblingsplaylist. Er summte mit. Dann musste er an Tims Engelszeichnungen denken und biss sich auf die Lippe, bis er Blut schmeckte. Bloß keine Tränen, nicht vor Karhuu und den Muppets. Während er noch mit sich kämpfte, explodierten zwölf Meter unter ihnen plötzlich Blaulichter und Sirenen. Fünf, sechs, sieben Streifenwagen schossen hintereinander aus der Tiefgarage. Der Lärm war ohrenbetäubend.

What the fuck ...?

Stöcker nahm auf dem Handy ein Gespräch entgegen und presste sich die Hand aufs andere Ohr. Der Hall der Sirenen wurde endlich schwächer und vermischte sich schließlich in der Ferne mit dem Jaulen anderer Martinshörner. Zu dritt starrten sie nun Stöcker an, dem das letzte bisschen Farbe aus dem fahlen Gesicht gefallen war. Sein Telefonat war beendet.

»Es gibt ein neues Todesopfer. Offenbar eine junge schwarze Frau. Auf dem Steg zum Spa in Ribersborgs Kallbadhus erschossen. Zeugen haben einen Ziellaser gesehen …«

66

Karhuu pfefferte ihre Sneaker quer durchs Hotelzimmer und warf ihren Parka auf den Boden. Nur noch heiß duschen und dann die Decke über den Kopf ziehen. Nichts mehr von dieser Welt wissen. Denn was geschehen war, war unbegreiflich. Es konnte, es durfte nicht wahr sein. Sie konnten sich nicht dermaßen geirrt haben. Es konnte keinen neuen *Lasermann*, es konnte keinen Wiedergänger von Peter Mangs geben. Es musste eine andere Erklärung geben. Einen Trittbrettfahrer. Etwas, das sie übersehen hatten. Aber was sollte das sein? Das Klingeln ihres Handys riss sie aus ihren Gedanken. Kristoffer? Noch einmal Nordh? War ihm doch noch etwas Wichtiges eingefallen, hatte er Neuigkeiten vom Todesopfer und den Umständen des Mords? Sie hob ihren Parka auf und fummelte das Smartphone aus der Tasche.

Überraschung.

Joakim Frost, ihr Chef, der sie seit Jahren förderte und den letzten Undercover-Einsatz geleitet hatte. Der sie nach Malmö geschickt hatte, damit sie sich rehabilitieren konnte und sich in Stockholm der Staub um ihre Suspendierung und den schiefgelaufenen Einsatz legte.

»Joakim.«

»Wie geht's dir, Svea?«

»Du hast es vermutlich schon gehört.«

»Es läuft auf allen Kanälen.«

»So eine Scheiße«, sagte sie. »Entschuldige meine Ausdrucksweise.«

Frost lachte, wie er in solchen Momenten immer lachte.
»Manchmal muss man die Dinge beim Namen nennen. Es tut mir leid, dass ich dich in diesen Schlamassel geschickt habe, Svea. Ich hatte ja keine Ahnung.«
»Konnte niemand ahnen, schätze ich.«
»Nein. Trotzdem. Es tut mir leid.«
»Geschenkt.«
»Wie ist dein Partner?«

Er nervt mitunter, wollte sie sagen, er nervt mitunter und er wirkt wie jemand, den das Leben ein wenig aus der Bahn geworfen hat. Aber das fühlte sich wie ein Verrat an und war auch nur die halbe Wahrheit.

»Verlässlich«, sagte sie. »Erfahren. *Oldschool*. Aber nicht so, dass es nicht auszuhalten wäre.«

Frost lachte erneut. Dieses Mal klang es schon weniger herzlich. Er hatte etwas auf dem Herzen, das spürte sie.

»Gut«, sagte er, »gut. Wenigstens das.«

»Du wolltest hören, wie es mir geht? Das ist nett von dir, Joakim.«

Ehrlich gesagt wusste sie nicht, ob es so besonders nett war, ehrlich gesagt hatte sie seinen Anruf schon vor Tagen erwartet, ehrlich gesagt hätte ihn seine Fürsorgepflicht ihr gegenüber spätestens bei der ersten öffentlichen Erwähnung eines neuen *Lasermanns* zum Telefonhörer greifen lassen müssen.

»Nein, Svea, ich rufe aus einem anderen Grund an.«

Also doch. Irgendetwas in seiner Stimme ließ sie reagieren. Sie versteinerte.

»Ja?«
»Es geht um deinen vergangenen Einsatz.«
Natürlich.
»Ja?«
»Ich will nicht lange drum herumreden. Kateryna ist tot.«
Nein.

»Nein.«

Das durfte, das konnte nicht wahr sein.

»Ein Fenstersturz aus dem zwölften Stock eines Hotels.«

Ihre Ohren begannen zu schrillen. Frost sprach weiter, aber sie hatte Schwierigkeiten, ihm zu folgen. Kateryna konnte nicht tot sein.

Kateryna durfte nicht tot sein.

Kateryna war ihre Freundin, auch wenn Frost das nicht wissen durfte, weil es hochgradig unprofessionell war.

»Aber ... sie ist die einzige Zeugin, Joakim!«

Ihr Magen verwandelte sich in einen Eisblock.

»Ich weiß. Es tut mir leid, Svea.«

Hotel.

Fenstersturz.

Zwölfter Stock.

Niemand fiel aus Versehen aus Hotelfenstern.

»Wer hat sie ...?«

Natürlich kannte sie die Antwort.

»Ich weiß es nicht.«

Die Nachricht vom Tod ihrer Freundin war wie ein Faustschlag ins Gesicht. Mit dem Schmerz kam die Angst. Kateryna war die Einzige, die dabei gewesen war, als sie Hans Grönborg in Notwehr erstochen hatte. Der korrupte Kommissar hatte sie erkannt und sofort seine Waffe gezogen, um sie zu erschießen.

»Sie war die einzige Zeugin, Joakim!«

Warum wiederholte sie das? Sie hatte den Hergang schließlich schon mehrere Male mit ihm durchgesprochen. Das erste Mal am Tag der Ereignisse selbst. Drei Monate war das nun her. Ihr Mund war trocken, ihre Zunge klebte am Gaumen.

»Ich glaube dir ja, Svea, dass es Notwehr war, natürlich glaube ich dir weiterhin. Ich stehe hinter dir. Aber nun, wo Kateryna tot ist, ist deine Aussage vor der internen Untersuchungskommission umso wichtiger.« Er machte eine Kunstpause. »Und womöglich der Gerichtsprozess.«

Ihr brach kalter Schweiß aus.

»Gerichtsprozess?«

Es war nie davon die Rede gewesen, dass sie sich bezüglich des Todes von Kommissar Grönborg vor Gericht verantworten müsste. Ihre Aussage vor der Untersuchungskommission sollte dafür sorgen, dass es überhaupt nicht zu einer Anklage gegen sie kommen würde. Das war der Deal. Das war der Weg, unbescholten aus der Nummer rauszukommen. Juristisch, dienstrechtlich und vor allem: unerkannt vom Syndikat. Grönborg war ein Mann auf der Gehaltliste des Zwangsprostitutionsrings gewesen. Sich bei einem Gerichtsprozess zu seinem Tod zu bekennen, wäre eine Kampfansage an das Syndikat. Es wäre Selbstmord.

»Svea, hör zu, ich ...«

»Das wäre Selbstmord. Die würden kommen und mich töten, genauso wie sie offenbar Kateryna zum Schweigen gebracht haben.«

Lange Pause im Äther.

»Svea, du musst begreifen, dass es so gut wie keine Alternative zu deinem Mitwirken an einem Prozess gibt.«

»Es muss doch reichen, dass ich mich vor dem internen Untersuchungsausschuss erkläre, so wie es immer geplant war.«

»Aber dieser Plan basierte auf Katerynas Aussage.«

»Die sie doch längst getätigt hat!«

Sie war laut geworden. Ihre Haut kribbelte. Ihr wurde abwechselnd heiß und kalt.

Erneut eine lange Pause.

»Wir haben natürlich Mitschnitte der Vernehmungsprotokolle, aber sie sind in ihrer jetzigen Form juristisch wackelig.« Er seufzte. »Und das ist leider noch nicht alles, Svea. Ich weiß aus sicherer Quelle, dass sich im Fall Grönborg eine Augenzeugin gemeldet hat, die dich an diesem Tag in unmittelbarer

Nähe des Tatorts gesehen haben will: Jenny Karlsson. Ich habe gehört, dass sie etwas mit Grönborg am Laufen hatte.«

Die Nazi-Bitch, die sie unter der Dusche …

Der Boden des Hotelzimmers begann zu schwanken.

»Das ist unmöglich. Als ich zustechen musste, waren da nur Grönborg, Kateryna und ich. Karlsson lügt. Sie will sich dafür revanchieren, dass ich sie und ihre Entourage vermöbelt habe. Oder ihren Lover rächen, wenn die Gerüchte über die beiden stimmen.«

»Ich glaube dir ja. Umso wichtiger ist es jetzt, die ganze verfluchte Geschichte auf eine größere Bühne zu heben, damit wir Karlsson etwas entgegenzusetzen haben. Wir müssen die Deutungshoheit behalten, Svea, und das heißt, dass eigentlich kein Weg an deiner Aussage vor Gericht vorbeiführt.« Wieder seufzte er. »Hier pfeifen bereits die Spatzen von den Dächern, dass du mit Grönborgs Tod zu tun hast.«

Copkiller.

»Aber wie kann das sein?« Ihre Hand krallte sich in die Bettdecke. »Außer dir wissen doch überhaupt nur zwei, drei andere aus dem Undercover-Team und die internen Ermittler von meinem Einsatz.«

»Ich habe keine Ahnung, Svea.«

Sie schluckte.

»Was ist die Alternative?«

»Wie meinst du das?«

»Du hast vorhin gesagt, es gäbe so gut wie keine Alternative zu meiner Aussage bei einem Prozess.«

Es blieb lange still in der Leitung. Das einzige Geräusch war ein Knistern, wahrscheinlich stammte es daher, dass Frost mit den Fingern seinen Bart kämmte. Das machte er immer, wenn er angespannt war.

»Die einzige Alternative, die ich sehe, ist ziemlich unschön«, sagte er schließlich.

»Was heißt das?«

»Nun ja, wir könnten es vor dem Untersuchungsausschuss so aussehen lassen, als habe Kateryna Grönborg getötet und nicht du. Du wärst dann die einzige Augenzeugin. Dass dich jemand in der Nähe des Tatorts gesehen haben will, wäre damit völlig unerheblich.«

Karhuu war so perplex, dass sie aufstand und sich wieder hinsetzte. Meinte Frost das ernst?

»Ich soll es Kateryna in die Schuhe schieben? Aber was soll ihr Sohn, was sollen ihre Eltern von ihr denken?«

»Wie gesagt, es ist unschön. Aber wir spielen ein unschönes Spiel, Svea. Das wusstest du, als du dich für den Job beworben hast.«

Das stimmte zweifellos. Was dagegen nicht stimmte, war der Umstand, dass sie durch ihre Berufswahl einen Blankoschein für den Verrat an einer jungen Zwangsprostituierten ausgestellt hatte, die Karhuus schiefgelaufenen Einsatz mit dem Leben bezahlt hatte, indem man sie aus einem Hotelfenster gestoßen hatte.

»Nie im Leben, Joakim. Das tue ich ihr und ihrer Familie nicht an.«

Frosts Seufzen war in ein Stöhnen übergegangen.

»Das habe ich mir gedacht.« Er machte eine lange Pause. »Überlege es dir, es wäre die eleganteste Lösung. Oder soll ich auf deine Aussage vor Gericht zählen?«

»Die töten mich«, wiederholte sie sich.

»Wir können dich beschützen, das weißt du doch.«

Beschützen? Am Arsch. Es gab keinen hundertprozentigen Schutz, es gab nicht mal fünfzigprozentigen, das wusste Frost natürlich genau. Es sei denn, man steckte sie in ein Zeugenschutzprogramm, wie es für Kateryna geplant gewesen war, wo sie für den Rest ihres Lebens in einer Kleinstadt Versicherungspolicen bearbeiten oder am Nordkap Rentiere hüten würde.

»So wie ihr Kateryna beschützt habt?«

»Das ist schlecht gelaufen, das gebe ich zu.«

»Schlecht gelaufen?« Na dann. »Ihr hättet sie längst in Sicherheit bringen müssen. Das hattest du mir versprochen, Joakim.«

Frost ging nicht darauf ein.

»Übermorgen tagt der Ausschuss. Tu das einzig Richtige, Svea. Komm nach Stockholm. Lass uns über Kateryna sprechen. Es wäre wirklich der beste Weg. Den Schlamassel in Malmö sollen andere lösen. Es war ein Fehler, dich dorthin zu schicken. Es tut mir leid. Komm nach Hause.«

»Du hast gesagt, wenn ich diesen Fall hier löse, wäre ich unangreifbar. Du hast gesagt, wenn ich mich in Malmö bewähre, wäre mein Ruf zu hundert Prozent wiederhergestellt.«

»Ja. Aber das war vor Katerynas Tod und vor dem Auftauchen einer angeblichen Zeugin.«

Sie schwieg, saugte an ihrer Unterlippe, mindestens eine halbe Minute.

»Weißt du was, Joakim?«

Fick dich ins Knie.

Aber sie verkniff sich die hässlichen Worte. Stattdessen drückte sie das Gespräch weg und warf das Handy aufs Bett.

67

Jon Nordh machte den Abwasch. Die Kinder waren im Bett. Er schrubbte in einem Topf herum, auf seinen Händen ein brauner Fettfilm. Bratensauce. Er stellte sich die Frage, warum er nie über Rosas finanzielle Situation nachgedacht hatte. Die Fakten hatten ja auf dem Tisch gelegen. Schon vor Lindas Tod hatte Rosa um ihre Frühverrentung gekämpft. Er hätte sich leicht ausmalen können, wie gering ihre Bezüge im Fall einer Anerkennung ausfallen würden. Und wie hoch die Raten für die Doppelhaushälfte waren, wusste er natürlich selbst. Trotzdem hatte er nie eins und eins zusammengezählt. Weil er ein ignoranter und wehleidiger Idiot war, der nicht mal sein eigenes Leben in den Griff bekam. Wieder musste er an Stöckers Worte denken. Sicher, er konnte den Trottel nicht ausstehen, aber er glaubte nicht, dass Stöcker ihn in Bezug auf seine Frau und die vielen Kolleginnen angelogen hatte. Es war die Wahrheit. Aber es war so dermaßen trivial. Es brachte sein Selbstbild als Superbulle ins Wanken, das er über Jahre hinweg gepflegt hatte. Es konnte einfach nicht sein, dass er seine Erfolge bei der Mordkommission tatsächlich zum größten Teil Calle und seinen unsauberen Methoden zu verdanken hatte.

Als er mit dem Abwasch fertig war, wusch er sich sorgfältig die Hände, trotzdem verschwand der Geruch der Soße nicht ganz. Im Radio dudelte Klassik, er hatte tatsächlich einen Sender gefunden, der sich nicht für den *Lasermann 2.0* und sein neuestes Opfer zu interessieren schien. Er setzte sich an den Küchentisch. Vor sich breitete er das Material aus, das Karhuu, die Muppets und er zusammengestellt hatten. Er war sich so sicher gewesen, dass ihre Theorie stimmte. Aber wie passte die junge schwarze Frau hinein, die, wie es hieß, von einem Boot aus auf dem Steg des Ribersborgs Kallbadhus mit einem Gewehr mit Laserzielvorrichtung erschossen worden war? Auf den ersten Blick gar nicht. Also stimmte entweder die Theorie nicht oder sie hatten etwas Entscheidendes übersehen.

»Papa, ich kann nicht einschlafen.«

Lilly stand im Türrahmen. Sie trug das Prinzessin-Elsa-Nachthemd, von dem sie behauptete, dass es nach Mama roch, und das seit Lindas Tod nicht gewaschen werden durfte. Wie zart sie darin aussah, wie zerbrechlich.

»Komm«, sagte er und sie kam und kletterte auf seinen Schoß. Manchmal vergaß er, wie klein sie eigentlich noch war, weil sie neben Tim immer die große Schwester sein musste. Ich tue ihr so oft unrecht, dachte er, ich überfrachte sie mit einer Verantwortung, die eine Siebenjährige nicht schultern sollte. Er schloss die Augen, vergrub sein Gesicht in ihrem Haar und drückte sie an sich.

»Cool«, sagte sie. »Die *Schwarze Witwe*.«

»Wie bitte?«

»Cool, die *Schwarze Witwe*«, wiederholte Lilly.

Sie deutete auf einen Ausdruck zwischen den vielen Papieren auf dem Tisch. Es handelte sich um einen vergrößerten Bildausschnitt aus einem Foto von Hakeems Geburtstagsfeier. Man sah Radschenko mit einem versonnenen Lächeln am Tisch sitzen, in der Hand ein Glas Rotwein. Er trug ein weißes Hemd mit Krawatte, eine goldene Uhr, dazu passende Manschettenknöpfe und einen Siegelring, der mit Diamanten verziert war.

»Was?«

Er hatte nicht den blassesten Schimmer, was seine Tochter im Sinn hatte.

Lilly legte den Finger auf das Papier.

»Das Zeichen auf dem Goldring da. Das Muster aus den roten Diamanten. Das ist das Zeichen der *Schwarzen Witwe*.«

»Aber …?«

»Sie ist auf meiner Federmappe, willst du sehen?«

Noch während er auf das Bild starrte, glitt Lilly von seinem Schoß, düste in den Flur, kam mit ihrem Schulrucksack zurück, öffnete ihn und holte ihre Federmappe hinaus.

»Siehst du, Papa?«

Sie hatte recht. Auf dem Etui prangte eine Figur, eine kurvige Amazone in einem engen schwarzen Overall, bis an die Zähne bewaffnet. Nordh glaubte, die Schauspielerin Scarlett Johansson zu erkennen. Im Hintergrund dasselbe Emblem wie auf dem Ring, ein rotes Symbol, das aus zwei Dreiecken bestand, deren Spitzen aufeinanderstanden, sodass sie eine stilisierte Sanduhr ergaben. Erst begriff Nordh gar nichts, dann überschlugen sich seine Gedanken. Er musste an das russische Tamagotchi denken, das Radschenko vor Urzeiten erfunden hatte. Seine Vorliebe für technische Spielereien und physische Speichermedien. An seine Angst vor der Cloud, weshalb er seine Daten angeblich immer bei sich trug.

»Verdammte Axt«, flüsterte er und griff nach seinem Handy.

68

Karhuu verließ das Hotel, weil sie in dem kleinen Zimmer zu ersticken drohte. Aufgewühlt lief sie durch die Straßen. Ohne Richtung, ohne Ziel. Hauptsache, in Bewegung bleiben. Kurz überlegte sie, Kristoffer anzurufen. Es würde guttun, seine Stimme zu hören. Aber er würde sicher über die Wohnung sprechen wollen. Sie wusste nicht, was sie ihm sagen sollte. Der Anruf von Joakim Frost stellte ihre Welt auf den Kopf.

Der schiefgelaufene Undercover-Einsatz hatte bis zu seinem katastrophalen Ende bereits über ein Jahr gedauert. Nach monatelanger Vorarbeit, in der sie sich immer näher an das Netzwerk von Zwangsprostitution herangearbeitet hatte, war es ihr gelungen, das sogenannte Syndikat zu infiltrieren. Unter der falschen Identität einer Kleindealerin, die die Mädchen und Frauen zunächst mit Stoff, später mit allem Möglichen versorgte, war sie innerhalb des verdeckten Prostitutionsrings, der sich über Dutzende Wohnungen in nahezu allen Bezirken der Hauptstadt erstreckte, zu einer Art Mädchen für alles geworden. Sie erledigte Einkäufe und Botengänge, übernahm Hausmeistertätigkeiten wie das Reparieren verstopfter Klos, gab den Girls, die überwiegend aus der Ukraine stammten, eine Schulter zum Ausheulen. Verdammt, sie organisierte sogar Abtreibungen, wenn es nötig war. Und sie sammelte Beweise gegen die Drahtzieher des wie geschmiert laufenden Geschäftsmodells. Das kam dabei heraus, wenn man Prostitution vollständig verbot, hatte sie oft gedacht, man verlagerte sie in die Illegalität, in den Schatten, dorthin, wo die Gesellschaft sie nicht sehen wollte. Was zur Folge hatte, dass skrupellose Verbrecher mit ihren Opfern machen konnten, was sie wollten. Eine dieser jungen Frauen war Kateryna gewesen. Sie war im selben Alter wie Karhuu und sie freundeten sich an. Wie die meisten anderen war Kateryna vor dem Krieg geflohen, hatte eine Vorgeschichte aus Missbrauch und Misshandlung, bevor sie mit falschen Versprechungen von Polen nach Stockholm gelockt und unter der Androhung von Gewalt gegen sie und ihren kleinen Sohn, der bei seinen Großeltern in Polen lebte, zur Prostitution gezwungen worden war. Es war Kateryna, die Karhuu an jenem schicksalsträchtigen Tag begleitet hatte. Gemeinsam hatten sie die Einkäufe für eine Gruppe Frauen erledigt, die zu acht in einer Dreizimmer-Dachwohnung am Stadtrand untergebracht waren. Unmittelbar vor der Wohnung kam ihnen im Treppenaufgang Kommissar Grönborg entgegen. Dann ging alles blitzschnell. Vor nicht einmal zwei Jahren hatte sie unter seiner Anleitung das obligatorische jährliche Schusstraining absolviert. Sie erkannte ihn, er erkannte sie. Er riss seine Sig Sauer aus dem Holster, das er unter seiner Lederjacke trug, doch sie war schneller. Undercover war es natürlich nicht möglich, die Dienstwaffe bei sich zu führen. Aber sie hatte immer ein Messer im Ärmel. Für alle Fälle. Zwei blitzschnelle Armbewegungen und seine Halsschlagader war durchtrennt. Überallhin spritzte das Blut, es war eine furchtbare Situation. Aber weil er seine Waffe gezogen hatte, war es alternativlos gewesen. Sie hatte ihr Leben, Kateryna und die gesamte Operation beschützt. Trotzdem hatte Joakim Frost ihren verdeckten Einsatz sofort abgebrochen, weil er seiner Meinung nach zu gefährlich geworden war und sie unter zu großem Stress stehen würde. Sie fand, dass das eine eklatante Fehleinschätzung war. Sechzehn Monate Arbeit mit einem Mal dahin. Dabei war sie sehr kurz davor gewesen, genügend Beweise zusammenzutragen, um den schwedischen Teil des Netzwerks hochnehmen zu können. Doch die Beweislage war noch zu dünn gewesen, und die Wut darüber war zusammen mit den Ungeheuerlichkeiten, die ihr Chef in dem Telefonat von ihr verlangt hatte, wieder aufgeflammt. Ganz sicher würde sie nicht vor Gericht aussagen und sich zur Zielscheibe des Syndikats machen. Noch viel weniger hatte sie die Absicht, Katerynas Namen zu beschmutzen, um ihren eigenen reinzuwaschen. Stattdessen würde sie vorerst gar nichts tun, beschloss sie, auch nicht am nächsten Tag nach Stockholm fahren, um vor der internen Untersuchungskommission auszusagen. Es gab hier einen Fall zu lösen und sie würde Jon Nordh damit nicht im Stich lassen. Der Ausschuss musste warten.

Nachdem sie anderthalb Stunden lang ziellos durch die Stadt gestreift war, landete sie wieder vor dem Hotel. Anstatt auf ihr Zimmer zu gehen, setzte sie sich in den Mietwagen und fuhr zum Parkplatz des Jugendzentrums. Wie an den Abenden zuvor brannte dort noch Licht und der Wagen von Pedro Morales stand ebenfalls noch auf seinem Platz. Wahrscheinlich war es völlig sinnlos, auf den Sozialarbeiter zu warten, aber ihr fiel nichts anderes ein, zu dem sie sich aufraffen konnte, und um einfach schlafen zu gehen, war sie zu aufgekratzt. Sie stand weniger als fünf Minuten auf dem Parkplatz, als sich ihr Handy meldete. Es war Nordh und sie sah, dass er in der vergangenen Stunde schon zweimal versucht hatte, sie anzurufen. Hastig erklärte er, worauf er, oder vielmehr seine Tochter, gestoßen war: Grischa Radschenko besaß einen Siegelring, den das Emblem der Marvel-Comicfigur der *Schwarzen Witwe*, alias Natasha Romanoff, zierte. Über Radschenko wussten sie, dass er erstens eine Schwäche für technische Gadgets hatte – Stichwort russisches Tamagotchi – und zweitens eine Paranoia vor Datendiebstahl und Hackerangriffen. Der Geschäftsführer der Kepler-Stiftung hatte erwähnt, dass Radschenko wichtige Daten immer bei sich führte. Nordhs Hypothese: Der Siegelring könnte ein Speichermedium sein, auf dem sich wichtige Daten von oder über Natasha Romanoff, die schöne, sibirische Whistleblowerin aus Radschenkos Aktivisten-Netzwerk, befanden. Nordh hatte es recherchiert. Es gab solche Datenträger in Schmuckform schon für kleines Geld im Handel. Für einen Mann mit Radschenkos Möglichkeiten wäre eine Sonderanfertigung überhaupt kein Problem. Das war natürlich reine Spekulation, möglicherweise aus reiner Verzweiflung geboren, aber eine, die durchaus ihren Reiz hatte, wie Karhuu zugeben musste. Nordh war in der vergangenen Stunde sämtliche achthundertsechsundzwanzig Tatortfotos samt den Bildern von Radschenkos Leichnam durchgegangen. Dem Toten fehlte nicht nur der linke Arm. Sein Ringfinger war mit Gewalt abgerissen worden und verschwunden. Dem Obduktionsbericht zufolge waren dafür höchstwahrscheinlich Tiere verantwortlich. Sämtlicher Schmuck aus seinem Haus war dokumentiert worden, aber von dem Siegelring keine Spur. Auch Karhuu konnte sich nicht erinnern, einen solchen Ring in dem durchwühlten Anwesen gesehen zu haben. Aber ihr kam plötzlich etwas in den Sinn.

Myrsky.

»Die Elster«, sagte sie. »Im Garten gibt es mindestens eine Elster. Elstern fressen Aas. Elstern sind schlau. Und auch wenn es Forscher gibt, die das Gegenteil behaupten: Ich habe mit eigenen Augen gesehen, dass sie sich für Glitzerzeug interessieren, wenn sie erst einmal die Angst davor verloren haben. Wir könnten das Elsternnest suchen und nachsehen. Oder klingt das zu verzweifelt?«

Nordh grunzte.

»Aber meinst du wirklich, dass wir eine Chance haben, das Nest einer bestimmten Elster zu finden?«

»Elsternreviere sind nicht größer als Radschenkos Grundstück. Irgendwo in seinem Privatpark wird es ein Nest geben, ein kugel- oder eiförmiges Konstrukt aus Zweigen, das allein schon wegen seiner Größe auffällt. Ich finde, einen Versuch ist es wert.«

»Lernt man so etwas, wenn man auf dem Land aufwächst?«

»Ehrlich gesagt: ja.«

Beide mussten lachen.

»Vielleicht ist es total bescheuert, aber könntest du dir vorstellen, dorthin zu fahren und ...?«, fragte er.

In dem Moment sah sie, wie Morales das Gebäude verließ und auf sein Auto zuging.

»Passt gerade schlecht«, sagte sie und erklärte, wo sie war und was sie tat.

Nordh seufzte.

»Dann muss wohl noch mal meine Schwiegermutter ran. Wie gut, dass ich die Taschenlampen schon gestern rausgesucht habe. Ich melde mich später.«

Das mit den Taschenlampen verstand sie nicht ganz, aber ihre Aufmerksamkeit wurde jetzt woanders gebraucht. Morales startete den Motor, verließ den Parkplatz und bog Richtung Osten ab. An den Vortagen war er in die entgegengesetzte Richtung gefahren. Karhuu drehte den Schlüssel im Zündschloss, legte den ersten Gang ein und folgte dem schmutzig weißen Skoda.

69

Die Scheinwerfer des Passats schnitten weiße Kegel in die schonische Nacht. Im Radio lief die Berichterstattung über den neuen *Lasermann* in Endlosschleife. Dieses Mal hörte er zu. Bei dem neuesten Opfer handelte es sich um eine vierundzwanzigjährige Amerikanerin dunkler Hautfarbe, die an der Universität

Lund studierte. Die Polizei hielt sich mit weiteren Informationen bedeckt.

Auf Höhe von Jordberga überquerte ein Fuchs die Fahrbahn, kurz darauf hatte Nordh sein Ziel erreicht. Er stieg aus. Der Nieselregen kühlte sein fiebriges Gesicht. Er schaltete die Stirnlampe ein. Tatsächlich suchte er allen Ernstes ein Elsternnest. Wie verzweifelt konnte man sein? In den höchsten Bäumen suchen, hatte Karhuu ihm eingebläut. Darin befand sich mit viel Glück eine Art USB-Stick in Form eines goldenen Siegelrings. Möglicherweise auf einem abgehackten Finger. Der wiederum zu einem einarmigen Mann gehörte, der in einem anderen Leben Software für die russische Rüstungsindustrie geschrieben und ein Stalin-Tamagotchi erfunden hatte. Durfte man nicht weitererzählen, so absurd klang das. Er stapfte durch Radschenkos private Parkanlage und leuchtete in die Bäume. Man konnte die nahe Brandung rauschen hören und es roch schwach nach vermodertem Seetang. Sein Handy klingelte. Es war Stöcker. Kurz zögerte Nordh, dann nahm er den Anruf an. Stöcker war in Radschenkos Unterlagen auf etwas gestoßen. Ein Hauskauf an der Küste, vor wenigen Monaten. Das Auffällige war, wie gut der Kauf verschleiert worden war. Nordh überlegte. Wenn Akimov davon wusste, war das ein mögliches Versteck. Ein besserer Rückzugsort als ein Wohnwagen. Er bat Stöcker, ihm die Adresse zu schicken. Dann suchte er weiter die Bäume ab. Er entdeckte das Nest in der Krone eines alten Kirschbaums. Ein imposanter Kokon, mehr als einen halben Meter hoch, aus abgebrochenen Zweigen und Ästchen kunstvoll gebaut. Er musste an Hitchcocks *Vögel* denken und es schauderte ihn. Mit Tieren hatte er nie viel anfangen können. Das Nest befand sich in sechs, sieben Metern Höhe. Er ging zurück zum Haus. In der Garage fand er eine Leiter. Aluminium, ausziehbar, für seinen Zweck perfekt geeignet. Er trug die Leiter bis zum Kirschbaum und stellte sie auf, was schwieriger war als gedacht. Die Zweige waren so dicht, dass es sich als unmöglich erwies, die Leiter an den Stamm oder einen dicken Ast zu lehnen. Er ruckelte und rückte an dem unhandlichen Ding, bis es einigermaßen festen Stand hatte. Der Winkel war alles andere als optimal, er war viel zu steil, wenn Nordh sich beim Aufsteigen zu weit nach hinten lehnte, lief er Gefahr, zusammen mit der Leiter umzukippen. Egal jetzt, er wollte verdammt noch mal diesen Ring, der vielleicht, vielleicht, vielleicht da oben in dem Nest lag. Sprosse um Sprosse erklomm er die Leiter und versuchte nicht daran zu denken, dass sich zwischen ihm und seiner mutmaßlichen Beute ein oder zwei große Vögel mit kräftigen Schnäbeln und scharfen Klauen befanden. Das Nest erinnerte ihn an eines der Eier aus *Alien*. Wie es sich öffnete und ein grauenvolles Ding daraus dem Mann ins Gesicht sprang und sich dort festkrallte, um dann tief in seinen Organismus einzudringen und ... Er versuchte die Zwangsvorstellungen abzuschütteln, aber es gelang ihm nicht. Mit einem klammen Gefühl im Magen stand er nun fast in Reichweite des Nests. Ein markdurchdringender, scharfer Schrei ertönte. Keine Frage, das Biest war wach und hatte ihn mit Sicherheit längst gewittert. Nordh erklomm die nächste Sprosse. Der Eingang in den Kokon befand sich nun keine dreißig Zentimeter vor seinem Gesicht. Er spürte seinen Puls rasen. Es ist nur ein Vogel, sagte er sich, es ist nur ein harmloser Vogel. Der in just diesem Moment schreiend vor ihm auftauchte. Todesmutig stieß Nordh die Elster zurück ins Nest, griff so tief er konnte hinein, tatschte und tastete, während das fuchsteufelswilde Biest nach seiner Hand hackte. Irgendwann meinte er etwas Kleines, Hartes auf dem mit weichem Moos gepolsterten Nestboden ertastet zu haben und griff zu. In dem Moment, in dem er seinen Arm aus dem Kokon herauszog, folgte der Vogel und stürzte sich mit ausgefahrenen Krallen auf sein Gesicht. Panisch fuhr Nordh zurück. Der Schwerpunkt seines Körpers verlagerte sich für einen fatalen Moment zu weit nach hinten.

Während er noch hilflos versuchte, nach den rettenden Zweigen zu fassen, kippte er mitsamt der Leiter nach hinten. Zwei, drei lange Sekunden durchfuhr ihn ein Kribbeln, wie er es aus der Achterbahn kannte. Immer noch ans obere Ende der Leiter gekrallt, krachte er mit dem Rücken voran in die niedrigere Krone des benachbarten Baums. Schmerz wie von Peitschenhieben, brechende Äste, sein eigener Schrei, ein zweiter Fall aus vielleicht zwei Metern Höhe, Aufprall mit dem Rücken auf dem nassen Rasen, ein dumpfer Schmerz, dann gar nichts mehr, nur sein schwerer Atem, Wölkchen um Wölkchen, von der Stirnlampe illuminiert. Über ihm der Vogel im Baum, die Schreie klangen böse und triumphierend. Nordh wagte lange nicht, sich zu bewegen. Doch irgendwann kroch die Kälte in seinen Körper. Langsam begann er sich auf die Seite zu drehen, ging dann vorsichtig in die Knie und richtete sich halbwegs auf. Wirre Gedanken und Schmerzen, als wäre ihm Zlatan Ibrahimović mit ausgestrecktem Bein in den Rücken gesprungen. Zlatan, Verräterschwein. Malmös Sohn. Hatte sich an Hammarby verkauft. Linda, Verräterschwein. Hatte sich Calle an den Hals geworfen. Calle, Verräterschwein. Hatte seinen Freund und Partner hintergangen. Ihr könnt mich alle mal. Ihn schwindelte. Das Abendessen kam ihm hoch und er erbrach sich. Möglicherweise hatte er eine Gehirnerschütterung. Aber egal jetzt. Er musste an den Ring denken. Seine Hände waren leer. Was auch immer er aus dem Nest gegriffen hatte, hatte er bei dem Bemühen, sich an den Ästen des Kirschbaums festzuhalten, fallen gelassen. Er ging wieder in die Knie und krabbelte über das Gras. Die Elster im Baum schien ihn mit ihren Schreien zu verhöhnen. Erst jetzt bemerkte er, dass seine Hände bluteten. Das Biest hatte ihn mehrmals schlimm erwischt. Er würde die Wunden desinfizieren und verbinden müssen. Aber egal jetzt. Zuerst musste er ... Da lagen Fingerknochen. Von einem Goldring keine Spur.

70

Pedro Morales schlängelte sich ostwärts durch den beschaulichen Stadtteil Gullvik, bog auf dem Ystadvägen links ab und hielt auf dem Parkplatz eines großen Einkaufszentrums, wo er ausstieg und mit einem Einkaufswagen im ICA-Maxi-Supermarkt verschwand. Karhuu klopfte ungeduldig den Rhythmus eines Drake-Songs aufs Lenkrad. Sie fragte sich, was sie hier eigentlich trieb. Morales dabei beschatten, wie der den Wochengroßeinkauf erledigte? Aber würde er den nicht in einem der kleineren Supermärkte machen, die auf seinem Heimweg von der Arbeit lagen? Morales kam schneller wieder, als sie erwartet hatte. Im Einkaufswagen befand sich eine einzelne, einsame Papiertüte. Ein Familieneinkauf sah anders aus. Morales verstaute die Tüte im Kofferraum und stieg wieder ein. Um auf dem schnellsten Weg nach Hause zu kommen, müsste er vom Parkplatz aus rechts abbiegen. Er bog links ab. Karhuu folgte ihm. In Hindby nahm er die Auffahrt auf den Autobahnring Richtung Nordosten, der bei Kungshälla in die A11 überging. Der Verkehr war überschaubar, trotzdem blieb Karhuu relativ dicht an Morales dran, die Autos reduzierten sich in der Dunkelheit auf rote Punkte und helle Scheinwerferkegel. Sie wollte auf keinen Fall riskieren, ihn aus den Augen zu verlieren. Er folgte der A11 etwa fünfundzwanzig Kilometer. In Dalby bog er auf eine kleinere Straße ab, fuhr aber nicht in den Ortskern, sondern hielt sich weiter nordöstlich. Karhuu ließ den Abstand größer werden. Das Auf und Ab der Hügellandschaft wurde ausgeprägter. Als sie Morales auf einen kleinen Weg abbiegen sah, schaltete sie in der nächsten Senke das Licht aus und bog ebenfalls ab. Das war riskant. Die Wolkendecke war zwar aufgerissen und der blasse Halbmond schenkte der Umgebung ein wenig von seinem Licht, aber sie ahnte die Wegbegrenzungen eher, als dass sie sie sah. Ihre einzigen Orientierungspunkte waren Morales' Rücklichter, die in Kurven und hinter Hügelkuppen immer wieder verschwanden, um dann nach einigen langen, bangen Sekunden jedes Mal wieder aufzutauchen. Karhuu gab vorsichtig Gas, trotzdem kam sie mindestens dreimal seitlich vom Straßenrand ab und musste aufpassen, dass sie nicht ins Schleudern geriet und krachend an einem der Bäume landete, die den buckligen Asphalt säumten, der irgendwann in einen geschotterten Feldweg überging. Dann leuchtete Morales' Bremslicht auf und die Rücklichter blieben abrupt stehen. Karhuu bremste ebenfalls. Sie war etwa hundert Meter von dem Skoda entfernt, einem vagen hellen Tupfen in der Dunkelheit. Sie stieg so leise wie möglich aus und hörte, wie sich die Kofferraumklappe des Skodas öffnete und mit einem Rums wieder schloss. Offenbar hatte Morales die Einkaufstüte aus dem Wagen geholt. Geduckt näherte sich Karhuu dem Auto im Laufschritt. Nach etwa fünfzig Metern zeichneten sich am Wegesrand die Umrisse eines kleinen Hauses ab. Sie kam noch näher. Zwanzig Meter. Sie hörte einen Türklopfer rhythmisch schlagen. Dreimal kurz, dreimal lang. In zwei Fenstern des Hauses flammte Licht auf. Sie hielt die Luft an. Sie erkannte Morales' gedrungene Gestalt vor der Eingangstür, die sich nun öffnete. Sie erhaschte einen kurzen Blick auf ein blasses Jungengesicht, dann wurde es von Morales verdeckt, der ins Haus trat, und die Tür schloss sich wieder. Karhuu pustete aus. Ihr Instinkt hatte sie also nicht getäuscht. Sie hatte Taqi gefunden und das war Gold wert. Auch wenn das Spiel damit noch nicht zu Ende war: Der Junge war mattgesetzt. Hoffentlich sah er das ein, hoffentlich machte er keine Dummheiten. Immerhin war es nicht ausgeschlossen, dass er bewaffnet war, die Gefahr durfte sie nicht unterschätzen. Womöglich war Morales' Anwesenheit gar nicht schlecht, vielleicht konnte er kraft seiner Rolle zu einer Deeskalation der Situation beitragen, auch wenn er Karhuu ins Gesicht gelogen hatte und Taqis Versteckspiel aktiv unterstützte. Trotzdem entschied sie sich, auf eine rabiate Konfrontation mit Unterstützung von Nordh, Wallgren, Stöcker, Streifenbeamten oder gar des Mobilen Einsatzkommandos zu verzichten und stattdessen auf die Einsicht von Taqi und Morales zu setzen. Sie ging auf die Tür zu, öffnete den Reißverschluss ihres Parkas, knöpfte die Sicherheitslasche des Holsters auf und klopfte an der Tür.

»Hier ist Svea Karhuu, Polizei. Ich bin allein. Öffnet die Tür, ich muss dringend mit euch sprechen.«

Eine halbe Minute verging, ohne dass irgendetwas geschah. Es kam ihr wie eine Ewigkeit vor. Dann hörte sie etwas. Geräusche, die von der Rückseite des Hauses zu kommen schienen. Ein dumpfer Aufprall, Blätterrascheln, ein leiser Fluch. Schritte, die sich entfernten. Verdammt, wie unbelehrbar waren die beiden eigentlich? Sie sprintete los, umrundete das Haus, sah im Zwielicht gerade noch eine schmale Gestalt in einem hellen Kapuzenpulli in den angrenzenden Buchenwald laufen. Sie heftete sich an seine Fersen. Rannte, strauchelte, stolperte auf einem wurzeligen Weg. Der Abstand zu Taqi verringerte sich. Sie war in Form, dennoch verfluchte sie jede einzelne Zigarette ihres Lebens. Aus zehn Metern wurden sieben. Aus sieben drei. Ihr Puls pumpte, ihre Lungen schrien. Anderthalb Meter. Sie langte nach Taqis Kapuze. Verfehlte sie knapp. Alter Schwede. Der Junge war fit. Aber dann stolperte er, geriet aus dem Takt, konnte die Unwucht seiner langen Schritte nicht mehr auffangen und fiel der Länge nach hin. Mit zwei letzten langen Sätzen warf sie sich auf ihn, drehte ihn auf den Rücken, kniete sich auf seine Arme. Ihrer beider Atem überschlug sich, stampfte. Sie starrten einander in die Augen. Dunkel wie Waldseen. Wenn ich einen kleinen Bruder hätte, dachte sie, dann sähe er dir vermutlich nicht unähnlich. Sie verharrten sprachlos, eine lange Minute, dann endlich hatte sie ihren Atem wieder unter Kontrolle.

»Es ist höchste Zeit, dass du nach Hause kommst.«

Sie tastete ihn mit hastigen Bewegungen ab. Er hatte keine Waffe bei sich.

»Ja«, sagte er irgendwann und nickte. Seine Augen füllten sich mit Tränen. »Falls du eine Waffe suchst: Ich habe keine.«

»Deine Mutter ist krank vor Sorge.«

»Ich weiß.« Schlucken. »Ich weiß.«

»Deine Schwester braucht dich.«

»Ich weiß.«

»Du hast diesen Mann, der Rashid erschossen hat, von der Pizzeria aus mit dem Motorroller verfolgt?«

»Ja.« Wieder zögerte er. »Es gibt nicht nur einen. Sie waren eigentlich zu dritt.«

»Waren?«

»Der eine ist tot. Im Haus des alten Manns verbrannt.«

»Du warst dort?«

»Ich bin den Russen gefolgt. Bis zu der Sache im Park ... Ich hatte Angst, dass sie mich ... Danach ... Ich hatte Panik ... Seit dem Brand verstecke ich mich in Pedros Sommerhaus.«

»Woher weißt du, dass es Russen sind?«

»Ich glaube das. Einmal habe ich sie miteinander sprechen gehört. Es klang wie in diesem Computerspiel, in dem man die ganze Zeit gegen Russen kämpft.«

»Du warst im Park auf dem Rosengårdsfält, als die Schüsse fielen?«

»Ja.«

»Hast du auf den russischen Mann geschossen?«

»Nein, das war ich nicht. Das war jemand anders.«

»Wer?«

»Ich weiß es nicht. Vielleicht der ältere Mann mit dem Hund. Der auch den ersten Russen getötet hat.«

Akimov.

Oder der Junge log. Vielleicht hatte er seinen besten Freund rächen wollen. Vielleicht hatte er sich selbst eine Schusswaffe besorgt. Wie schwer konnte das in Hermodsdal sein? Sie erhöhte den Druck. Sie war das Versteckspiel satt.

»Ich glaube dir nicht.«

»Ich habe nicht geschossen! Allah will nicht, dass wir Menschen einander töten.«

Jetzt kam auch noch Gott ins Spiel. Na dann. Karhuu zweifelte. Sie musste an das Protokoll von Nordhs Gespräch mit Taqis Klassenlehrer denken. Demnach war der Junge nicht auffällig religiös. Warum fing er nun mit Gott an?

»Ich traue dir nicht.«

»Ich schwöre.«

Sie war auch die Schwüre satt. Je inniger sie formuliert wurden, desto unwahrer war das Gesagte meistens.

»Lass das Theater. Lügen helfen keinem mehr, Ti.«

»Aber ich schwöre.«

»Warum hast du geschossen?«

»Ich habe nicht geschossen!«

Der Junge schrie jetzt. Er wirkte so aufrichtig empört, dass sie erwog, ihm zu glauben. Neue Strategie: abrupter Themawechsel.

»Bist du in der Nacht des Brands dem alten Mann und seinem Hund gefolgt?«

Taqi zögerte.

»Ja. Ein Stück weit. Er ist in der Innenstadt in ein Hotel gegangen, dann bin ich umgedreht.«

»Du weißt, wo die Russen wohnen?«

»Ja.«

»Wo?« Er nannte eine Adresse in Malmö. »Was ich nie verstanden habe«, fragte sie, »warum bist du an jenem Abend Rashids Mörder gefolgt, anstatt nach deinem Freund zu sehen? Er lag reglos auf dem Boden.«

»Ich weiß es nicht«, flüsterte er. »Alles ging so schnell. Es war ein Fehler.«

Das klang aufrichtig.

»Okay. Ich lasse jetzt deine Arme los, Ti, und ich möchte, dass du langsam aufstehst und wir zusammen zurück zum Haus gehen. Verstanden?«

»Ja.«

»Versprichst du, dass du keine Dummheiten machst und noch mal wegrennst?«

Langer Blickkontakt.

»Ja.«

»Okay.«

Sie hob die Knie von seinen Armen, stand auf und streckte Taqi die Hand hin. Er nahm sie und rappelte sich auf.

»Danke«, murmelte er.

Dann griff er in die Tasche seines Kapuzenshirts. Eine schnelle Bewegung. Noch bevor sie sah, was er in der Hand hielt, spürte sie es schon, das Pfefferspray. Ein Gefühl, als wäre eine Bärenpranke durch ihr Gesicht gefahren. Das Capsaicin nahm ihr die Sicht und den Atem. Besinnungsloses Brennen. Sie hörte, wie sich seine Schritte entfernten. Der kleine Scheißer hatte sie reingelegt, verdammt noch mal! Ihre Augen tränten, sie spuckte und fluchte. Drei, vier, fünf Minuten vergingen, bevor sie wieder so viel sah, dass sie sich zutraute, den Pfad zurück zum Haus zu finden. Mit verschwommenem Blick taumelte sie tastend vorwärts. Der Weg kam ihr mindestens doppelt so lang vor. Als das Sommerhaus in Sichtweite war, kam ihr Morales entgegen. Mimik und Gestik wie ein Abwehrspieler nach einem Foul im Sechzehner. Sie hörte das Knattern des Motorrollers in der Ferne verschwinden.

»Es tut mir leid, aber ich habe geschworen, ihm zu helfen.«

Schon wieder ein Schwur.

»Das nennst du Hilfe?«, schrie sie ihn an. »Und wenn er wie Rashid abgeknallt wird? Oder selbst abdrückt und zum Mörder wird? Du hast doch selbst Familie. Und jetzt riskierst du, wegen der Unvernunft eines Teenagers in den Bau zu gehen?«

»Ti gehört zu meiner Familie.«
Pathos klang mit. Sie hasste so was.
»Ich bin mir nicht sicher, ob das Taqis Mutter genauso sieht.«

71

Nordh schleppte seinen malträtierten Körper ins Badezimmer in Radschenkos Haus. In einem kleinen Schrank fand er Verbandszeug. Er versorgte seine Wunden behelfsmäßig. Brauchte er womöglich eine Tetanusspritze oder etwas gegen Tollwut? Keine Ahnung. Verdammte Elster! Es war eine bescheuerte Idee gewesen, das sah er nun ein, sie zeigte, wie verzweifelt sie waren. Er benutzte die Toilette. Dieselbe alte Keramik von *Gustavsberg*, mit der er aufgewachsen war. Das war ihm schon am Vortag aufgefallen. Sah man heute nur noch selten. Hält ein Jahrhundert, hatte sein Vater immer gesagt, der auf *Gustavsberg* immer große Stücke gehalten hatte. Nordh sah sich im Bad um. Der Innenarchitekt hatte die alten Keramikteile geschickt mit neuen Armaturen und modernen Kacheln kombiniert. Er spülte ab und wusch sich die Hände. Als er sie abtrocknete, reagierte etwas in ihm. Nur eine winzige Irritation. Erst war er sich nicht sicher, worum es sich handelte, dann begriff er: Es war das Geräusch des Wassers, das in den Keramikspülkasten der Toilette zurückrauschte. Er hatte dieses Rauschen als Kind und Jugendlicher Abertausende Male gehört. Er hatte es verinnerlicht, ohne jemals darüber nachzudenken. Das Wasserrauschen hier jedoch war anders. Als es aufhörte, betätigte er die Spülung erneut. Nun war er sich sicher. Das Rauschen hatte eine andere Tonlage, außerdem war da noch ein anderes Geräusch, eine Art Gurgeln und Brausen. Es musste am Wasserdruck liegen. Wieder drehte er den Wasserhahn des Waschbeckens auf. Nein, der Druck war normal. Nun war er neugierig.

Es kitzelte an seiner Klempnersohn-Ehre. Im Obergeschoss gab es eine zweite Toilette. Er ging hinauf. Die gleiche *Gustavsberg*-Keramik wie unten. Er betätigte die Spülung und lauschte auf das Wasser, das in den Spülkasten zurückrauschte. Es hatte den unverwechselbaren Sound seiner Kindheit. Warum hier oben, unten aber nicht? Er ging wieder hinab. Spülte ein weiteres Mal. Da war es wieder, das seltsame Gurgeln und Glucksen, das er aus dem Grundrauschen hinauszuhören meinte. Details waren seine Stärke. Vermutlich hätte er trotzdem nie darauf geachtet, wenn sein Vater ihm in seiner Kindheit nicht erklärt hätte, wie wichtig ein Stethoskop für einen Klempner war. Vielleicht war ein Teil der Schwimmerkonstruktion defekt, zum Beispiel das Ein- oder Ablaufventil. Aber die Spülung funktionierte ja einwandfrei. Bis auf die unerklärlichen Nebengeräusche. Oder stieß das einlaufende Wasser im Spülkasten auf etwas, das dort nicht hingehörte? Kurzum nahm er den Deckel des Spülkastens ab. Nein, er hatte sich nicht getäuscht. Er nahm den Gegenstand aus dem Kasten. Etwas Schwarzes, Schweres, in unzähligen Lagen Frischhaltefolie gewickelt. Er ging in die Küche, griff nach einem Messer und trennte die Folie auf. Darin lag eine Festplatte. Nordh lächelte grimmig. Danke, Papa.

Fuck you, Elster!

Er hatte sich halbwegs gut vorbereitet und seinen Laptop sowie verschiedene Kabel aus der Krimskrams-Schublade der Garderobe von zu Hause mitgebracht. Er schleppte sich zurück zu seinem Wagen. Der Sturz von der Leiter steckte ihm immer noch in den Knochen und das Atmen schmerzte. Vermutlich eine Rückenprellung. Mit zitternden Händen schloss er die Festplatte an den Laptop an. Darauf befanden sich mehrere Gigabyte Daten, die in vielen Hundert Ordnern organisiert waren. Das meiste war in kyrillischer Schrift. Wahllos öffnete er einzelne Ordner. Die Textpassagen sagten ihm natürlich nichts, aber die eingefügten Bilder und Grafiken schon. Man musste kein Experte sein, um zu begreifen, dass es sich um militärisches Material handelte. Wenn er sich nicht irrte, ging es um Interkontinentalraketen. Der ganz heiße Scheiß, jedenfalls wenn die Unterlagen aktuell und authentisch waren. Nordh fröstelte. Ein Königreich für zwei Ibuprofen. Oder eins von Rosas Pflastern. Das hier war Whistleblower-Zeug. Er dachte an Julian Assange, Edward Snowden, Chelsea Manning. Dann dachte er an Natasha Romanoff. Nizar Hakeems Lebensgefährtin hatte die sogenannte *Schwarze Witwe* als eine Art Whistleblowerin bezeichnet. Er gab er den Comic-Namen in die Suchmaske ein. In einer kleinen Datei wurde der Rechner tatsächlich fündig. Es war eine E-Mail von Radschenko und es ging um die Notwendigkeit, einen sicheren Unterschlupf für Romanoff und ihre Lebensgefährtin, die amerikanische Studentin Kathy McCarthy, zu organisieren. Ein *Safehouse*, in das sie sich im Fall einer unmittelbaren Gefahr durch den russischen Geheimdienst zurückziehen konnten. Bei McCarthy musste es sich um die Frau handeln, die vor wenigen Stunden am Ribersborgs Kallbadhus erschossen worden war. Nordh dachte an den verschleierten Immobilienkauf, auf den Stöcker gestoßen war, und die Haare an seinem Unterarm stellten sich auf.

72

Als es Karhuus tränende, brennende Augen endlich wieder zuließen, fuhr sie die Landstraße in beiden Richtung mehrere Kilometer auf und ab, versuchte es sogar mit einigen abzweigenden Feld- und Waldwegen, aber von Taqi keine Spur. Sie war stinksauer, nicht nur auf den Jungen und den Sozialarbeiter mit seiner verqueren Berufsauffassung, sondern auch auf sich selbst. Sie hatte sich von Taqi wie schon zuvor von Kimmi wie eine Amateurin austricksen lassen. Ausgerechnet von Teenagern ließ sie sich immer wieder reinlegen. Sie hatte Taqi ja sogar abgetastet, dabei aber nur an eine Schusswaffe gedacht. Morales schwor dennoch beim Namen seiner Mutter, dass Ti nicht davongefahren sei, weil er sich irgendwelchen Rachegelüsten hingab, sondern allein aus Angst vor den *Originals* und den Männern, die Rashid erschossen hätten, sowie der Polizei, weil die ihm womöglich die Schüsse im Park anlasten würde, obwohl er gar nicht geschossen hatte. Karhuu war sich unsicher, ob sie dem Sozialpädagogen glauben sollte. Und selbst wenn der Mann tatsächlich davon überzeugt war, die Wahrheit zu sagen, bedeutete das noch immer nicht, dass er recht hatte. Wenn Taqi sie übertölpelt hatte, konnte er auch Morales reinlegen.

Im Auto bemerkte sie, dass ihr Handy nicht mehr da war. Auch das noch. Sie musste es verloren haben, als sie Taqi hinterhergelaufen war und ihn überwältigt hatte. Im Dunkeln im dichten Buchenwald danach zu suchen, war aussichtslos. Verdammt! Frustriert schlug sie aufs Lenkrad ein. Einmal, zweimal, dreimal. Dann holte sie tief Luft und dachte nach. Es gab immer noch eine Chance, dass die Adresse stimmte, die der Junge ihr genannt hatte. Sie gab sie ins Navi ein. Das Gewerbegebiet lag östlich des Hafens am nördlichen Stadtrand, eingeklemmt zwischen einer Gleisanlage und der Autobahn. Sie fuhr an Auktionshäusern, Werkstätten, einem Dart-Center und einem Handel für Gabelstapler vorbei. Der vermeintliche Unterschlupf der Russen bestand aus einer Art Baracke auf einem unbeleuchteten Betriebshof, der von einem hohen Zaun samt stacheldrahtbewehrtem Rolltor gesichert war. Sie parkte in fünfzig Meter Entfernung am Straßenrand. Die Gegend wirkte um diese Uhrzeit wie ausgestorben. Nach einer vollkommen ereignislosen halben Stunde kam ihr ein Gedanke: Nach all dem, was sie über die unbekannten Männer und ihren Kompagnon, dessen Leichnam in den Flammen von Akimovs Haus bis zur Unkenntlichkeit verbrannt war, in Erfahrung gebracht hatten, deutete vieles darauf hin, dass es sich um Mitglieder des russischen Geheimdienstes handelte. FSB oder GRU. Spätestens nach den Schüssen auf dem Rosengårdsfält, die einem der Agenten eine schwere Verletzung eingebracht hatte, musste ihnen klar geworden sein, dass sie beschattet und verfolgt worden waren. Womit ihre Operationszentrale im Gewerbegebiet zu heiß geworden wäre, oder wie auch immer das in Geheimdienstsprache hieß. Immer mehr Zweifel nagten an ihr. Sie war müde, ihre Augen brannten und sie war kurz davor, die sinnlose Überwachung abzubrechen, als ein Wagen in die Straße bog und ihr gegenüber in etwa hundert Meter Entfernung zum Stehen kam. Exakt in der dunklen Zone zwischen zwei Straßenlaternen. Genauso hatte sie es auch gemacht. Sofort war sie wieder hellwach. Der Wachdienst? Eine Nachtschicht in der Autowerkstatt? Wohl kaum. Sie ließ sich tiefer in den Sitz sinken und spähte nach draußen. Der VW Golf war verschattet. Entweder war das Zufall oder es war ein Profi am Werk. Kundschaftete der Fahrer die Gegend aus, bevor er in die Baracke ging, oder warum stieg aus dem Wagen niemand aus? Karhuu war ratlos. Eine weitere Viertelstunde geschah gar nichts. Dann bog ein weiteres Auto, ein Volvo Kombi, in die Straße ein und kam unweit des Golfs zum Stehen. Jemand stieg aus und überquerte hastig die Fahrbahn, sodass er ins Licht der Straßenbeleuchtung trat. Ein Mann, dunkel gekleidet, kräftig, groß. Aber irgendetwas an seinen Bewegungsabläufen wirkte merkwürdig. Seine linke Schulter war unnatürlich steif. Dann verstand sie: Das musste die Folge der Verletzung durch den Schuss im Park sein. Der Mann schloss das Rolltor auf und schob es so weit zur Seite, dass er hindurchgehen konnte. Er ging in zügigen Schritten auf die Baracke zu. Im selben Moment stieg aus dem Golf eine Gestalt aus, lief gebückt einige Schritte zu dem anderen Wagen, kniete sich neben den Volvo und machte sich am Kotflügel über dem Reifen zu schaffen, bevor sie rasch wieder in den Golf einstieg. Das Ganze hatte keine Minute gedauert. Karhuus Sicht war so schlecht gewesen, dass sie nicht hätte sagen können, ob die Gestalt klein oder groß, dünn oder kräftig gewesen war. Kurz darauf kam der Mann aus der Baracke zurück, ging durchs Rolltor und schloss es wieder. Über der gesunden Schulter trug er ein etwa ein Meter siebzig langes Futteral. Seiner Körperhaltung nach war es ziemlich schwer, zwanzig Kilo oder mehr. Einen Augenblick lang war sie verwirrt. Was war in dem Futteral? Skier? Angelruten? Aber dazu wirkte es zu schwer. Dann verstand sie. In dem Futteral befand sich ein Scharfschützengewehr. Auf der Polizeischule hatte sie an einem Seminar zu dieser Waffengattung teilgenommen, die im polizeilichen Zusammenhang vor allem bei Geiselnahmen zum Einsatz kam. Der extrem lange Lauf und das schwere Gewicht prädestinierten die Waffe dazu, Ziele im Abstand von tausend Metern, bei geübten Scharfschützen sogar bis zu zweitausendfünfhundert Metern punktgenau zu treffen. Im Vergleich dazu benutzte man ein Sturmgewehr, wie es bei den tödlichen Schüssen auf Rashid, Nizar Hakeem und der jungen Amerikanerin verwendet worden war, bei kurzen und mittleren Distanzen bis zu hundert, maximal zweihundert Metern. Der Mann verstaute das Futteral im Auto. Er stieg ein und fuhr an. Die einzig logische Schlussfolgerung: Er war im Begriff, erneut zu töten, dieses Mal offenbar aus weitaus größerer Distanz. Der mysteriöse Golf blieb zunächst stehen. Was zur Hölle ging hier vor? Warum hatte sich der Golffahrer an dem Volvo zu schaffen gemacht? Hatte er die Luft aus einem Reifen gelassen? Nein, das hätte der Volvo-Mann bemerkt. Das Einzige, das Sinn ergab, war das Befestigen eines Peilsenders. Es ermöglichte dem Golffahrer, dem Volvo zu folgen, ohne dabei Gefahr zu laufen, bemerkt zu werden. Die Frage war, wem ein so durchdachtes Vorgehen zuzutrauen war. Taqi wohl kaum. Selbst wenn sie dem Jungen mittlerweile zutraute, ein

Auto zu stehlen und damit zu fahren, wirkte die Aktion doch zu vorbereitet und zu professionell, selbst für einen überdurchschnittlich intelligenten Teenager. Möglicherweise Akimov, Männer der *Originals* oder der Staatsschutz. Ihr blieb nichts anderes übrig, als zu warten und sich irgendwann möglichst unauffällig an den Golf zu heften.

73

Nordh überflog die Dateien, die auf Schwedisch oder Englisch verfasst waren, nur die immer heftigeren Hustenanfälle unterbrachen sein konzentriertes Lesen. Es handelte sich überwiegend um Mailverläufe zwischen der *Schwarzen Witwe*, Radschenko, mehreren Journalisten und einem privaten Sicherheitsberater mit Sitz in Israel. Das Bild, das entstand, wurde zunehmend schärfer und umfassender. Natasha Romanoff, die in Wirklichkeit Natalja Romashina hieß, war eine hochbegabte IT-Spezialistin, eine Art digitales Wunderkind, die bereits als Teenagerin in einer russischen Hackergruppe aktiv war und im Alter von achtzehn Jahren zunächst vom Inlandsgeheimdienst, dann vom Militär rekrutiert worden war. Dort arbeitete sie viele Jahre, in denen sie immer weitere Sicherheitsstufen passierte und immer mehr Einblick in geheime Bereiche der Wehrbereitschaft bekam. Gleichzeitig wuchsen bei ihr über die Jahre zunächst Skepsis, schließlich Abscheu gegenüber der diktatorischen Führung des Landes, die die russische Gesellschaft wie Gift durchtränkte. Der Überfall auf die Ukraine gab letztlich den Ausschlag und sie floh wie viele andere schlaue Köpfe ins Ausland, zunächst nach Georgien, dann reiste sie über die Türkei und den Balkan Richtung Westeuropa. Den GRU, der ihre Flucht als Landesverrat ansah und fürchtete, sie könne militärische Geheimnisse veröffentlichen, stets im Nacken. In Glasgow wirkte Romashina anonym in einer Nichtregierungsorganisation mit, die *pro bono* an einer verbesserten digitalen Infrastruktur für die ukrainische Verwaltung arbeitete. Dort lernte sie die amerikanische Studentin Kathy McCarthy kennen und die beiden wurden ein Paar. McCarthys weiteres Studium führte die beiden jungen Frauen nach Schweden. McCarthy wohnte in Malmö und studierte im nahen Lund, Romashina hielt sich unter dem Radar, blieb nie länger als einige Tage an einem Ort und besuchte ihre Freundin nur sporadisch, erst recht nachdem sie der *Kepler Foundation* eine riesige Datenmenge militärischer Geheiminformationen zugespielt hatte. Nordh nahm an, dass es sich um die Dateien in kyrillischer Schrift handelte, die den Großteil auf Radschenkos Festplatte ausmachten. Wenn er es richtig verstand, bestand der Plan darin, das umfangreiche Material nach Vorbild der *Panama Papers* von einem internationalen Rechercheverbund sichten, prüfen und schließlich veröffentlichen zu lassen. Das Daten-Konvolut war bereits von der *Kepler Foundation* an zehn große internationale Pressehäuser weitergereicht, aber noch nicht veröffentlicht worden. Die Morde an Rashid, Nizar Hakeem, Grischa Radschenko und nun auch Kathy McCarthy waren völlig sinnlos. Die Steine waren längst ins Rollen geraten und die Lawine nicht mehr aufzuhalten. Dennoch wurde das eigentliche Ziel des russischen Geheimdienstes nun sichtbar: Natalja Romashina, die *Schwarze Witwe*. Der perfide Plan trat zutage: Unter Folter hatten die Männer des GRU Informationen aus Radschenko herausgepresst. Der kannte zwar nicht ihren Aufenthaltsort, aber er wusste, dass Romashina mit einer Amerikanerin, die in Lund studierte, liiert war. Er hatte für die beiden jungen Frauen sogar ein *Safehouse* organisiert, denn er wusste aus seiner langjährigen Zusammenarbeit mit Dissidenten und Aktivisten, dass die Veröffentlichung der Militärgeheimnisse hohe Wellen schlagen und die *Schwarze Witwe* möglicherweise in Lebensgefahr bringen würde. Genau wie bei anderen russischen Staatsfeinden wie Alexei Nawalny, Sergei Skripal oder Alexander Litwinenko. Um an Romashina zu gelangen, töteten die Agenten des GRU Menschen aus ihrem Netzwerk und schließlich, vor wenigen Stunden, auch ihre Partnerin. Sie scheuchten die *Schwarze Witwe* auf. Wann, wenn nicht jetzt, würde Romashina im *Safehouse* Unterschlupf suchen? Nordh tippte mit vor Schüttelfrost zitternden Fingern die Adresse ins Navi des Passats. Zweiundneunzig Kilometer, eine Stunde Fahrt. Falls Radschenko unter Folter das *Safehouse* preisgegeben hatte, würde die junge Frau in eine tödliche Falle tappen. Vielleicht war sie das bereits. Er versuchte Karhuu zu erreichen, doch seine Partnerin ging nicht dran. Sollte er die örtliche Polizei benachrichtigen? Er bezweifelte, dass Streifenpolizisten in der Lage waren, GRU-Agenten zu stoppen. Das Sondereinsatzkommando? Mit Grauen dachte er an die Ereignisse auf dem Campingplatz zurück. Außerdem würde das SEK mindestens genauso lange brauchen wie er. Stöckers Worte hallten in seinem Kopf. Nun gab es keinen breiten Rücken mehr, hinter dem er sich verstecken konnte. Er warf den Laptop auf den Beifahrersitz, ließ den Motor an und gab Gas.

74

Was für eine seltsame nächtliche Karawane wir doch bilden, dachte Svea Karhuu, während sie dem Golf Richtung Osten folgte. Sie fuhren auf der L11, dieselbe Strecke, die auch zu Radschenkos Anwesen führte. Sie musste an Nordh denken, der zum Haus des ermordeten Philanthropen herausgefahren war, um nach einem Ring zu suchen, der das Emblem einer Comicfigur trug. Das war so absurd wie vieles an diesem Fall. Ein versehentlich ermordetes Kind. Ein Ammenmärchen über Handballtorwartreflexe und eine Kolchose am Kaspischen Meer.

Ein niedergebranntes Haus samt russischer Brandleiche. Zwei Hundehaare in einem Briefumschlag voller Geld. Ein cleverer Teenager auf Abwegen, der ihnen immer wieder durch die Lappen ging. Ein erschossener syrischer Journalist und ein zu Tode gefolterter Multimillionär, der sich weltweit für Demokratie einsetzte. Gangster, die Karhuu in einem Keller gefangen gehalten hatten. Der Vizegeneral der *Originals,* der hilflos an einem Balkon baumelte. Und nun die Verfolgung eines Verfolgers, der einem mutmaßlichen Geheimdienstler mit Scharfschützengewehr dank eines Peilsenders durchs nächtliche Schonen nachspürte. Sie passierten die mächtigen Windräder, rot leuchtende Zyklopen in mondbeschienener Hügellandschaft. Die Abfahrt zu Radschenkos Haus ließen sie passieren und blieben stattdessen auf der L11. Je länger sie über das neueste Todesopfer und das Scharfschützengewehr grübelte, desto sicherer wurde sie sich, was das mutmaßliche Ziel betraf. In den Radiospätnachrichten über das neueste Opfer des sogenannten *Lasermanns 2.0* hieß es, dass es sich um eine schwarze Studentin aus den USA handelte. Das musste Kathy sein, die Freundin von Natasha Romanoff, von der Ebba Ericsson erzählt hatte. Karhuu dachte an die dunkelhäutige Hand auf dem Foto, die sich besitzergreifend auf Romanoffs Schulter gelegt hatte. Das nächste Ziel des mutmaßlichen GRU- oder FSB-Manns und seines Scharfschützengewehrs war dieser Logik zufolge Romanoff selbst, aus russischer Sicht eine Überläuferin, die Hochverrat begangen hatte. Dass der russische Agent nun so zielstrebig mit einem Spezialgewehr unterwegs war, konnte nur bedeuten, dass er Romanoffs Aufenthaltsort zu kennen glaubte.

Karhuu ließ sich immer wieder mal weit hinter dem Golf zurückfallen, um dann wieder näher heranzufahren. Sie grübelte über die Identität des Fahrers vor ihr. Jemand, der den Unterschlupf der Russen gefunden und einen Peilsender am Wagen des Geheimdienstlers befestigt hatte. Karhuu überlegte. Taqi hatte sich an die Fersen der beiden russischen Agenten geheftet und die Geschehnisse in oder um Akimovs Haus beobachtet. Er hatte gewusst, dass einer der Männer das brennende Haus nicht mehr verlassen hatte, und hatte nach der Brandstiftung nicht den überlebenden Russen verfolgt – von dessen Operationszentrale im Gewerbegebiet wusste er schließlich schon –, sondern Akimov und dessen Hund. Bis zu einem Hotel in der Innenstadt. Durchaus denkbar war, dass ein ehemaliger Geheimdienstprofi wie Akimov die Beschattung durch den Jungen bemerkt hatte und wiederum ihm gefolgt war, was ihn irgendwann zum Versteck der Russen geführt hatte. Je länger sie darüber nachsann, desto einleuchtender wurde das Gedankengebilde. Der russische Geheimdienst versuchte die Überläuferin Natasha Romanoff aufzuscheuchen, in die Enge zu treiben und zu töten. So waren die Morde beziehungsweise Mordversuche an Grischa Radschenko, Andrey Akimov, Nizar Hakeem und Kathy McCarthy zu verstehen. Akimovs Gegenwehr hatten die Agenten jedoch unterschätzt. Ihm war es nicht nur gelungen, einen der Attentäter auszuschalten und unterzutauchen, sondern er hatte den Spieß möglicherweise sogar umgedreht und befand sich nun auf der Fährte des mehrfachen Mörders, um den Anschlag auf die *Schwarze Witwe* zu vereiteln. Der Mann in dem Auto vor ihr musste Akimov sein. Aber warum hatte er den russischen Agenten nicht schon bei dem Unterschlupf im Gewerbegebiet ausgeschaltet, obwohl dort die Möglichkeit eines Hinterhalts gegeben gewesen war? Vielleicht weil Akimov nicht wusste, ob das russische Kommando aus weiteren Agenten bestand. Weder kannte er Romanoffs Aufenthaltsort, noch konnte er zu der jungen Frau Kontakt aufnehmen. Ihm blieb nichts anderes übrig, als dem Geheimdienstler zu folgen und aufs Beste zu hoffen.

Bei Frörum bog der Golf links ab und nahm die L19 in nordöstlicher Richtung. Karhuu folgte dem Wagen weiterhin in variierendem Abstand. Sie fuhren durch die Ortschaft Brösarp. Dieser Zipfel von Schonen hieß Österlen und war im Sommer eine Touristenhochburg. Sie erinnerte sich, in ihrer Jugend einmal auf einem verregneten Pfadfinderlager in der Nähe gewesen zu sein. Damals war ihr Trupp durch eine Hügellandschaft gewandert, die wie das Auenland aus *Herr der Ringe* ausgesehen hatte. Nun, im Dunkeln, konnte man die Charakteristik der Landschaft allenfalls erahnen. Sie passierten ein militärisches Übungsgelände, dann verließ der Wagen bei Olseröd die L19 und bog auf die L118 ein. Karhuu konnte auf dem Navi sehen, dass die schmale, gerade Straße parallel zur Küstenlinie verlief. Noch eine Erinnerung an das Zeltlager – kilometerlanger Sandstrand, eiskaltes Wasser und ein erster Kuss. Damals war sie dreizehn oder vierzehn gewesen. So alt wie Rashid oder Taqi, dachte sie bitter. Sie schaltete die Scheinwerfer aus und ließ sich von den Rücklichtern des Golfs leiten. Es gab hier keinen Gegenverkehr mehr. Die Stichstraßen zum Meer waren fast ausschließlich mit Ferienhäusern bebaut und außerhalb der Saison war die Gegend wie ausgestorben. Nach etwa zehn Minuten sah sie die Bremslichter des Golfs aufleuchten. Der Wagen hielt am Straßenrand. Sie tat es ihm nach. Zwischen ihnen lagen etwa hundertfünfzig Meter. Wolken kamen und gingen, gaben einen fahlen Mond preis und verdeckten ihn wieder. Der Fahrer des Golfs stieg aus. Eine schemenhafte Gestalt. Sah sich um. Ging dann in die Stichstraße Richtung Strand und verschwand wegen des Kiefernwalds und dichten Gebüschs aus ihrem Sichtfeld. Die Straße führte dem Navi zufolge zu einem Campingplatz und dann weiter am südlichen Ufer des Yngsjökanals entlang, der sich zunächst verbreiterte, um dann hundert Meter weiter ins Meer zu münden. Karhuu stieg ebenfalls aus. Knöpfte das Holster auf und nahm die Sig Sauer in die Hand. Gebückt lief sie auf den Golf zu. Sie lugte in die Stichstraße hinein. Sie war menschenleer. Von Akimov oder wem auch immer keine Spur.

75

Nordh raste durch die Nacht, vorbei an den Windrädern, die wie Riesen in das silberne Mondlicht getaucht waren, das mit den vorbeiziehenden Wolken kam und ging. Durch die sanfte Hügellandschaft, die seine Herzenslandschaft war, ganz gleich wie viel Großstadtmensch er inzwischen auch sein mochte. Er schob eine Håkan-Hellström-CD ein. Es war Lindas Musik, aber sie tat in diesem Moment nicht weh, im Gegenteil, von ihr ging ein merkwürdiger Trost aus. Eine knappe Stunde später erreichte er Österlen. Das Fieber nahm seine Konzentration mit auf eine Reise. Erinnerungen an einen harmonischen Familienurlaub. Tim hatte gerade Laufen gelernt und Lilly hatte im Minutentakt Fragen abgeschossen. Warum war der Strandsand warm, aber das Wasser kalt? Warum konnte ihr kleiner Bruder noch nicht richtig sprechen? Warum aßen Menschen Tiere? Sie hatten Ausflüge mit den Fahrrädern gemacht und die Kinder hatten die Touren im Fahrradanhänger geliebt. Abends hatten sie im Ferienhaus gekocht und waren dann mit dem zubereiteten Essen zum nahe gelegenen Strand gegangen und hatten wie die Fürsten mit Meerblick gespeist. Linda und er hatten sich jeden Abend eine Flasche Riesling geteilt. Er konnte sich genau an den Geschmack des Weins erinnern. Linda hatte viel gelacht in diesem Urlaub, sie war so unbeschwert gewesen, so glücklich und frei. Irgendwann war das alles zerbrochen, irgendwo hatten sie die falsche Abzweigung genommen.

Das Navigationsgerät führte ihn über den Yngsjökanal an dessen nördliches Ufer, nicht unweit der Mündung ins Meer. Er erinnerte sich. In der Nähe gab es ein nettes Café, das im Sommer selbst gemachtes Eis verkaufte, Linda und die Kinder waren verrückt danach gewesen. Er versuchte, die Erinnerungen wegzuschieben, er musste sich konzentrieren, es galt das Leben einer mutigen jungen Frau zu retten. Das *Safehouse* war eines der wenigen Häuser an der Wasserlinie. Hier eine Baugenehmigung zu bekommen, war unmöglich. Die heute so exklusiven Adressen waren früher einmal Aalfischerkaten gewesen, die Häuser armer Leute, bevor man sie in schicke Bauten verwandelt hatte. Radschenko hatte sich bei der Auswahl des *Safe house* also nicht lumpen lassen. Nordh hielt in Sichtweite des Bungalows. Es war das einzige Haus, in dem Licht brannte. Was möglicherweise bedeutete, dass sich Natalja Romanoff ... nein, Natasha Romashina ..., sein Fieberhirn spielte ihm Streiche, ... dass sich Natalja Romashina alias die *Schwarze Witwe* in dem von Kiefern umfriedeten Haus befand. Eine kontroverse Wahl für einen Rückzugsort. Sicher, im Sommer fiel man zwischen den vielen Touristen kaum auf. Aber außerhalb der Saison stach man in der Abgeschiedenheit einer nahezu verlassenen Ferienhausgegend umso mehr heraus. Er betrat das Grundstück und nahm die Stufen zu dem auf einer leichten Anhöhe liegenden Haus. Die Dienstwaffe hatte er aus dem Schulterholster genommen und sich hinten in den Hosenbund gesteckt, sodass sie sich im Falle eines Falles schneller ziehen ließ. Den Trick, der gegen die Vorschriften verstieß – es hieß, dass sich vor ein paar Jahren irgendein idiotischer Kollege in Göteborg auf diese Art einmal eine zweite Poritze geschossen hatte –, hatte Calle ihm beigebracht. Er klingelte, hielt sich den Dienstausweis neben das Gesicht und lächelte in die Kamera, die sich über der Gegensprechanlage befand. Wahrscheinlich versetzte er der Frau einen Riesenschrecken. Aber es gab keine Alternative.

»Police«, sagte er in Richtung der Gegensprechanlage. »*I'm a swedish police officer.*«

Keine Reaktion.

Er klingelte erneut und wiederholte die Worte.

Keine Reaktion.

Er versuchte sich vorzustellen, was auf der anderen Seite der Tür geschah. Dass sie nicht geöffnet wurde, war vielleicht ein gutes Zeichen, denn es mochte bedeuten, dass es tatsächlich Romashina war, die sich im Haus befand. Oder war sie etwa bereits tot? Der durchschnittliche Mitbürger hätte wahrscheinlich längst geöffnet oder sich zumindest bemerkbar gemacht, sei es aus Neugier, sei es aus Autoritätsgläubigkeit gegenüber der Polizei. Saß die junge Frau also verschreckt hinter einem Sofa? Oder stand sie mit einem Sturmgewehr bewaffnet hinter der Tür, bereit, ihm ein faustgroßes Loch in die Brust zu schießen? Das Einzige, was zählte, war, sie zu bewegen, ihn hereinzulassen beziehungsweise selbst herauszukommen, damit er die Chance bekam, ihr zu erklären, dass aus dem vermeintlich sicheren Haus womöglich eine tödliche Falle geworden war. Er räusperte sich. Polierte sein eingerostetes Englisch und legte los. Entweder hörte sie ihm durch die Gegensprechanlage zu oder nicht, er konnte nur hoffen. Es sei ungeheuer wichtig, dass sie mit ihm spräche, denn sie befände sich in Lebensgefahr. Er sei ein Polizist, der gemeinsam mit einer Kollegin den fehlgeschlagenen Anschlag auf Andrey Akimov sowie die Morde an Nizar Hakeem und Grischa Radschenko untersuchte. Im Gegensatz zur Polizeiführung glaubte er nicht an einen rechtsextremen Terroristen, sondern vermutete den russischen Geheimdienst auf der Jagd nach ihr hinter den Attentaten, denen nun auch ihre Partnerin Kathy McCarthy zum Opfer gefallen war. Ihm selbst waren vor anderthalb Stunden Dateien in den Schoß gefallen, die den Hintergrund der Morde beleuchtet hatten, außerdem sei einer seiner Mitarbeiter in Radschenkos Unterlagen auf diese Adresse gestoßen und er vermute nun, dass es als Rückzugsort und Versteck gedacht worden sei. Dabei sei das Haus alles andere als sicher, denn die russischen Agenten hatten Radschenko vor seinem Tod gefoltert und waren so wahrscheinlich auch an die Adresse dieses Unterschlupfes gelangt.

Keine Reaktion.

Nordh verzweifelte. Das Fieber ließ ihn abwechselnd schwitzen und bibbern. Auf der leichten Dünung des Kanaldeltas schimmerte das Mondlicht. Am anderen Ufer zeichneten sich der Kiefernwald und ein Haus scherenschnittartig ab. Eine Kulisse wie in einem Tim-Burton-Film.

»*Why should I trust you?*«

Die Frauenstimme kam leicht verzerrt aus dem Lautsprecher. Eine gute Frage. Warum, zum Teufel, sollte Natalja Romashina ihm vertrauen?

76

Gebückt und mit entsicherter Waffe lief Karhuu in die Stichstraße hinein. Immer wieder blieb sie stehen, lauschte nach Schritten, hörte aber immer nur ihren eigenen Puls. Im gebückten Laufschritt lief sie die Straße ab, hielt sich dabei möglichst im Schatten. Nirgendwo stand ein Auto, nirgendwo brannte Licht. Irgendwann, nach drei-, vierhundert Metern, stand sie an der Kante zum Strand. Die Brandung rauschte. Verdammt, wo war Akimov, wo war der Russe aus dem Volvo? Sie hatte sich die Umgebung mithilfe des Navis, so gut es ging, eingeprägt. Hier war sie jedenfalls falsch. Aber etwa zweihundert Meter zurück bog rechts eine Straße ab, die direkt an den Kanal und das Mündungsdelta heranführte. Ihre Gedanken überschlugen sich. Der Russe hatte ein Scharfschützengewehr bei sich. Solch eine Waffe ergab nur dann einen Sinn, wenn man bei freiem Sichtfeld größere Distanzen überwinden wollte. In der Straße, in der sie sich befand, war die Bebauung dünn. Hier standen sechs Häuser, jeweils von Bäumen und dichten Büschen getrennt. Von einem Haus auf das andere zu schießen war in dieser Umgebung unmöglich. Ebenso unsinnig war ein Einsatz des Gewehrs am schnurgeraden Strand.

Nein, die einzig logische Position für einen Schützen lag direkt an der Kanalbucht. Von dort aus hatte man über das Wasser hinweg freies Schussfeld auf die Häuser, die sich in etwa dreihundert Metern Entfernung auf der anderen Uferseite befanden. Wollte der Schütze sein Ziel von einer leicht erhöhten Position aus ins Visier nehmen, was immer sinnvoll war, boten sich nur die zwei Häuser an, die direkt auf Karhuus Seite der Bucht lagen. Dort musste sie hin. Sie trabte die Strecke zurück, die sie gekommen war, bis rechts die Straße Richtung Kanal abbog, und folgte ihr, bis diese nach gut fünfzig Metern wieder nach rechts abknickte. Vor Karhuu befand sich nun der Kanal. Das Mondlicht brach sich in den sanft plätschernden Wellen. Die Straße führte am Ufer entlang zurück zum Meer. Die Häuser, die sie als vermeintlich beste Schusspositionen ausgemacht hatte, lagen etwa auf halbem Weg, gut hundert beziehungsweise zweihundert Meter von ihrem Standpunkt entfernt. Vor dem ersten stand ein Auto am Straßenrand. Sie näherte sich ihm vorsichtig, achtete darauf, immer im Schatten der Bäume und Büsche zu bleiben, wenn das Mondlicht durchbrach. Als sie sich bis auf etwa fünfzig Meter herangepirscht hatte, erkannte sie den Volvo, den der Russe mit dem Scharfschützengewehr gefahren hatte. Das bedeutete, Akimovs Peilsender hatte funktioniert. Der Scharfschütze befand sich aller Wahrscheinlichkeit nach tatsächlich in dem Haus. Aber wo war Akimov? Karhuu blickte auf das andere Ufer der Bucht. In einem der Häuser dort brannte Licht, in der Auffahrt zeichneten sich schemenhaft die Konturen eines Autos ab. Wenn all ihre Überlegungen und Spekulationen stimmten, befand sich Romanoff in diesem Haus. Möglicherweise lebend, möglicherweise bereits tot. Bei dem Gedanken musste sie schlucken. Zuversichtlich stimmte sie allerdings, dass der Russe mit dem Spezialgewehr nicht allzu lange vor Akimov und ihr angekommen sein konnte. Trotzdem ärgerte sie sich über die zehn Minuten, die sie vergeudet hatte, indem sie losgelaufen war, ohne vorher nachzudenken. Apropos Akimov: Er war eine weitere Unbekannte in der an sich schon komplizierten Gleichung. Vielleicht kauerte er im nächsten Gebüsch, vielleicht bekäme sie nach den nächsten Schritten eine Kugel in den Kopf oder ihre Kehle würde aufgeschlitzt. Bei Akimovs Umsicht wohl eher Letzteres, denn er wollte den Russen im Haus sicherlich nicht mit Schüssen aufschrecken. Oder vielleicht gerade doch? Vielleicht wäre das die richtige Strategie. Chaos stiften, Verwirrung, um den Scharfschützen vom tödlichen Schuss abzuhalten ... Sie war jetzt dem Haus so nahe gekommen, dass sie es nicht länger wagte, auf der Straße zu bleiben, deshalb schlug sie sich ins Gebüsch. Rhododendron, Brombeere, Hagebutte. Sie war darauf bedacht, leise zu sein und sich nicht allzu viele Kratzer und Schrammen zu holen. Sie kämpfte sich durch weitere Büsche, dann wurde das Unterholz lichter und sie konnte sich unter den Kiefern auf dem sandigen Boden nahezu lautlos fortbewegen. Als sie bis auf zehn Meter an das Haus herangekommen war, sah sie das offene Fenster im Giebel der Hausfront. Daraus lugte ein langer Gewehrlauf, das schwarze, todbringende Metall schimmerte im Mondlicht.

Und nun?

Die Eingangstür befand sich an der Seite, von der sie gekommen war. Im Haus brannte kein Licht. Sie ging auf die Eingangstür zu. Die war verschlossen. Sie zog ihren Satz Lockpicking-Werkzeuge aus der Jackentasche. Den modernen Dietrichen hielt das Schloss keine halbe Minute stand. Sie öffnete die Tür. Lautlos trat sie ins Haus ein.

77

»Why should I trust you?«

Wie konnte Kommissar Nordh erreichen, dass Natalja Romashina ihm Glauben schenkte? Die junge Frau musste Todesangst haben. Außerdem stand sie nach der Ermordung ihrer Partnerin vermutlich unter Schock. Nordh hätte an ihrer Stelle niemandem die Haustür geöffnet, erst recht keinem fremden Mann, der sich als Polizist ausgab.

»*Because* ...«, stammelte er. Es sind die Details, die eine Geschichte glaubwürdig machen, dachte er, ganz gleich ob sie nun stimmt oder nicht. Aber zum Lügen war er viel zu erledigt. Er wühlte in seinem fiebrigen Hirn nach den passenden englischen Vokabeln. »Ich bin ein zweiundvierzig Jahre alter Kommissar aus Malmö. Seit zwanzig Jahren im Polizeidienst. Meine Arbeit ist fordernd. So sehr, dass ich die wichtigsten Dinge in meinem Leben vernachlässigt habe. Ich bin seit fast zehn Jahren verheiratet, meine Kinder sind sieben und fünf. Eigentlich stimmt es gar nicht mehr, dass ich verheiratet bin, denn meine Frau ist vor einigen Monaten gestorben. Bei einem Autounfall ums Leben gekommen. Sie saß im Wagen meines engsten Kollegen und Freunds. Der ist ebenfalls tot. Wie sich herausstellte, hatten die beiden eine Affäre. Vermutlich hat sich Linda auf ein Abenteuer mit Calle eingelassen, weil sie in unserer Beziehung etwas vermisst hat. Von mir wahrgenommen, von mir wertgeschätzt zu werden. All das ist, nachdem die Kinder da waren, immer weiter ins Hintertreffen geraten. Dabei liebe ich sie. Das habe ich immer. Ich will sie zurück. Gleichzeitig hasse ich sie. Wie hat sie mir das nur antun können? Ausgerechnet mit Calle. Die beiden haben den Kindern und mir und Calles Familie alles weggenommen, was wir hatten. Nun müssen wir uns neu finden. Eine Familie ohne Mutter und Ehefrau werden. Uns neu erfinden. Manchmal klappt das bereits, aber viel zu oft scheitern wir.

Scheitere ich. Weil ich mich meinem Selbstmitleid hingebe, anstatt für die Kinder da zu sein. Oder schwach bin, wo ich stark sein müsste. Weil ich mich nach wenigen Monaten wieder genauso in die Arbeit stürze wie zuvor, vermutlich vor allem, um mich damit zu betäuben. Um nicht dorthin schauen zu müssen, wo es wehtut. Aber ich habe eine Höllenpanik, auch das zu verlieren, weil meine Schwiegermutter, die gerade zu Hause den Laden zusammenhält, wegziehen wird und ich deshalb meinen Job endgültig an den Nagel hängen muss. Dies ist womöglich mein letzter Fall. Darum stehe ich jetzt hier vor deiner Tür und flehe dich an, zu öffnen, denn dein Leben ist in höchster Gefahr.«

Keine Reaktion. Nordh zählte die Sekunden. Als er bei sechzig war, überlegte er, aufzugeben. Ihm fiel beim besten Willen nichts mehr ein, was er noch in die Waagschale werfen könnte. Trotzdem zählte er weiter, was blieb ihm auch anderes übrig?

Bei einhundertneunzehn öffnete sich die Tür. Natalja Romashina war von Angesicht zu Angesicht noch schöner als auf den Fotos. Sie hielt ihm zwar kein Sturmgewehr ins Gesicht, sondern eine kleinkalibrige Automatik, aber die Waffe würde auf kurze Distanz fraglos ihren Dienst tun. Er hob die Hände hoch.

»*I want to see your legitimation again!*«

Er fummelte in seiner Tasche herum, bis er seinen Polizeiausweis wieder herausgezogen und ihr gezeigt hatte. Mit einem Nicken bedeutete sie ihm, einzutreten. Selbst ging sie einen Schritt rückwärts, ohne ihn aus den Augen zu lassen. Er wies sie auf die Dienstwaffe in seinem Hosenbund hin und drehte sich langsam um, damit sie die Sig Sauer an sich nehmen konnte. Er musste *all in* gehen, dieses Spiel war nur mit maximaler Offenheit zu gewinnen. Sie zog die Waffe aus seinem Bund.

»Wie heißen deine Kinder?«, fragte sie unvermittelt.

»Lilly und Tim.«

»Wann hat deine Frau Geburtstag?«

Er nannte das Datum.

»Wie ist der Unfall passiert?«

»Sie sind mit voller Fahrt gegen einen Baum gefahren. Warum, weiß kein Mensch. Die Sicht war gut, die Straße ging schnurstracks geradeaus, es war nicht glatt. Der Wagen war fast neu und Calle ist der beste Autofahrer, den ich kenne.«

»Ein Mysterium«, stellte sie fest.

»Genau.«

Sie nickte bedächtig. So als habe sie beschlossen, ihm vorerst zu vertrauen.

»Wir gehen ins Wohnzimmer. Du voran. Immer geradeaus.«

»Ist das der Raum mit Fenstern zur Bucht?«

»Ja.«

»Dann sollten wir vielleicht lieber in ein anderes Zimmer gehen.«

»Grischa hat mir zugesichert, dass das Glas schusssicher sei.«

Vollkommen schusssicheres Glas gab es gar nicht. Gerade Munition aus Scharfschützengewehren war besonders durchschlagkräftig. Aber sollte er ihr in diesem Augenblick noch mehr Angst machen? Er musste ihr Vertrauen gewinnen und sie überreden, mit ihm zu kommen und diesen Ort trotz all seiner Schutzvorrichtungen zu verlassen.

»Okay.«

»Wir trinken etwas und du erzählst mir alles, was du über Kathys, Nizars und Grischas Tod weißt.«

Es war keine Frage, sondern eine Ansage. Ihm war mulmig dabei. Aber sie hatte klargemacht, dass alles Weitere unter ihren Bedingungen stattfand.

»Lass uns bitte wenigstens das Licht löschen, sonst sitzen wir hier drinnen wie wandelnde Zielscheiben«, sagte er und ließ sich in einen der teuren Designersessel fallen. Sein glühender Körper und die immer schwerer werdenden Gliederschmerzen wünschten, dass er nie mehr aufstehen müsste.

»Einen Moment noch.«

Romashina schenkte ihnen aus einer Kristallkaraffe, die auf einem dekorativen Servierwagen stand, jeweils zwei Finger hoch ein, die Handfeuerwaffen hatte sie neben sich aufs Sofa gelegt, wo sie außerhalb seiner Reichweite lagen. Sie reichte ihm den Drink.

»Darauf, dass du die Wahrheit sagst«, sagte sie tonlos und hob ihr Glas.

»Darauf, dass ich die Wahrheit sage«, wiederholte er matt, bevor er den Whisky kippte.

»Erzähl mir von Kathys Tod«, sagte sie und nippte an ihrem Drink.

»Es ist so, dass …«

Im selben Augenblick knallte es. In einem der Panoramafenster entstand zeitgleich ein unheilvoll knirschendes Geräusch. Ein faustgroßes Loch hatte sich gebildet. Nordh sprang auf und in den zweiten Knall hinein stürzte er sich auf Romashina. Wie ein Handballtorwart, war das Letzte, was er dachte.

78

Sie stand im Eingang des kleinen Hauses, schloss, so leise es nur ging, die Tür hinter sich und streifte ihre Sneaker ab. Wenn sie überhaupt eine Chance hatte, den Mann mit dem Scharfschützengewehr zu überrumpeln, dann auf Samtpfoten. Sie wartete, bis sich ihre Augen an die neuen Lichtverhältnisse gewöhnt hatten. Es war deutlich dunkler als draußen, aber dank der großen Fenster fiel genügend Mondlicht hinein, um die Konturen des Interieurs zu erahnen. Der Grundriss solcher Ferienhäuser war immer ähnlich. Vom Eingang gingen zwei Türen ab, die eine führte ins Bad, die andere in ein Schlafzimmer. Den Rest der Grundfläche nahm der Wohnbereich samt Küchenzeile ein. Eine steile Treppe führte in den Alkoven unter dem Giebel. Dort lag der Mann mit seinem Scharfschützengewehr und visierte das Haus auf der anderen Seite der Bucht an. Karhuu entsicherte ihre Waffe. Der Schlüssel, um den Schützen zu überwältigen, waren Lautlosigkeit in Kombination mit Schnelligkeit. Sie schlich auf die Treppe zu. Durch das offene Fenster im Giebel hörte sie das Rascheln der Blätter im Wind, das Glucksen des Wassers in der Kanalbucht und das Rauschen der Brandung am Strand. Dank dieser Geräuschkulisse hatte sie eine Chance. Die Treppe, die fast mehr einer Leiter glich, würde unter ihrem Gewicht womöglich knarzen, ein Geräusch, dass auch der Scharfschütze vielleicht nicht überhören würde. Sie würde hinaufhuschen wie eine Katze, so flink und leise wie möglich. Und oben? Konnte Gott weiß was geschehen. Sie musste damit rechnen, schießen zu müssen. Wie sie es gelernt hatte, ging sie im Geiste bereits die Schussziele durch, visualisierte Bein, Hand und Oberkörper ihres Widersachers. Alles hing davon ab, wie er reagieren würde. Sie betete, dass er sich ergab. Es war erst einige Wochen her, dass sie einen Menschen in Notwehr getötet hatte. Eine Erfahrung, die ihr bis heute Albträume bescherte. Sie holte tief Luft, dann jagte sie die Treppe hinauf, visierte an, brüllte *»Police!«* und *»Hands up!«*. Der Mann, der bäuchlings auf dem Boden lag, drehte den Kopf, nahm die Hände von dem riesigen Gewehr, fuhr herum und griff nach seinem Hosenbein, wo er nach einer kleinen Pistole in einem Beinholster tastete. Karhuu schoss ihm in die Hand. Der Mann schrie auf. Fünfzehn Sekunden später hatte sie ihm bereits Handschellen angelegt. In sein Schmerzgebrüll hinein hörte sie kurz hintereinander durch das offene Fenster den dumpfen Knall zweier Schüsse, die vermutlich aus dem Nachbarhaus stammten, das dreißig Meter weiter lag. Kurz darauf eine Salve mehrerer gellender Schüsse. Ein weiterer Agent? Akimov? Während sich der Mann vor ihr hilflos und fluchend auf dem Boden wälzte, blickte sie mit klopfendem Herzen aus dem Fenster auf die andere Seite der Bucht.

79

Als Jon Nordh wieder zu sich kam, war das Erste, was er wahrnahm, das flackernde Blaulicht, das durch die tiefen Fenster von draußen hereindrang. Dann erst bemerkte er die Sanitäter, die sich über ihn beugten und sich mit einer Kanüle an seinem Arm zu schaffen machten. Kollegen in Uniform, die herumstanden und Kaffee aus Pappbechern tranken. Natalja Romashina, die auf dem Sofa saß, blass aussah und mit beiden Händen ein leeres Glas umklammerte. Svea Karhuu, die neben ihr saß und beruhigend auf die Frau einsprach. Sein Schädel brummte. Er tastete vorsichtig nach der Stelle, von der der Schmerz auszugehen schien. Er fühlte einen Verband.

»Dein Kopf ist offenbar härter als die Glasplatte des Couchtischs da drüben«, sagte einer der Sanitäter mit professionellem Lächeln.

»Wie lange war ich weg?«

»Deiner russischen Freundin zufolge bist du für eine halbe Stunde weggedämmert.« Russische Freundin. Schön wär's. »Du hast ihr das Leben gerettet, sagt sie.«

Er blickte an die Stelle, an der sie mit der Whiskykaraffe gestanden hatte. Der zweite Schuss hatte einen handtellergroßen Krater im Sichtbeton hinterlassen. Die zwei Frauen hatten bemerkt, dass er zu sich gekommen war. Sie standen auf und knieten sich neben ihn.

»Vorsichtig«, mahnte der Sanitäter. »Mit einem Schädel-Hirn-Trauma ist nicht zu spaßen.«

»Du Held«, sagte Karhuu, drückte seine Hand und zog einen Mundwinkel nach oben.

»Wo kommst du denn so schnell her?«, fragte er und hatte das Gefühl, eine ganze Menge nicht zu begreifen. Vielleicht lag das an seiner Kopfverletzung. Es war ja auch egal. Hauptsache, die *Schwarze Witwe* lebte.

»Mir ist ziemlich schwindelig«, sagte er, bevor ihm wieder schummrig wurde.

80

Svea Karhuu hätte gern ihren Partner im Krankenwagen begleitet. Oder Natalja Romashina in das Hotel, in das sie von zwei uniformierten Kollegen gebracht wurde, bis der Staatsschutz oder sonst wer sich der gefährdeten Frau annahm und die Situation übersichtlicher geworden war. Denn es gab natürlich keine Garantie dafür, dass die Attentatsversuche auf die Whistleblowerin nun endeten, ganz gleich wohin es sie als Nächstes ziehen würde. Der russische Geheimdienst hatte schließlich nachweislich bereits in England, Deutschland und anderen Staaten zugeschlagen. Karhuu fühlte sich jedoch verpflichtet, mit ihren beiden Gefangenen nach Malmö zurückzukehren. Andrey Akimov hatte sich ohne Widerstände festnehmen lassen. Er hatte den zweiten Scharfschützen im Nachbarhaus getötet. Der Plan der Russen hatte darin bestanden, Romashina aus beiden Häusern heraus ins Kreuzfeuer zu nehmen. Welche Strafe Akimov erwartete, musste ein Gericht entscheiden, aber Karhuu hoffte insgeheim, dass er nicht für den Rest seines Lebens ins Gefängnis gehen müsste. Ohne sein Eingreifen wäre Romashina womöglich nicht mehr am Leben, denn hätte der zweite Scharfschütze noch mehr Schüsse abgeben können, hätte auch Nordhs beherzter Hechtsprung sie wahrscheinlich nicht retten können.

Der Agent, den sie durch ihren gezielten Schuss überwältigt hatte, gab sich als Sergei Onopko aus. Er behauptete, höchsten Diplomatenstatus zu genießen, ansonsten schwieg er beharrlich. An seiner noch nicht auskurierten Schulterverletzung erkannte Karhuu, dass es sich um den Mann handeln musste, der Nizar Hakeem erschossen hatte, bevor er selbst von Akimovs Kugel getroffen und gezwungen worden war, die Hilfe der pensionierten Ärztin in Anspruch zu nehmen. Mord und Mordversuch sowie Freiheitsberaubung waren schwerste Verbrechen, vor deren Strafe ihn hoffentlich auch sein vermeintlicher Diplomatenstatus nicht bewahrte.

Nachdem Akimov und Onopko übergeben und in Untersuchungshaft genommen worden waren, war es nach Mitternacht, trotzdem rief Karhuu Wallgren und Stöcker ins Revier in der Drottninggatan. Sie protokollierten die neuesten Entwicklungen und vervollständigten das Material, das sie vor dem Tod Kathy McCarthys zusammengestellt hatten. Als sie fertig waren, war es halb fünf am Morgen. Sie stieg auf das Dach und rauchte zwei Zigaretten hintereinander. Anschließend rief sie ungeachtet der Uhrzeit Nora Mellander an. Die Ermittlungsergebnisse waren noch nicht gänzlich wasserdicht, aber ausreichend überzeugend. Der Spuk eines neuen *Lasermanns* hatte ein Ende. Nun musste sie nur noch Taqi finden und ihn überreden, nach Hause zurückzukommen.

Als sie endlich vollkommen erschöpft auf ihr Hotelbett fiel, dämmerte es bereits und irgendwo, nicht weit entfernt, hörte sie das markante, maschinengewehrartige Krächzen einer Elster.

Gerüchte machten im Block schnell die Runde. Sobald Taqi davon gehört hatte, eilte er ins Krankenhaus, auch wenn Rashid ihm im Streit gesagt hatte, dass er ihn nie wieder sehen wollte. Sein Vater saß neben dem Bett, Rashid schlief, sein zartes Gesicht war totenbleich, die Haare waren nass vor Schweiß, ein Bein lag in einer Art Apparatur aus Metallstangen und Stäben, es war verbunden und hochgelagert. Taqi setzte sich auf den Stuhl neben Hassan Sultani. Der Atem von Rashids Vater roch nach Bier.

»Diese Tiere«, flüsterte er. »Diese verdammten Tiere.«

Taqi nickte stumm. Eine Zeit lang war es still, dann begann Rashids Vater mit leiernder, rauer Stimme zu reden. Sie hatten Rashids Knie mit einem Vorschlaghammer zertrümmert. Die Kniescheibe war mehrfach gebrochen, Knochenstücke hatten aus der Haut geragt, Bänder und Sehnen waren gerissen. Die Operation hatte Stunden gedauert, ein Arzt hatte anschließend gesagt, dass er nur selten so viele Drähte und Schrauben benötigt hatte.

»Wann wird er wieder Fußball spielen können?«, fragte Taqi.

»Fußball spielen?« Hassan lachte bitter auf. »Sie haben meinen Sohn zu einem Krüppel gemacht. Er wird nie wieder Fußball spielen können.«

In den Tagen danach war Taqi wie betäubt. Trug er eine Mitschuld an dem, was geschehen war? Schließlich war er es gewesen, der Rashid davon abgebracht hatte, den Auftrag der Originals auszuführen. Aber er hatte doch nicht zulassen dürfen, dass sein bester Freund sich in Lebensgefahr begab. Außerdem hatte er nicht damit gerechnet, dass Darko Tadić und die anderen Rashid derart brutal bestrafen würden. Wo er doch erst dreizehn war. Wo er doch der Freund von Cyrus' kleinem Bruder war. Und hatte sich Darko nicht selbst zu Shishis Manager ernannt? Wie konnte er dann Shishis Fußballkarriere gewaltsam beenden, bevor sie überhaupt begonnen hatte? Weil dieses Arschloch in Wirklichkeit nie an Shishis Erfolg geglaubt hatte, wie Taqi nun *aufging. All die Sprüche von Mini-Messi und dem neuen Zlatan waren nichts als leeres Gerede gewesen, um einen weiteren naiven Handlanger in die Fänge zu bekommen, der den Originals verpflichtet war.*

Er besuchte Rashid mehrmals im Krankenhaus. Brachte ihm Süßigkeiten vorbei und seinen Schullaptop, damit er im Bett Netflix schauen und Computerspiele zocken konnte. Die Stimmung zwischen ihnen war kühl, aber Taqi redete sich ein, dass ihm das nichts ausmachen würde. Sollte ihn Rashid doch für einen Homo halten. Vielleicht war er das ja sogar. Auch wenn es wehtat, dass Rashid anders empfand als er. Sie konnten doch trotzdem Freunde bleiben, oder nicht? Er half Rashid bei den Gehübungen auf dem Krankenhausflur, auch wenn Rashid komisch guckte, wenn Taqi den Arm um ihn legte, um ihn bei den Gehversuchen zu stützen. Irgendwann schaffte es Rashid mithilfe einer Krücke, selbst zu gehen. Die Ärzte waren mit dem Heilungserfolg zufrieden, aber was Rashids Pläne von einer Karriere als Fußballprofi anging, äußerten sie sich sehr verhalten. Wenn Rashid eines Tages wieder ohne Gehhilfe laufen können würde, war das ein Erfolg. Aber Sport auf höchstem Leistungsniveau war nun nicht mehr als ein Wunschtraum. Zur Entlassung aus dem Krankenhaus schenkte er Rashid seinen E-Tretroller. Mit dem Ding konnte Rashid durch die Gegend und zur Schule sausen, ohne dass er auf einen Gehstock angewiesen wäre. Taqi sah die Dankbarkeit in Rashids Augen und zum ersten Mal nach dem missglückten Kuss nahm Rashid ihn wieder in den Arm.

»Mein Bruder«, sagte er und es klang anders als das Rumgelaber der Gangs. Es klang ernst und wahr. Sie waren Brüder, auch wenn Taqi sich manchmal mehr gewünscht hätte. Aber das war okay.

Der Sommer und die Ferien brachten Veränderungen. Taqi nahm an einem zweiwöchigen Kanu-Trip teil, den das Jugendzentrum organisiert hatte. Es tat gut, aus dem Block und der Großstadt rauszukommen. Die Kanutour war körperlich fordernd. Nachts schlief er nach den Anstrengungen des Tages wie ein Baby. Abends saßen sie zusammen am Lagerfeuer und Pedro, der Teamleiter, spielte Gitarre. Taqi lernte Radek kennen, einen netten Jungen, der zwei Jahre älter war als er. Sie teilten ein Zelt und Radek spielte ihm auf dem Handy Musik vor, die ganz anders war als der Hip-Hop, mit dem er aufgewachsen war. Billie Eilish und Bon Iver. Am vorletzten Abend küssten sie sich und lagen aufeinander. Radek wollte mehr, das spürte Taqi, aber für mehr war er noch nicht bereit. Trotzdem fühlte sich Taqi anders als vorher. Reifer, größer, mehr er selbst. Und wenn das, was er tat, wenn das, was er war, Gott nicht gefiel, dann war es nicht mehr sein Gott. Überhaupt: Was war es für ein Gott, der zugelassen hatte, was mit Rashid geschehen war? Es musste ein unfairer, ein böser Gott sein. Oder einer, dem alles egal war.

Als das neue Schuljahr anfing, begann Cyrus damit, sich wieder bei ihm zu melden. Wochenlang ignorierte er die Anrufe und SMS. Sein Bruder hatte keinen Finger gekrümmt, um Rashid zu schützen, auch wenn er bei der grausamen Bestrafung nicht dabei gewesen war. Er war ein Feigling, ein Laufbursche seines Bosses. Und das alles nur, damit er seinen blöden Audi fahren durfte. Irgendwann stand Cyrus vor der Wohnungstür. Er hatte Glück, dass ihre Mutter nicht da war, sie hätte ihn zum Teufel gejagt.

»Was willst du?«

Cyrus druckste rum. Man sah ihm das schlechte Gewissen an.

»Ich habe etwas für dich und Rashid.«

»Wir wollen nichts von euch.«

»Es ist von mir. Allein. Als ...«

»Wiedergutmachung?« Taqi verzog höhnisch die Mundwinkel. »Wiedergutmachung am Arsch, Cyrus.«

»Überlegt euch doch, ob ...«

»Geh jetzt bitte.«

Cyrus sah ihn resigniert an.

»Es tut mir leid. Aber so ist das game.« Er warf Taqi etwas zu, doch der machte keine Anstalten, es zu fangen, sondern ließ es auf den Boden fallen. »Das Ding steht unten vor der Tür.«

Das game.

»Mama hat recht«, sagte Taqi. »Lass dich hier nicht mehr blicken.« Er knallte die Tür zu. Dann sah er sich an, was Cyrus ihm hatte geben wollen. Ein Schlüsselbund, daran ein Metallschild. Vespa. Ein Motorroller? Der würde Rashid auch nicht zurück auf den Fußballplatz bringen. Trotzdem war er neugierig. Er wartete noch etwas ab, um sicher zu sein, dass sich sein Bruder wirklich verzogen hatte, dann ging er nach unten. Neben dem Eingang stand ein fabrikneuer Motorroller. Eine echte Vespa. Nicht so ein Plastikding wie die meisten anderen. Er probierte die Schlüssel aus. Der Motor sprang sofort an. Er machte ihn wieder aus. Die anderen Schlüssel waren für die Sitzbank und das Case auf dem Gepäckträger. Unter der Sitzbank war ein Helm verstaut, schwarz mit neongelbem Muster, dazu Motorradhandschuhe. Im Case auf der Rückseite befand sich ein zweiter Helm, schlicht weiß. Cyrus hatte tatsächlich an alles gedacht. Trotzdem: Das, was sie Rashid angetan hatten, ließ sich nicht wiedergutmachen. Er würde den Roller nicht benutzen, einen Führerschein dafür konnte er eh erst im nächsten Jahr machen, wenn er fünfzehn war. Rashid sollte entscheiden, was er mit dem Roller machen wollte. Aufbewahren, bis er alt genug dafür war. Oder verkaufen. Die Kiste brachte sicherlich eine ordentliche Stange Geld. Taqi rief Rashid an, doch der ging nicht dran. Ihm fiel ein, dass Rashid freitags nach der Schule immer zur Reha musste. Er würde es später versuchen und machte sich an seine Hausaufgaben. Seine Schwester brauchte anschließend Hilfe bei einem Referat. Gerade als er damit anfangen wollte, das Abendessen vorzubereiten, damit es fertig war, wenn seine Mutter von der Arbeit kam, rief ihn ein Klassenkamerad an, der ebenso wie Taqi Werbeprospekte verteilte. Er war krank und seine Eltern verboten ihm, mit Fieber vor die Tür zu gehen. Ob Taqi seine Runde übernehmen wollte? Taqi wollte. Er musste heute eh noch los. Den Nachbarbezirk dazuzunehmen, war leicht verdientes Geld. Er überließ seine kleine Schwester dem Fernseher, schrieb seiner Mutter, dass er heute früher als sonst beim Austeilen der Werbeprospekte sei, und machte sich auf den Weg. Vor dem Eingang blieb er stehen. Da stand die Vespa und schien ihn anzulächeln. Mit dem Motorroller wäre die doppelte Tour ein Kinderspiel. Seit er den E-Tretroller Rashid geschenkt hatte, war das Austragen mit der schweren Schultertasche viel anstrengender. Und heute war seine Runde doppelt so groß. Er könnte eine Ausnahme von seinem Boykott machen. Gleich am ersten Tag. Nicht besonders konsequent. Außerdem hatte er ja gar keinen Mopedführerschein. Aber wer im Block hatte den schon? Von den Kids, die dealten, jedenfalls keines. Und die Bullen ließen sich hier fast nie blicken. Und wenn, dann hatten sie Besseres zu tun, als sich von jugendlichen Rollerfahrern den Führerschein zeigen zu lassen. Also drauf geschissen! Rashid würde Augen machen, wenn er mit der Kiste angebraust käme! Sie könnten erst eine Pizza essen gehen und dann eine Runde zu zweit drehen. Dann könnte Rashid entscheiden, was er mit dem Roller anfangen wollte. Die Vespa zu bedienen war kinderleicht. Er hatte schon vorher andere Motorroller ausprobiert. Gas geben und bremsen, es war einfacher, als Fahrrad zu fahren. Er setzte sich den Helm mit dem coolen Muster auf und fuhr los.

81

»Nur eine Gehirnerschütterung und eine Platzwunde, nichts Schlimmes«, erklärte Nordh seinen Kindern, nachdem sein Kopf auf alle denkbaren Weisen untersucht worden war und er das Krankenhaus am Nachmittag endlich verlassen und nach Hause fahren durfte.

»Was ist eine Platzwunde?«, fragte Tim.

»Wenn der Kopf wie ein Luftballon platzt, du Hornochse«, sagte Lilly.

»Selber Hornochse!«

»Niemand hier ist ein Hornochse«, sagte Nordh mit beschwichtigender Stimme. »Und mein Kopf platzt auch nicht wie ein Luftballon.«

»Da bin ich aber froh«, murmelte Rosa.

Zum Abendessen hatte sie Pizza gebacken und es schmeckte allen gut, selbst die Kinder, die seit Lindas Tod wie die Spatzen aßen, nahmen sich mehrere Stücke. Zur Feier des Tages holte Nordh Eis aus dem Tiefkühlschrank. Anschließend folgten drei Partien Uno, dann war Zapfenstreich. Als Rosa sich erhob, um nach drüben zu gehen, begleitete er sie zur Haustür.

»Danke«, sagte er. »Für alles.«

»Wir müssen zusammenhalten, nicht wahr? Außerdem tue ich es gern.« Sie lächelte. Fast ein wenig versonnen. »Ich stelle mir vor, dass ein Teil von ihr in den Kindern weiterlebt. So bleibt sie mir erhalten. Glaube mir, ich gebe die Haushälfte nicht gerne auf. Ich will euch nicht im Stich lassen. Wenn ich nur mehr Geld zur Verfügung ...«

»Und wenn du bei uns einziehen würdest?«

Er hatte nicht eine Sekunde darüber nachgedacht. Die Worte waren einfach so aus seinem Mund gepurzelt.

Sie sah ihn lange prüfend an.

»Meinst du das ernst?«, fragte sie schließlich.

Er nickte.

Sie lächelte.

»Lass mich eine Nacht darüber schlafen, okay?«

Er brachte Lilly und Tim ins Bett und las ihnen lange aus *Nils Holgersson* vor. Als die Kinder eingeschlafen waren, machte er im Wohnzimmer den Kamin an – etwas, dass er seit Ewigkeiten nicht getan hatte – und öffnete die Flasche *Châteauneuf du Pape*, die Svea Karhuu ihm im Krankenhaus vorbeigebracht hatte. Vielleicht nicht die vernünftigste Wahl bei Fieber und Kopfschmerzen, aber definitiv eine genussvolle. Er sann über die vergangenen Tage nach. Seine Partnerin und er hatten die Morde an Rashid Sultani, Nizar Hakeem, Grischa Radschenko und Kathy McCarthy aufgeklärt, sowie den Tod von zwei namenlosen russischen Agenten oder Auftragsmördern. Dazu hatten sie den mutmaßlichen Drahtzieher der Anschläge, den vermeintlichen Geheimdienstler mit Diplomatenstatus, Sergei Onopko, verhaftet, ebenso Darko Tadić, den Vizechef der *Originals,* und zwei seiner Handlanger. Nebenbei hatten sie die Stadt von der Schimäre eines zweiten *Lasermanns* befreit. Für den Anfang gar keine so schlechte Bilanz, dachte er nicht unzufrieden. Es handelte sich um einen der bemerkenswertesten polizeilichen Erfolge der vergangenen Jahre und mindestens die Hälfte der Ehre gebührte der jungen Frau aus Tornedalen. Er dachte an die Anspielungen zurück, die Mellander gemacht hatte. Dass Karhuu Geheimnisse mit sich herumtrug. *Dark little secrets.* Kurz hatte er erwogen, seine neue Partnerin darauf anzusprechen. Aber dann hatte er entschieden, dass es ihn nichts anging und dass es das Beste wäre, Mellanders Manipulationsversuch ins Leere laufen zu lassen.

Nach dem ersten Glas Rotwein fühlte er sich bereit, den Umschlag zu öffnen, den Mellander Karhuu in die Hand gedrückt und mit ins Krankenhaus geschickt hatte. Darin befand sich ein schmaler Ordner, der wenige DIN-A4-Seiten enthielt.

Er überflog die Zeilen, sein Magen krampfte. Dann las er alles ein zweites Mal und zwang sich, die Konzentration Wort für Wort aufrechtzuerhalten, auch wenn er bereits nach dem ersten, flüchtigen Lesen verstanden hatte: Der Untersuchungsbericht war im Grunde nichtssagend. Eine Ansammlung von Fakten und Umständen, über die er weitestgehend längst Bescheid wusste. Das Fazit des Berichts: Nichts an dem Autowrack wies auf irgendeine Manipulation oder Fremdverschulden hin. Für den tödlichen Unfall musste die Unaufmerksamkeit des Fahrers verantwortlich sein. Oder er war schlichtweg Absicht gewesen, ein verborgener Doppel-Suizid. Aufgewühlt holte er Calles Handy, das ihm Sanna überlassen hatte, aus der Nachttischschublade. Dreimal hatte er sich bereits halbherzig an dem sechsstelligen Zifferncode versucht. Doch die vergangenen Tage waren zu voll gewesen, um sich ernsthaft damit zu beschäftigen. Nun probierte er es aufs Neue. Das Datum von Sannas Geburtstag. Die Geburtsdaten von Calles Söhnen. Sannas und Calles Hochzeitstag. Das verdammte Geburtsdatum von Markus Rosenberg, Calles Idol, dem langjährigen Stürmerstar des *Malmö FF*. Nichts. Dann fiel es ihm wie Schuppen von den Augen. So naheliegend, so einfach, so verletzend. Er tippte Lindas Geburtstagsdatum ein. Das Smartphone war entsperrt.

82

Der Tag war verrückt. Dauerregen und Sturmböen. Der Herbst war da. Sie hatte keine vier Stunden geschlafen. Frühstück im Vorbeigehen, Zigarette auf dem Weg zum Bus. Ihr Mietwagen stand noch im Ferienhausgebiet in Österlen, ihr Handy lag irgendwo im Wald hinter Morales' Ferienhaus. Darum musste sie sich später kümmern. Jetzt wartete Arbeit. Besprechung mit Mellander, dazu die Malmöer Abteilungschefs für Gewaltverbrechen, Gangkriminalität und vier Leute vom Staatsschutz. Sie schlug sich wacker und wehrte sich erfolgreich dagegen, dass man Nordh und ihr die Verantwortung erneut entriss. Anschließend ein Kurzbesuch bei ihrem angeschlagenen Partner. Am nächsten Tag würde Nordh hoffentlich wieder auf den Beinen sein. Dann ein langes Verhör von Andrey Akimov. Zum Glück kooperierte er und nahm kein Blatt vor den Mund. Er berichtete sachlich und umfassend, aber er hatte eine Bitte an sie. Am Nachmittag lieh sie sich einen Wagen aus dem Polizeifuhrpark und fuhr zu einem Campingplatz nördlich der Stadt. Akimov hatte ihr den Schlüssel für Radschenkos Wohnmobil gegeben. Dunja erkannte sie wieder, jedenfalls deutete sie das erfreute Schwanzwedeln und Händelecken der Hündin so. Sie ging eine kurze Runde mit dem Schnauzer Gassi und nahm ihn dann fürs Erste mit aufs Revier. Ohne Dunja hätten sie den Fall nicht gelöst. Viel Schreibarbeit. Wallgren und Stöcker unterstützten sie. Die Pressekonferenz, zu der sich eine Rekordmenge Journalisten hatte akkreditieren lassen, überließ sie mit Kusshand Mellander. Auf dem Weg zurück ins Hotel sah sie, dass ihr Mentor und Chef versucht hatte, sie anzurufen. Auf der Mailbox hatte Frost eine Nachricht hinterlassen. Er bat sie erneut darum, nach Stockholm zurückzukommen und Kateryna zu belasten. Ansonsten würde es vermutlich zu einem Prozess kommen. Außerdem wollte er sie sonst nicht mehr in seinem Team haben und sie würde so bald nicht wieder in Stockholm arbeiten können. Sie schluckte. Über ein Jahr hatte sie im verdeckten Einsatz ihr Leben riskiert und nun erpresste er sie? Fuck off, Joakim, dachte sie. Jetzt, wo es wirklich drauf ankam, war seine Loyalität keine fünf Kronen wert. Dann begriff sie es: Ein öffentlicher Prozess, der den schiefgelaufenen Undercover-Einsatz ans Tageslicht bringen würde, konnte eigentlich das Letzte sein, was Frost wollte, denn alles würde letztlich auf ihn als Einsatzleiter und Verantwortlichen zurückfallen. Der Prozess war nicht mehr als eine Drohkulisse, damit sie sich seinem Willen fügte. Verdammt, das Gleiche galt vielleicht ebenso für die plötzlich aufgetauchte Augenzeugin Jenny Karlsson. Möglicherweise hatte sie überhaupt nichts mit der Untersuchung zu tun, möglicherweise benutzte Frost ihren Namen nur, um weiter Druck aufzubauen. Er manipulierte Karhuu. Aber sie würde einen Teufel tun und Kateryna für etwas verantwortlich machen, das sie nie getan hatte, nur weil es für Frost die eleganteste Möglichkeit war, ein Problem aus der Welt zu schaffen. Sollte er seine Drohung doch wahr machen und sie aus seinem Laden werfen. Sie pfiff auf sein Team und Stockholm. So ganz stimmte das natürlich nicht. Sie sehnte sich nach Kristoffer, wenn auch nicht unbedingt nach dem Märchenschloss auf Södermalm. Aber wenn sie ihm wirklich so viel bedeutete, wie sie glaubte, würde er auch damit leben können, wenn sie bis auf Weiteres in Malmö bleiben musste. Mit dem Zug waren es von Stockholm aus viereinhalb Stunden. Das war zwar lang, aber keine Weltreise.

Im Hotel fragte sie nach zwei Schüsseln, eine für Wasser, eine für das Hundefutter, das sie gekauft hatte. Der Portier überreichte sie ihr zusammen mit einem Brief, der für sie gekommen war. Leicht verwundert nahm sie den Umschlag entgegen. Eine romantische Anwandlung von Kristoffer? Darauf stand ihr Name und die Adresse des Hotels, einen Absender gab es nicht. Aber es sah nicht nach Kristoffers Handschrift aus. Seltsam, es wusste doch sonst kaum jemand, wo in Malmö sie untergekommen war. In dem gepolsterten Kuvert befand sich nicht nur Papier, das konnte sie fühlen. Darin war etwas Kleines, Hartes, Längliches. Weil sie keine Lust hatte, den Umschlag unter den neugierigen Augen des Portiers zu öffnen, nahm sie ihn mit in ihr Zimmer. Sie hängte den triefend nassen Parka auf und schlüpfte aus den aufgeweichten Sneakern. Dann riss sie den Umschlag auf. Darin befand sich ein Gegenstand. Sie nahm ihn vorsichtig heraus. Eine Gewehrpatrone, fünf, sechs Zentimeter lang. Sie spürte ihr Blut in den Ohren rauschen. Was zum Teufel ... Da stand etwas. Buchstaben, ins Metall graviert. Sie hielt die Patrone ins Licht. Dunja bellte. Ein einziges Wort.

Copkiller

83

Am nächsten Tag ging es Nordh bereits besser, das Fieber war weg und die Kopfschmerzen hatten nachgelassen. Innerlich brodelte es. Mellander hatte ihn hinters Licht geführt. Sie musste gewusst haben, wie nichtssagend die Akte war, trotzdem hatte sie sie als Köder benutzt. Sie hatte ein Stöckchen geworfen und er war gesprungen. Nein, wenn er ehrlich war, dann war es so gewesen, dass er sie darum gebeten hatte, das Stöckchen zu werfen. Er war naiv gewesen und Mellander hatte das ausgenutzt. Was ihm blieb, war Calles Handy. Nicht, dass er schnelle Antworten auf seine Fragen gefunden hätte, aber es gab möglicherweise lose Enden. Das war immerhin ein Anfang.

Ihm war von den Ärzten geraten worden, es äußerst ruhig angehen zu lassen, aber das konnte er sich nicht leisten. Entgegen der landläufigen Vorstellung endete ein Fall keineswegs mit der Verhaftung von dem oder den Verdächtigen, im Gegenteil, selbst bei geständigen Mördern fing die wirkliche Arbeit dann oft erst an. Bis zur Festnahme konnte eine Ermittlung mit Hypothesen arbeiten, mit Theorien und Intuition. Um sie erfolgreich – im Sinne von gerichtsfest – zu beenden, durfte kein Puzzlestück fehlen und jedes gehörte an den richtigen Ort. Richter missbilligten Indizien, sie liebten Geständnisse und harte Beweise. Dass es sich um einen Vierfachmord, doppelten Mordversuch, mehrfachen Totschlag und eine Menge kleinerer Vergehen handelte, machte die Arbeit nicht gerade leichter.

Was das Zusammenführen der losen Enden des komplexen Falls erschwerte, war der Umstand, dass Sergei Onopko beharrlich schwieg. Gleichzeitig machte die russische Botschaft Druck. Offenbar hatte der Agent tatsächlich Diplomatenstatus, was ihn für jede Art der schwedischen Strafverfolgung immun machte, ganz gleich wie gravierend und menschenverachtend seine Verbrechen waren. Sie hielten den Drecksack dennoch fest, bis sich ein Staatsrat des Außenministeriums einschaltete und sie den Mann gehen lassen mussten. Irgendjemand hatte diese Ungeheuerlichkeit an die Presse durchgesteckt, sodass Onopko, der von Karhuu und Nordh flankiert bis an die Tür des Präsidiums begleitet worden war, von einem Blitzlichtgewitter empfangen wurde. Wenigstens das war ein kleiner Triumph, dachte Nordh, sollte die Welt ruhig sehen, wie der skrupellose Mehrfachmörder aussah. Geblendet von den vielen Blitzlichtern und den Scheinwerfern der Videokameras schirmte Nordh seine Augen ab. Als er Taqi inmitten der Journalistenschar entdeckte und das, was er in der Hand hielt, war es bereits zu spät.

Taqi fragte sich wieder und wieder, warum er an dem Abend nicht von der Vespa gestiegen und zu Rashid gelaufen war. Warum er Gas gegeben und ohne jeden Plan dem Auto von Rashids Mörder gefolgt war. Er hatte damals ja gar nicht mit hundertprozentiger Sicherheit gewusst, dass Rashid tot war. Was, wenn sein Freund noch gelebt hätte? Was, wenn Rashid nach ihm gerufen hätte? Was, wenn er seine Hilfe gebraucht hätte? Tausendmal war er die Szene im Kopf durchgegangen, tausendmal hatte er in sich hineingehorcht. Eine gute Antwort, eine schlüssige Erklärung hatte er nie gefunden. Vielleicht war es schlicht und einfach so, dass er Angst gehabt hatte. Angst vor Rashids Tod, vor den leblosen Augen, vor dem vielen Blut. Er hatte die rote Fontäne gesehen, die Rashid aus dem Kopf gespritzt war, er hatte den leblosen Körper zu Boden fallen sehen. Vor lauter Angst hatte er das Gegenteil von dem gemacht, was richtig gewesen wäre. Er hatte Gas gegeben. Er hatte seine Gefühle umgeleitet. Anstatt sich um Rashid zu kümmern, anstatt sich dem Schmerz, der Sorge, der Trauer hinzugeben, hatte er all diese Gefühle eingeschmolzen und in eine andere Form gegossen.

Hass.

Die Schweine, die für Rashids Tod verantwortlich waren, mussten büßen. Deshalb war er dem Wagen gefolgt, deshalb hatte er Gas gegeben. Unter der Autobahnbrücke hatte er beobachtet, wie zwei Typen aus dem weißen Kombi aus- und in einen dunklen Volvo eingestiegen waren. Geistesgegenwärtig hatte er den Helm gewechselt. Das neonfarbene Muster war zu auffällig für eine Verfolgung. Er hatte sich an die Fersen des Volvos geheftet und herausgefunden, wo die Männer hausten. Dann war er nach Hause gefahren. Am nächsten Tag hatte er die CZ aus dem Versteck geholt, eingesteckt und die Männer weiter beobachtet. Er hatte ihre fremdartige Sprache gehört. Er war Zeuge geworden, wie sie in ein Haus eindrangen, aus dem nur einer von ihnen wieder lebend herauskam. Er hatte den alten Mann mit dem Hund gesehen und das brennende Haus. Er hatte kaum etwas begriffen. Er hatte weiter beobachtet. Er war im Park gewesen und hatte die Schüsse gehört, den Ziellaser und das Mündungsfeuer gesehen. Da hatte er so viel Angst bekommen, dass er Pedro um Hilfe gebeten hatte. Er war den Bullen zweimal entkommen, bei Rashids Beerdigung und als die Polizistin in Pedros Sommerhaus aufgetaucht war.

Nun hauste er seit Tagen in Rashids Wohnung. Dessen Vater war ja wieder in Nordschweden, Beeren sammeln. Niemand wusste, dass er einen Schlüssel hatte, niemand ahnte, dass er hier war. In den Nachrichten berichteten sie viel. Der Russe, der noch lebte, hatte mehrere Menschen getötet. Rashids Tod war nur ein dummer Fehler gewesen, hieß es. Ein Geheimagent, der schlecht gezielt hatte. Das fachte Taqis Hass nur noch mehr an. Als es hieß, dass der Mörder aus der Untersuchungshaft entlassen werden würde, weil er als Diplomat in Schweden nicht verurteilt werden durfte, wusste er, was er zu tun hatte. In der CZ befand sich noch ein einziger Schuss. Der musste sitzen.

Er drängelte sich durch die Reporter und Fotografen vor dem Polizeipräsidium. Der Bulle im Anzug und die Polizistin, die er ausgetrickst hatte, führten den Russen hinaus. Auf der Straße wartete ein dickes Auto mit getönten Scheiben auf den Mann. Die Reporter und Fernsehleute bildeten eine Gasse. Taqi zog die entsicherte Pistole. Der Russe und die Bullen waren nun keine zwei Meter mehr von ihm entfernt. In dem Moment traf ihn der Blick der Polizistin. Mit einem Sprung warf sie sich auf ihn, gleichzeitig riss er die Arme hoch und drückte ab. Der Knall war ohrenbetäubend. Beide stürzten zu Boden.

Chaos.

Tohuwabohu.

Menschen, die durcheinanderschrien.

Dieses Mal gab es aus ihrem stahlharten Griff kein Entkommen, das spürte er. Die Pistole hatte sie ihm entrissen. Die Reporter waren in alle Richtungen davongesprungen. Der Bulle hatte seine Waffe gezogen. Neben ihm stand der Russe und hielt sich verdattert den Arm. Ein verdammter Streifschuss. In dem Moment, in dem er das begriff, setzte das Blitzlichtgewitter wieder ein. Er legte den Kopf in den Nacken und blickte in den grauen Himmel über der Stadt.

Die Kommissarinnen Nyström und Forss ermitteln

Leseproben und mehr unter www.kiwi-verlag.de

»Viveca Sten macht süchtig und Lust auf mehr.« Hannoversche Allgemeine

Leseproben und mehr unter www.kiwi-verlag.de